KISHONS BESTE GESCHICHTEN

Kishons
beste Geschichten

Herbig

Die für diesen Band ausgewählten satirischen Geschichten
Ephraim Kishons wurden von Friedrich Torberg ins Deutsche übertragen.
Die Auswahl besorgten der Autor und sein Übersetzer.

17. Auflage

Gesamtherstellung: Druck- und Verlagsanstalt Welsermühl, Wels
Umschlaggestaltung: Jan Buchholz · Reni Hinsch
Printed in Austria 1978
ISBN 3-7766-0453-0

INHALT

Der Unterschied

Harry ist ein entfernter Onkel von mir. Mit vollem Namen heißt er Harry Klein. Eines Tages – es ist noch nicht allzu lange her –, emigrierte er nach Amerika, um die gleiche Zeit, da ich nach Israel ging. Harry war das, was man einen »guten Juden« nennt, aber er war kein Zionist. Deshalb ging er ja auch nach New York.

Überdies war Harry ein sehr naiver Mensch. Er hielt sich für einen ausgezeichneten Geschäftsmann und glaubte fest daran, daß er nur in Amerika zu landen brauchte – und die Dollars würden in seine Taschen zu fließen beginnen. Kaum war er in Amerika gelandet, begannen die Dollars in seine Taschen zu fließen. Was sollte ich tun? Es blieb mir nichts anderes übrig, als ihm mit bescheidenem Stolz zu schreiben, daß ich in Israel zwar nicht auf Rosen gebettet wäre, aber keinerlei Mangel litte. Was sollte *er* tun? Es blieb ihm nichts anderes übrig, als mir keine Pakete mehr zu schicken.

Unsere Meinungsverschiedenheiten kamen zum offenen Ausbruch, als ich anläßlich eines Besuchs in New York für ein paar Tage bei meinem entfernten Onkel Harry abstieg. Die permanente Nahostkrise hing drohend über uns, und Harry wich um kein Jota von seinem Standpunkt:

»Jedes Jahr bekommt ihr meine Spende. Regelmäßig. Aber ich will Mumpitz heißen, wenn ich eine Ahnung habe, wozu das gut sein soll. Was ist denn so großartig bei euch dort unten? Hast du dort irgend etwas, was ich hier in New York nicht habe?«

»Ich fühle mich dort unten sehr wohl«, stellte ich fest.

»Und ich fühle mich hier sehr wohl«, antwortete er. »Was ist der Unterschied?«

»Ich lebe unter zwei Millionen Juden.«

»Ich auch.«
»Unser Präsident ist Jude.«
»O. K. Sollte ich jemals den Ehrgeiz haben, Präsident zu werden, dann komme ich nach Israel.«
Wenn unser Gespräch so weit gediehen war, pflegten wir es abzubrechen.
Während meines Aufenthaltes bekam ich vom US State Department die ehrenvolle Einladung, am 4. Juli – dem amerikanischen Nationalfeiertag – der Parade beizuwohnen. Ich rang mir die noble Geste ab, meinen entfernten Onkel Harry Klein mitzunehmen. Schon um ihm zu zeigen, welches Prestige ein israelischer Bürger in den Vereinigten Staaten von Amerika genösse.
Auf die Gefahr hin, daß man mich in Israel einer unpatriotischen Haltung zeihen wird, gebe ich zu, daß auch die Amerikaner eine gewisse Fähigkeit im Veranstalten von Paraden besitzen. Eine Zeitlang vergnügte ich mich damit, die im Zug mitmarschierenden Militärkapellen zu zählen. Bei fünfzig gab ich auf.
Harry befand sich in einem Taumel der Begeisterung und klatschte sich die Hände wund.
»Nun?« fragte er. »Wie sind wir?«
»Nicht schlecht«, murmelte ich. »Gar nicht schlecht.«
Kaum sechs Stunden später näherte sich die Parade ihrem Abschluß. Etwa vierhundert Jetflieger der verschiedensten Typen donnerten über uns hinweg. Harry folgte ihnen verzückten Blicks.
»Siehst du«, sagte er, »wir sind die größte Macht der Welt.«
Ich wollte etwas besonders Gescheites und Witziges entgegnen, hatte aber das ungewöhnliche Pech, daß mir nichts einfiel.

Im folgenden Jahr, gerade als die Bäume zu blühen begannen, tauchte mein entfernter Onkel Harry Klein unvermutet bei uns in Israel auf. Aus keinem besonderen Anlaß und aus keinem besonderen Interesse an Israel. Gott behüte. Er war nur gerade auf einer Vergnügungsreise in Europa gewesen und hatte plötzlich den Einfall gehabt, seine entfernten Verwandten in Israel zu besuchen. Warum auch nicht.

Diesmal war *er* der Tourist und wurde infolgedessen von der Regierung betreut. Auf diese Weise fand ich mich am Unabhängigkeitstag im Besitz einer Tribünenkarte und konnte endlich einmal der großen Parade beiwohnen.

Die Organisation klappte hervorragend. Kein Zuschauer mußte mehr als zwanzig Meilen zu Fuß gehen, um seinen Platz zu erreichen. Die Plätze waren nicht sehr bequem, aber dafür blies ein erstklassiger Chamsin, unser beliebter, heimischer Wüstenwind.

Mein Onkel Harry Klein biß die Zähne zusammen und schwieg.

Ungefähr eine Stunde saßen wir in angespannter Erwartung. Dann marschierten die ersten Abteilungen vorüber, mit Fahnen und Standarten. Harry applaudierte.

Dann flogen acht Kampfflugzeuge vom Typ »Mystère« über unsere Köpfe. Harry sah ihnen nach. In seinen Augen glänzten Tränen.

Vier Helikopter folgten. Harry heulte wie ein kleines Kind.

Ich wandte mich zu ihm:

»Siehst du, Klein«, sagte ich. »Das ist der Unterschied.«

Jüdisches Poker

In der vorangegangenen Skizze habe ich dem Leser einen kleinen Geschmack der chauvinistischen Atmosphäre vermittelt, die in Israel herrscht und die nicht scharf genug verurteilt werden kann. Um ihn mit einem anderen Aspekt der jüdischen Mentalität vertraut zu machen, berichte ich nunmehr von einer Pokerpartie, die ich eines schläfrigen Nachmittags mit meinem Freund Jossele hatte [1]. Sie wird dem Leser tiefere Kenntnisse über die jüdische Seele beibringen als sämtliche Nahostkommentare der National Broadcasting Company.

Wir waren schon eine ganze Weile lang am Tisch gesessen und hatten wortlos in unserem Kaffee gerührt. Jossele langweilte sich.

»Weißt du was?« sagte er endlich. »Spielen wir Poker!«

»Nein«, sagte ich. »Ich hasse Karten. Ich verliere immer.«

»Wer spricht von Karten? Ich meine jüdischen Poker.«

Jossele erklärte mir kurz die Regeln. Jüdisches Poker wird ohne Karten gespielt, nur im Kopf, wie es sich für das Volk des Buches ziemt.

»Du denkst dir eine Ziffer, und ich denk mir eine Ziffer«, erklärte mir Jossele. »Wer sich die höhere Ziffer gedacht hat, gewinnt. Das klingt sehr leicht, aber es hat viele Fallen. Nu [2]?«

[1] Jossele ist kein direkt hebräischer Name, aber ich möchte keinem Unschuldigen die zungenbrecherische Korrektheit der hebräischen Nomenklatur aufbürden.

[2] Die Interjektion »Nu«, die ungefähr dem englischen »well« entspricht, spielt im Hebräischen die Rolle des Jolly Joker. Einer oberflächlichen Statistik zufolge hat »Nu« 680 verschiedene Bedeutungen, je nach dem Stand des Gesprächs, dem Gesichtsausdruck des Sprechers und der Tageszeit. Hier folgen, wahllos herausgegriffen, einige dieser Bedeutungen:

»Einverstanden«, sagte ich. »Spielen wir.«
Jeder von uns setzte fünf Piaster ein, dann lehnten wir uns zurück und begannen uns Ziffern zu denken. Alsbald deutete mir Jossele durch eine Handbewegung an, daß er seine Ziffer gefunden hätte. Ich bestätigte, daß auch ich so weit sei.
»Gut«, sagte Jossele. »Laß deine Ziffer hören.«
»11«, sagte ich.
»12«, sagte Jossele und steckte das Geld ein. Ich hätte mich ohrfeigen können. Denn ich hatte zuerst 14 gedacht und war erst im letzten Augenblick auf 11 heruntergegangen, ich weiß selbst nicht warum.
»Höre«, sagte ich zu Jossele. »Was wäre geschehen, wenn ich 14 gedacht hätte?«
»Dann hätte ich verloren. Das ist ja der Reiz des Pokerspiels, daß man nie wissen kann, wie es ausgeht. Aber wenn deine Nerven fürs Hasardieren zu schwach sind, dann sollten wir vielleicht aufhören.«
Ohne ihn einer Antwort zu würdigen, legte ich zehn Piaster auf den Tisch. Jossele tat desgleichen. Ich dachte sorgfältig über meine Ziffer nach und kam mit 18 heraus.
»Verdammt«, sagte Jossele. »Ich hab nur 17.«
Mit zufriedenem Lächeln strich ich das Geld ein. Jossele hatte sich wohl nicht träumen lassen, daß ich mir die Tricks des jüdischen Pokers so rasch aneignen würde. Er hatte mich wahrscheinlich auf 15 oder 16 geschätzt, aber bestimmt nicht auf 18. Jetzt, in seinem begreiflichen Ärger, schlug er eine Verdoppelung des Einsatzes vor.
»Wie du willst«, sagte ich und konnte einen kleinen Triumph

»Komm schon!«
»Was ist los?«
»Laß mich in Ruhe.«
»Ich habe kein Wort verstanden. Was willst du eigentlich?«
»Schön. Nehmen wir an, es ist so, wie du sagst. Ich gebe das nicht vielleicht zu, ich sage nur: nehmen wir an. Aber deshalb brauchst du nicht gleich zu schreien, du Idiot.«

in meiner Stimme nur mühsam unterdrücken, weil ich mittlerweile auf eine phantastische Ziffer gekommen war: 35!
»Komm heraus«, sagte Jossele.
»35!«
»43!«
Damit nahm er die vierzig Piaster an sich. Ich fühlte, wie mir das Blut zu Kopf stieg.
Meine Stimme bebte:
»Darf ich fragen, warum du vorhin nicht 43 gesagt hast?«
»Weil ich mir 17 gedacht hatte«, antwortete Jossele indigniert. »Das ist ja eben das Aufregende an diesem Spiel, daß man nie –«
»Ein Pfund«, unterbrach ich trocken und warf eine Banknote auf den Tisch. Jossele legte seine Pfundnote herausfordernd langsam daneben. Die Spannung wuchs ins Unerträgliche.
»54«, sagte ich mit gezwungener Gleichgültigkeit.
»Zu dumm!« fauchte Jossele. »Auch ich hab mir 54 gedacht. Gleichstand. Wir müssen noch einmal spielen.«
In meinem Hirn arbeitete es blitzschnell. Du glaubst wahrscheinlich, daß ich wieder mit 11 oder etwas Ähnlichem herauskommen werde, mein Junge! dachte ich. Aber du wirst eine Überraschung erleben ... Ich wählte die unschlagbare Ziffer 69 und sagte, zu Jossele gewendet:
»Jetzt kommst einmal du als erster heraus, Jossele.«
»Bitte sehr.« Mit verdächtiger Eile stimmte er zu. »Mir kann's recht sein. 70!«
Ich mußte die Augen schließen. Meine Pulse hämmerten, wie sie seit der Belagerung von Jerusalem nicht mehr gehämmert hatten.
»Nu?« drängte Jossele. »Wo bleibt deine Ziffer?«
»Jossele«, flüsterte ich und senkte den Kopf. »Ob du's glaubst oder nicht: ich hab sie vergessen.«
»Lügner!« fuhr Jossele auf. »Du hast sie nicht vergessen, ich weiß es. Du hast dir eine kleinere Ziffer gedacht und willst jetzt nicht damit herausrücken! Ein alter Trick! Schäm dich!«

Am liebsten hätte ich ihm die Faust in seine widerwärtige Fratze geschlagen. Aber ich beherrschte mich, erhöhte den Einsatz auf zwei Pfund und dachte im gleichen Augenblick »96« – eine wahrhaft mörderische Ziffer.

»Komm heraus, du Stinktier!« zischte ich in Josseles Gesicht. Jossele beugte sich über den Tisch und zischte zurück:

»1683!«

Eine haltlose Schwäche durchzitterte mich.

»1800«, flüsterte ich kaum hörbar.

»Gedoppelt!« rief Jossele und ließ die vier Pfund in seiner Tasche verschwinden.

»Wieso gedoppelt? Was soll das heißen?!«

»Nur ruhig. Wenn du beim Poker die Selbstbeherrschung verlierst, verlierst du Hemd und Hosen«, sagte Jossele lehrhaft. »Jedes Kind kann dir erklären, daß meine Ziffer als gedoppelte höher ist als deine. Und deshalb –«

»Genug!« schnarrte ich und schleuderte eine Fünfpfundnote auf den Tisch. »2000!«

»2417!«

»Gedoppelt!« Mit höhnischem Grinsen griff ich nach dem Einsatz, aber Jossele fiel mir in den Arm.

»Redoubliert!« sagte er mit unverschämtem Nachdruck, und die zehn Pfund gehörten ihm. Vor meinen Augen flatterten blutigrote Schleier.

»So einer bist du also«, brachte ich mühsam hervor. »Mit solchen Mitteln versuchst du mir beizukommen! Als hätte ich's beim letztenmal nicht ganz genauso machen können.«

»Natürlich hättest du's ganz genauso machen können«, bestätigte mir Jossele. »Es hat mich sogar überrascht, daß du es nicht gemacht hast. Aber so geht's im Poker, Jachabibi [3]. Ent-

[3] Jachabibi ist der arabische Ausdruck für »alter Junge« und wird als Anrede unter sehr vertrauten Freunden gebraucht, oder von völlig Fremden auf der Straße, oder von Schulkindern in der Schule, oder von Regierungsmitgliedern bei stürmischen Kabinettsitzungen.

weder kannst du es spielen, oder du kannst es nicht spielen. Und wenn du es nicht spielen kannst, dann laß die Finger davon.«
Der Einsatz betrug jetzt zehn Pfund.
»Deine Ansage, bitte!« knirschte ich.
Jossele lehnte sich zurück und gab mit herausfordernder Ruhe seine Ziffer bekannt:
»4«
»100 000!« trompetete ich.
Ohne das geringste Zeichen von Erregung kam Josseles Stimme: »Ultimo!« Und er nahm die zwanzig Pfund an sich.
Schluchzend brach ich zusammen. Jossele strich mir tröstend über den Scheitel und belehrte mich, daß nach dem sogenannten Hoyleschen Gesetz derjenige Spieler, der als erster »Ultimo« ansagt, auf jeden Fall und ohne Rücksicht auf die Ziffer gewinnt. Das sei ja gerade der Spaß im Poker, daß man innerhalb weniger Sekunden –
»Zwanzig Pfund!« Aufwimmernd legte ich mein letztes Geld in die Hände des Schicksals.
Josseles zwanzig Pfund lagen daneben. Auf meiner Stirn standen kalte Schweißperlen. Ich faßte Jossele scharf ins Auge. Er gab sich den Anschein völliger Gelassenheit, aber seine Lippen zitterten ein wenig, als er fragte:
»Wer sagt an?«
»Du«, antwortete ich lauernd. Und er ging mir in die Falle wie ein Gimpel.
»Ultimo«, sagte er und streckte die Hand nach dem Goldschatz aus.
Jetzt war es an mir, seinen Griff aufzuhalten.
»Einen Augenblick«, sagte ich eisig. »Ben Gurion!«
Und schon hatte ich die vierzig Pfund bei mir geborgen.
»Ben Gurion ist noch stärker als Ultimo«, erläuterte ich. »Aber es wird spät. Wir sollten Schluß machen, Jachabibi.«
Schweigend erhoben wir uns. Ehe wir gingen, unternahm Jossele einen kläglichen Versuch, sein Geld zurückzubekommen. Er

behauptete, das mit Ben Gurion sei eine Erfindung von mir. Ich widersprach ihm nicht. Aber, so sagte ich, darin besteht ja gerade der Reiz des Pokerspiels, daß man gewonnenes Geld niemals zurückgibt.

Die Häuser sind überfüllt, die Straßen vermehren sich wie die sprichwörtlichen Kaninchen. Wo, um des Himmels willen, soll man noch Namen für so viele Straßen finden? Die großen Wohltäter der Menschheit sind längst durch Straßenschilder unsterblich geworden, die Helden sind müde, und die Geschichte hat nur noch ein paar Brosamen für uns übrig. Zum Beispiel den Zionistenkongreß von Helsingfors. Das war der Name der finnischen Hauptstadt, als die Finnen ihn noch aussprechen konnten.

Kein Weg nach Oslogrolls

Das ganze Malheur wäre nicht geschehen, wenn Sulzbaum sich nicht eingebildet hätte, daß ich der richtige Mann für diesen Posten wäre. Sulzbaum hatte schon seit langem nach einem Mann mit Hirn Ausschau gehalten, nach einem wirklichen Kopf, dem er wirklich vertrauen könnte. Jetzt, nachdem wir einige Zeit verhandelt hatten, machte er eine unmißverständliche Andeutung, daß er sich ernsthaft mit dem Gedanken trug, die Sache in meine Hände zu legen.

Als ich ihn an jenem schicksalsträchtigen Abend anrief, ließ er mich wissen, daß er den Abschluß unserer Verhandlungen nun nicht mehr länger hinauszögern wolle, und bat mich, ihn sogleich aufzusuchen. Meine Freude läßt sich in Worten gar nicht schildern. Sulzbaum ist immerhin Sulzbaum, das steht außer Zweifel. Ich fragte ihn also ohne weitere Umschweife nach seiner Adresse.

»Helsingforsstraße 5«, sagte er.

»Fein«, sagte ich. »In ein paar Minuten bin ich bei Ihnen.«

»Ausgezeichnet«, sagte er.

Ich machte mich unverzüglich auf den Weg. Aber schon nach wenigen Schritten stellte sich mir ein Hindernis entgegen, das

schwerer zu übersteigen war als eine Barrikade: ich hatte den Straßennamen vergessen. Glatt vergessen. Ich konnte mich nur noch erinnern, daß der erste Buchstabe ein P war.
Rasch entschlossen betrat ich eine Telephonzelle und wollte Sulzbaums Adresse aus dem Telephonbuch heraussuchen.
Es war kein Sulzbaum im Telephonbuch. Um ganz sicher zu gehen, sah ich noch unter Z nach. Es war auch kein Zulzbaum im Telephonbuch.
Wahrscheinlich hat er einen neuen Anschluß, dachte ich. Ein Glück, daß ich mir die Nummer aufgeschrieben hatte. Ich läutete bei ihm an.
»Mir ist etwas Komisches passiert«, sagte ich. »Ich habe den Namen Ihrer Straße vergessen.«
»Helsingfors«, sagte Sulzbaum. »Helsingforsstraße 5.«
»Danke vielmals.«
Durch Schaden gewitzt, wiederholte ich unablässig und leise »Helsingfors ... Helsingfors ...«, bis ich endlich, hoch oben im Norden der Stadt, einen Passanten nach der genauen Lage der Straße fragen konnte:
»Entschuldigen Sie bitte, wo ist hier die –«
»Leider«, unterbrach mich der Befragte. »Ich bin selber fremd hier. Ich suche die Uziel-Straße.«
»Uziel-Straße ... Zufällig weiß ich, wo die ist. Geradeaus, und dann die zweite rechts.«
»Vielen Dank. Ich bin Ihnen sehr verbunden. Übrigens – wie heißt die Straße, die Sie suchen?«
»Ich? Ich suche ... nein, sowas!«
Tatsächlich: dieser verdammte Uziel hatte mich meinen eigenen Straßennamen vergessen lassen. Ich erinnerte mich nur noch, daß die Straße mit einem K anfing. Die Nummer war 9 oder 19, das wußte ich nicht mehr so genau.
Es widerstrebte mir, nochmals bei Sulzbaum anzurufen. Sonst hielte er mich vielleicht für einen jener gedächtnisschwachen Menschen, die imstande sind, Straßennamen zu vergessen, auch wenn man sie ihnen zweimal sagt. Ich zermarterte mein Hirn

nach dem vergessenen Namen. Aber da bestätigte sich wieder einmal die alte Erfahrung, daß ich – wie jeder höher organisierte Intellekt – ein plötzlich mir aufgezwungenes Problem nicht lösen kann. Unter solchen Umständen tat ich das einzig mögliche: ich setzte mich in ein Kaffeehaus, entspannte mich und wartete auf die fällige Erleuchtung.

Sie kam nicht. Der einzige Straßenname, der mir einfiel, war Schmarjahu Levin (an den ich mich bis dahin niemals hatte erinnern können, weiß der Teufel warum). Nun wußte ich aber, daß der Name, den ich suchte, nicht Schmarjahu Levin war. Es war ein ausländischer Name, das schon, und er begann mit einem L. Aber weiter kam ich nicht.

Also läutete ich nochmals bei Sulzbaum an.

»Hallo«, sagte ich. »Ich bin bereits unterwegs. Könnten Sie mir sagen, wie ich am schnellsten zu Ihrem Haus komme?«

»Wo sind Sie jetzt?«

»Ben-Jehuda-Straße.«

»Da sind Sie schon ganz in der Nähe. Lassen Sie sich's von irgendeinem Passanten zeigen.«

»Mach' ich. Und wie buchstabiert man den Straßennamen?«

»So wie man ihn ausspricht. Warum?«

»Ich habe den Eindruck, daß die Leute hier den Namen nicht recht kennen. Es scheint eine neue Straße zu sein.«

»Gar so neu ist sie nicht.«

»Trotzdem. Ein so langer Straßenname ...«

»Wieso? Da gibt es noch viel längere. Die Hohepriester-Matitjahu-Straße zum Beispiel. Oder die Straße der Tore von Nikanor. Oder die Akiba-Kolnomicerko-Straße.«

»Gewiß, gewiß. Aber bei Ihrer Straße verstaucht man sich die Zunge.«

»Kann ich nicht finden. Man gewöhnt sich. Und überhaupt: warum machen Sie sich plötzlich so viel Sorgen über einen Straßennamen? Ich warte auf Sie. Kommen Sie oder nicht?«

»Natürlich. In fünf Minuten.«

»Gut.«

Sulzbaum legte den Hörer auf, und ich stand in der Zelle. Es waren vielleicht die schwierigsten Augenblicke meines bisherigen Lebens. Die Namen »Hohepriester Matitjahu«, »Tore von Nikanor« und »Akiba Kolnomicerko« hatten sich unauslöschlich in mein Gedächtnis eingegraben, ohne daß ich die geringste Verwendung für sie gehabt hätte.

Eine Weile verstrich, ehe ich mich entschloß, den Hörer abzuheben und meinen Finger an die Drehscheibe zu setzen.

»Sulzbaum«, flüsterte ich, »lieber Sulzbaum. Wie heißt Ihre Straße?«

Sulzbaums Stimme kam mit eisigem Zischen:

»Helsingfors. Vielleicht schreiben Sie sich's auf!«

Ich griff in die Tasche, um meinen Kugelschreiber hervorzuholen, fand aber keinen.

Und bevor ich Sulzbaum noch informieren konnte, daß ich in fünf Minuten bei ihm sein würde, hatte er schon abgehängt.

Diesmal würde ich die Fehler der Vergangenheit nicht wiederholen. Diesmal machte ich's mit der Mnemotechnik. Ich analysierte den Namen Helsingfors. Der erste Teil erinnert an die finnische Hauptstadt Helsinki. Der zweite Teil ist nahezu identisch mit der bekannten amerikanischen Automarke Ford. Und die beiden sind durch ein »g«, den siebenten Buchstaben im Alphabet, miteinander verbunden. Ganz einfach. Helsin(ki)-g-for(d)-s Nummer 5.

Schon war ein Taxi zur Stelle. Ich warf dem Fahrer ein gleichgültiges »Helsingforsstraße 5« hin.

»Helsingforsstraße 5«, wiederholte er und gab Gas.

Ich lehnte mich in die Kissen zurück und sinnierte, wie seltsam es doch war, daß ein Mann meines geistigen Kalibers, der sich noch an die entlegensten Antworten längst vergangener Mittelschulprüfungen erinnert, zum Beispiel: »Die Hauptstadt von Dazien hieß Sarmisegetuza« – daß ein solcher Mann, der fast schon ein Elektronenhirn sein eigen nennt, einen so kindisch einfachen Straßennamen vergessen konnte wie ... wie ...

»Entschuldigen Sie.« Der Fahrer wandte sich zu mir um. »Wie heißt die Straße?«
Graue Schleier senkten sich über meine Augen. Alles, was mir einfiel, war »Sarmisegetuza«, aber so hieß sie bestimmt nicht. Ich tat das Nächstliegende und verfluchte den Fahrer. Er schwor, daß er den Namen an der Ecke der Frischmannstraße noch gewußt hatte.
»Na schön.« Ich fand die Ruhe wieder, die meiner intellektuellen Überlegenheit angemessen war. »Wir wollen versuchen, den Namen zu rekonstruieren. Gehen wir systematisch vor. An was erinnern Sie sich?«
»An nichts«, lautete die unverschämte Antwort des motorisierten Wegelagerers. »Höchstens an die Hausnummer 173.«
»Konzentrieren Sie sich, Mann! Denken Sie!«
»Seeligbergstraße ... Salmanowskistraße ... irgend sowas ...«
Plötzlich fiel mir die Mnemotechnik ein. Ich war gerettet. Die Hauptstadt von Norwegen heißt Oslo – in der Mitte kommt ein »g« – und dann der erste Teil dieser berühmten englischen Automarke.
»Oslogrolls-Straße, Sie Vollkretin«, sagte ich mit schneidendem Hohn.
Der Fahrer nickte dankbar, machte eine scharfe Kehrtwendung und sauste nach Süden. An der nächsten Ecke blieb er stehn:
»Tut mir leid. Eine solche Straße gibt es nicht.«
Offen gesagt: auch ich hatte nicht recht daran geglaubt, daß es sie gäbe. Aber der prompte Start des Fahrers hatte mich wieder unsicher gemacht. Jetzt wußte ich sogar, wo mein Irrtum steckte: es war kein »g« in der Mitte. Oslorolls ... Osloroyce ...
»Was jetzt?« fragte der Fahrer. Tatsächlich, er fragte: »Was jetzt?«
In stummer Verachtung schleuderte ich ihm eine Pfundnote ins Gesicht, sprang aus dem Wagen, eilte federnden Schrittes auf die nächste Telephonzelle zu und läutete bei Sulzbaum an.

»Ich bin sofort bei Ihnen«, beschwichtigte ich ihn. »Aber es ist etwas geradezu Unglaubliches geschehen. Ich –«
»Helsingfors!« brüllte Sulzbaum, daß die Wände der Telephonzelle zitterten. »Helsingfors!! Und Sie brauchen überhaupt nicht mehr zu kommen!!«
Peng. Er hatte abgehängt.
Na, wenn schon. Kann mir nur recht sein. Mit einem so ordinären Menschen will ich nichts zu tun haben.
Ich verließ die Telephonzelle. Sie befand sich unterhalb einer Straßentafel. Sie lag in der Helsingforsstraße.
Auch das interessierte mich nicht mehr. Das Schicksal hatte seinen Wahrspruch gefällt. Es war mir nicht bestimmt, für Sulzbaum zu arbeiten.
Aber auch den mir angebotenen Posten bei der Stadtverwaltung werde ich nicht annehmen. Was soll ich bei einer Stadtverwaltung machen, die so läppische Straßennamen ausheckt wie ... wie ... zum Teufel, wie ...

Ein Oldtimer

Neueinwanderer können im allgemeinen tun, was sie wollen. Im ersten Jahr ihrer Ansässigkeit brauchen sie nicht einmal Einkommensteuer zu zahlen. Manche unternehmungslustigen israelischen Bürger machen einen ganz anständigen Lebensunterhalt daraus, daß sie in bestimmten Zeitabständen das Land verlassen und als Neueinwanderer wiederkommen. Ungeachtet dieser Bevorzugung gilt ein Neueinwanderer, der sich über nichts beklagt, entweder als Idiot oder als Großkapitalist. (Das gesamte Großkapital ist hierzulande in jüdischen Händen zusammengezogen, ein Umstand, der allseits heftigen Unwillen erregt.)

Auch die Lage der mittellosen Neueinwanderer, die sich seltsamerweise in der Überzahl befinden, ist keineswegs hoffnungslos. Es gibt Leute, die vor zwanzig Jahren mit einem einzigen Koffer ins Land gekommen sind, und heute besitzen sie diesen Koffer noch immer. Sie sind die sogenannten »Oldtimer«, die um ihrer Ideale willen Unsägliches gelitten haben, als sie jung waren. Sie haben sich bis auf den heutigen Tag eine gesunde Feindseligkeit gegen alle jene bewahrt, die erst später gekommen sind und die – nach Meinung der Oldtimer – das reine Luxusleben führen.

Zorn und Abscheu spiegelten sich in den Gesichtszügen jenes älteren Herrn, der mich eines Tags vor dem Eingang zum Kino anhielt:

»Wohin so eilig, Jossele?«

Ich gestand ihm, daß ich mir eine Eintrittskarte ins Kino gekauft hätte.

»Eintrittskarte ins Kino?« wiederholte er mit schneidender Verachtung. »In deinem Alter war ich froh, wenn ich mir eine Gurke zum Nachtmahl kaufen konnte. Aber Kinokarten?

Vor dreißig Jahren hat kein Mensch daran gedacht, ins Kino zu gehen. Damals sind hier noch die Tragkamele vorbeigezogen, und von den Boulevards konnte man aufs offene Meer hinaussehen.«

»Interessant«, sagte ich. »Aber jetzt muß ich nach Hause.«

»Nach Hause?« Er nickte bitter. »Wir hatten kein Zuhause. Wir pflegten ein paar Schachteln und Konservenbüchsen übereinander zu schichten, verklebten das Ganze mit Packpapier – und das war unser Zuhause. Hast du Möbel?«

»Nicht der Rede wert.« Ich wurde vorsichtig. »Meistens sitzen wir auf Ziegelsteinen.«

»Ziegelsteine?! Von Ziegelsteinen wagten wir nicht einmal zu träumen! Wo hätten wir Geld für Ziegelsteine hernehmen sollen?«

»Ich weiß nicht«, gestand ich kleinlaut. »Um die Wahrheit zu sagen: ich habe die Ziegelsteine nicht gekauft, sondern von einem unbewachten Bauplatz gestohlen.«

»Gestohlen!« Die Stimme des alten Herrn bebte vor Zorn. »Ich habe achtzehn Jahre lang hier gelebt, ehe ich es wagte, meinen ersten Ziegelstein zu stehlen! Wir hatten damals nicht einmal Sand, um darauf zu liegen. – Trinkst du Wasser?«

»Sehr selten. Vielleicht einmal in der Woche.«

»Einmal in der Woche?« Er packte mich an den Schultern und schüttelte mich, als ob er mich mixen wollte. »Bist du dir klar darüber, Bürschchen, daß man seinerzeit in Jerusalem für Wasser bares Geld zahlen mußte? Die Zunge klebte uns am Gaumen, aber wir konnten unseren Durst nicht löschen. Wir hatten nicht einmal den lumpigen Piaster, Jossele, um uns ein Glas Wasser zu kaufen!«

»Ich heiße nicht Jossele«, warf ich ein. »Und überhaupt, ich kenne Sie nicht, mein Herr.«

»Du kennst mich nicht?« brüllte mein Gesprächspartner. »Wenn wir in deinem Alter die Frechheit gehabt hätten, jemanden nicht zu kennen, hätte man uns windelweich geprügelt! Aber ihr jungen Grünschnäbel von heute könnt euch natürlich alles erlauben ...«

Damit ließ er mich stehen und ging zornig seines Weges. Ich war niedergeschmettert. Der Boden schwankte unter meinen Füßen. Ich mußte mich hinlegen. Ein Taxi überfuhr mich. Früher einmal mußten die Pioniere achtzehn bis zwanzig Jahre warten, bevor sie zum erstenmal von einem Taxi überfahren wurden. Die Zeiten haben sich geändert.

Brautkauf im Kibbuz

Der ständige Ratschlag, der den Hungrigen in diesem Lande erteilt wird, lautet: »Geh in einen Kibbuz.«
Die berühmtesten israelischen Kibbuzim sind ein Unikum in der Geschichte: die einzigen landwirtschaftlichen Kollektive, die auf freiwilliger Basis errichtet wurden und die ohne Geheimpolizei, Schnellgerichte und Hinrichtungskommandos weiterbestehen. Die Sowjetunion hat gegen diese Provokation wiederholt Einspruch erhoben.
Unsere Kibbuzim besitzen Ländereien, Industrien und Goldminen von unschätzbarem Wert, aber das einzelne Kibbuzmitglied sieht niemals einen roten Heller, weil das ganze Eigentum dem Kollektiv gehört. Alle Kibbuzmitglieder besitzen die gleichen Rechte, essen die gleiche Nahrung und tragen Hemden von der gleichen Größe. Entweder haben alle ein Radio oder niemand. Wenn einer ins Kino geht, müssen alle ins Kino gehen. Als Ministerpräsident Ben Gurion vor einigen Jahren demissionierte und sich in den Kibbuz Sde Boker zurückzog, brachte er das ganze Kollektiv ins Wanken, weil er jede Bevorzugung ablehnte, einschließlich der ihm vom Arzt vorgeschriebenen Diät. Er wollte genauso verköstigt werden wie alle anderen Mitglieder des Kibbuz. Infolgedessen mußten alle anderen Mitglieder des Kibbuz auf eine salzlose, proteinarme Diät gehen. Etwas später wurden für alle Kibbuzmitglieder zwangsweise Griechischkurse eingeführt, weil unser Expremier, der bekanntlich ein großer Platoverehrer ist, die Lehren dieses klassischen Denkers nicht allein in sich aufnehmen wollte.
»Der Kollektivismus ist eine gewaltige Idee, die nur den einen Nachteil hat, daß sie sich verwirklichen läßt«, bemerkte einmal ein witziger Zeitgenosse. Und wie recht hatte ich doch!
Ein sonderbarer Mikrokosmos ist so ein Kibbuz. Ich möchte

ihn dem Leser durch die Schilderung eines Besuchs nahebringen, zu dem ich mich auf Einladung meines Freundes Schimon entschlossen hatte, um in der majestätischen Ruhe der Natur, wie sie den Kibbuz auszeichnet, für ein paar Tage dem lärmenden Betrieb der rauchgeschwängerten Großstadt zu entfliehen.

Schimon konnte sich vor Freude über meine Ankunft nicht fassen, denn er war gerade an diesem Tag in ein neues Zimmer übersiedelt, sein kleiner Junge lag mit den Masern zu Bett [1], seine Frau spielte Hebamme bei einer widerstrebenden Kuh, und er selbst mußte dringend in den Speisesaal, wo eine Vollversammlung über den Fall eines Kibbuzmitgliedes beraten sollte. Dieses Mitglied hörte auf den Namen »Ricki, der Verrückte« und verlangte aus der Kibbuzkasse schon seit Wochen eine Summe von vierhundert Pfund.

»Wozu braucht ein Kibbuznik Geld?« fragte ich, während ich hinter Schimon zum Speisesaal rannte.

Schimon, als Schatzmeister des Kibbuz die denkbar zuverlässigste Auskunftsstelle, gab die denkbar aufschlußreichste Auskunft: »Um sich eine Frau zu kaufen.«

Und immer noch im Eiltempo erzählte er mir den Hergang der Geschichte:

Vor einiger Zeit war Ricki der Verrückte mit der Funktion eines »Einkäufers« betraut worden, hatte in einer von Jemeniten bewohnten Nachbarsiedlung zu tun gehabt und hatte sich dort Hals über Kopf in ein jemenitisches Mädchen namens Chefzibah verliebt. Daß sein Familienname Kraus war und Chefzibahs Familienname Habivel, störte ihn nicht. Ungesäumt stellte er sich ihrem Papa vor und gab dem bärtigen Herrn Habivel seine ehrsamen Absichten in bezug auf Chefzibah bekannt.

[1] Auch das gehört zu den Grundsätzen des Kollektivismus: wenn ein Kind im Kibbuz Masern bekommt, bekommen alle Kinder Masern.

Papa Habivel erteilte sofort seine Zustimmung. Mehr als das: in Anbetracht der Jugend des Brautwerbers verlangte er für seine Tochter nur vierhundert Pfund in bar [2].

Herrn Habivels Forderung rief bei Ricki tiefe Verblüffung hervor, aber der alte Mann erklärte ihm mit patriarchalischer Geduld, daß er als Vater Anspruch darauf hätte, die in seine Tochter investierten Spesen im Verehelichungsfalle ersetzt zu bekommen, zuzüglich einer Prämie für das eingegangene Risiko, denn seine Tochter hätte ja auch sterben oder davonlaufen können. Ricki der Verrückte mußte einsehen, daß es sich hier um eine uralte, unabänderliche Sitte handle. Gedankenvoll kehrte er in den Kibbuz zurück.

Was tut ein normaler Stadtbewohner unter solchen Umständen? Er nimmt ein Darlehen bei einer Bank auf, verkauft den Familienschmuck seiner Großmutter, veruntreut Firmengelder oder macht Überstunden.

Ein Kibbuznik hat keine Großmutter mit Familienschmuck, keine Bank, die ihm ein Darlehen gewährt, und keine Firmenkasse, die er plündern könnte. Er hat nichts zu verkaufen außer seinem reinen Gewissen, und dafür bekäme er höchstens fünfzig bis sechzig Pfund. Er kann also nur an die Kibbuzverwaltung appellieren, damit sie ihm das nötige Geld zum Erwerb einer Gattin gibt.

Die Kibbuzverwaltung lehnte das Ansuchen Rickis des Verrückten nach kurzer Debatte ab, und zwar aus drei Gründen:

1. Man kauft keine Frau um bares Geld.
2. Wir leben nicht mehr im Steinzeitalter.
3. Hat man so etwas je gehört?

Das Sekretariat machte sich jedoch erbötig, mit dem alten Herrn

[2] Die bärtigen Einwanderer aus dem Jemen sind um etwa 2000 Jahre hinter unserer Entwicklung zurück und konservativ bis zur Halsstarrigkeit. Es ist unmöglich, sie zur Aufgabe auch nur einer einzigen ihrer uralten Sitten zu bewegen, sofern diese Sitte für sie von Vorteil ist. Und die Sitte, Töchter für möglichst teures Geld in die Ehe zu verkaufen, ist eine vorteilhafte.

Habivel in Fühlung zu treten und ihn von der Unmöglichkeit seines Verlangens zu überzeugen.

Tatsächlich begaben sich der Kibbuzsekretär und die Vorsitzende des Sozialausschusses an einem der nächsten Tage in die jemenitische Nachbarsiedlung. Nach zwei Tagen kamen sie zurück und berichteten einer abermals einberufenen Vollversammlung, daß schließlich und endlich ... bei nüchterner Betrachtung der gegebenen Sachlage sowie bei entsprechender Berücksichtigung der jemenitischen Lebensformen ... daß also, kurz und gut und im Grunde, gegen die Forderung von Herrn Habivel sen. im Prinzip nichts einzuwenden sei. Vierhundert Pfund sei allerdings ein exorbitant hoher Preis, den man unmöglich zahlen könne. Für vierhundert Pfund bekäme man ja schon eine Kuh oder eine Dieselpumpe.

Ricki der Verrückte schlug Krach, daß die Wände zitterten. Er verwahrte sich dagegen, daß man seine Chefzibah mit einer Kuh vergliche und sie obendrein geringer einschätze als eine solche, forderte die unverzügliche Bereitstellung der zu ihrem Ankauf nötigen Summe und drohte für den Ablehnungsfall mit seinem sofortigen Austritt aus dem Kibbuz. Er würde es nicht zulassen, daß eine Gesellschaft fühlloser Geizhälse sein Lebensglück vernichte, sondern würde ein neues Leben beginnen und als Besitzer einer Blumenzucht reich und glücklich werden.

In dieser Situation fand die dringende Vollversammlung statt, die ich eingangs erwähnt habe.

Es herrschte eine aufs äußerste gespannte Stimmung. In den ersten Reihen saßen die Funktionäre, dahinter die übrigen männlichen Kibbuzmitglieder. Die weiblichen saßen an den Wänden und strickten warme Sweater. Die Kinder standen an den Fenstern und trafen trotz wiederholten Aufforderungen keine Anstalten, schlafen zu gehen. Die Dialoge zwischen ihnen und ihren Eltern folgten dem Muster: »Willst du eine Ohrfeige haben?« – »Ja, ich will eine Ohrfeige haben [3].«

[3] Wir werden in späteren Kapiteln noch ausführlicher auf die neue,

In unheilschwangerer Stille betrat der Sekretär des Kibbuz die Rednertribüne.
»Chawerim«, begann er. »Wir stehen vor einem noch nicht dagewesenen Problem. Ricki braucht vierhundert Pfund, denn soviel kostet seine Braut. Wir alle kennen und lieben unseren Ricki. Er ist ein alter Kibbuznik und ein guter Arbeiter. Deshalb schlage ich vor, daß wir die Hälfte des Brautpreises bezahlen und ihm für die andere Hälfte ein in zwanzig Jahren rückzahlbares Darlehen gewähren.«
Aber da war Ricki der Verrückte schon aufgesprungen:
»Ich brauche keine Gefälligkeiten von euch!« schrie er. »Ich verlange, daß ihr den Tatsachen ins Auge seht. Heiraten ist eine biologische Notwendigkeit. Ihr könnt mich also, wenn ihr wollt, als krank betrachten und die vierhundert Pfund für meine Heilung bewilligen.«
»Einen Augenblick!« unterbrach ihn die Vorsitzende des Gesundheitskomitees. »Könntest du dich nicht unter unseren Kibbuzmädchen nach einer geeigneten Medizin umschauen?«
»Hört, hört!« erklang es aus den Reihen der Strickenden.
Jetzt ging Ricki erst richtig in Saft:
»Ich habe meine Wahl bereits getroffen, und Schluß! Ich denke gar nicht daran, ein Mädchen zu heiraten, das nichts kostet, oder weniger als vierhundert Pfund. Chefzibah oder keine. Das ist mein letztes Wort.«
Ungeheurer Lärm entstand. Der Vorsitzende schwang die Glocke, um sich Gehör zu verschaffen.
»Chawerim«, sagte er. »Freunde! Freunde!! Eine emotionelle Krise kann nicht mit emotionellen Mitteln gelöst werden, sondern nur mit den Mitteln des Verstandes. Ich beantrage, den

im Land geborene Generation zu sprechen kommen – ein halbwilder Menschenschlag, der mit seinem verweichlichten Vorfahren nichts weiter gemein hat, als daß er von ihnen gezeugt wurde. Wenn israelische Eltern prahlen wollen, dann sagen sie: »Unser Sohn ist schon vierzehn Jahre alt, aber er hat uns noch nie geohrfeigt!«

Beitrag des Kibbuz für Rickis Braut auf zweihundertfünfzig Pfund zu erhöhen und die restlichen hundertfünfzig Pfund durch eine Sammlung unter den Mitgliedern aufzubringen.«

»Was sonst noch? Das fehlt uns gerade!« Die aufgeregten Stimmen der Mädchen schwirrten durcheinander. »Keinen Piaster für die Jemenitin! Keinen Piaster für Ricki! Er soll seine Schnorraktion in Amerika veranstalten oder sonstwo ...«

In diesem Augenblick meldete sich Schimon zu Wort und stellte eine erschütternd einfache Frage: er wollte wissen, von welchem Budget man die zweihundert oder zweihundertfünfzig Pfund zu nehmen gedächte?

Der Sekretär murmelte allerlei Undeutliches von verschiedenen Möglichkeiten ... von Wegen, die sich bei gutem Willen immer finden ließen ... und daß man die Brücke erst überschreiten sollte, wenn man vor ihr stünde ...

»Vielleicht könnte man den Betrag von unserem Erziehungsbudget abzweigen?« schlug ein friedfertiger Kibbuznik vor und duckte sich unter dem Schwall von Protestrufen, der über ihn hereinbrach:

»Ausgeschlossen! Was fällt dir überhaupt ein? Sollen unsere Kinder darunter leiden, daß Ricki verrückt ist?«

»Und was ist mit *meinen* Kindern?« brüllte Ricki seinerseits. »Haben Sie kein Recht, geboren zu werden?!«

»Bitte, Chawerim!« Der Sekretär schlug mit beiden Fäusten so lange auf den Tisch, bis halbwegs Ruhe eintrat. »Wir müssen eine Lösung finden. Vielleicht – mißversteh' mich nicht, Ricki – vielleicht könnten wir das Geld aus dem Viehbestandbudget freimachen. Wir haben nämlich – unterbrich mich nicht, Ricki – wir haben nämlich gerade eine Kuh kaufen wollen – und da dachte ich –«

»Mörder!« klang es im Chor der entfesselten Mütter. »Wie kannst du es wagen! Du spielst mit dem Leben unserer Kinder! Milch für unsere Kleinen! Milch! Milch! Milch!«

Von einer gedeihlichen Diskussion war nicht mehr die Rede. Ricki der Verrückte erhob sich und bat ums Schlußwort. Bis morgen mittag, so sagte er mit zitternder Stimme, hätte das Geld zur Stelle zu sein, auch wenn man zu diesem Zweck einige Kibbuzmädchen verkaufen müßte. Wenn nicht, würde es dem ganzen Kibbuz noch sehr, sehr leid tun.

In die entstandene Stille meldete sich abermals Schimon:

Wie wäre es, wenn der Kibbuz einen »Heiratsfonds« errichtete, in den künftig jeder Junggeselle zwischen fünfundzwanzig und fünfzig Pfund pro Braut einzuzahlen hätte, je nach Gewicht und anderen hervorstechenden Merkmalen?

Erlöst schloß der Vorsitzende die Versammlung:

»Chawerim«, sagte er, »das ist ein sehr vernünftiger Vorschlag. Ich möchte nur noch namens der Kibbuzverwaltung unsere Junggesellen ersuchen, ihre Bräute womöglich unter den Kibbuzmädchen zu wählen. Oder, wenn es schon unbedingt eine Braut von auswärts sein muß, dann sollten sie wenigstens auf keine übertriebenen Preisforderungen eingehen.«

Damit war die Versammlung beendet, aber es wurde noch lange in kleineren Gruppen weiterdiskutiert. Erst kurz vor 5 Uhr früh konnte ich endlich zu Bett gehen.

Um 7 Uhr stand ich auf, um den Autobus zu erreichen, der mich ins friedliche Tel Aviv zurückbringen sollte, in die majestätische Ruhe der Großstadt.

Kettenreaktion

Niemand zwingt den Neueinwanderer, ein Kibbuzidealist zu werden. Auch dem privaten Unternehmertum öffnet sich in unserem winzig kleinen Land ein unabsehbar weites und fruchtbares Feld.

Wenn es zum Beispiel ruchbar wird, daß ein Neueinwanderer die Einfuhrgenehmigung für eine Schachtel Nähnadeln bekommen hat, verfällt der Nähnadelmarkt sofort in wilde Panik, weil eine Schachtel Nähnadeln die Bedürfnisse des Landes auf fünf Jahre hinaus deckt. In solchen Fällen werden unsere Finanzgenies – wir haben auch die, nicht nur militärische Tausendsassas – mit Sicherheit irgendeine geniale Lösung finden; etwa indem sie alle vorhandenen Nähnadelvorräte für einen Pappenstiel aufkaufen, die Schachtel des Neueinwanderers ins Meer werfen und Unsummen an der Profitspanne verdienen. Es ist nicht einmal unbedingt nötig, daß in der betreffenden Schachtel auch wirklich Nähnadeln sind. Hauptsache, daß eine Schachtel, oder ein schachtelähnlicher Gegenstand, ins Meer geworfen wird.

Im allgemeinen erfreut sich der Kaufmann hierzulande keiner ganz so hohen Achtung wie, sagen wir, in den Vereinigten Staaten, vielleicht weil er im Umgang mit seiner Kundschaft nicht ganz so korrekt ist. Niemals werde ich jenen Schuhmacher in der Bronx vergessen, der in seinem Fenster ein großes Plakat mit der Aufschrift hängen hatte: »Hier werden Ihre Schuhe repariert, während Sie warten.« Er brauchte zur Reparatur meiner Schuhe drei volle Monate, aber es läßt sich nicht leugnen, daß ich während dieser drei Monate tatsächlich auf die Reparatur gewartet habe. Amerikanische Handwerker arbeiten sehr sorgfältig.

In England weiß jeder Vater mit ziemlicher Sicherheit, was

sein Sohn einmal werden wird: Bäcker, Industrieller, Staatsbeamter, Sozialist, Lord (oder beides). Nicht so bei uns. Bei uns wissen nicht einmal die Erwachsenen, womit sie am nächsten Tag ihren Lebensunterhalt verdienen werden. Es kann geschehen, daß ein Bürger auf der Straße nach einer Adresse gefragt wird – und von da an betätigt er sich als Fremdenführer.

Ich, um endlich aufs Thema zu kommen, erzeuge seit neuestem Waschmaschinen. Ursprünglich hatte ich Bildhauerei gelernt und war infolgedessen als Nachtwächter tätig, bevor ich den Beruf eines Schriftstellers ergriff. Und vielleicht wäre ich noch immer Elektromechaniker, wenn uns die Spiegels damals nicht eingeladen hätten.

Es war ein kühler Sonntagabend, als wir die Spiegels besuchten und uns zwei Stunden lang so tödlich langweilten wie nie zuvor. Ich sage das ungern, denn die Spiegels, besonders Aurel, sind nette Leute und liebenswürdige Gastgeber. Aber irgendwie ging uns der Gesprächsstoff aus, und um zehn Uhr abends konnten wir unsere Augen nur noch mit Hilfe von Daumen und Zeigefinger offenhalten. Um halb elf schliefen auch meine Finger ein, und es wurde mir unweigerlich klar, daß wir sofort aufbrechen müßten, weil ich sonst nicht mehr die Kraft hätte, meine Frau zu wecken.

Unter Mobilisierung aller noch vorhandenen Energie erhob ich mich und teilte unseren Gastgebern mit, daß wir sie nunmehr verlassen würden.

»Nein, das dürfen Sie nicht!« In jähem Schreck fuhr Frau Spiegel aus ihrem Schlummer hoch. »Warum die Eile?«

»Es tut mir leid«, stammelte ich. »Trotzdem ... wir müssen jetzt unbedingt gehen ... weil ... nun ja ... ich habe eine wichtige geschäftliche Verabredung. Es tut mir wirklich leid.«

»Sei nicht ungemütlich«, sagte Aurel Spiegel. »Die Leute können warten.«

Es glückte mir, meiner Stimme einen halbwegs glaubhaften Unterton von Trauer beizumengen:

»Ich würde ja selbst viel lieber hierbleiben. Aber was hilft's. Und wenn wir uns nicht beeilen, versäumen wir noch den letzten Bus.«

»Wohin wollt ihr denn so spät?«

»Nach Petach Tikvah[1]. Dort habe ich nämlich eine Verabredung. Leider ...«

»Na schön.« Aurel resignierte. »Dann bringe ich euch also mit dem Wagen zur Haltestelle.«

»Nein, nein!« protestierte ich. »Bitte nein! Wir wollen euch keine Mühe machen.«

»Lächerlich«, sagte Aurel und hatte bereits den Mantel angezogen.

Als wir an der Haltestelle aus seinem Wagen stiegen, bedankten wir uns sehr herzlich, warteten noch ein paar Sekunden und machten uns dann zu Fuß auf den Weg nach Hause.

Wir hatten nicht mit Aurels goldenem Herzen gerechnet. Schon stoppte er den Wagen und kam herangelaufen:

»Wohin denn, ihr Kretins? Das ist ja gar nicht die Haltestelle für den Bus nach Petach Tikvah!«

Damit faßte er uns unter, der Gute, und führte uns zur richtigen Haltestelle, wo keine Menschenseele mehr zu sehen war. Aurel ließ sich die Mühe nicht verdrießen und studierte sorgfältig den schlecht beleuchteten Fahrplan. Ein Seufzen entrang sich seiner Kehle:

»Mein Gott, der letzte Bus ist vor fünf Minuten abgefahren. Das ist ja schrecklich. Jetzt versäumt ihr unseretwegen diese wichtige Verabredung!«

»Macht nichts«, begütigte ich. »So wichtig war sie gar nicht.«

»Doch, doch. Sonst hättest du ja nicht zum Aufbruch gedrängt. Weißt du was? Ich fahre euch in meinem Wagen hin.«

[1] Petach Tikvah liegt zwölf Meilen von Tel Aviv entfernt – eine sehr beträchtliche Entfernung für Israel, wo in den Eisenbahnzügen Warnungstafeln angebracht sind: »Es ist verboten, sich nach Jordanien hinauszulehnen.«

»Das erlaube ich nicht!« rief ich gepeinigt. »Auch Gastfreundschaft muß ihre Grenzen haben!«
»Kein Wort weiter«, entschied Aurel. »Ich könnte heute nacht nicht schlafen, wenn ich euch jetzt nicht sofort nach Petach Tikvah führe ...«
Und so fuhren wir los. Während der ganzen Fahrt knieten meine Frau und ich im Fond, die Augen starr auf die langsam entschwindenden Lichter von Tel Aviv gerichtet, schwarze Verzweiflung im Herzen.
Petach Tikvah lag in lieblichem Mondschein, als wir endlich ankamen.
»Wohin genau?« fragte Aurel und unterdrückte ein Gähnen.
Mein Hirn begann fieberhaft zu arbeiten. Die einzige Adresse, die ich in Petach Tikvah kannte, war das Hotel Grienspan [2]. Und auch das nur, weil dort einmal einer meiner Gläubiger gewohnt hatte. Ich wandte mich an Aurel:
»Bitte laß uns beim Grienspan aussteigen.«
Endlich waren wir aus dem Wagen draußen, bedankten uns nochmals für Aurels überwältigende Güte und betraten das Hotel. Ein mißgelaunter Nachtportier empfing uns.
»Nur einen kleinen Augenblick«, sagte ich, indem ich ihm zuzwinkerte. »Wir gehen gleich wieder.«
Während wir noch dastanden und auf das Geräusch des abfahrenden Autos warteten, begann mein Eheweib plötzlich zu wanken:
»Er kommt zurück«, wimmerte sie.
Da setzte sich auch schon die Drehtür in Bewegung, Aurel trat ein, erklärte, daß ihn ein wenig fröstle, und verlangte eine Tasse Tee.
Der Portier wurde noch um einige Grade mißgelaunter:
»Was ist hier los? Wen suchen Sie eigentlich?«
»Wer? Ich?«

[2] Auch die israelischen Hotels sind ausschließlich in jüdischen Händen. Wie soll das alles enden?

»Ja, Sie.«
»Wenn Sie *mich* meinen – ich habe hier eine Verabredung mit einem gewissen ... also kurz und gut ... und den muß ich sofort sprechen.«
»Wie heißt er?«
»Was heißt das: wie heißt er? Ach ja ... richtig. Sie wollen seinen Namen wissen. Herschkowitz, wenn ich nicht irre. Tatsächlich. Ist Herr Herschkowitz schon angekommen?«
»Jawohl«, antwortete der Portier. »Er ist hier.«
»Bitte schauen Sie noch einmal nach«, sagte ich mit erhobener Stimme. »Er *muß* hier sein. Ich habe eine Verabredung mit ihm.«
»Ich sage Ihnen ja, daß er hier ist. Auf Nummer 23.«
»Das ist wieder einmal echt Herschkowitz. Ich hätte geschworen, daß er nicht kommen würde.«
»Aber er *ist* gekommen«, röhrte der Portier. »Wie oft soll ich Ihnen noch sagen, daß er hier ist?!«
»*Wer* ist hier?«
»Herschkowitz. Auf Nummer 23. Ich werde ihn sofort rufen.« Und ehe ich es verhindern konnte, hatte er nach dem Telephon gegriffen: »Herr Herschkowitz? Entschuldigen Sie die Störung ... ich mußte Sie leider wecken ... jemand ist hier, der Sie dringend zu sprechen wünscht.« Er hielt die Muschel zu und wandte sich an mich: »Herschkowitz will wissen, um was es sich handelt?«
»Eine persönliche Angelegenheit«, antwortete ich. »Streng vertraulich.«
Als Herschkowitz die Stiege herunterkam, im Pyjama und mit halb geschlossenen Augen, hatte ich das Gefühl, daß mein Kragen mit einemmal um zwei Nummern zu klein wäre. Auf der Stirn meiner Ehegattin sammelten sich mit unglaublicher Schnelligkeit zahllose kleine Schweißperlen. Wir schielten beide nach der Tür. Nur Aurel saß da und schlürfte behaglich seinen Tee.
Herschkowitz trat mit unheilkündender Miene auf uns zu.

Plötzlich aber, wie durch einen Zauberschlag, heiterte sein Gesicht sich auf.
»Hallo, alter Junge!« rief er strahlend zu Aurel hinüber. »Was machst denn du hier? Das ist aber eine frohe Überraschung!«
Für die nächsten Minuten waren die beiden Freunde damit beschäftigt, sich gegenseitig auf den Rücken zu schlagen, während wir unseren glasigen Blick auf die Tür geheftet hielten. Schließlich erfuhr Herschkowitz von Aurel, daß eigentlich wir es waren, die mit ihm sprechen wollten.
»Was wünschen Sie von mir?« fragte mich Herschkowitz mit freundlichem Lächeln.
»Tja – das ist nicht so einfach. Rauchen Sie?«
»Nein.«
»Ich auch nicht. Früher habe ich Pfeife geraucht, aber mein Arzt –«
»Was wünschen Sie von mir?«
»Also, Herr Herschkowitz – ich habe Interesse.«
»Interesse an was?«
»Sie wissen doch ...«
»An den Waschmaschinen?«
»Natürlich!« jauchzte ich auf. »An den Waschmaschinen.«
»Dann kann ich Ihre Eile verstehen«, sagte Herschkowitz. »Ich werde sofort Neumann in Chaderah anrufen.«
»Bitte nicht jetzt«, sagte ich flehend. »Es ist schon spät. Wir können ja morgen mit Neumann sprechen.«
»Sind Sie verrückt? Morgen fliegt Neumann nach Mailand!«
Damit begann er an der Wählscheibe zu drehen, entschuldigte sich bei dem offenkundig erzürnten Neumann, daß er ihn zu so später Stunde im Schlaf störe – aber der Mann aus Tel Aviv sei soeben angekommen, und vielleicht könnte man die Sache jetzt gleich unter Dach und Fach bringen.
Eine Minute später kam Herschkowitz an unseren Tisch und teilte uns mit, daß wir sofort nach Chaderah fahren müßten. Aurel würde sicherlich so freundlich sein, uns hinzubringen.

Aurel brachte uns hin. Neumann, allem Anschein nach ein cholerisches Temperament, ging sofort in medias res und informierte mich, daß dreißig Prozent der Aktien noch zu haben wären.

»Kaufen Sie – ja oder nein?«

»Ich . . . kann ich mir das noch ein wenig überlegen?«

»Wie Sie wünschen.« Neumann stand auf. »Nur um ganz sicher zu gehen, wollen wir jetzt noch Weingartner aufsuchen. Kommen Sie.«

»Ich brauche keinen Weingartner«, stieß ich heiser hervor. »Ich kaufe die Aktien.«

Nachher hatte ich noch alle möglichen Papiere zu unterzeichnen, aber das spielte sich bereits in einem rosafarbenen Nebel ab. Als es vorbei war, rüttelte ich meine Frau wieder ins Bewußtsein zurück, und bei Morgengrauen waren wir in Tel Aviv.

Auf dem Weg zu meinem Büro kaufte ich eine Zeitung. Balkendicke Lettern auf der Titelseite verkündeten, daß die »Neumann-Kishon Trust Company« in Chaderah die größte Waschmaschinenfabrik des Landes gegründet hatte. Solel Boneh [3] hatte zweiundvierzig Prozent der Anteile, Neumann achtundzwanzig Prozent, ich selbst dreißig Prozent. Die Fabrik, so hieß es, würde sofort die Produktion aufnehmen und den ganzen Mittleren Osten mit Waschmaschinen versorgen.

[3] Solel Boneh ist ein kapitalistisches Unternehmen der sozialistischen Gewerkschaften. Um sich ein Bild von seiner Größe zu machen, muß man sich vor Augen halten, daß der jüdische Staat einen untrennbaren Bestandteil von Solel Boneh bildet.

Ein wundertätiger Arzt

Der beste Ratschlag, den man einem Neueinwanderer geben kann, lautet: »Seien Sie Arzt!«
In den dreißiger Jahren, als die Einwanderung aus Deutschland ihren Höhepunkt erreichte, herrschte ein solcher Andrang an Ärzten, daß vorsichtige Hausfrauen ein Schild vor die Türe hängten: »Sprechstunden für Ärzte nur nachmittags von 3 bis 4 Uhr.«
Heute ist das anders. Immer mehr Leute werden krank, immer weniger Leute werden Ärzte. Israel ist ein wahres Ärzteparadies geworden.
Gewiß, auch in Amerika sind die Wartezimmer der Ärzte überfüllt. Aber die Amerikaner gehen nur deshalb zum Doktor, weil die Mitgliedskarte irgendeiner Gesundheitsorganisation sie dazu verpflichtet. Die Juden gehen zum Doktor, weil es sie freut, krank zu sein.
Was aber ist es, das so viele Leute krank macht? Es ist der graue, trostlose Alltag. Die Menschen sehnen sich nach ein wenig Abwechslung, und da die Krankheit ihnen Abwechslung verschafft, sind sie sogar bereit, Geld dafür auszugeben. Und der Doktor ist bereit, es zu nehmen.
Mein eigener Fall begann mit einem sonderbar leeren Gefühl in der Magengrube [1], gefolgt von einem dumpfen inneren Grollen. Zuerst schenkte ich der Sache keine Beachtung. Aber als sich jenes Gefühl der Leere verstärkte, besonders nachdem

[1] In tropischen Gegenden muß man mit dem Magen sehr vorsichtig sein, schon wegen der zahlreichen orientalischen Gaststätten, die starr an der altarabischen Überlieferung festhalten, daß es sinnlos sei, für Sauberkeit zu sorgen, weil ja sowieso alles von Allah abhängt.

ich einmal acht Stunden lang nichts gegessen hatte, wurde ich unruhig und erkundigte mich bei meiner alten Tante, was ich tun sollte. Nach kurzem Nachdenken empfahl sie mir, ärztliche Hilfe in Anspruch zu nehmen.

»Gut«, sagte ich. »Ich gehe zum ›Krankenschutz‹ [2].«

»Verrückt geworden?« schnarrte meine Tante. »Die nehmen dir ja nur dein Geld ab. Du gehst zu Großlockner.«

»Wer ist das?«

»Wer das ist? Du weißt nicht, wer Professor Großlockner ist? Der Wunderdoktor, der schon Hunderttausende gerettet hat?«

»Hunderttausende? Aber, aber . . .«

»Hör auf zu aberabern und geh zum Professor Großlockner. Sprich Deutsch mit ihm. Und sei unbesorgt – er wird etwas Ernstes finden.«

Ich wollte mich sofort auf den Weg machen, wurde jedoch von meiner Tante belehrt, daß man sich bei dem Wundermann telephonisch anmelden müsse. Am Telephon bestellte mich eine weibliche Stimme für Dienstag in drei Wochen um 5 Uhr 26. »Bis dahin wollen Sie bitte nicht essen, nicht trinken, nicht schlafen und nicht rauchen«, fügte sie hinzu.

Als ich zur festgesetzten Minute ankam, fand ich das Warte-

[2] Der »Krankenschutz« gehört zu den blühendsten Unternehmen in Israel. Mindestens eine halbe Million Aktionäre legen dort ihre monatlichen Investitionen an. Der »Krankenschutz« funktioniert ganz ausgezeichnet. Nur wenn jemand krank wird, läßt er ein wenig nach. Die Spitalpflege, die er seinen Schützlingen bietet, muß als kärglich bezeichnet werden. In einem der »Krankenschutz«-Spitäler gab es einmal einen Patienten, der eine schwere Magenoperation überstanden hatte und fürchterliche Hungerqualen litt. Man behandelte ihn mittels Hypnose. »Sie essen jetzt eine heiße Kartoffelsuppe . . . einen großen Teller gute, nahrhafte Kartoffelsuppe . . .«, suggerierte ihm der Arzt. »Warum suggerieren Sie ihm nicht etwas Besseres?« fragte eine teilnahmsvolle Krankenschwester. »Zum Beispiel Brathuhn mit Reis und gemischtem Salat?« Der Arzt zuckte die Achseln: »Bedaure! Er ist ein Kassenpatient.«

zimmer weit offen und mit fünfzig bis sechzig Patienten gefüllt. Mein freundlicher Gruß blieb unerwidert. Über dem Raum lag eine Atmosphäre religiöser Weihe. Die Türen, die aus ihm hinausführten, öffneten und schlossen sich lautlos, weißgekleidete Schwestern huschten hin und her, von Zeit zu Zeit wankten halbnackte Männer herein und verschwanden wie Schemen, dann reihten sich mehrere Patienten hintereinander auf und wurden im Gänsemarsch durch eine der Türen befördert. Das alles geschah mit einer beängstigenden Präzision. Es war ein geölter Monsterbetrieb.

Ich mochte ihn etwa eine halbe Stunde lang mit wachsender Ehrfurcht bestaunt haben, als eine Nurse auf mich zukam und mich aufforderte, ihr zu folgen.

Wir betraten das Aufnahmezimmer. Die Nurse griff nach einer gewaltigen Kartei und fragte mich nach meinen Personaldaten: Name? Geboren? Herkunftsland? Beruf?

»Journalist.«

»Sechsundzwanzig Pfund.«

»Warum so viel?«

»Das ist die Taxe für die erste Untersuchung. Nur Kollegen und Angehörige verwandter Berufe bekommen eine Ermäßigung.«

»Sehr gut. Ich repariere auch Schreibmaschinen.«

»Einen Augenblick, bitte.« Die Nurse schlug in einem abgegriffenen Handbuch nach. »25,30.«

Ich zahlte die ermäßigte Taxe und kehrte auf meinen Posten im Wartezimmer zurück. Knappe zwei Stunden später wurde ich von einer anderen Nurse in ein anderes Zimmer geführt, das als einziges Mobilar ein Bett enthielt. Da die Nurse eine ältliche, vertrauenerweckende Person war, riskierte ich die Frage, wofür dieser alte Gauner eigentlich so unverschämt viel Geld verlangte.

»Mein Mann ist kein philanthropisches Institut«, antwortete Frau Großlockner. Dann schlug sie ein dickes Buch auf und fragte mit eisiger Stimme, was mich hergeführt hätte.

Es klingt vielleicht ein wenig sonderbar – aber ich liebe es nicht, mich mit Personen weiblichen Geschlechts über meine körperlichen Beschwerden zu unterhalten, am allerwenigsten in einem Zimmer, in dem sich nichts weiter befindet als ein Bett. Ich verweigerte Frau Großlockner die gewünschte Auskunft. Daraufhin wurde ich wieder auf meinen Warteplatz zurückgeschickt, von wo ich den ständig anwachsenden Betrieb ungestört beobachten konnte. Die Zahl der Krankenschwestern, die allein oder mit Patienten unterm Arm den Raum durchquerten, schien sich immer noch zu vermehren. Ich konnte mich nicht enthalten, meinen Sitznachbar anzutippen:

»Wo nimmt er nur die vielen Krankenschwestern her?« fragte ich leise.

»Lauter Großlockners«, flüsterte er zurück. »Der Professor hat sieben Schwestern und drei Brüder. Sie alle arbeiten hier.«

Einer der Brüder führte mich bald darauf in ein Badezimmer, drückte mir eine Eprouvette in die Hand und hieß mich etwas tun, was mir die Frage »Warum?« entlockte. Weil man nie wissen könne, antwortete er. Und weil mich der Professor erst dann persönlich empfangen würde, wenn alle Vorbereitungstests durchgeführt wären.

Kaum war ich mit der Eprouvette zu Rande gekommen, als eine Großlocknersche Schwester mich in die Küche bugsierte, um mich einer Blut- und Magensaftprobe zu unterziehen. Dann ging es wieder zurück zu meiner Ausgangsbasis. Bei Einbruch der Dämmerung erschien eine weitere Schwester, die mich und zwei andere Patienten aufforderte, uns bis zum Gürtel zu entkleiden, unsere Plätze nicht zu verlassen und uns auf kürzesten Abruf bereit zu halten. Um diese späte Stunde war es im Wartezimmer bereits so kalt geworden, daß unsere Zähne hörbar zu klappern begannen. Es täte ihr leid, sagte die Nurse, aber die kostbare Zeit des Professors dürfe nicht verschwendet werden.

»Ich gebe Ihnen jetzt ein paar Anweisungen, an die Sie sich strikt zu halten haben«, fuhr sie fort. »Um Zeit zu sparen, wollen Sie bitte beim Betreten des Ordinationszimmers jede Begrüßung unterlassen. Setzen Sie sich sofort auf die drei Stühle in der Mitte des Zimmers, atmen Sie tief und strecken Sie die Zungen heraus. In dieser Position verbleiben Sie so lange, bis Sie andere Instruktionen bekommen. Belästigen Sie den Professor nicht mit Fragen oder Bemerkungen. Er weiß alles aus der Kartei. Sollte er seinerseits eine Frage an einen von Ihnen richten, dann antworten Sie nicht, oder – falls sich das wirklich nicht umgehen läßt – antworten Sie in reinen, einfachen Hauptsätzen von drei bis fünf Worten. Und dann ohne Gruß hinaus. Wiederholen Sie!«

Wir rezitierten die Regeln. Dann öffnete sich die Tür des Allerheiligsten. Ein leiser Pfiff ertönte.

»Jetzt!« rief unsere Nurse. »Marsch hinein!«

Wir marschierten hinein und folgten den uns erteilten Vorschriften. Der Professor nahm die Zungenparade ab.

»Was für Krankheiten hat es in Ihrer Familie gegeben?« fragte er mich.

»Verschiedene«, antwortete ich (ein Wort).

»Wie alt sind Sie?«

»Dreißig.« (Korrekterweise hätte meine Antwort »fünfunddreißig« lauten müssen, aber ich wollte keine Zeit verschwenden.)

Mit seiner wundertätigen Hand ergriff der Professor ein spitzes Instrument, stach mich in den Rücken und fragte mich, was ich fühlte.

»Ein Stechen im Rücken«, sagte ich.

»Herr Kleiner«, sagte der Professor. »Ihre Wirbelsäule braucht gründliche Behandlung.«

»Entschuldigen Sie«, sagte der Patient zu meiner Linken, obwohl ihm seine immer noch heraushängende Zunge das Reden sehr erschwerte, »aber *ich* heiße Kleiner, und ich –«

»Unterbrechen Sie mich nicht!« unterbrach ihn der Professor in begreiflichem Ärger, ehe er sich wieder mir zuwandte, um die Diagnose zu stellen. Sie lautete auf leichte Erkältung, wahr-

scheinlich verursacht durch längeres Sitzen mit nacktem Oberkörper in ungeheizten Räumen. Therapie: zwei Aspirintabletten.
Ein Wink des Professors entließ uns. Die beiden anderen wollten noch etwas sagen, wurden aber von den Schwestern unter Anwendung von Brachialgewalt hinausbefördert.
Einer der Patienten, ein kleines engbrüstiges Männchen, beklagte sich während des Ankleidens bitterlich, daß er der Postbote sei und nur versucht hätte, einen eingeschriebenen Brief zuzustellen. Er sei heute zum drittenmal zwangsweise untersucht worden, ungeachtet seiner Proteste. Letzten Montag hätte man ihn bereits zum Zweck einer Blinddarmoperation ins Spital verfrachtet, und er wäre nur mit knapper Not aus dem Ambulanzwagen entkommen.

Nehmen Sie Platz

Wenn ein Neueinwanderer aus irgendwelchen technischen Gründen kein Arzt werden kann, dann empfiehlt sich als zweitbeste Lösung die Laufbahn eines Beamten im Staatsdienst. Das Gehalt eines israelischen Staatsbeamten ist nicht sehr hoch, aber seine Tätigkeit ermöglicht ihm häufige Teepausen mit anregenden Gesprächen, weshalb man ihn vielfach als Intellektuellen betrachtet.

Die auffälligste Eigenheit des israelischen Staatsbeamten besteht darin, daß er nicht vorhanden ist. Das heißt: er ist vorhanden, aber nicht dort, wo er sein sollte. Also nicht in seinem Büro. Meistens befinden sich die israelischen Beamten in einer Besprechung. Es gibt mehrere tausend Vorwände für die Abhaltung von Besprechungen. Manche Besprechungen ziehen sich zwei bis drei Tage hin, andere dauern nur fünf bis sechs Stunden. So lange muß man eben warten. Warten wir also ...

Eines heißen Sommertages bekam mein Schwiegervater Bernhard – ein alter Zionist, der erst kurz zuvor nach Israel gekommen war – einen Empfehlungsbrief [1] an die Wohnbaugenossenschaft »Amidar« mit dem Ersuchen, ihm eine Wohnung zuzuweisen und ihm womöglich keinen höheren Preis zu berechnen als den üblichen.

Auf Wunsch meines Schwiegervaters ging ich selbst in das Zen-

[1] Da der Staat Israel außerstande ist, jedem Neueinwanderer sofort eine Wohnung zur Verfügung zu stellen, stellt er den alten Zionisten unter ihnen wenigstens Empfehlungsbriefe zur Verfügung, die das Auffinden einer Wohnung erleichtern sollen. Infolgedessen wimmelt es unter den Neueinwanderern von alten Zionisten. (Es wurden bisher zweiundfünfzig ehemalige Sekretäre Theodor Herzls gezählt.)

tralbüro der »Amidar«, um die Sache rasch zu erledigen. Man wies mich zum Zimmer Nr. 314, wo sich ein Herr namens Cheschwan meiner annehmen würde.
Zimmer Nr. 314 war leer. Im Nebenzimmer erfuhr ich, daß Herr Cheschwan gerade eine Besprechung mit Herrn Stern hätte, aber jeden Augenblick zurückkommen müßte. Ich wurde freundlich aufgefordert, so lange Platz zu nehmen.
Ich nahm Platz. Ich saß eine Weile. Ich ging eine Weile auf und ab. Ich nahm abermals Platz. Dann öffnete sich die Tür. Ein Mann steckte den Kopf herein und fragte: »Wo ist Cheschwan?«
»Er ist in einer Besprechung mit Stern«, sagte ich. »Nehmen Sie Platz.«
Der Mann schien in Eile zu sein, denn er verschwand wortlos. Wenige Minuten später erschien ein anderer Mann, offensichtlich ein Beamter, und sah sich nervös im Zimmer um.
»Seien Sie nicht nervös«, beruhigte ich ihn. »Cheschwan ist in einer Besprechung mit Stern, aber er muß jeden Augenblick zurückkommen. Nehmen Sie Platz.«
»Keine Zeit. Wenn Cheschwan zurückkommt, bestellen Sie ihm bitte, daß Mayer ihn zu einer dringenden Besprechung erwartet. Er soll sofort kommen.«
»In Ordnung«, sagte ich.
Eine knappe Viertelstunde war vergangen, als wieder ein Beamter hereinkam und fragte: »Wo ist Kirschner?«
»Er war gerade hier«, antwortete ich. »Wenn Cheschwan von Stern zurückkommt, schicke ich ihn sofort hinüber. Nehmen Sie Platz.«
»Danke. Wissen Sie zufällig, ob er schon etwas wegen des Wohnbauprojektes Ramat Aron unternommen hat?«
»Das ist sehr wahrscheinlich«, sagte ich.
»Dann nehme ich die Mappe gleich mit. Wenn er nach Feintuch fragt, sagen Sie ihm, daß ich eine Besprechung mit Mayer habe.«
Einige Sekunden später stand Kirschner atemlos vor mir:

»Wo ist die Mappe Ramat Aron? Der Alte wird tobsüchtig, wenn sie sich nicht sofort findet!«
»Um Himmelswillen!« rief ich. »Vor einer Minute hat Feintuch die Mappe zum Alten mitgenommen!«
»Und wo ist Cheschwan?«
»Er konferiert noch immer mit Stern. Ich warte hier auf ihn.«
»Gut«, meinte Kirschner. »Wenn das so ist, dann geben Sie doch bitte den Goldberg-Plan in die Givath-Seren-Mappe!«
»Mit Vergnügen«, sagte ich, übernahm die Papiere, suchte in den Regalen die Mappe Givath Seren heraus und gab den Goldberg-Plan hinein. Kaum war das erledigt, als Feintuch ins Zimmer stürzte:
»Was machen denn Sie hier?!« stieß ich unbeherrscht hervor, denn jetzt verlor ich langsam die Geduld. »Warum sind Sie noch nicht in der Besprechung? Wo doch der Alte ohnehin so schlecht gelaunt ist! Haben Sie gerne Krach?«
»Ich bin ja schon unterwegs. Ich wollte mir nur den Goldberg-Plan abholen.«
»Wozu brauchen Sie gerade jetzt den Goldberg-Plan, Feintuch? Ich habe ihn eben erst in die Givath-Seren-Mappe gegeben. Soll ich ihn vielleicht wieder hervorkramen? Das ist doch unglaublich! Alle nützen mich aus. Und ich Idiot lasse mich von allen ausnützen.«
Feintuch war sichtlich verwirrt.
»Ich wollte den Goldberg-Plan ja nur für Mayer haben«, stotterte er entschuldigend. »Was halten Sie übrigens von dem Plan?«
»Nicht schlecht. Aber ich wüßte gern, was der Alte dazu sagt.«
Feintuch nahm den Plan an sich, um ihn an Mayer weiterzugeben. Bevor er ging, sagte er mir noch, daß der Alte es sehr gerne sähe, wenn ich die Liste der präsumtiven Mieter des Wohnbauprojektes Shekem durchginge und für Stern einen Bericht darüber schriebe.
Ich machte mich sofort an die Arbeit.
Während ich die Liste noch überprüfte, erschien Feintuch: ich

möchte sofort zu Mayer kommen. »Als ob ich vier Paar Hände hätte, wie?« bemerkte ich mit wohlbegründetem Tadel, raffte die Akten zusammen und ging zum Alten. Mayer wollte meine Meinung über die architektonischen Qualitäten des Projektes Ramat Aron hören. Ich erklärte ihm offen, daß die Häuser zu nahe beieinander stünden und die Fenster zu klein wären. Kirschner begann zu stammeln. »Immer dasselbe«, sagte er. »Um so schlimmer«, gab ich scharf zurück. Und das sei nur ein weiterer Beweis dafür, daß es so nicht weitergehen könne.
Der Alte gab mir hundertprozentig recht, versetzte Kirschner in eine andere Abteilung (der wird mich jetzt mit seinem Haß verfolgen, dachte ich) und erteilte mir den Auftrag, das Ramat-Aron-Projekt zu übernehmen. Ich schickte sofort nach Feintuch und verlangte einen genauen Bericht innerhalb vierundzwanzig Stunden. Dann bestellte ich einen Wagen, fuhr nach Ramat Aron hinaus, hatte ein ausführliches Gespräch mit dem Architekten, prüfte die Pläne, nahm ein paar kleinere Verbesserungen vor und entließ einen aufmuckenden Ingenieur ohne Abfertigungsgelder. Dann fuhr ich in mein Büro zurück.
Dort erwartete man mich bereits in großer Erregung. Kirschner, der mir meinen meteorhaften Aufstieg neidete, hatte hinterrücks eine Flüsterkampagne gegen mich begonnen. Er wurde leichenblaß, als Feintuch auf mich zukam und mir mitteilte, daß Stern persönlich mich zu einer dringenden Besprechung erwarte.
Ich erstattete Stern einen detaillierten, vertraulichen Bericht über den derzeitigen Stand des Projektes und sparte nicht mit kritischen Bemerkungen über das langsame Arbeitstempo.
»Aber Sie müssen einsehen, Stern«, sagte ich abschließend, »daß ich ohne die entsprechende Autorität keine Verantwortung übernehmen kann.«
Stern sah das ein, berief sofort eine außerordentliche Sitzung des Exekutivkomitees und gab den Mitgliedern seines Stabes bekannt, daß er mich zu seinem Vertreter ernannt habe. Mayer versuchte ein paar schäbige Andeutungen über meine relativ kurze Dienstzeit anzubringen, aber Stern war an diese Intrigen

gegen mich bereits gewöhnt, drückte mir zum Abschied demonstrativ die Hand und sprach mir, für alle hörbar, sein Vertrauen aus.
Als ich in mein Büro kam, um noch rasch einmal die Akten Givath Seren vorzunehmen, begegnete ich einem neuen Mann. Mayer stellte ihn mir vor. Es war Herr Cheschwan, den ich sofort mit einer wichtigen Aufgabe in der Registratur betraute.
»Ich bin gewiß kein Unhold«, sagte ich ihm, »aber ich verlange pünktliche und gewissenhafte Arbeit. Ganz besonderen Wert lege ich darauf, daß mein Stab während der Bürostunden, also während das Publikum Zutritt zu den Amtsräumen hat, an keinen Besprechungen teilnimmt. Es könnten sonst die merkwürdigsten Situationen entstehen.«
Nachdem ich meinem Schwiegervater einen kompletten Wohnblock in Ramat Gan zugewiesen und einen kleinen Vorschuß auf mein Gehalt behoben hatte, machte ich Feierabend.
Seit diesem Tage arbeite ich im Zentralbüro der »Amidar«. Sprechstunden täglich von 11 bis 1, Zimmer 314. Wenn Sie mich in meinem Zimmer nicht vorfinden, dann bin ich gerade in einer Besprechung. Nehmen Sie Platz.

Vive l'Empereur!

Ich wurde einmal von einem Franzosen privat eingeladen. Ich. Von einem Franzosen. Privat. In seine Wohnung. In sein Heim. Ausländer, die seit mehr als zwanzig Jahren in Frankreich leben, versicherten mir, daß es in der glorreichen Geschichte des Landes keinen Präzedenzfall für eine solche Einladung gibt. Noch nie hat ein Ausländer die Wohnung eines Franzosen betreten, es sei denn, um die Fenster zu waschen. Und ich möchte ausdrücklich bemerken, daß mein Gastgeber, als er mich einlud, nicht etwa betrunken war, sondern den Eindruck eines ausgeglichenen, im Vollbesitz seiner gesunden Sinne befindlichen Menschen machte. Es handelte sich ganz offenbar um eine einmalige Naturerscheinung.

Allerdings machte ich seine Bekanntschaft beim Internationalen Theater-Festival, und das bedeutet einige Minuspunkte. Während der Vorstellung einer israelischen Truppe saß ich neben einem älteren Herrn, der ununterbrochen wissen wollte, was zum Teufel denn eigentlich auf der Bühne los sei. Ich erklärte ihm, daß er das Leben in einem sogenannten »Kibbuz« sähe, einer landwirtschaftlichen Kollektivsiedlung, wo die Menschen freiwillig arbeiten, die eine Hand am Pflug, die andre am Gewehr, die dritte auf der Bibel. Mein neuer Freund, Monsieur Rapue, teilte mir daraufhin mit, daß auch er oder genauer gesagt sein Großvater gegen die Preußen gekämpft hätte. Von da wechselte unser Gespräch zu den Chinesen, zur Roulette, und zum Jüngsten Gericht. Möglicherweise war es dieses letzte Thema, das Monsieur Rapue veranlaßte, seine traditionelle Zurückhaltung aufzugeben und mich in seine Wohnung einzuladen.

»Kommen Sie Freitag abend nach dem Diner«, sagte er. »Es kommen auch noch ein paar andere Leute nach dem Diner.«

»Merci«, antwortete ich. »Ich komme also Freitag abend nach dem Diner.«
»Nehmen Sie die Metro Bonaparte bis zum Napoleon-Obelisk. Überqueren Sie die Place de la Grande Armée in Richtung Arc de Triomphe. An der Kreuzung der Avenue du 7 Novembre mit der Rue du 28 Mai finden Sie das Haus Marengo. Sie erkennen es an der links vom Eingang angebrachten Marmorplatte, aus der genau hervorgeht, wann der Grundstein dieses Hauses gelegt wurde. Es war genau 104 Jahre, nachdem Napoleon die italienischen Armeen an der Brücke von Marengo zerschmettert hatte. Auf Wiedersehen Freitag abend nach dem Diner.«

Am Freitagabend nahm ich ein umfangreiches Diner zu mir und machte mich auf den angegebenen Weg. Den zur Erinnerung an Napoleons Sieg bei Friedland errichteten Obelisk fand ich ohne Mühe, aber dort, wo die Place de la Grande Armée sein sollte, stand das Keramische Museum, das im Gebäude einer ehemaligen Kadettenschule untergebracht war. Nach einigen Minuten vergeblichen Wanderns bat ich einen Verkehrspolizisten um Auskunft. Er belehrte mich, daß der von mir gesuchte Obelisk nicht der Friedland-Obelisk sei, sondern der Obelisk zu Ehren des Siegs in Ägypten zwischen der Rue 11 Janvier und der Rue 12 Janvier. Anschließend fragte er mich nach meiner Nationalität. Ich gab mich als Israeli zu erkennen und sah, wie seine Augen aufleuchteten. Napoleon, so erklärte er mir, hätte vor der Unterwerfung Ägyptens bekanntlich Accra und Jaffa erobert. Ich nickte zustimmend, obwohl die Festung Accra gar nicht daran gedacht hatte, sich von Napoleon erobern zu lassen.
Kaum eine halbe Stunde später stand ich vor dem Haus Marengo und eine weitere Viertelstunde später vor der Wohnung von Monsieur Rapue. Dort war bereits eine kleine, jedoch vornehme Gesellschaft versammelt. Alle sprachen fließend Französisch, eine Sprache, der meine hoffnungslose Liebe gilt.

Nach einer Weile wandte sich die Unterhaltung dem Nahen Osten zu. Es herrschte volle Einigkeit über die strategische Bedeutung des Staates Israel.

»Schon zur Zeit, als der Kaiser vor der Unterwerfung Ägyptens Accra und Jaffa eroberte...«, begann einer der Gäste und verlor sich in einer ausführlichen Schilderung der genialen taktischen Manöver, die der Korse im Schatten der Pyramiden durchgeführt hatte. Besonders an der Erscheinung des großen Feldherrn, wie er auf weißem Zelter einsam einen Hügel hinanritt, indessen die Strahlen der untergehenden Wüstensonne seine Gestalt in einen goldenen Schimmer tauchten, entzündete sich die Phantasie des Sprechers. Das, so äußerte er verträumt, müßte eigentlich ein großartiges Gemälde abgeben. (Zwei solche Gemälde hingen in Öl an der Wand.)

Ich meinerseits, als kurzfristiger Besucher mehr von praktischen Interessen beherrscht, erkundigte mich nach den Sehenswürdigkeiten, die ich während meines Aufenthalts unbedingt besichtigen müßte. Man nannte mir die folgenden:

Das Grab Napoleons. Den Arc de Triomphe. Sämtliche Kriegsmuseen, besonders die der Schlachten von Jena, von Austerlitz und von Wagram, aber auch alle anderen. Sämtliche Lieblingsschlösser des Kaisers, besonders das in Malmaison, in Saint Germain, in ...

Mein Kopf begann sich zu drehen. Gewiß, Napoleon trägt mit Recht den stolzen Beinamen »der Adler«, aber ich habe auch für Spatzen etwas übrig. Vielleicht bin ich ihm nur neidig, weil er die Welt erobert hat und ich nicht. Und außerdem ist es mit seinen Welteroberungen, wenn man näher zusieht, nicht gar so weit her. Unser Geschichtsprofessor im Gymnasium antwortete einmal auf die respektlose Frage, wozu Napoleon den ägyptischen Feldzug überhaupt unternommen habe: der General wollte die Pyramiden nach Frankreich schaffen. Niemand weiß besser als ich, daß er statt dessen mit selbstgebastelten Obelisken hat vorlieb nehmen müssen ...

Während solche und ähnliche Häresien mir durch den Kopf

gingen, war die übrige Gesellschaft bei der Schlacht von Wagram angelangt, wo der Kaiser die vereinigten Armeen Rußlands, Preußens und Österreichs aufgerieben hatte, ehe er seinen berühmten Winterfeldzug begann und Moskau eroberte.
»Kein Feldherr außer Napoleon hat jemals Moskau erobert«, bemerkte ein anwesender Sportjournalist im Tonfall absoluter Endgültigkeit.
»Und nachher?« fragte ich.
»Was: nachher?«
»Ich meine: nachher.«
»Na ja, nachher ... Der Rest ist Geschichte.«
Unser Gastgeber nahm einen Schluck von seinem Napoleon-Cognac und äußerte mit unüberhörbar gehässigem Unterton:
»Nachher tat sich eine Bande reaktionärer Kaiser und Könige zusammen, um den Genius der Revolution abzuwürgen.«
Ich wagte den flüsternden Einwand:
»Aber war denn nicht auch Napoleon ein Kaiser? Und König von Italien?«
»Eben!« lautete die beißende Replik. »Das konnten diese Snobs eben nicht ertragen ...«
»Ich verzeihe den Engländern alles«, ließ sich ein andrer vernehmen, indem er die auf dem Kamin stehende Napoleon-Büste streichelte. »Schließlich sind sie keine Europäer. Aber daß der sadistische Gouverneur von St. Helena den Kaiser mit ›Sir‹ angesprochen hat – das verzeihe ich ihnen nicht.«
Um dem Gespräch eine Wendung zu geben, bot ich einigen zunächststehenden Herren von meinen Zigaretten an. Sie kehrten mir indigniert den Rücken. Erst jetzt entdeckte ich den faux pas, den ich begangen hatte: es waren »Nelson«-Zigaretten, und das Portrait des legendären Admirals prangte deutlich sichtbar auf der Schachtel. Er sah so zufrieden aus, als hätte er gerade die französische Flotte vernichtet. Das Ganze war sehr peinlich. Auch mein verlegenes Gemurmel, daß irgend jemand dieses ungenießbare, ordinäre Kraut in meine Tasche geschmuggelt haben müsse, konnte den Wall aus eisiger

Ablehnung, der mich umgab, nicht mehr durchbrechen. Ich verabschiedete mich, ohne daß mich jemand zurückgehalten hätte.

Aus purer Höflichkeit – vermutlich um meinem Abgang einen harmlosen Charakter zu geben – fragte mich Monsieur Rapue nach meiner Londoner Adresse. Selig über die Chance, den Zorn der Gäste ablenken zu dürfen, sprudelte ich hervor:

»Wellington Circle. Ecke Trafalgar Square. Hotel Waterloo ... um Gottes willen ...«

Niemand reichte mir die Hand. Mein Gastgeber geleitete mich wortlos zur Türe, ungerührt von meinen Beteuerungen, daß es nicht meine Schuld sei, wenn jede zweite Straße in London nach einer Schlacht oder einem Heerführer hieße, und wenn ihnen Namen wie Wellington oder Waterloo ausgingen, erfänden sie sogar andere, die sich darauf reimten, wie Kensington oder Bakerloo ... Monsieur Rapue warf dröhnend die Türe ins Schloß.

Ich taumelte die Stiegen hinunter, überquerte die Rue de Tilsitt und steuerte auf den nächstbesten Triumphbogen zu.

Nichts ist unseren Künstlern so zuwider wie die aufdringliche Verehrung, die ihnen von der großen Masse entgegengebracht wird. Nur eines ist ihnen noch zuwiderer: wenn ihnen die große Masse *keine* aufdringliche Verehrung entgegenbringt.

Inkognito

Der bedeutende Maler, der im ganzen Lande höchstes Ansehen genießt, will eine Krawatte kaufen und betritt inkognito ein Modewarengeschäft. Insgeheim hat er jedoch keinen sehnlicheren Wunsch, als daß der Ladeninhaber sein Inkognito durchschaut und ihm nicht nur die gebührende Bewunderung zuteil werden läßt, sondern auch den gebührenden Preisnachlaß.
Der Ladeninhaber seinerseits mißt den bedeutenden Maler mit einem völlig leeren, gleichgültigen Blick. Offenbar ahnt er nichts von der Ehre, die ihm da widerfährt.
Im allgemeinen ist der bedeutende Maler immer von einem Schwarm junger Bewunderer begleitet, die in solchen Fällen den betreffenden Ladeninhaber vorsorglich informieren, welche prominente Persönlichkeit seinen Laden betritt. Diesmal hat der bedeutende Maler aus irgendwelchen Gründen den Laden allein betreten und befindet sich somit in einiger Verlegenheit. Er kann ja dem Ladeninhaber nicht gut sagen: »Ich bin Jizchak Bar Honig, der bedeutende Maler.« Das ließe seine Bescheidenheit niemals zu. Was kann er also tun? Er kann versuchen, das Gespräch unauffällig in eine Richtung zu lenken, die ihm Gelegenheit gibt, seinen Namen wie zufällig fallenzulassen. Und das spielt sich also folgendermaßen ab:

Der Ladeninhaber: Bitte sehr?
Der bedeutende Maler: Ich möchte eine Krawatte.
Der Ladeninhaber: Was für eine?
Der bedeutende Maler: Eine Krawatte für einen Künstler.
Der Ladeninhaber: Bitte sehr. *(Legt Krawatten vor.)*

Der bedeutende Künstler: Darf ich meine Tasche auf diesen Sessel legen? Sie enthält Malutensilien.

Der Ladeninhaber: Bitte sehr.

Der bedeutende Maler: *(eine Krawatte prüfend)* Sehr geschmackvolles Muster . . .

Der Ladeninhaber: Unsere Krawatten werden von ersten Künstlern entworfen.

Der bedeutende Maler: Ja, das sieht man. Von diesen Dingen verstehe ich etwas. In gewissem Sinn könnte ich mich sogar als Fachmann bezeichnen, hehehe.

Der Ladeninhaber: Sie sind aus der Branche?

Der bedeutende Maler: Nein, ich bin Kün –

Verkäufer: *(unterbricht)* Kasse 1 Pfund 70, Herr Steiner!

Der Ladeninhaber: Besten Dank, gnädige Frau.

Der bedeutende Maler: Also, wie ich sagte . . .

Der Ladeninhaber: Entschuldigen Sie die Unterbrechung. Ich zeige Ihnen gerne noch andere Muster. Wie gefällt Ihnen die gelbe Krawatte hier?

Der bedeutende Maler: Ein wenig zu schreiend, mein Freund. Ich habe eine ähnliche in Venedig gesehen, als ich einen Preis gewann.

Der Ladeninhaber: Wieso denn? Ich finde dieses Gelb sehr hübsch.

Der bedeutende Maler: Ich sagte Ihnen ja schon, daß ich eine ganz ähnliche Krawatte in Venedig gesehen habe, gelegentlich der Preisverteilung damals.

Der Ladeninhaber: Sie waren in Venedig?

Der bedeutende Maler: Ich habe dort einen ersten Preis gewonnen.

Der Ladeninhaber: Ich war auch einmal in Italien. Wunderschön, was man dort alles sieht. Ich sage noch zu Dwascha, meiner Frau, sage ich noch: »Dwascha, wenn ich ein Maler wäre, mein Ehrenwort, das würde ich malen!«

Der bedeutende Maler: Ich habe in Venedig als Maler einen ersten Preis gewonnen.

Der Ladeninhaber: Zu Hause hab ich auch ein paar Preise. Zwei für Auslagen-Arrangements und einen Gymnastikpreis. In meiner Jugend war ich ein sehr großer Turner. Sogar heute mache ich noch jeden Morgen Gymnastikübungen. Außer es regnet. Ich sage immer: Gesundheit ist das wichtigste. Hab ich nicht recht?

Der bedeutende Maler: Ja.

Der Ladeninhaber: Das Blau hier ist auch sehr schön. Eine satte Farbe.

Der bedeutende Maler: Niemand weiß besser als ich, wie satt ein Farbton sein kann, mein Freund.

Der Ladeninhaber: Stimmt. Für Farben muß man Verständnis haben. Besonders in meiner Branche. Gott sei Dank habe ich einen ausgezeichneten Farbensinn. Er hat sich jedenfalls in den letzten siebenundzwanzig Jahren bestens bewährt. Siebenundzwanzig Jahre . . .

Der bedeutende Maler: Sonderbar. Ich hätte geschworen, daß Sie nicht immer Geschäftsmann waren.

Der Ladeninhaber: Ich bin seit siebenundzwanzig Jahren in der Branche.

Der bedeutende Maler: Nicht jedem Menschen ist der Beruf ins Gesicht geschrieben. Nicht jedem. Nehmen Sie mich, zum Beispiel. Man könnte mich für einen Arzt halten, obwohl ich –

Der Ladeninhaber: Sie arbeiten für die Krankenkasse, Herr Doktor?

Das verdammte Telephon: *(läutet)*

Der Ladeninhaber: Entschuldigen Sie, das Telephon. *(Hebt ab, führt ein Gespräch, kommt zurück.)* Wo sind wir stehngeblieben? Richtig, ich erinnere mich. Da habe ich erst gestern einen sehr guten Ärztewitz gehört. Hoffentlich werden Sie nicht beleidigt sein, wenn ich ihn erzähle. Also ein Mann sagt zu seinem Arzt: »Herr Professor, sind Sie sicher, daß ich Lungenentzündung habe? Einer meiner Bekannten wurde auf Lungenentzündung behandelt und ist an Typhus gestorben.« Sagt der Professor: »Herr, ich behandle Sie auf Lungenentzündung, und Sie werden an Lungenentzündung sterben!« Hahahaha . . .

DER BEDEUTENDE MALER: Ha.

DER LADENINHABER: Was kann ich Ihnen sonst noch zeigen, Herr Professor?

DER BEDEUTENDE MALER: Haben Sie Leinwand? Zum Malen?

DER LADENINHABER: Großer Gott, wo soll ich das hernehmen?

DER BEDEUTENDE MALER: Ich dachte nur. Falls Sie nämlich Leinwand für mich als Maler hätten . . .

DER LADENINHABER: Nein. Führen wir nicht.

DER BEDEUTENDE MALER: Halt! Bleiben Sie in dieser Stellung! Ohne sich zu bewegen! Großartig . . . Was für ein großartiges Profil . . . Wohl wert, von eines Künstlers Pinsel festgehalten zu werden.

DER LADENINHABER: *(ohne sich zu bewegen)* Ja, das hat man mir schon öfter gesagt. An meinem Profil scheint etwas dran zu sein.

DER BEDEUTENDE MALER: Ich bin bereit, Sie zu porträtieren.

DER LADENINHABER: Leider habe ich zuviel zu tun.

DER BEDEUTENDE MALER: Es würde nur ein paar Minuten dauern. Porträts sind meine Spezialität. Und es würde ein wunderbares Bild werden.

DER LADENINHABER: Danke vielmals, aber bei uns zu Hause hängen schon genug Bilder herum. Zwei im Salon und eins im Kinderzimmer. Ich habe sehr viel für Malerei übrig, müssen Sie wissen.

DER BEDEUTENDE MALER: Oh. Das freut mich.

DER LADENINHABER: Mein Bub malt sehr hübsch. Er ist erst acht Jahre alt, aber der Lehrer schwört auf sein Talent.

DER BEDEUTENDE MALER: Ich komme demnächst einmal zu Ihnen, um mir die Arbeiten Ihres Sohnes anzuschauen.

DER LADENINHABER: Sie werden staunen. Der Lehrer behauptet, daß es an der ganzen Schule noch nichts dergleichen gegeben hat.

Der bedeutende Maler: Ich bin selbst Maler.

Der Ladeninhaber: Der Bub ist auch in Arithmetik sehr gut.

Der bedeutende Maler: Ich bin der berühmte Maler Bar Honig.

Der Ladeninhaber: Mit der Grammatik tut er sich ein bißchen schwer. Na, ich frage Sie: ist Grammatik gar so wichtig?

Der bedeutende Maler: Jizchak Bar Honig, der große Maler! Ich bin der weltberühmte Jizchak Bar Honig!!

Der Ladeninhaber: Sogar die Lehrer machen manchmal grammatikalische Fehler – aber – was ist mit Ihnen? Sind Sie verrückt? Lassen Sie sofort meine Kehle los ... Hilfe ... Mörder ...!

Der bedeutende Maler: Bar Honig! Der große Maler! Ich bin der weltberühmte Bar Honig! Ich! Jizchak Bar Honig!

Der Ladeninhaber: Moment, Moment – sagten Sie Bar Honig?

Der bedeutende Maler: Ja. Der bin ich.

Der Ladeninhaber: Ausgeschlossen.

Der bedeutende Maler: Ich schwöre.

Der Ladeninhaber: Nein, diese Freude! Ist es die Möglichkeit?

Der bedeutende Maler: Fassen Sie sich, guter Freund. Vor Ihnen steht Jizchak Bar Honig persönlich.

Der Ladeninhaber: Wenn ich das gewußt hätte ... nein, wirklich ... darf ich Sie küssen?

Der bedeutende Maler: Nur zu.

Der Ladeninhaber: Es ist kaum zu glauben! Und in meinem Geschäft! Sie sind doch verwandt mit Getzl Bar Honig aus Czernowitz? Dem Bürstenhändler?

Der bedeutende Maler: Ein Cousin von mir. Warum?

Der Ladeninhaber: Ich bin mit Getzl in die Schule gegangen. Er war mein bester Freund. So eine Überraschung. Entschuldigen Sie, daß ich Sie wie eine gewöhnliche Kundschaft behandelt habe! Wählen Sie, was Ihnen gefällt ... der ganze Laden gehört Ihnen ... Dwascha! Dwascha! Weißt du, wer da ist? Getzls Cousin!

Dwascha: *(eilt mit ausgebreiteten Armen herbei.)*

Yigal und die Inquisition

Manche Probleme, mit denen sich der Neueinwanderer mühsam herumschlagen muß, sind für andere Bewohner des Landes überhaupt nicht vorhanden: für die im Land Geborenen, die sogenannten »Sabras«, die wir schon bei einer früheren Gelegenheit erwähnt haben.
In den Vereinigten Staaten unterscheidet sich die junge Generation von der alten hauptsächlich dadurch, daß sie mehr von Fluid Drive und Vierradbremse versteht. In Israel ist der Unterschied zwischen Vätern und Söhnen so groß, daß er sich mit Worten gar nicht erklären läßt, sondern nur mit Beispielen:
Eine aus Sabras bestehende Studentendelegation fuhr nach Prag, um dort an einem Studentenkongreß teilzunehmen. Es war um jene Zeit, da die tschechoslowakischen Kommunisten auf Grund der neuesten Krümmung der Parteilinie ganz offiziell dem Antisemitismus oblagen. Infolgedessen ließen ein paar eifrige tschechische Jungkommunisten sich's angelegen sein, die an ihrem Mittagstisch sitzenden Sabras bei jeder Gelegenheit mit dem Zuruf »Jud! Jud! Jud!« zu bedenken. Eine Massenrauferei schien unausbleiblich, aber nichts dergleichen geschah. Die Sabragruppe beendete ruhig ihre Mahlzeit und verließ ebenso ruhig den Saal.
Jemand fragte sie, ob sie denn diese gewissen Zurufe nicht gehört hätten?
»Natürlich haben wir sie gehört«, lautete die Antwort. »Sie haben uns Juden genannt. Und was weiter? Wir sind ja Juden.«
Daß man sie in feindseliger Absicht so apostrophiert haben könnte, fiel den Sabras nicht ein. Sie wußten nicht, daß der Zuruf »Jud!« einmal ein Schimpfwort gewesen war.
Äußerlich entspricht der Sabra ziemlich genau dem national-

sozialistischen Rassenideal. Er ist nur etwas größer gewachsen und seine Haare sind etwas blonder. Die etwas kleiner gewachsenen jüdischen Väter betrachten ihre überdimensionierten Söhne mit einem Gemisch aus Stolz und Schrecken. Und erst die jüdischen Großväter! Sie verstehen ihre eigenen Enkelkinder nicht mehr und wissen nicht, wie sie mit diesen Enkelkindern, die mit den Arabern fertig geworden sind, fertig werden sollen.
Auf einer Parkbank wurde ich Zeuge der folgenden aufschlußreichen Begebenheit.

Ich hatte zwei Nachbarn auf dieser Parkbank. Der eine, ein älterer Herr, war in die Lektüre einer jiddischen Zeitung vertieft, wobei seine Lippen sich stumm bewegten und seine Brille immer wieder über seine Nasenspitze zu rutschen drohte. Der andere war ungefähr zehn Jahre alt und las, soviel ich sehen konnte, einen blutrünstigen Kriminalroman. Plötzlich wandte er sich fragend an den alten Herrn:
»Großpapa – was ist Inquisition?«
Großpapa faltete die Zeitung zusammen, schob die Brille auf seine Nase zurück und holte genießerisch aus:
»Vor Hunderten von Jahren, mein kleiner Yigal, im finsteren Mittelalter, hatten unsere Vorväter ein sehr schweres Leben. Man sperrte sie in Gettos, die von hohen Mauern umgeben waren, und jeder Christ konnte sie treten und anspucken und nach Herzenslust erniedrigen. Ja, ja. So war das damals. Die Steuereintreiber der Fürsten und Bischöfe raubten ihnen das letzte Geld, wenn es ihnen nicht schon die lieben Nachbarn geraubt hatten. Unsere Waisen wurden lebendig verbrannt, unsere Männer wurden zu den niedrigsten Diensten gezwungen, unsere Frauen wurden –«
»Schon gut«, unterbrach ihn Yigal. »Das genügt. Ich habe dich gefragt, Großpapa, was Inquisition bedeutet.«
»So warte doch. Ich bin gleich so weit. Die Inquisition war ein fürchterliches, grausames Verfahren zur Einschüchterung all

derer, die an den Dogmen der Kirche zweifelten. Natürlich waren die Opfer fast immer Juden . . .«
»Warum ›natürlich‹? Wieso?«
»Wirst du mich endlich in Ruhe weiterreden lassen?« ärgerte sich der alte Herr. »Also höre. In den Folterkammern der Inquisition wurden die Opfer von Mönchen in roten Kapuzen entsetzlich gequält. Man zwickte sie mit glühenden Zangen, hängte sie verkehrt auf, zog unseren Märtyrern bei lebendigem Leib –«
»Genug«, unterbrach Yigal aufs neue. »Den Rest bis zur Revolution kannst du überspringen.«
»Bis zu welcher Revolution?«
»Was ist das für eine Frage? Bis zum Aufstand der Juden gegen die Mönche!«
»Laß deine dummen Reden, Yigal. Unsere Vorfahren waren fromme, gottesfürchtige Juden, die sich gegen den Willen des Ewigen nicht auflehnten.«
»Was heißt das? Willst du sagen, daß Gott diese . . . daß er die Inquisition wollte?«
»Schäm dich, Yigal! So spricht man nicht von Gott! Und unsere Vorfahren waren große Helden, die nicht einmal auf dem Scheiterhaufen von ihrem Glauben ließen. Ihre Überzeugung war unerschütterlich, und ihre innere Stärke war gewaltig.«
»Fein! Dann sind sie schließlich doch auf die Mönche losgegangen?«
»Yigal! Ich habe dir doch gerade gesagt, daß unsere Vorväter, gelobt sei ihr Andenken, auch unter den fürchterlichsten Qualen standhaft blieben und dem Ewigen noch mit ihrem letzten Atemzug dafür dankten, daß Er ihre Feinde nicht obsiegen ließ . . . Im Tale des Todes gehe ich . . .« (der alte Herr begann in wiegendem Singsang zu psalmodieren) ». . . aber es wird mir kein Leides geschehen, denn der Herr, mein Gott, ist bei mir . . .«
»Verstehe ich nicht«, bemerkte Yigal trocken. »Wie konnten sie singen, daß ihnen kein Leid geschah, während sie gerade

von den Mönchen verbrannt wurden? Wenn die Mönche gesungen hätten, so wäre –«

»Schweig, du mißratenes Kind! Deine einzige Entschuldigung ist, daß du nicht weißt, wovon du sprichst. Unsere Vorfahren glaubten so fest an Gottes Gerechtigkeit, daß selbst ihre Folterknechte von bleichem Schrecken erfaßt wurden und aus Angst immer mehr und mehr unschuldige Opfer töteten.«

»Großpapa!« flehte Yigal. »Bitte, Großpapa, erzähl mir schon endlich etwas von der Revolution! Nur eine ganz kleine Revolution! Bitte!«

»Ruhig, du kleiner Schegez![1] Willst du das Andenken unserer Märtyrer entweihen? Wenn sie der Inquisition nicht so heldenhaft Widerstand geleistet hätten, wärest du heute kein Jude ...«

»Das ist nicht wahr!« empörte sich Yigal. »Ich wäre auf jeden Fall ein Jude, weil ich in Israel geboren bin!«

»Ein Heide bist du, sonst nichts! Weil du keine Ehrfurcht vor dem Heldenmut unserer Vorfahren hast!«

»Quatsch!« rief Yigal und sprang auf. »Du willst mir einreden, daß es Gottes Wille wäre, wenn mich die Mönche verbrennen? Sei nicht bös, Großpapa, aber das ist ein Unsinn. Und deine Vorfahren müssen fürchterliche Waschlappen gewesen sein!«

Damit wandte Yigal sich ab und ließ uns sitzen.

»Was sagst du da? Was?!« zürnte der alte Herr hinter ihm her. Dann wandte er sich kopfschüttelnd an mich: »Waschlappen ... Ist Ihnen eine solche Unverschämtheit jemals untergekommen? Und für diese Brut haben wir unseren Staat gebaut! Für dieses nichtswürdige Gezücht von unwissenden Kindern! Sind sie

[1] Als »Schegez« bezeichnen die rechtgläubigen Juden jene jugendlichen Ignoranten, die sich nur um weltliche Dinge kümmern. In früheren Zeiten galt diese Bezeichnung als tödlicher Schimpf. Heute haben sich die Sabras so sehr an sie gewöhnt, daß sie überhaupt nicht mehr darauf reagieren.

nicht fürchterlich? Sagen Sie selbst: sind sie nicht fürchterlich?« Er schüttelte nochmals den Kopf, seufzte tief auf und sagte leise: »Gott segne sie.«

Achimaaz und die Schuhe

Israelische Eltern sind glücklich, wenn ihre Kinder ihnen nicht ähnlich sehen. Kinder werden in Israel auf das unglaublichste verwöhnt. Wer einen zum Bersten vollen Autobus besteigt und ein Kind im Lebendgewicht von fünf Kilogramm auf dem Arm trägt, bekommt sofort einen Sitzplatz. Wer einen fünfzig Kilogramm schweren Sack auf dem Rücken hat, muß stehen.

Nicht alle israelischen Kinder sind Genies; nur fünfundachtzig bis neunzig Prozent. Unter den restlichen zehn bis fünfzehn findet sich eine ausreichende Anzahl von geistig Minderbemittelten. Keine ausgebildeten, denn das Schulwesen in Israel ist nicht verstaatlicht. Naturbelassene.

Ein solcher war Achimaaz, von dem nunmehr die Rede sein soll.

Das ganze Unglück begann damit, daß ich an einer neuen Sorte amerikanischer Schuhe, ihrer Gummisohlen wegen allgemein »Rubber Soles« genannt, besonderen Gefallen fand. Ich wollte mir unbedingt ein Paar kaufen und betrat zu diesem Zweck das Schuhgeschäft Leicht am Mograbi Square [1].

»Herr Leicht«, sagte ich, »ich möchte ein Paar echte Rubber Soles, sämisch, mit amerikanischen Spitzen.«

»Einen Augenblick«, sagte Herr Leicht und begann seine Regale zu durchstöbern.

Es zeigte sich, daß Herr Leicht Rubber-Soles-Schuhe, Sämisch-

[1] Das Weltgeschehen hat zwei Brennpunkte: den Times Square in New York und den Mograbi Square in Tel Aviv (tatsächlich sind an diesen beiden Punkten dreiundvierzig Prozent aller Kinotheater der Welt konzentriert). Wenn man einen Israeli beispielsweise fragt, wo Abessinien liegt, antwortet er: »Wissen Sie, wo der Mograbi Square liegt? Also – Abessinien liegt 3000 Meilen südöstlich.«

lederschuhe und Schuhe mit amerikanischen Spitzen auf Lager hatte, aber kein einziges Paar, das alle drei Qualitäten in sich vereinigte. Angesichts meiner deutlich zur Schau getragenen Enttäuschung erklärte er sich bereit, einen Botenjungen in sein Filialgeschäft zu schicken, welches sich gegenüber der Hauptpost befand. »In ein paar Minuten haben Sie Ihre Schuhe«, sagte er wörtlich und winkte den Botenjungen heran, einen kleinen Jemeniten von etwa vierzehn Jahren, dessen außergewöhnlich geringer Intelligenzgrad sich sofort feststellen ließ.

»Höre, Achimaaz«, sagte Herr Leicht langsam und deutlich. »Du gehst jetzt in unser Zweiggeschäft gegenüber vom Hauptpostamt und verlangst dort ein Paar Rubber Soles, sämisch, amerikanisch, Nummer 7. Die bringst du her. Hast du verstanden?«

»Wozu?« antwortete Achimaaz.

»Na ja.« Herr Leicht wandte sich entschuldigend an mich. »Es ist vielleicht besser, wenn wir dem kleinen Schwachkopf Ihre Schuhe mitgeben, sonst bringt er die falsche Größe.«

Ich zog meine Schuhe aus, die Herr Leicht in eine leere Schachtel tat und dem Botenjungen übergab.

»Also, Achimaaz: Rubber Soles, sämisch, amerikanisch, Nummer 7. Wirst du dir das merken? Ja? Dann lauf.«

»Herr Leicht«, stammelte Achimaaz, »ich weiß nicht, wohin ich gehen soll, Herr Leicht.«

»Du weißt doch, wo die Hauptpost ist?«

»Ja, das weiß ich.«

»Also. Auf was wartest du noch? Es eilt!«

Nach zwei Stunden und zwanzig Minuten, in denen ich ohne Schuhe dasaß, wußten weder Herr Leicht noch ich, worüber wir noch sprechen sollten, um unsere Nervosität zu verbergen. Alle gängigen Konversationsthemen, vom Wachstum Tel Avivs bis zur Aufnahme Chinas in die UNO, waren bereits erschöpft. Endlich wurde die Tür aufgerissen und Achimaaz stand auf der Schwelle, vollkommen atemlos und mit vollkommen leeren Händen.

»Nu?!« Herr Leicht sprang auf ihn zu. »Wo sind die Schuhe?«
»Mit Luftpost abgegangen«, sagte Achimaaz und holte tief Atem.
Die sofort angestellten Nachforschungen ergaben folgenden Hergang: Der verwirrte Knabe war in strikter Befolgung der letzten Instruktionen, die Herr Leicht ihm erteilt hatte, direkt aufs Hauptpostamt gerannt und hatte sich dort an die Schlange vor dem Schalter Nummer 4 angereiht, weil sie die längste war. Er kam nur langsam vorwärts, denn am Schalter 4 werden die eingeschriebenen Briefe abgefertigt und ein Bote des Postministeriums hatte ihrer gerade 1200 mitgebracht. Endlich aber war Achimaaz doch an der Reihe.
Erlöst schob er dem Beamten die Schachtel mit meinen alten Schuhen unter die Nase und sagte brav das Eingelernte auf:
»Rubber Soles Sämisch Amerika Nummer 7.«
»Schalter 8«, sagte der Beamte. »Bitte weitergehen.«
Achimaaz wechselte zur Schlange vor dem Schalter 8, wo die übergewichtigen Briefe gewogen werden. Auch dort wiederholte er sein Sprüchlein:
»Rubber Soles Sämisch Amerika Nummer 7.«
»Das ist kein Brief«, sagte der Beamte. »Das ist ein Paket.«
»Macht nichts«, sagte Achimaaz. »Herr Leicht will es so.«
»Na schön.« Der Beamte zuckte die Schultern und legte die Schachtel auf die Waage. »Das wird dich ein Vermögen kosten. Wohin soll's gehen?«
»Rubber Soles Sämisch Amerika Nummer 7.«
Der Beamte sah im Postgebührenverzeichnis unter »Amerika« nach und errechnete die Luftpostgebühr für das entsprechende Gewicht.
»Drei Pfund zehn Piaster. Mit Eilzustellung?«
»Warum eil?«
»Ist es eilig?«
»Sehr eilig.«
»Macht achtundfünfzig Piaster mehr. Hast du soviel Geld bei dir, Junge?«

»Ich glaube schon.«
Erst jetzt merkte der Beamte, daß auf der Schachtel keine wie immer geartete Adresse angebracht war.
»Was soll das? Warum hast du keine Adresse geschrieben?«
»Ich kann nicht sehr gut schreiben«, entschuldigte sich Achimaaz und wurde knallrot. »Wir sind acht Kinder. Mein ältester Bruder ist im Kibbuz und –«
»Schon gut«, unterbrach ihn der Beamte, dessen weiches jüdisches Herz soeben die Oberhand gewonnen hatte, und griff nach einer Feder, um das Paket selbst zu adressieren.
»An wen geht das also?«
»Rubber Soles Sämisch Amerika Nummer 7«, flüsterte in wachsender Verschüchterung der Knabe Achimaaz.
»Rabbi Sol Sämisch, USA«, schrieb der Beamte auf das Paket und knurrte etwas von diesen amerikanischen Juden, die sogar ihre biblischen Vornamen abkürzen und statt »Solomon« nur »Sol« sagen; dann unterbrach er sich aufs neue: »Welche Stadt, zum Teufel? Welche Straße?«
»Herr Leicht hat gesagt: gegenüber vom Hauptpostamt.«
»Das genügt nicht.«
»Rubber Soles Sämisch Amerika Nummer 7«, wiederholte Achimaaz tapfer. »Mehr hat Herr Leicht nicht gesagt.«
»Wirklich ein starkes Stück ...« Der Beamte schüttelte den Kopf und vervollständigte mit erfahrungssatter Sicherheit die Adresse: Postfach No. 7, Brooklyn, N. Y., USA [2]. »Wer ist der Absender?«
»Herr Leicht.«
»Wo wohnt Herr Leicht?«
»Ich weiß nicht. Sein Geschäft ist auf dem Mograbi Square.«
Das war der Hergang, soweit er sich rekonstruieren ließ.

[2] In Israel herrscht die Überzeugung, daß fast alle amerikanischen Juden in Brooklyn leben. Und was tut Gott? Fast alle amerikanischen Juden leben in Brooklyn.

Als ich vor einigen Tagen wieder am Schuhgeschäft Leicht vorbeikam, winkte mich Herr Leicht in den Laden und zeigte mir stolz einen Brief von Rabbi Sämisch aus Hartford, Connecticut. (Die falsche Brooklyner Adresse war von der findigen amerikanischen Post richtiggestellt worden.) Rabbi Sämisch bedankte sich herzlich für das hübsche Geschenk, bemerkte jedoch, daß er im allgemeinen neue Schuhe vorzöge, weil sie länger hielten. Im übrigen hätte ihn die kleine Aufmerksamkeit, obwohl er sich seit jeher lebhaft für die zionistische Bewegung interessierte, doch ein wenig überrascht.

Perfekt bis ins letzte Detail

Der Reisende, der in Mailand einen Zug in nördlicher Richtung besteigt, wird nach einigen Stunden Fahrt eine seltsame Verwandlung beobachten können: die Waggons haben plötzlich zu quietschen aufgehört, die Fahrgäste bringen fieberhaft ihr Äußeres in Ordnung und klauben alle Papierschnitzel vom Boden weg, das Geräusch der Räder läßt einen klaren Rhythmus erkennen, und sogar die Fenster werden wie durch Zauberschlag durchsichtig.

Dann durchfährt der Zug einen dieser unvermeidlichen, endlos langen Tunnels – und wenn er wieder ins Freie kommt, ist man in der Schweiz.

Jetzt tritt auch im Benehmen der Passagiere eine deutliche Veränderung ein. Sie scheinen alle zu den oberen Zehntausend zu gehören. So distinguiert ist die Schweiz. Mutter war eine deutsche Baronin, Vater ein französischer Großfabrikant, und alle Verwandten sind Millionäre; bis auf das schwarze Schaf der Familie, den italienischen Onkel, über den man im Gespräch höflich hinweggeht.

Die Schweiz ist der Traum des Kleinbürgers. Und des Großbürgers. Und der Sozialisten. Und der Revolutionäre und Konservativen und Nihilisten. Die Schweiz, kurzum, ist der Inbegriff aller menschlichen Sehnsüchte. »Schweiz« bedeutet soviel wie »Frieden«. Man könnte die Schweiz auch mit Israel vergleichen, nur ohne Araber an den Grenzen. Wohin man blickt, herrscht Ruhe, Ordnung, Disziplin, Hygiene, Fleiß und Moral.

Ist das nicht furchtbar?

Auch die Hotels halten den höchsten Standard. Es gibt kein Feilschen, keine unangenehmen Überraschungen, kein Straucheln über die Trinkgeldfrage. In jedem Hotel hängt eine deut-

lich sichtbare Tafel mit Hausregeln und Preislisten, und weder von den einen noch von den anderen wird auch nur im mindesten abgewichen. Unser Hotel in Zürich machte uns beispielsweise mit der folgenden Tarifbesonderheit vertraut:
»Klimaanlage im Zimmer: 10 % des Tagespreises.«
Mit Recht. Klimaanlagen bedeuten das Non-plus-ultra an Komfort. Durch einen kleinen, in unerreichbarer Höhe angebrachten Apparat wird die ozonreiche Schweizer Luft, sorgfältig temperiert und gefiltert, in das geschmackvoll eingerichtete Zimmer geleitet. Jeder Atemzug trägt zum Wohlbefinden des Gastes bei. Mag draußen ein noch so heißer Schirocco das Leben unerträglich machen – das Zimmer bleibt erfrischend kühl. Leider kann es manchmal geschehen, daß es keinen Schirocco gibt, und daß, im Gegenteil, die Luft draußen erfrischend kühl ist. Dann allerdings verwandelt sich das geschmackvoll eingerichtete Zimmer in eine Eisgrube.
Infolgedessen ging ich zum Hotelmanager und sprach zu ihm wie folgt:
»Exzellenz! In unsrem Zimmer ist es kalt. Mörderisch kalt. Bitte stellen Sie die Klimaanlage ab!«
Exzellenz zogen die Hausregeln zu Rate und antworteten freundlich:
»Mein Herr, Sie haben ein Zimmer *mit* Klimaanlage genommen.«
»Gewiß. Aber jetzt ist es kalt draußen, und ich möchte, daß Sie dieses verdammte Ding abstellen.«
»Das geht leider nicht. Unsre Klimaanlage ist zentral betrieben.«
»Ich werde mir eine Erkältung zuziehen.«
»Dann müssen Sie wärmere Kleider nehmen«, sagte der Manager und war mir sichtlich böse, daß ich ihn zu einem Bruch der Hausregeln verleiten wollte.
Ich machte einen letzten Versuch:
»Stellen Sie die Klimaanlage ab – und ich zahle Ihnen trotzdem die zehn Prozent Aufschlag. Einverstanden?«

Nun war es mit der Selbstbeherrschung des Managers zu Ende. Für derlei levantinische Sitten hatte er nichts übrig. Sein Gesicht lief rot an.

»Mein Herr«, sagte er eisig, »für nicht geleistete Dienste können wir unseren Gästen nichts berechnen. Wenn Sie für etwas zahlen, dann bekommen Sie es auch. Das ischt alles.«

Und mit einer unwidersprechlichen Handbewegung scheuchte er mich von seinem Antlitz hinweg.

Ich kehrte in unsre Tiefkühlanlage zurück und beriet mit meiner Gattin, wie wir dem Tod durch Erfrieren vielleicht doch noch entgehen könnten. Schließlich kauerten wir uns eng umschlungen hinter einen Mauervorsprung, der uns einigen Schutz gegen die unablässig eindringenden Kaltluftströmungen verhieß. Einige Minuten später klopfte es diskret an der Türe. Nein, die Schweizer sind keine Unmenschen. Ein Zimmermädchen brachte uns einen elektrischen Heizstrahler und zwei Decken.

Nach und nach gestalteten sich meine Beziehungen zum Manager etwas freundlicher. Er entpuppte sich – wie alle Schweizer, wenn man sie näher kennenlernt – als ein sehr netter Kerl, nur in Fragen der Haus- und sonstigen Ordnung verstand er keinen Spaß. Und wie sich zeigte, war das nicht einmal der einzige Spaß, den er nicht verstand.

Eines Abends unterhielten wir uns über die Weltlage. Nachdem er mir die schweizerische Neutralität und ich ihm die bedrohte Lage Israels erklärt hatte, sah ich den Zeitpunkt gekommen, einen jüdischen Witz zu erzählen.

»Kennen Sie diesen?« begann ich. »Zwei Juden fahren in der Eisenbahn –«

»Entschuldigen Sie«, unterbrach mich der Manager und rückte seine Brille zurecht. »Was für Juden? Ich meine: woher kamen die beiden Herren?«

»Von irgendwoher. Es ist gleichgültig.«

»Von Palästina?«

»Spielt keine Rolle. Schön, von Palästina. Oder sagen wir besser Israel. Und –«

»Ich verstehe. Sie wollen andeuten, daß die Geschichte bald nach der Gründung Ihres Staates spielt.«
»Richtig. Aber es hat eigentlich nichts mit der Geschichte zu tun. Zwei Juden fahren in der Eisenbahn –«
»Wohin?«
»Egal. Nach Haifa. Es ist wirklich ganz unwichtig. Der Zug fährt plötzlich in einen langen Tunnel ein, und da –«
»Einen Augenblick. Gibt es denn auf der Strecke nach Haifa einen Tunnel?«
»Dann fahren sie eben nach Jerusalem. Gut? Also der Zug –«
»Entschuldigen Sie, mein Herr. Ich fürchte, daß es auch auf der Strecke nach Jerusalem keine Tunnels gibt. Mein Bruder war mit einer Roten-Kreuz-Mission in Palästina, als es noch unter britischem Mandat stand, und er hat mir nie etwas von Tunnels erzählt.«
»Es spielt auch gar keine Rolle. Das sagte ich Ihnen doch schon. Es ist für meine Geschichte ganz gleichgültig, wo die beiden im Zug fahren. Nehmen wir an, sie fahren in der Schweiz. Und –«
»Ah, in der Schweiz! Und um welchen Tunnel, wenn ich fragen darf, handelt es sich? Um den Simplon? Um den St. Gotthard? Oder vielleicht –«
Jetzt war es an mir, zu unterbrechen:
»Es ist vollkommen unwichtig, was für ein Tunnel es war!« rief ich. »Meinetwegen kann es auch der Schlesinger gewesen sein!«
»Der Schlesinger-Tunnel?!« Der Manager brach in dröhnendes Gelächter aus. »Hervorragend! Ein hervorragender Witz! Entschuldigen Sie – das muß ich sofort unsrem Chefportier erzählen! Der Schlesinger-Tunnel! Hahaha . . .«
Bald darauf schüttelte sich das ganze Hotel vor Lachen. Ich schlich auf die Toilette, ließ es mir angelegen sein, jedes Aufsehen zu vermeiden, und erhängte mich still an einer garantiert unzerreißbaren Schweizer Krawatte.

Ein Hort der Sauberkeit

Unsre erste Begegnung mit der übernatürlichen Schweizer Sauberkeit erfolgte auf der weltberühmten Bahnhofstraße. Wir hatten eines der umliegenden Warenhäuser durchwandert und waren auf der tadellos funktionierenden Rolltreppe in die vierte Etage gelangt, wo wir zwei tadellos verpackte Schokoladeschnitten erwarben, in Cellophan, mit Tellerchen aus Pappe und ebensolchen Löffelchen. Auf dem Weg ins Hotel konnten wir uns nicht länger zurückhalten, öffneten die Verpackung und taten uns an den Schnitten gütlich. Sie schmeckten wunderbar. Noch nie im Leben hatten wir so wunderbare Schokoladeschnitten gegessen, außer vielleicht zwei Tage zuvor in Italien.

Kaum war der letzte Bissen verschluckt, als in unsrem Rücken aufgeregte Zurufe erschollen. Jemand kam uns nachgerannt.

»Entschuldigen Sie«, keuchte ein wohlsituiert aussehender Herr. »Sie haben Ihre Tellerchen verloren!«

Damit hielt er uns die beiden schokoladeverschmierten Pappendeckel hin, die wir auf dem Höhepunkt unsrer Völlerei achtlos weggeworfen hatten.

»Entschuldigen Sie«, sagte auch ich. »Wir haben das Zeug nicht ›verloren‹. Entschuldigen Sie.«

»Ja was denn sonst?«

»Was meinen Sie? Wieso ja was denn sonst?«

»Wie hätte ich es sonst auf dem Straßenpflaster gefunden?«

In diesem Augenblick riß die beste Ehefrau von allen den klebrigen Abfall, den der ehrliche Finder noch immer in der Hand hielt, mit einem raschen »Danke schön!« an sich und zerrte mich weiter.

»Bist du verrückt geworden?!« zischte sie mir zu. »Hast du vergessen?!«

Ich erbleichte. Ja, ich hatte vergessen, daß wir uns in der reinlichen Schweiz befanden, in der blitzblanksten Straße ihrer saubersten Stadt. Auch nicht das kleinste weggeworfene Papierchen war zu sehen. Höchstens da oder dort auf dem Straßenpflaster der eine oder andre ausgebleichte Fleck, der beim Scheuern nicht restlos verschwunden war. In der Ferne liquidierte ein gutgekleideter Straßenkehrer mit einem antiseptischen Besen einige Brotkrumen. Sonst nichts als Sauberkeit, Sauberkeit, Sauberkeit. Und dieses makellose Panorama hatte ich durch den frevlen Wegwurf zweier schmutziger Pappendeckel zu verunstalten gewagt!

Von Scham und Reue zerfressen, faltete ich die beiden Reste behutsam zusammen, mit den Klebeseiten nach innen.

»Das wäre soweit in Ordnung«, sagte ich zu meiner befriedigt nickenden Gattin. »Aber was jetzt? Ich kann das Zeug nicht die ganze Zeit mit mir herumschleppen. Schließlich bleiben wir noch zwei Wochen in der Schweiz ...«

»Sei unbesorgt. Wir werden schon etwas finden, wo wir's auf gesetzliche Weise loswerden. Eine offizielle Abfallstelle oder so etwas.«

Es war elf Uhr vormittag, als sie das sagte. Um zwei Uhr nachmittag hielt ich die beiden Pappendeckelreste noch immer in meinen von Schweiß und flüssiger Schokolade verschmierten Händen. Wenn wir wenigstens ein Papier zum Einwickeln gefunden hätten! Aber dem sehnsüchtig suchenden Blick zeigte sich nichts dergleichen.

Wir bestiegen einen Triebwagen der sprichwörtlich sauberen Zürcher Straßenbahn und setzten uns an ein offenes Fenster. In ein lebhaftes, gestenreiches Gespräch vertieft, warteten wir auf die erste brauchbare Kurve. Dort warf ich den Pappendeckelbrei mit einer raschen Bewegung zum Fenster hinaus.

Die Bremsen kreischten. Nach wenigen Metern kam der Wagen zum Stillstand. Ich stieg folgsam aus, um den verlorenen Wertgegenstand zu holen, und bedankte mich beim Wagenführer: »Sehr aufmerksam von Ihnen. Glücklicherweise ist den Dingern nichts passiert. Danke vielmals.«

Jetzt gerieten wir allmählich in Panik. Mit dem Mute der Verzweiflung wandte ich mich an einen älteren Herrn, der in unsrer Nähe saß, und fragte ihn, was er täte, wenn er sich zum Beispiel eines schmutzigen Stücks Papier entledigen wollte. Der ältere Herr dachte nach und meinte dann, der von mir angenommene Fall sei so unwahrscheinlich, daß er sich ihn kaum vorstellen könne, aber rein theoretisch gesprochen würde er das Papier zu sich nach Hause nehmen und es am Sonntag verbrennen. Ich weihte ihn in mein Geheimnis ein und fügte hinzu, daß das fragliche Papiermaterial in die Kategorie »Abfall« gehörte. Daraufhin gab er mir seine Adresse und lud uns für den nächsten Nachmittag ein; wir könnten dann gleich ein paar Monate zu Gast bleiben, seine Frau würde sich freuen.

Ich war drauf und dran, seine Einladung anzunehmen, besann mich aber rechtzeitig, daß wir uns ja gar nicht so lange in der Schweiz aufhalten wollten, dankte ihm mit überströmender Herzlichkeit und gab ihm zu verstehen, daß ich von seinem Angebot nur in einem unvorhergesehenen Dringlichkeitsfall Gebrauch machen würde; mittlerweile sei mir nämlich ein andrer, näherliegender Ausweg eingefallen: ich würde das Zeug als »Muster ohne Wert« mit der Post nach Israel schicken.

»Aber was werden sie in Israel damit machen?« erkundigte sich besorgt mein theoretischer Gastgeber.

»Sie werden es in den Jordan werfen.«

Damit war er beruhigt, und wir nahmen tränenreichen Abschied voneinander.

In einem alleenreichen Villenort stiegen wir aus. Mein Plan, die Dunkelheit abzuwarten und das Papierbündel unter einen Baum zu vergraben, erwies sich leider als undurchführbar, weil alle Bäume mit schmiedeeisernen Schutzgittern umgeben waren. Hängenden Kopfes trotteten wir in die Stadt zurück.

Und da – plötzlich – mitten in der Stadtmitte – an einem Laternenpfosten – sah ich einen Abfallbehälter hängen, einen wirklichen, wahrhaftigen, zauberhaft gelb gestrichnen Kasten mit der Inschrift: HALTET ZÜRICH REIN! ABFÄLLE – HIER!

Ich torkelte hin, umklammerte den Kasten wie ein Fliehender die rettende Freistatt, warf den Pappendeckel hinein und schloß meine Frau, deren Antlitz von einem unirdischen Lächeln der Glückseligkeit überstrahlt war, aufschluchzend in die Arme. Dann machten wir uns Hand in Hand auf den Weg in unser Hotel.

»Entschuldigen Sie«, sagte der Polizist, der uns nach wenigen Schritten aufhielt. »Sie müssen Ihr Päckchen wieder herausnehmen. Das ist ein ganz neuer Abfallkorb. Wir wollen ihn reinhalten.«

»Ja ... aber ...«, lallte ich und deutete mit einer lahmen Gebärde auf die Inschrift. »Es heißt doch ganz ausdrücklich: Abfälle – hier!«

»Das gilt nur für Kehrricht. Nicht für Müll oder sonstige kompakte Gegenstände. Haltet Zürich rein.«

Ich senkte meinen Arm tief in den Abfallkorb und fischte den Pappendeckel heraus. Mir war zumute wie einem verendenden Reh. Meine Stimme klang mir selber fremd, als ich mich an die beste Ehefrau von allen wandte:

»Es bleibt nichts andres übrig. Ich muß es aufessen.«

»Um Himmels willen! Untersteh dich nicht, dieses dreckige Zeug in den Mund zu nehmen!«

»Gut«, flüsterte ich. »Dann lasse ich's kochen!«

Damit stürzte ich in das Restaurant, an dem wir gerade vorbeikamen. Der Oberkellner sah mich und eilte herbei.

»Abfallpapier?« fragte er dienstfertig. »Wünschen Sie es gedünstet oder gebraten?«

»Gebraten, bitte. Halb englisch.«

»Wie üblich«, nickte der Ober, legte das Zeug auf einen Silberteller und trug es in die Küche.

Nach zehn Minuten brachte er es zurück, dampfend und mit Gemüsen garniert. Ich nahm den ersten Bissen und spuckte ihn aus:

»Das ist ja angebrannt!« rief ich. »Vollkommen ungenießbar!«

Wir sprangen auf und enteilten. Vor unsrem geistigen Auge erschien der gute, alte Rothschild-Boulevard in Tel Aviv mit hunderten kleinen Abfallhäufchen, die in der strahlenden Sonne des Mittelmeeres lustig glitzerten.

Chamsin und Silberrausch

Zu den wichtigsten Worten der jiddischen Sprache gehört das Wort »Zores«. Es bedeutet soviel wie Sorgen, Kummer, Mißhelligkeiten, Unglück. Die Juden sind seit der Vertreibung aus dem Paradies besonders reich mit Zores gesegnet. Deshalb heißen sie ja auch das auserwählte Volk. Man unterscheidet natürliche Zores, die sozusagen gottgewollt sind und die man fertig ins Haus geliefert bekommt, und künstliche, von Menschenhand erzeugte Zores.

In England zum Beispiel rangiert das Wetter unter den hauptsächlichen Zores der Bevölkerung, weil dort tagtäglich alle vier Jahreszeiten miteinander abwechseln. Das ist nicht die Schuld der Engländer, sondern gottgewollt. Anderseits haben die Engländer aus völlig freien Stücken ein künstliches Staatengebilde namens Jordanien erzeugt, und dafür müssen sie jetzt büßen. Was uns Israelis betrifft, so leiden wir sowohl unter dem Wetter als auch unter Jordanien. Aber vielleicht sollten wir über unser Klima nicht klagen. Vielleicht ist es ein Segen, daß die Wintertemperatur unseres Landes ungefähr jener entspricht, die in Kalifornien herrscht, und zwar an einem schönen Sommertag in einer luftdicht abgeschlossenen Telephonzelle.

Außerdem gibt es bei uns einen trockenen, brennheißen Wüstenwind, eine Art von Superschirokko, der auf Erden nur ein einziges Gegenstück hat: das Innere der sinnreich konstruierten Testapparate, in denen die Besatzung amerikanischer Panzerwagen auf ihre Widerstandskraft gegen Feuereinwirkung geprüft wird. Dieser Wind heißt »Chamsin«, nach dem arabischen Wort für fünfzig, weil er angeblich fünfzig Tage im Jahr bläst. (In Wahrheit bläst er mindestens hundert Tage, aber die Araber waren immer schon groß im Feilschen.) Wenn der Chamsin bläst, bekommt man keine Luft, kann sich kaum auf den Beinen halten und fühlt das Verdorren der Nervenstränge beinahe plastisch. Einem Beduinen, der während des Chamsins eine seiner Frauen umbringt, geschieht nichts. Es geschieht ihm auch nichts, wenn er eine seiner Frauen außerhalb der Chamsinzeit umbringt, aber das macht den Chamsin um nichts erfreulicher.

Der weiße Mann rottet nur selten seine Frauen aus, wahrscheinlich weil die Beziehung zwischen Mann und Frau unter den Menschen weißer Rasse so hervorragend ausbalanciert ist. Immerhin tut auch der weiße Mann bisweilen Seltsames. Und davon wollte ich eigentlich reden.

Es war also ein Tag, an dem der Chamsin wehte und die Luft nur noch aus heißem Sand zu bestehen schien, als mein Eheweib tief aufseufzte und sprach:

»Oh Gott, welche Hitze... Da fällt mir etwas ein. Unser Petroleumofen ist so verrostet, daß ich am liebsten vor Scham versinken möchte, wenn wir Gäste haben...«

Ich gab keine Antwort, denn ein plappernder Mann ist wie ein Brunnen ohne Wasser, der ein Feuer löschen will. Statt dessen beschloß ich, meiner Frau eine Freude zu machen und den Ofen mit Silberlack anzustreichen. Und selbstverständlich würde ich das alles selbst machen, wie es neuerdings Mode geworden ist [1].

In einem Farbengeschäft in Jaffa kaufte ich eine große Dose »garantiert feuerfesten Silberaluminiumlack«, erzeugt im Kibbuz Tushia [2], und einen mittelgroßen Pinsel, solcherart meinem Vorhaben alle technischen Grundlagen sichernd.

Am nächsten Morgen täuschte ich mit Hilfe des immer noch

[1] Die »Do-it-yourself«-Mode, einer der Schrecken der zivilisierten Menschheit, beginnt sich auch bei uns immer weiter auszubreiten.

[2] Unsere Kibbuzim, die ursprünglich als rein landwirtschaftliche Siedlungen gedacht waren, haben ihre Tätigkeit mittlerweile auch auf andere Gebiete der Volkswirtschaft ausgedehnt. Einige begannen ihre Traktoren selbst herzustellen und warfen sich dann aus purer

anhaltenden Chamsin tiefen Schlummer vor, bis meine Frau sich an die Arbeit begeben hatte (irgend jemand muß schließlich unsere tägliche Einkommensteuer verdienen). Dann stand ich auf. Vorschriftsmäßig öffnete ich die Zinndose mit der glitzernd-silbrigen Flüssigkeit darinnen, sorgfältig strich ich den Ofen. Der Lack saß ihm wie angegossen und machte allen Schmutz und Rost vollkommen unsichtbar. Meine natürliche Bescheidenheit zwingt mich zu dem Bekenntnis, daß auch ein mittelmäßig intelligenter Schuljunge diese Leistung zustande gebracht hätte, denn der garantiert feuerfeste Silberaluminiumlack aus dem Kibbuz Tushia ist ein so hervorragendes Präparat, daß man damit einfach nichts verpatzen kann. Wenn Sie ihn noch nicht versucht haben, tun Sie das bei nächster Gelegenheit. Sie werden nie mehr mit einem andern garantiert feuerfesten Aluminiumlack arbeiten wollen.

Die Arbeit machte mir große Freude. Ich wartete gar nicht ab, bis »der erste Belag vollkommen getrocknet« war – zufolge der bürokratischen Gebrauchsanweisung dürfte man nämlich erst dann die zweite Schicht auflegen. Ich legte sie, um sicherzugehen, sofort auf, und eine dritte obendrein.

Da meine Hände nun schon recht kräftig Spuren der geleisteten Arbeit trugen und die Büchse noch nicht annähernd leer war, begann ich Umschau zu halten, ob nicht noch andere Gegenstände in unserer Wohnung der Restauration bedürften. Ich fand und lackierte zwei schäbig gewordene Türklinken, einen tropfenden Wasserhahn und drei Aluminiumkochtöpfe, die nachher wie neu aussahen; ferner einen Kaktustopf samt Kaktus, den Küchentisch, zwei Fußschemel, einen Aschenbecher, einen Schuhlöffel und andere Kleinigkeiten. Dann wollte ich

Profitgier auf den Brückenbau, andere verbessern ihre Einkünfte durch die Erzeugung kosmetischer Gebrauchsartikel, und im Süden des Landes gibt es einen Kibbuz, der sich nach einer Mißernte durch psychoanalytische Traumdeutungen vor dem Bankrott retten konnte.

aufhören, denn ich hatte das Gefühl, ein wenig ins Extreme zu geraten.

Aber da fiel mein Blick zufällig auf das von abgeblättertem Lack verunzierte Gestell meines guten, treuen Motorrads – und binnen kurzem erglänzte das Rad in neuer Stromlinienpracht. Jetzt gab es für mich kein Halten mehr. Zweifellos unter der Einwirkung des Chamsin verlor ich jede Selbstbeherrschung und erfüllte mir den lang gehegten Wunsch, das abscheuliche Linienmuster unseres Kachelfußbodens durch reizvoll unregelmäßige Karos zu ersetzen. Die Kontrollkapazität meines Hirns ließ immer mehr nach. Schon kniete ich aufs neue vor dem Ofen und applizierte ihm einen weiteren, vierten Silberbelag. Jetzt merkte ich, wie stillos es war, nur zwei silberne Türklinken zu haben, und versilberte auch alle übrigen und die Fenstergriffe dazu. Dann kamen die Bilderrahmen an die Reihe, wobei ich mich nicht enthalten konnte, unseren Kunstdruck der Mona Lisa ein wenig zu verbessern; ich versah sie mit einem Silberlamékleid, das viel besser zu ihrem schwachsinnigen Grinsen paßte. Während ich den Radioapparat lakkierte, fiel mir auf, daß meine Schuhe mit silbernen Pünktchen gesprenkelt waren, was nicht hübsch aussah; ich bedeckte sie zur Gänze mit Silber. Wie schön sie doch glänzten! Es ist zum Staunen, daß noch niemand auf den Einfall gekommen ist, Aluminiumschuhe herzustellen. Sie würden zum dunklen Anzug hervorragend passen.

Nachdem ich die achtzehn Bände der Encyclopedia Britannica in Silber getaucht hatte, machte ich aber wirklich Schluß und ließ nur noch einigen Stehlampen die Verschönerung zukommen, auf die sie mir Anspruch zu haben schienen. Dazu mußte ich eine Leiter ersteigen. Seltsam: nachher hätte ich schwören mögen, es wäre eine Aluminiumleiter, obwohl ich doch ganz genau wußte, daß es eine gewöhnliche hölzerne Leiter war. Während ich obenstand, verschüttete ich ein wenig Lack auf unseren Perserteppich [3]. Zu meiner Freude entdeckte ich jedoch, daß der Teppich eine außergewöhnliche Saugfähigkeit für Silberlack besaß – ein neuer Beweis für die wachsende Qualität unserer Kibbuzindustrie.

Als mein Vorhaben, unseren Petroleumofen zu lackieren, bis zu diesem Punkt gediehen war, erledigte ich noch rasch die Regale in unserer Küche, die Handtaschen meiner Frau sowie meine eigenen Krawatten und verwandelte den Kaninchenpelz meiner Schwiegermutter in einen Silberfuchs. Jetzt litt es mich nicht länger im Haus. Vor Seligkeit taumelnd, begab ich mich in den Garten, wo ich ein paar jungen Setzlingen täuschende Ähnlichkeit mit kleinen Silberpappeln verlieh und die ersten Silbernelken züchtete. Beim Versilbern unserer Fensterläden überraschte mich der Briefträger, dem ich durch einen leichten Silberbelag auf den Schläfen zu distinguiertem Aussehen verhelfen wollte. Aber der arme Kerl begriff das nicht und entfloh unter heiseren Schreckenslauten, wobei er eine Menge eingeschriebener Briefe auf unserem Silberrasen verstreute.

Ich war gerade dabei, die Wände unserer Wohnung auf den allgemeinen Charakter des Hauses abzustimmen, als die Türe sich öffnete und meine Frau auf der Schwelle stand.

»Entschuldigen Sie«, sagte sie höflich. »Ich muß mich in der Türe geirrt haben.« Und sie wollte sich wieder entfernen.

Mit knapper Not konnte ich sie zurückhalten, um sie nach und nach davon zu überzeugen, daß sie sich tatsächlich in unserem Heim befinde und daß ich ihr mit diesen kleinen Verschönerungen nur eine frohe Überraschung hätte bereiten wollen. Sie war überrascht, nicht aber froh und ließ mich wissen, daß sie bis zur Entscheidung des Rabbinats [4] in ein Hotel ziehen

[3] Perserteppiche sind in Israel kein solcher Luxusgegenstand wie in Europa, aus ähnlichen Gründen, aus denen schottischer Whisky in England kein Luxus ist: unsere Perserteppiche kommen aus dem Geschäft hinter der nächsten Ecke.

[4] Alle wichtigen Ereignisse im Leben eines israelischen Bürgers bedürfen der Bewilligung durch das Oberrabbinat: Geburt, Hochzeit, Scheidung, Begräbnis. Von diesem Punkt – einem Lieblingsanlaß israelischer Meinungszusammenstöße – wird noch die Rede sein.

würde. Zum Glück konnte sie ihre Habseligkeiten nicht packen, weil alle Koffer mit frischem Silberlack bedeckt waren und sich nicht öffnen ließen. Während sie zusammenbrach und haltlos vor sich hinschluchzte, fand ich noch ein wenig Silberlack für ihre Nägel. Dann war die Dose leer.

Auf dem Supermarkt

Man kann nie wissen, ob ein Schiff, das mit Waren nach Israel unterwegs ist, auch wirklich ankommen wird. Vielleicht läuft es auf eine Sandbank auf oder wird durch eine Meuterei oder sonst etwas am Ankommen verhindert. So erklärt sich die frenetische Kaufhysterie, die unter der Bevölkerung ausbrach, als der erste Supermarkt – ein weiteres Zeichen unserer kulturellen Verbundenheit mit dem Westen – in Tel Aviv eröffnet wurde.

Drei Tage lang übten meine Frau und ich heroische Zurückhaltung. Dann war es vorbei. Wir hatten gerade noch die Kraft zu einer letzten Vorsichtsmaßregel: um dem Schicksal einiger unserer Nachbarn zu entgehen, die an einem einzigen Einkaufsnachmittag Bankrott gemacht hatten, ließen wir unsere Brieftaschen zu Hause und nahmen statt dessen unseren Erstgeborenen, den allgemein als »Rafi« bekannten Knaben, auf den Supermarkt mit.

Gleich am Eingang herrschte lebensgefährliches Gedränge. Wir wurden zusammengepreßt wie – tatsächlich, da war es auch schon: »Sardinen!« rief meine Frau mit schrillem Entzücken und machte einen sehenswerten Panthersatz direkt an den strategisch postierten Verkaufstisch, um den sich bereits zahllose Hausfrauen mit Zähnen und Klauen balgten. Man hätte an Hand der dort aufgestapelten Sardinenbüchsen eine kleine Weltreise zusammenstellen können: es gab französische, spanische, portugiesische, italienische, jugoslawische, albanische, cypriotische und heimische Sardinen, es gab Sardinen in Öl, in Tomatensauce, in Weinsauce und in Lebenija [1].

[1] Lebenija ist ein in Israel hergestelltes Milchprodukt, auf das wir uns sehr viel zugute halten. Auch andere Völker stellen es her. Aber wer außer uns nennt es »Lebenija«?

Meine Frau entschied sich für norwegische Sardinen und nahm noch zwei Dosen von ungewisser Herkunft dazu.
»Hier ist alles so viel billiger«, sagte sie.
»Aber wir haben doch kein Geld mitgenommen?«
»In meiner Handtasche war zufällig noch eine Kleinigkeit.« Und damit bemächtigte sie sich eines dieser handlichen Einkaufsgestelle auf Rädern, um die elf Sardinenbüchsen hinein zu tun.
Nur aus Neugier, nur um zu sehen, was das eigentlich sei, legte sie eine Dose mit der Aufschrift »Gold-Syrup« dazu. Plötzlich erbleichte sie und begann zu zittern:
»Rafi! Um Himmels willen – wo ist Rafi?!«
Der geneigte Leser ist gebeten, sich die Panik zweier Eltern auszumalen, deren knapp achtzehn Monate altes Kind unter den Hufen einer einhertrampelnden Büffelherde verschwunden ist. So ungefähr war uns zumute.
»Rafi!« brüllten wir beide aus vollem Hals. »Rafael! Liebling!«
»Spielwarenabteilung zweiter Block links«, informierte uns ein erfahrenes Mitglied des Verkaufsstabes.
Im nächsten Augenblick zerriß ein betäubender, explosionsartiger Knall unser Trommelfell. Der Supermarkt erzitterte bis in die Grundfesten und neigte sich seitwärts. Wir seufzten erleichtert auf. Rafi hatte sich an einer kunstvoll aufgerichteten Pyramide von etwa fünfhundert Kompottkonserven zu schaffen gemacht und hatte mit dem untrüglichen Instinkt des Kleinkindes die zentrale Stützkonserve aus der untersten Reihe herausgezogen. Um unseren kleinen Liebling für den erlittenen Schreck zu trösten, kauften wir ihm ein paar Süßigkeiten, Honig, Schweizer Schokolade, holländischen Kakao, etwas pulverisierten Kaffee und einen Beutel Pfeifentabak. Während ich den Überschuß auf unserem Einkaufswägelchen verstaute, sah ich dort noch eine Flasche Parfüm, ein Dutzend Notizbücher und zehn Kilo rote Rüben liegen.
»Weib!« rief ich aus. »Das ist nicht unser Wagen!«
»Nicht? Na wenn schon.«

Ich muß gestehen, daß diese Antwort etwas für sich hatte. Es war im ganzen kein schlechter Tausch, den wir da machten. Außer den bereits genannten Objekten enthielt unser neuer Wagen noch eine erkleckliche Anzahl freundlich gerundeter Käsesorten, Kompotte in verschiedenen Farben, Badetücher und einen Besen.

»Können wir alles brauchen«, erklärte meine Frau. »Fragt sich nur, womit wir's bezahlen sollen.«

»So ein Zufall.« Ich schüttelte verwundert den Kopf. »Eben habe ich in meiner Hosentasche die Pfundnoten entdeckt, die ich neulich so lange gesucht hatte.«

Von Gier getrieben, zogen wir weiter, wurden Zeugen eines mitreißenden Handgemenges dreier Damen, deren Laufkarren in voller Fahrt zusammengestoßen waren, und mußten dann aufs neue nach Rafis Verbleib forschen. Wir fanden ihn am ehemaligen Eierverkaufsstand.

»Wem gehört dieser Wechselbalg?« schnaubte der Obereierverkäufer, gelb vor Wut und Eidotter. »Wer ist für dieses Monstrum verantwortlich?!«

Wir erteilten ihm die gewünschte Auskunft via facti, indem wir unseren Sohn eilig abschleppten, kauften noch einige Chemikalien für Haushaltszwecke und kehrten zu unserem Wagen zurück, auf den irgend jemand in der Zwischenzeit eine Auswahl griechischer Weine, eine Kiste Zucker und mehrere Kannen Öl aufgehäuft hatte. Um Rafi bei Stimmung zu halten, setzten wir ihn zuoberst auf den Warenberg und kauften ihm ein japanisches Schaukelpferd, dem wir zwei Paar reizende Hausschuhe für Rafis Eltern unter den Sattel schoben.

»Noch!« stöhnte meine Gattin mit glasigen Augen.

»Mehr!«

Wir angelten uns einen zweiten Wagen, stießen zur Abteilung »Fleisch und Geflügel« vor und erstanden mehrere Hühner, Enten und Lämmer, verschiedene Wurstwaren, Frankfurter, geräucherte Zunge, geräucherte Gänsebrust, Rauchfleisch, Kalbsleberpastete, Gänseleberpastete, Dorschleberpastete, Karpfen,

Krabben, Krebse, Lachs, einen Mosche Rabenu [2], einen Alexander den Großen, einen halben Wal und etwas Lebertran. Nach und nach kamen verschiedene Eierkuchen hinzu, Paprika, Zwiebeln, Kapern, eine Fahrkarte nach Capri, Zimt, Vanille, Vaselin, vasomotorische Störungen, Bohnen, Odol, Spargel, Speisesoda, Äpfel, Nüsse, Pfefferkuchen, Feigen, Datteln, Langspielplatten, Wein, Weib, Gesang, Spinat, Hanf, Melonen, ein Carabinieri, Erdbeeren, Himbeeren, Brombeeren, Blaubeeren, Haselnüsse, Kokosnüsse, Erdnüsse, Nüsse, Mandarinen, Mandolinen, Mandeln, Oliven, Birnen, elektrische Birnen (sechzig Watt), ein Aquarium, Brot, Schnittlauch, Leukoplast, ein Flohzirkus, ein Lippenstift, ein Mieder, Ersatzreifen, Stärke, Kalorien, Vitamine, Proteine, ein Sputnik und noch ein paar kleinere Anschaffungen.
Unseren aus sechs Wagen bestehenden Zug zur Kasse zu dirigieren, war nicht ganz einfach, weil das Kalb, das ich an den letzten Wagen angebunden hatte, immer zu seiner Mutter zurück wollte. Schließlich waren wir soweit, und der Kassier begann schwitzend die Rechnung zusammenzustellen. Ich nahm an, daß sie ungefähr dem Defizit der israelischen Handelsbilanz entsprechen würde, aber zu meinem Erstaunen belief sie sich auf nicht viel mehr als viertausend Pfund. Was uns am meisten beeindruckte, war die Geschicklichkeit, mit der die Verkäufer unsere Warenbestände in große, braune Papiersäcke verpackten. Nach wenigen Minuten war alles fix und fertig. Nur Rafi fehlte.
»Haben Sie nicht irgendwo einen ganz kleinen Buben gesehen?« fragten wir in die Runde.
Einer der Packer kratzte sich nachdenklich am Hinterkopf.
»Augenblick ... Einen blonden Buben?«
»Ja. Er beißt.«
»Da haben Sie ihn.« Der Packer öffnete einen der großen

[2] Bezeichnung für einen in israelischen Gewässern vorkommenden Fisch mit Fischgeschmack.

Papiersäcke. Drinnen saß Rafi und kaute zufrieden an einer Tube Zahnpasta.
»Entschuldigen Sie«, sagte der Packer. »Ich dachte, Sie hätten den Kleinen hier gekauft.«
Wir bekamen für Rafi zweitausendsiebenhundert Pfund zurückerstattet und verließen den Supermarkt. Draußen warteten schon die beiden Lastautos.

Der Schaukelhengst

Mit Ihrer freundlichen Erlaubnis kommen wir nunmehr zu den künstlichen Zores. Ohne falsche Bescheidenheit: die Juden waren seit jeher Meister in der Kunst, sich das Leben möglichst kompliziert zu gestalten. Auch hier in Israel haben wir es auf diesem Gebiet zu bedeutenden Leistungen gebracht, vor allem dank unserer Bürokratie. Es gibt kein größeres Glücksgefühl, als mit einer Regierungsstelle zu tun *gehabt* zu haben, und nicht selten entringt sich dem glücklichen Überlebenden hernach der Ausruf: »Mit wem haben die mich verwechselt?« Aber das ist nicht die Regel. Die Regel ist, daß man von den verschiedenen Beamten hin- und hergeschickt wird. Manchmal auch her und hin. Und niemals in eine bestimmte Richtung.

Als meinem Freund Jossele ein Sohn geboren wurde, wollte ich dem Kleinen ein besonders schönes Geschenk kaufen, ohne Rücksicht auf den Kostenpunkt. Infolgedessen schrieb ich einen Brief an Onkel Egon nach Amerika [1].

Knappe zehn Tage später wurde ich von der Zollabteilung des Hauptpostamtes verständigt, daß ein großes Paket für mich angekommen sei.

Der Beamte, bei dem ich mich einfand, war außerordentlich höflich und schälte mit engelsgleicher Geduld eine Papierverpackung

[1] Das briefliche Anschnorren amerikanischer Verwandter ist ein alter israelischer Nationalsport, der nach ungefähr folgenden Regeln gespielt wird:

Man entdeckt in den Vereinigten Staaten einen entfernten Verwandten, um den man sich sein Lebtag nicht gekümmert hat, und läßt den ersten Versuchsballon starten, wobei es sich empfiehlt, eine möglichst zittrige Handschrift zu verwenden: »Einziger und einzig geliebter Onkel, Du wirst Dich sicherlich gewundert haben, warum Du so lange nichts von mir gehört hast. Aber das Leben hier ist nach der anderen ab, bis sich meinem Blick der verblüffende Anblick eines stattlichen, wohlproportionierten Schaukelpferdes bot. Ich muß gestehen, daß ich mich ein wenig über Onkel Egon ärgerte. Josseles Sohn war um diese Zeit zwei Wochen alt, und ein zwei Wochen altes Baby braucht kein Schaukelpferd. Aber nun war es einmal da, und ich wollte es ausprobieren. Doch das erlaubte mir der Beamte nicht. Ich dürfe, so erklärte er mir, das Schaukelpferd nicht anrühren, bevor ich nicht die Zollgebühr erlegt hätte. Sie belief sich auf 871,30 Pfund.

»Das ist ja der helle Wahnsinn! Warum so viel?«

»Sehen Sie selbst«, sagte der Beamte und hielt mir irgendeine Gebührentabelle unter die Nase. »Es handelt sich um ein für Reitzwecke importiertes Vollblut.«

»Vollblut? Wovon sprechen Sie?«

»Unser beeideter Sachverständiger hat diesen Hengst als dreijähriges, hochgezüchtetes, normannisches Rennpferd klassifiziert. Und erzählen Sie mir gefälligst nicht, daß es aus Holz ist, denn in § 117/82/kp steht kein Wort davon, aus welchem Material ein Pferd hergestellt wird. Ein Pferd ist ein Pferd.« Damit schloß der Beamte seine Darlegungen.

Da er jedoch nicht nur Beamter, sondern auch Mensch war, gab er mir den Rat – »streng vertraulich«, wie er sofort hervorhob –, eine Eingabe an die Zollbehörde zu richten und das Pferd als »Spielzeug« zu deklarieren. Ich dankte ihm für seine Hilfsbereitschaft, verschaffte mir ein notariell beglaubigtes Geburtszertifikat des Spitals, wo Josseles Sohn das Licht der Welt erblickt hatte, und untermauerte damit meine Eingabe.

schwer und ich bin sehr beschäftigt. Brauchst Du vielleicht irgend etwas, mein Lieber? Wenn ja, dann schreibe mir, und ich schicke Dir sofort ein großes Hilfspaket. Aber Du mußt Dich beeilen, denn ich stehe am Rande des Hungertodes ...«

Wenn der betreffende Onkel – der natürlich auch eine Tante, ein Vetter oder sonst etwas Entferntes sein kann – die Unvorsichtigkeit begeht, auf einen solchen Brief zu antworten, ist der Grundstein zu einer langen, fruchtbaren Zusammenarbeit gelegt.

Außerdem brachte ich eine eidesstattliche Versicherung bei, daß ich bereits im Jahre 1928 jede gesetzwidrige Erwerbstätigkeit aufgegeben habe und nicht beabsichtige, das Pferd mit Profit zu verkaufen.

Die Eingabe ging ihren vorschriftsmäßigen Weg, und schon nach wenigen Wochen hielt ich den vorgedruckten Bescheid der Zollbehörde in Händen: meinem Ansuchen könne leider nicht stattgegeben werden. Ich setzte mich sofort mit einem Rechtsanwalt in Verbindung, der nach gründlichem Studium der Angelegenheit zu dem Schluß kam, daß die Höhe des geforderten Zollbetrages auf den Vermerk »für Reitzwecke« zurückzuführen sei. Seine weiteren Nachforschungen ergaben, daß die Zollgebühr für Nutzpferde, die im Wirtschaftsleben Verwendung finden könnten, bedeutend niedriger sei. Wir richteten deshalb ein Gesuch an das Landwirtschaftsministerium und baten, das Pferd als »Nutzpferd« zu klassifizieren.

Bald darauf erschien ein hoher Beamter des Landwirtschaftsministeriums in meiner Wohnung und machte mich darauf aufmerksam, daß ich vergessen hatte, in meinem Gesuch den Namen des Pferdes anzuführen.

»Schultheiß«, sagte ich, denn ich besaß einen pferdegesichtigen Freund, der so hieß. Der Beamte notierte den Namen und übergab mir einen Durchschlag des hierzu verwendeten Formulars.

Von da an ging alles glatt. Das Landwirtschaftsministerium verständigte mich, daß ich Schultheiß als Nutzpferd führen dürfe, sobald ich den Nachweis erbracht hätte, daß ich ihn für meine Zuchtfarm benötige. Da es ein offenes Geheimnis war, daß ich keine Zuchtfarm besaß, wandte ich mich von neuem an meinen Anwalt, der mir nach Prüfung der einschlägigen Gesetze den Bescheid gab, daß schon der Besitz einer einzigen Stute mich zur Haltung eines Hengstes berechtige. Wir verständigten das Landwirtschaftsministerium, daß meine Stute Brunhilde in Naharia eingestellt sei. Ein in Naharia wohnhafter Jockey, der zu meinen begeisterten Lesern gehört, erklärte sich gegen mäßiges Entgelt (fünfzig Pfund) bereit, mir eine schriftliche Bescheinigung auszustellen, die überdies den Vermerk enthielt, daß Brunhilde rossig und eine sofortige Intervention Schultheißens von größter Wichtigkeit für die israelische Pferdezucht wäre.

Eine Woche später läutete es an meiner Türe. Zwei Detektive drangen ein und wiesen einen gerichtlichen Hausdurchsuchungsbefehl vor. Der Staat Israel hatte mich auf Betrug verklagt.

»Sie wollen uns einreden, daß ein Schaukelpferd Junge kriegen kann?« schnauzte einer der Detektive mich an. »Halten Sie uns für komplette Idioten?«

Ich bejahte, packte das Nötigste zusammen und nahm Abschied von meinem Weib. Erst im letzten Augenblick fand ich meine oft bewährte Schlagfertigkeit wieder:

»Aber meine Herren«, sagte ich. »Wissen Sie denn nicht, daß auch Brunhilde ein Schaukelpferd ist?«

Die Detektive flüsterten miteinander und entschieden sodann, daß dies natürlich eine grundlegende Änderung der ganzen Situation bedeute, brachten ihre Entschuldigungen vor und verabschiedeten sich. Zwei Stunden später wurde mir eine Rechnung im Betrag von hundertsiebzehn Pfund zugestellt: »Stallgebühren für Hengst Schultheiß.« (Onkel Egon, so schien es, war ein weitblickender Mann und mit den Verhältnissen in unserem jungen Staate erstaunlich gut vertraut; offenbar hatte er es darauf angelegt, daß Josseles Sprößling den geschenkten Gaul erst zu sehen bekäme, wenn er ihm ins Maul schauen könnte.)

Ein weiterer Zwischenfall ergab sich mit dem von der Regierung bestellten Tierarzt. Dieser erschien auf Anweisung des Landwirtschaftsministeriums im Zolldepot, untersuchte den staubüberdeckten Schultheiß und diagnostizierte »unhygienische Verfassung, möglicherweise ansteckend«. Der Befund hätte ernsthafte Folgen haben können, aber zum Glück stellte sich heraus, daß ein Vetter des Pferdedoktors mit dem Schwager von Frau Toscanini verwandt war, so daß dem Befund noch ein Vermerk hinzugefügt wurde: »Die Zeugungsfähigkeit des Hengstes ist zweifelhaft.«

Leider waren damit noch nicht alle Schwierigkeiten aus der Welt geschafft. Das Landwirtschaftsministerium verlangte zu wissen, wo ich die Schaukelstute namens Brunhilde gekauft und wieviel Luxussteuer ich für sie bezahlt hätte [2]. An diesem Punkt der Entwicklung trat mein Anwalt – mit der Begründung, daß er eine Familie erhalten müsse – von meinem Fall zurück. Der Gedanke, daß ich nunmehr allein dem gesamten Staatsapparat gegenüberstand, riß mich zu dem unriskanten Schritt hin, ein Einfuhrlizenzformular für rückwirkende Motorradketten mit Brunhildes Namen auszufüllen und an das Ministerium zu schicken.

In der darauffolgenden Nacht wurde ich verhaftet. Offenbar war das Formular nicht mit der ausreichenden Menge von Stempeln versehen – ein Verbrechen, das nach ottomanischem Recht noch schwerer wiegt als der Verrat von Atomgeheimnissen [3].

Die Verhandlung war kurz. Dank meiner bisherigen Unbescholtenheit bekam ich nur zwei Jahre Gefängnis; die drei Monate, die ich im Verkehr mit den Behörden verbracht hatte, wurden mir angerechnet.

Man wies mich in die Zelle Nummer 18 des alten Gefängnisses von Jaffa ein. Anfangs litt ich sehr unter dem ungerechten Urteil und vor allem unter der Einsamkeit, aber eines Tages wurde die Zellentür aufgestoßen, und ich erhielt die Gesellschaft eines gutartigen, wenngleich schon etwas herabgekommenen Zugpferdes. Es war gleichfalls wegen Betrugs verurteilt worden, weil es sich vor den Hafenbehörden in Haifa als Schaukelpferd ausgegeben hatte.

[2] Nach Ansicht des israelischen Finanzministers ist alles, was für Geld erworben werden kann, ein Luxus.

[3] Der Staat Israel hat noch keine eigene Jurisdiktion ausgearbeitet und stützt sich deshalb zum Teil auf die englischen, zum Teil auf die alten türkischen Gesetze – je nachdem, was für die Regierung gerade vorteilhafter ist.

Garçon, un entrecôte!

Tief im Bois de Boulogne, an der Kreuzung zweier schwer zugänglicher Seitenwege, liegt ein kleines, unauffälliges Restaurant, das nur von Einheimischen frequentiert wird. An jenem Sonntag barst es schier von Gästen, und am Eingang wartete eine Schlange eßlustiger Franzosen auf das Freiwerden von Plätzen. Zwischen den dichtbesetzten Tischen eilten zwei schwitzende, unter der Last ihrer Arbeit tief gebückte Kellner hin und her und bestätigten aufs neue die alte Regel, daß es in einem französischen Restaurant entweder zu viel oder zu wenig Kellner gibt, aber nie die richtige Anzahl. So unverkennbar echt war die Atmosphäre, mit so authentischem Zauber nahm sie mich gefangen, daß ich in sträflichem Leichtsinn alle Warnungen der Eule Lipschitz vergaß und mich an einen Tisch setzte, der wunderbarerweise vollkommen leer inmitten des Lokals stand. Lässig ließ ich mich auf den freien Stuhl nieder (es war nur ein einziger vorhanden), räkelte meine drahtigen Glieder und stellte nicht ohne Befriedigung fest, daß ich mich in verhältnismäßig kurzer Zeit bereits völlig an den Lebensstil der Franzosen angeglichen hatte. Dann griff ich nach der Karte, überflog sie geübten Blicks und entschied mich für ein Entrecôte.
»Garçon!« rief ich in bestem Französisch. »Un entrecôte!«
Der Kellner, einen Ausdruck aristokratischer Unnahbarkeit im Gesicht und sieben hochgetürmte Teller in den Händen, wischte an mir vorbei, ohne mich auch nur anzusehen. Ich wartete, bis er aus der Gegenrichtung wieder den Tisch passierte:
»Garcon! Un entrecôte!«
Diesmal würdigte mich der Aristokrat wenigstens eines flüchtigen Blicks, aber das war auch alles. Ich strich ihn aus der Liste meiner Bekannten. Ohnehin sah sein Kollege, der einen buschigen Schnurrbart trug, aussichtsreicher aus:

»Garçon! Un entrecôte!«

Der Angeredete – er trug außer dem Schnurrbart eine noch größere Anzahl von Tellern als sein Vorgänger – verschwand wortlos in der Menge. Jetzt wurde ich doch ein wenig unruhig und fragte mich, ob ich nicht vielleicht in die Stoßzeit geraten wäre. Rings um mich löste der größere Teil der Pariser Bevölkerung mit hörbarem Vergnügen das sonntägliche Ernährungsproblem. Und mir als einzigem sollte diese Lösung versagt bleiben? Als ich den Aristokraten wieder herannahen sah sprang ich auf und verstellte ihm den Weg:

»Garçon! Un entrecôte!«

Er rannte mich nieder. Er ging über mich hinweg, als ob er mich nicht gesehen hätte. Ich war unsichtbar geworden. »Lipschitz!« zuckte es durch mein Hirn, während ich mich mühsam vom Boden erhob. Hatte mir Lipschitz nicht noch in Israel gesagt, daß man als Tourist kein Mensch sei? Offenbar war das ganz wörtlich zu verstehen. Vielleicht war ich schon tot und wußte es nicht ...

Ein hungriges Knurren aus meiner Magengegend brachte mich in die Wirklichkeit zurück. Als der Schnurrbart wieder an meinem Tisch vorbeikam, erwischte ich ihn an den Frackschößen:

»Garçon! Un entrecôte!«

»Sofort«, antwortete er und suchte sich verzweifelt aus meinem Doppelnelson herauszuwinden. Aber ich ließ nicht locker. Ich stellte ihm die Frage, die mich schon seit einiger Zeit beschäftigte:

»Warum geben Sie mir nichts zu essen?«

»Das ist nicht mein Tisch!« Er begleitete diese Auskunft mit einigen heftigen Tritten gegen mein Schienbein.

Ich ließ ihn los. Wenn das nicht sein Tisch war, dann hatte ich kein Recht, ihn zurückzuhalten.

Mit erneuter Inbrunst wandte ich mich dem Aristokraten zu, suchte durch lautes Klatschen seine Aufmerksamkeit zu erregen und durch körperliches Dazwischentreten seinen Weg zu blokkieren. Er ging abermals durch mich hindurch.

Jetzt begann mein Erfindungsgeist zu arbeiten. Ich konstruierte eine – wenn auch primitive – Falle. Als er das nächste Mal, bepackt mit einer enormen Ladung Desserts, den an meinem Tisch vorüberführenden Engpaß durchbrechen wollte, sprang ich auf, schob meinen Stuhl hinter ihn und schnitt ihm mit einem blitzschnellen Umgehungsmanöver von vorne den Weg ab. Wie ein Obelisk ragte ich vor ihm auf. Jetzt gab es kein Entrinnen für ihn:

»Garçon! Un entrecôte!«

Er versuchte einen strategischen Rückzug, fand aber die Ausfallstraße durch meine Barrikade unpassierbar gemacht.

»Monsieur«, sagte er und maß mich mit einem mörderischen Blick. »Das ist nicht mein Tisch.«

Ich verstand. Endlich verstand ich. Das also war der Grund, warum dieser Tisch so wunderbarerweise leerstand. Es war ein Niemandstisch im Grenzgebiet zwischen zwei Großmächten, ein verlassener Vorposten am Rand der Wüste, wo nachts die Schakale heulen und höchstens dann und wann ein Atomphysiker auftaucht. Instinktiv sah ich unter den Tisch, ob dort nicht vielleicht ein paar Skelette lägen. Die Eule Lipschitz fiel mir wieder ein. Ich war ein Tourist. Ich war ein Ausgestoßener. Was sollte aus mir werden? Mit elementarer Gewalt ergriff mich das dem Psychologen so wohlbekannte, urmenschliche Bedürfnis, zu irgend jemandem zu gehören.

»Dein bin ich, dein mit Leib und Seele«, wisperte ich ins Ohr des Aristokraten, der zufällig in meiner Nähe eine kleine Schnaufpause machte. »Ich gehöre dir, ich schare mich um dein Banner, ich –«

»Lassen Sie mich in Ruh oder ich hole die Polizei«, zischte der Aristokrat und brach in westlicher Richtung aus.

Ich begann zu weinen. Nichts ist schlimmer als Einsamkeit. ›Ephraim‹, sagte ich zu mir selbst, ›du mußt etwas tun. Du mußt bei einem Kellner deine de-facto-Anerkennung durchsetzen, sonst hast du zu existieren aufgehört!‹

Mit letzter Kraft sprang ich auf und winkte dem Schnurrbart,

der mit einer Lieferung angenehm duftenden Geflügels unterwegs war:
»Garçon! L'addition!«
Der Schnurrbart warf mir einen Blick zu, aus dem klar hervorging, daß er auf diesen schäbigen Trick nicht hereinzufallen gedächte, und setzte seinen Weg fort.
›Wenn ich jetzt‹, dachte der Faschist in mir, während ich dem Schnurrbart haßerfüllt nachsah, ›wenn ich jetzt eine Plastikbombe in der Tasche hätte, dann wäre es um ihn geschehen!‹
In diesem Augenblick trat eine unvorhergesehene Wendung der Dinge ein, und zwar in Gestalt eines vierschrötigen, glatzköpfigen Mannes, der sich vor der Küchentür aufpflanzte und einen selbstbewußten Feldherrnblick über das Terrain schweifen ließ. Der Chef!
Ich stürzte auf ihn zu und schilderte ihm mit bitteren Worten, wie seine Kellner mich behandelten.
»Schon möglich«, meinte er gleichgültig. »Es sind eingeschriebene Mitglieder der kommunistischen Partei, einer wie der andre.«
»Und was soll ich jetzt machen?«
Der Chef zuckte die Achseln:
»Ich habe mit einem dritten Kellner Fühlung genommen. Angeblich kommt er Ende der Woche . . . vielleicht, daß er . . .«
»Aber was mache ich bis dahin?«
»Hm. Haben Sie unter den Gästen nicht vielleicht einen Bekannten, der für Sie bestellen könnte?«
Einen Bekannten? Ich? Hier, mitten im Urwald? Ich schüttelte den Kopf.
Der Chef tat ein gleiches und zog sich in die Küche zurück, während ich – mit jener weichlichen Unentschlossenheit, die ein typisches Merkmal der untergehenden Bourgeoisie ist – meinen hoffnungslosen Platz im Niemandsland wieder einnahm. Der Hunger trieb mich zur Verzweiflung. Ich mußte über die Grenze gelangen, koste es was es wolle. Unauffällig, mit kleinen, sorgfältig berechneten Rucken, begann ich den Tisch im

Sitzen aus dem Niemandsland hinauszuschieben. Zoll um Zoll, langsam, aber unaufhaltsam, kämpfte ich mich zum Territorium des Schnurrbarts durch, von jeder Deckung Gebrauch machend, die sich unterwegs bot. ›Bald‹, so ermunterte ich mich, ›bald bin ich unter Menschen ... die Rettung ist nahe ...‹

Nichts da. Die Grenzpolizei schnappte mich. Und an dem Schicksal, das einem ausländischen Infiltranten bevorstand, war nicht zu zweifeln:

»Schieben Sie den Tisch sofort zurück!« herrschte der Schnurrbart mich an.

Was jetzt über mich kam, läßt sich rationell nicht erklären. Es wurzelt tief in archaischen Trieben. Mit einem heiseren Aufschrei warf ich mich über den Kellner, riß vom obersten Teller eine halbe Ente an mich und schob sie in den Mund. Sie schmeckte betörend. Schon streckte ich die Hand nach den Petersiliekartoffeln aus – aber da hatte der Kellner sich aus seiner Starre gelöst und begann zurückzuweichen:

»Monsieur ...«, stammelte er. »Monsieur, was tun Sie da ...?«

»Ich esse«, antwortete ich bereitwillig. »Das wundert Sie, was?«

Aller Augen waren auf mich gerichtet. Das ganze Restaurant verfolgte atemlos den tatsächlich ein wenig ungewöhnlichen Vorgang. Leider kam der Aristokrat dem Schnurrbart zu Hilfe, und auch der Chef schämte sich nicht, mit den Kommunisten gemeinsame Sache zu machen. Ihren vereinten Anstrengungen gelang es, den Rest der Ente aus meinen Händen zu winden. Dann, unter den Hochrufen der Zuschauer, hoben sie mich auf und trugen mich zur Türe. Unterwegs entschloß ich mich, kein Trinkgeld zu geben.

»Hunger!« brüllte ich. »Hunger! Ich will essen!«

»Warten Sie, bis Sie bedient werden«, sagte der Schnurrbart.

»Sie sind hier nicht im Ritz«, fügte der Aristokrat hinzu.

Von diesen beiden war nichts zu erwarten. Ich wandte mich an den Chef:

»Hören Sie«, beschwor ich ihn. »Engagieren Sie mich als Kellner!«
Es war zu spät. In weitem Bogen flog ich durch die Türe, kam nach einer glatten Bauchlandung auf die Füße und wandte mich um.
Der Chef stand da und sah mich mit einem beinahe teilnahmsvollen Gesichtsausdruck an:
»Monsieur – gehen Sie in irgendein Restaurant auf den Champs Elysées. Das ist das richtige für Touristen ...«

Verirrt in Jerusalem

Sehr viele Dinge können in Israel sehr leicht gefunden werden, aber die Straßen sind nicht darunter. Es gibt Straßen, die überhaupt keinen Namen haben, und wenn sie einen haben, dann gibt es keine Tafel, die ihn nennt. Mein Freund Jossele pflegt den Weg zu seinem Haus ungefähr folgendermaßen zu beschreiben:

»Sie gehen vom Mograbi Square in die Richtung zum Strand, bis Sie auf einen Mann in einer Lederjacke stoßen, der sein Motorrad repariert und die Regierung verflucht. Dort biegen Sie links ein und zählen bis zum 22. Olivenbaum. An diesem Punkt wird Ihnen ein fürchterlicher Gestank auffallen. Halten Sie sich rechts und folgen Sie der Steinmauer bis zum Katzenkadaver. Dann biegen Sie wieder rechts ein und gehen bis zur jugoslawischen Bücherei gegenüber dem Kino, wo ich auf Sie warten werde, denn von dort an wird der Weg etwas kompliziert . . .«

So ungefähr erging es mir bei einem Besuch in Jerusalem, den ich unglücklicherweise zu einem Zeitpunkt durchführte, als die neue Stadtverwaltung gerade beschlossen hatte, die Straßen im Hinblick auf den biblischen Charakter der Stadt umzubenennen.

Ein guter Freund von mir, ein gewisser Elusivi, hatte mich nach Jerusalem eingeladen, und zwar zur Eröffnungsfeier seiner neuen Wohnung. Elusivi lebt bereits seit fünfundfünfzig Jahren im Land. Jetzt, mit Hilfe eines beträchtlichen Bankkredits, ist ihm endlich die Übersiedlung aus seiner primitiven Holzhütte in eine hübsche 1½-Zimmer-Wohnung im modernsten Wohnviertel Jerusalems geglückt [1], das noch aus der Türken

[1] Die Wohnungsnot gehört zu den unumstößlichen Einrichtungen der israelischen Städte, weil Wohnungen nur käuflich erworben,

zeit stammt. Elusivi gab mir die genaue Adresse: Geliebtes-Weib-Straße 5 a. Es war das frühere Haus Nr. 113 in der Julius-Finkelstein-Straße, schräg gegenüber dem rituellen Bad auf dem Boulevard-der-gesegneten-Weinfrucht, vormals Weg-allen-Fleisches.

Ich habe meinen Freund Elusivi sehr gern und packte sofort meine Sachen, um seiner Einladung zu folgen. In Jerusalem angekommen, erkundigte ich mich bei einer der Schlangen an der Autobusstation nach der Geliebtes-Weib-Straße.

»*Welche* Straße?« fragte die Schlange zurück.

»Geliebtes Weib«, antwortete ich.

Die Schlange erklärte unisono, daß sie eine Straße dieses Namens nicht kenne und daß dies auch gar kein Wunder sei, weil in der letzten Zeit fast alle Straßennamen geändert worden wären.

»Das macht nichts«, tröstete ich die Schlange. »Zufällig weiß ich, daß diese Straße früher einmal Julius-Finkelstein-Straße hieß.«

An dieser Stelle möchte ich einflechten, daß es ein volkstümlicher israelischer Zeitvertreib ist, sich nach Straßen zu erkundigen. Das Spiel enthält die verschiedenartigsten Spannungselemente, die es immer wieder sehr anregend machen. Vor allem kann man nie genau wissen, wer die in Rede stehende Straße eigentlich kennt, der Gefragte oder der Frager.

Nehmen wir einen alltäglichen Fall – ein Mann tritt auf Sie zu und fragt: »Wo ist die Goldsteinstraße?«

»Goldsteinstraße? Welche Nummer?«

»67. Dritter Stock.«

»Goldsteinstraße ... Goldsteinstraße ... Sehen Sie die breite

nicht aber gemietet werden können. »Für Geld kannst du hier alles haben«, belehrte mich ein erfahrener Onkel, als ich ins Land kam. »Du kannst dir die kostbarsten Essenzen kaufen, die exotischsten Speisen, die bestgeschnittenen Anzüge, die Liebe der schönsten Frauen – nur eines nicht: eine Wohnung. Das ist zu teuer.«

Querstraße dort unten? Ja? Also – die Goldsteinstraße ist die erste links.«
»Nicht die zweite?«
»Warum soll es die zweite sein?«
»Ich dachte, es wäre die zweite.«
»Wenn es die zweite wäre, hätte ich Ihnen gesagt, daß es die zweite ist. Aber es ist die erste.«
»Wieso wissen Sie das?«
»Was meinen Sie – wieso ich das weiß?«
»Ich meine: wohnen Sie vielleicht in dieser Straße?«
»Ein guter Freund von mir wohnt dort.«
»Bobby Großmann?«
»Nein. Ein Ingenieur.«
»Woher wissen Sie, daß Bobby Großmann kein Ingenieur ist?«
»Entschuldigen Sie – ich kenne Herrn Bobby Großmann gar nicht.«
»Natürlich kennen Sie ihn nicht. Die erste Straße nach links ist nämlich der Birnbaumboulevard, nicht die Goldsteinstraße.«
»Ja, das stimmt. Da haben Sie allerdings recht. Aber welche ist dann die Goldsteinstraße?«
»Goldsteinstraße ... Goldsteinstraße ...« (Der Fremde, der Sie um Auskunft gefragt hat, zermartert sichtlich sein Hirn.) »Gehen Sie geradeaus, biegen Sie in die erste Straße rechts ein, und dann ist es die dritte Querstraße links.«
»Danke vielmals«, antworten Sie gerührt. »Verzeihen Sie die Mühe, die ich Ihnen gemacht habe.«
»Nicht der Rede wert«, antwortet freundlich der Mann, der von Ihnen wissen wollte, wo die Goldsteinstraße ist.
Sie selbst haben inzwischen grüßend den Hut gelüpft und sich auf den Weg in die Goldsteinstraße gemacht: geradeaus, dann rechts, dann die dritte Straße links. Ein wenig keuchend ersteigen Sie den dritten Stock des Hauses Nr. 67. Und erst wenn Sie an der Türe läuten, fragen Sie sich verdutzt, was Sie hier eigentlich suchen ...
Nun, so weit war es mit mir noch nicht. Ich wußte immerhin

noch, daß die Geliebtes-Weib-Straße früher Julius-Finkelstein-Straße geheißen hatte.

»Warum haben Sie das nicht gleich gesagt?« fragte ein Mann, der mit einem Koffer in der Schlange stand. »Die Julius-Finkelstein-Straße kreuzt die Keuchhustenstraße, die aber jetzt einen anderen Namen hat.«

»Welchen Bus nehme ich dorthin?«

»Nummer 37.«

Ich nahm den Bus Nr. 37. Nach etwa halbstündiger Fahrtdauer fragte ich den Fahrer:

»Steige ich jetzt aus?«

»Warten Sie, bis ich stehenbleibe!« brüllte der Fahrer mich an. »Immer diese Eile, immer diese Eile . . .«

Nachdem ich ausgestiegen war, fiel mir ein, daß ich dem Fahrer gar nicht gesagt hatte, *wo* ich aussteigen wollte. Das war peinlich, und die Straße war menschenleer. Zum Glück tauchte ein städtischer Müllsammler auf und versicherte mir nachdrücklich, daß die Keuchhustenstraße, die seit neuestem Einsame-Witwen-Straße hieß, gleich über die nächste Ecke links zu erreichen sei, dann zweimal nach rechts, dann noch einmal rechts, und dann wäre es die dritte Straße links.

Ich zog noch bei einigen anderen Passanten Erkundigungen ein und sammelte innerhalb weniger Minuten vierzig bis fünfundvierzig »links«, ungefähr ebenso viele »rechts« und zwanzig »geradeaus«. Angesichts der rasch einsetzenden Dunkelheit war das eine ganz hübsche Leistung.

Nach einigen Irrgängen erreichte ich eine Straße, die dem geometrischen Mittel der mir erteilten Auskünfte entsprach. Das Unglück war, daß ihr Name sich nirgends feststellen ließ. Es gab keine Straßentafeln, und die rasch vorübereilenden Passanten wollten sich nicht festlegen. Auf gut Glück läutete ich an einer ebenerdig gelegenen Wohnungstür und fragte den Mann, der mir öffnete, ob er zufällig den Namen dieser Straße kenne. Er antwortete, daß es irgendein hebräischer Name sei, den er aber nicht verstehe, da er nur englisch spreche. Seine kleine

Tochter hingegen, eine Sabra, wüßte jemanden, der den Namen dieser Straße einmal aufgeschrieben hätte und nur im Augenblick leider nicht zu Hause wäre.
Bekümmert verließ ich das Haus. Gerade sauste ein Wagen der Feuerwehr vorüber, verlangsamte sein Tempo, und der Fahrer brüllte mir die Frage zu, ob er sich hier in der Meines-Bruders-Hüter-Straße befände, der früheren Ignaz-Fuchs-Straße? Ich brüllte ihm ein saftiges »links« zurück. Dann hielt mich ein Briefträger auf und erbat meinen Ratschlag, wie er wohl am besten in die Zwirn-und-Nadelöhr-Straße käme, deren Name vor kurzem in Samson-schlägt-die-Philister-Straße geändert worden sei, aber auch dieser Name hätte sich als zu lang erwiesen.
Ich bediente ihn mit einer detaillierten Auskunft und fragte meinerseits nach der Geliebtes-Weib-Straße. Der Postbote gratulierte mir überschwenglich:
»Sie haben Glück«, sagte er. »Das weiß ich zufällig wirklich. Es ist die zweite Straße rechts, aber sie heißt jetzt Wunschtraumstraße.«
Meine Freude, als ich die Wunschtraumstraße tatsächlich fand, war unbeschreiblich. Das Haus 5 a fand ich allerdings nicht. Überhaupt fand ich keine einzige Hausnummer. Ich fand einen zittrigen Patriarchen, der zwar auch nicht wußte, wo 5 a war, mir aber den dankenswerten Hinweis gab, daß die Nummer einfach »5« heißen könnte, weil die Mapai überall den Buchstaben A hingepinselt hatte [2].
Es ging auf Mitternacht, und ich befand mich noch immer auf der Jagd nach Hausnummern. Endlich entdeckte ich hoch oben an der Mauer einer Mietskaserne eine Tafel, konnte sie aber nicht lesen. Ich hielt den eben wieder vorbeisausenden

[2] Jede der politischen Parteien Israels verwendet als Symbol einen Buchstaben des Aleph-Beths, das infolge der immer noch wachsenden Vielzahl unserer Parteien demnächst um einige Buchstaben erweitert werden dürfte.

Löschwagen an, borgte mir eine Leiter und stieg hinauf. Die Tafel trug die Aufschrift »182-351-561 k.g.«, und das half mir nur wenig.

Ein mitleidiger Spätheimkehrer informierte mich, daß das letzte Haus in dieser Straße die Nummer 198 trug – »Sie brauchen also nichts anderes zu tun, als von hier aus weiterzugehen und bis Nummer 5 zurückzuzählen, und Sie brauchen sich auch gar nicht zu schämen, daß Sie das tun, denn ich tue es manchmal selbst, wenn ich wissen will, in welchem Haus ich wohne.«

Ich folgte seinem Rat, zählte von 198 rückwärts und läutete hoffnungsvoll an der Türe des Hauses, vor dem ich jetzt stand. Eine alte Dame öffnete. »Nein, hier ist Nummer 202«, sagte sie. Auf meine Frage, ob es sich nicht vielleicht doch um das Haus Nummer 5 handle, erklärte sie mir geduldig, daß dies unmöglich der Fall sein könne, weil es in dieser ganzen Straße überhaupt keine ungeraden Hausnummern gäbe; das Stadtplanungsamt hätte versehentlich auf beiden Seiten der Straße nur gerade Nummern angebracht, so daß jetzt alle Nummern doppelt vorkämen, bis auf zwei, die Nummern 32 und 66, die sich am anderen Ende der Stadt befänden, in der früheren Julius-Finkelstein- und jetzigen Keuchhustenstraße.

»Um Himmels willen«, stöhnte ich. »Das ist ja die Straße, die ich suche. Ich war überzeugt, daß ich hier bereits in der Keuchhustenstraße bin.«

»Nein, nein.« Die alte Dame schüttelte energisch den Kopf. »Diese Straße wird morgen in Dilemmastraße umbenannt. Heute heißt sie noch Dillenkopfstraße.«

»Merkwürdig. Warum haben mir alle Leute gesagt, daß es die Wunschtraumstraße ist?«

»Was hätten sie denn anderes machen sollen? Vielleicht mit Ihnen streiten?«

Und damit verschwand die Hexe in ihrem Bau.

Abermals sauste der Löschwagen vorbei, die Sirenen zu höchster Lautstärke aufgedreht, hielt am Ende der Straße an und richtete seine Wasserstrahlen gegen ein Haus. Aus purer Neugier ging ich näher und wurde von einem der Feuerwehrleute prompt gefragt, ob das die rituelle Badeanstalt in der Meines-Bruders-Hüter-Straße 107 sei, denn dort brenne es.

»Nein«, antwortete ich. »Was Sie da löschen, ist das Haus mit der rechtsseitigen Nummer 102 auf der ehemaligen Dilemmastraße.«

Die Feuerwehrleute ließen einige derbe Flüche hören, zogen Leitern und Schläuche ein und fuhren davon.

Ich schleppte mich weiter durch die Nacht. Vor meinem geistigen Auge, müde wie es war, erschien das vorwurfsvolle Gesicht Elusivis. Zorn und Verzweiflung begannen in mir hochzusteigen. Wütend packte ich den Kerl, der jetzt auf mich zukam, an den Schultern und brüllte in seine widerwärtige Fratze:

»Wo ist die Geliebtes-Weib-Straße, du Stinktier? Wo?!«

»Allah akbar«, antwortete der Legionär.

So geriet ich in arabische Gefangenschaft. Die Waffenstillstandskommission leitete sofort die nötigen Schritte ein [3].

[3] Die Hälfte der Stadt Jerusalem gehört zu Jordanien, was ungefähr die gleiche Situation schafft, als ob New York jenseits der Fifth Avenue unter sowjetrussischer Verwaltung stünde. Diese Vorstellung ist besonders ärgerlich, wenn man bedenkt, daß New York noch aus Sümpfen voll quakender Frösche bestand, als Jerusalem bereits die Hauptstadt des jüdischen Staates war.

Besuchszeiten: Montag und Donnerstag

Zu den hervorragenden Nationaleigentümlichkeiten Israels zählt die Disziplin; eine lückenlose, allumfassende Disziplin – und dennoch keine eiserne, wie etwa in den totalitären Staaten, wo man allen Befehlen blind gehorchen muß. Nein, wir obliegen einer Disziplin, die individuell gefärbt ist. Wenn wir zum Beispiel eine Telephonzelle mit der Tafel *Außer Betrieb* sehen, so überkommt uns sofort der heftige Wunsch, gerade aus dieser Zelle zu telephonieren, und in neun von zehn Fällen tun wir das auch. Eine Tafel mit der Aufschrift *Bitte das Geld sofort nachzählen, spätere Reklamationen werden nicht berücksichtigt* veranlaßt uns unweigerlich, den betreffenden Schalter sofort zu verlassen, das Geld erst später nachzuzählen und Krach zu schlagen, weil man uns beraubt hat. Wenn allerdings auf einer Tür die Aufschrift *Eintritt verboten* prangt, dann treten wir wirklich nicht ein. Außer wenn wir unbedingt müssen. Oder um nachzuschauen, was eigentlich hinter der Tür los ist. Oder aus irgendwelchen anderen Gründen.

Damit komme ich allmählich zu meiner Tante Ilka, jener liebenswerten alten Dame, die vor einigen Jahren, als sie gerade mit der Säuberung ihres Fußbodens beschäftigt war, einen leisen Pfiff ausstieß und sich nicht mehr aufrichten konnte. Ihr Meniskus oder etwas dergleichen hatte Schaden genommen, und Tante Ilka mußte ins Spital gebracht werden, wo man sie in der Abteilung 14 unterbrachte.

Kaum untergebracht, trug Tante Ilka der Oberschwester auf, uns alle telephonisch ans Krankenlager zu berufen und uns an ihre, Tante Ilkas, Vorliebe für Käsebrötchen zu erinnern, die vom Spital nur bei schweren Herzattacken verabreicht würden.

Der Familienrat entschied, daß ich der richtige Mann für diesen

Auftrag sei. Man händigte mir ein Paket mit in Asche gebackenen Käsebroten aus, und bald darauf stand ich vor der doppelten Stacheldrahtumzäunung [1], die das Areal des Krankenhauses umgab.

Das eiserne Tor war geschlossen. Erst nach längerem höflichem Pumpern erschien ein stämmiger Portier und sagte: »Besuchszeiten Montag und Donnerstag nachmittag von 2.45 bis 3.30.«

»Danke sehr«, sagte ich. »Aber jetzt bin ich schon hier.«

»Lieber Herr«, sagte der Türhüter, »es liegt im Interesse der Patienten. Besuche regen sie auf und verzögern den Heilungsprozeß. Stellen Sie sich doch vor, was geschehen würde, wenn wir pausenlos Besuche einließen.«

»Sie haben vollkommen recht«, sagte ich, »das wäre schrecklich. Und jetzt lassen Sie mich bitte hinein.«

»Nein«, sagte er. »Ich habe strengen Auftrag. Sie betreten das Gebäude nur über meine Leiche.«

»Das möchte ich nicht. Ich möchte zu meiner Tante Ilka.«

»Nichts zu machen. Aber um 2 Uhr werde ich abgelöst. Vielleicht haben Sie bei meinem Nachfolger mehr Glück.«

Der Mann war nicht nur ein Fanatiker, er war auch noch stolz darauf.

Ich wandte mich ab, Haß im Herzen und zornige Flüche auf den Lippen. »Mögen alle hier vertretenen Krankheiten dich gleichzeitig heimsuchen, du tobsüchtiger Maniake!« fluchte ich. »Und wenn du zerspringst: ich komme zu Tante Ilka hinein!«

Etwas später klopfte ich wieder an das Eingangstor, verfiel aber nicht in meinen früheren Fehler, sondern sagte dem neuen Portier:

[1] Auch das ist eine Erbschaft aus der Mandatszeit. Zum Schutz gegen Überfälle jüdischer Terroristen ließ die britische Verwaltung um alle öffentlichen Gebäude von einiger Wichtigkeit enorme Stacheldrahtverhaue legen, und die israelische Regierung hält das aus purer Trägheit aufrecht.

»Ich bin von der Redaktion der ›Jerusalem Post‹ und soll einen Artikel über Ihr Spital schreiben.«
»Einen Augenblick«, sagte Torhüter II. »Ich rufe Dr. Gebennehmer.«
Dr. Gebennehmer, ein Mann von gewinnenden Umgangsformen, empfing mich auf die netteste Weise und erbot sich sofort, mir das Institut zu zeigen.
»Vielen Dank, Herr Doktor«, sagte ich. »Aber ich finde mich lieber selbst zurecht. Das ist die neue Reportertechnik, wissen Sie: unmittelbare Eindrücke sammeln. Machen Sie sich bitte keine Mühe.«
»Es macht mir gar keine Mühe. Es ist mir ein Vergnügen.«
Dr. Gebennehmer schob freundlich seinen Arm unter den meinen. »Außerdem brauchen Sie gewisse fachliche Informationen. Kommen Sie.«
Er schleppte mich durch die Abteilungen 11, 12 und 13 und sprach dabei sehr anregend über die Hauptaufgabe der Presse, die seiner Meinung nach darin lag, dem Publikum besseres Verständnis für die Medizin im allgemeinen und für die Gebarung der Krankenhäuser im besonderen beizubringen. Ich folgte seinen Ausführungen mit zustimmendem Nicken und machte mir von Zeit zu Zeit Notizen, etwa des Wortlauts: »Eins bis drei und vier bis sechse, Großmama war eine Hexe« oder etwas Ähnliches, meistens Gereimtes.
Die vorbildliche Ordnung, die in sämtlichen Abteilungen herrschte, wurde nur durch die Unzahl der Besucher ein wenig gestört. Im Durchschnitt saßen zwei komplette Familien an jedem Bett.
»Dabei ist jetzt gar keine Besuchszeit«, erklärte Dr. Gebennehmer. »Ich weiß wirklich nicht, wie alle diese Leute hereingekommen sind.«
»Macht nichts, macht nichts«, beruhigte ich ihn.
Plötzlich klang aus einem der Betten die Stimme einer alten Dame an mein Ohr:
»Hallo, Feri! Hast du den Käs mitgebracht?«

Es war eine eher peinliche Situation. Dr. Gebennehmer sah mich mit einem unangenehm fragenden Gesichtsausdruck an.
»Schalom, Tante Ilka!« rief ich aus. »Was für ein phantastischer Zufall!«
»Zufall? Hat die Nurse nicht angerufen? Wo ist der Käs?«
Ich übergab ihr rasch das Paket und versuchte Dr. Gebennehmer davon zu überzeugen, daß ich immer ein Paket mit Käsebroten bei mir trüge, aber er zuckte nur wortlos die Schultern und ging.
Tante Ilka verzehrte den Inhalt des Pakets in bemerkenswert kurzer Zeit und bestellte für den nächsten Tag eine Ladung Pfefferminzbonbons. Auch Bernhard und Mitzi sollte ich mitbringen. Und natürlich meine Frau. Als ich zaghaft einwarf, daß morgen keine Besuchsstunden wären, deutete Tante Ilka mit einer vielsagenden Geste auf das Gewimmel im Raum und schickte mich nach Hause.
Wir gingen sofort an die Arbeit. Mitzi nähte auf ihrer Maschine kleine weiße Schwesternhauben, dann holte sie von ihrem Friseur drei weiße Kittel, und dann verfertigten wir mit Hilfe zweier Besenstiele eine Tragbahre. Das war alles, was wir brauchten.
Am nächsten Tag brachte uns ein Taxi in die Nähe des Spitals, wo wir unsere Verkleidung anlegten. Meine Frau wurde auf Patrouille geschickt und meldete, daß der tobsüchtige Maniake von gestern, den ich ihr genau beschrieben hatte, jetzt wieder das Tor bewachte. Ich nahm auf der Tragbahre Platz und wurde mit einem weißen Leintuch zugedeckt. Bernhard und Mitzi trugen mich, meine Frau hielt mir die Hand und befeuchtete von Zeit zu Zeit meine fiebrig vertrockneten Lippen.
Die Invasion glückte. Der maniakische Bulle fiel auf unseren primitiven Trick herein und ließ uns glatt passieren.
Aus Sicherheitsgründen machten wir einen Umweg durch mehrere andere Abteilungen. Gerade als Abteilung 14 in Sicht kam, riß jemand mit derber Hand mein Leintuch zurück:
»Sie?!« brüllte Dr. Gebennehmer. »Sind Sie wahnsinnig?«

»Jetzt ist nicht der Augenblick zum Scherzen«, sagte ich gepreßt. »Ich sterbe.«
»Was ist geschehen?«
»Eine Schlange hat mich gebissen.«
Dr. Gebennehmer erbleichte und zog mich persönlich in sein Ordinationszimmer. Gerade daß ich die Pfefferminzbonbons noch an Bernhard weitergeben konnte. »Rasch«, flüsterte ich, »und küßt Tante Ilka von mir ...«
Die andern machten sich aus dem Staub und ließen mich in Dr. Gebennehmers Klauen. Dr. Gebennehmer hantierte bereits an seinen Spritzen und Phiolen herum und kündigte an, daß er mich jetzt mit Curare vollpumpen werde, dem einzigen zuverlässigen Antitoxin gegen Schlangengift. Mir wurde ein wenig unbehaglich zumute. Mehr als das: ich begann mich zu fragen, ob ich mich hier wirklich malträtieren und vielleicht vergiften lassen müsse, nur weil Tante Ilka vor ihrer Operation unbedingt Pfefferminzbonbons lutschen wollte? Ich entschied diese Frage mit Nein, war mit einem Satz aus dem Zimmer draußen, rannte in den Hof und sprang auf einen der Trolleywagen, die den Verkehr zwischen den einzelnen Abteilungen besorgten.
»Los!« zischte ich dem Fahrer zu. »Egal wohin! Fahren Sie, fahren Sie!«
In einer entfernt gelegenen Abteilung mischte ich mich unter die Besucher und entkam.
Am Abend stieß ich wieder zu meiner Familie. Tante Ilka, so hörte ich, wäre in bester Verfassung und nur etwas beleidigt, weil ich sie nicht besucht hatte. Sie wünschte sich viele Schweizer Illustrierten. Mitzi schlug vor, einen Schacht unter den Stacheldraht zu graben; aber das hätte mindestens drei Tage in Anspruch genommen, und so lange konnten wir Tante Ilka unmöglich ohne Besuch und ohne Illustrierte lassen. Anderseits konnten wir jetzt keine Kollektivbesuche mehr riskieren, sondern mußten uns mit Einzelaktionen begnügen. Also warf ich mich am nächsten Tag wieder in den Friseurmantel, der am

Rücken zugeknöpft wurde, und vollendete meinen Habitus mit einer dicken Brille und einer Zuckerbäckermütze.
Am Spitaltor stand wieder der bullige Maniake. Rasch band ich mir ein Taschentuch vors Gesicht, ging in teutonischem Stechschritt an ihm vorbei [2] und ließ ein scharfes »Jawoll« hören, worauf er die Hacken zusammenschlug. Ich stelzte inspizierend durch die Abteilungen 11 und 12 und näherte mich der Abteilung 13, als ich mich am Arm gepackt fühlte.
»Gott sei Dank, daß Sie hier sind, Herr Professor! Kommen Sie schnell! Eine dringende Operation ...«
»Bedaure, Dr. Gebennehmer«, murmelte ich hinter meiner Maske hervor, »ich bin außer Dienst.«
»Aber es ist ein dringender Fall, Herr Professor!« Dr. Gebennehmer zerrte mich in den Operationssaal, und ehe ich wußte, wie mir geschah, hatte ich mir die Hände gewaschen und stand unter den Scheinwerfern. Da wurde auch schon das Bett mit dem Patienten hereingerollt.
»Hast du die Schweizer Illustrierten mitgebracht?« fragte Tante Ilka.
»Sie halluziniert bereits«, sagte Dr. Gebennehmer und versetzte Tante Ilka eilig in den Zustand der Bewußtlosigkeit.
Auch ich fühlte mich einer Ohnmacht nahe. Schließlich hatte ich noch nie einen Meniskus operiert, schon gar nicht an meiner eigenen Tante.
Als die Operationsschwester mich fragte, ob ich ein kleines oder großes Skalpell wünsche, wandte ich mich in plötzlichem Entschluß zu Dr. Gebennehmer:
»Bitte übernehmen Sie.«
Dr. Gebennehmer errötete vor Stolz und Freude. Es war das erstemal, daß ein Professor ihm freie Hand für eine Operation ließ, und er begann sofort Tante Ilkas Knie aufzuschneiden.

[2] Fast alle unsere Ärzte sind deutsche Juden. Wenn man auf der Straße jemanden Deutsch sprechen hört, ist die Anrede »Herr Doktor« fast immer am Platz.

Das Gefühl, das dabei in mir hochstieg, glich jenem, mit dem ich gelegentlich in unserer Küche das Tranchieren von Hühnerschenkeln beobachtete, obwohl ich sie dann ganz gern esse, am liebsten mit Gurkensalat.

»Entschuldigen Sie«, sagte ich mühsam und verließ ein wenig taumelnd den Operationssaal. Draußen nahm ich sofort die Maske ab, um Atem zu holen. In diesem Augenblick kam der maniakische Portier vorbei, klopfte mir freundlich auf die Schulter und sagte:

»Sehen Sie – heute können Sie Ihre kranke Tante besuchen!«

Ich hatte vollkommen übersehen, daß es Donnerstag war und kurz nach 2 Uhr. Eigentlich hätte mir das auffallen müssen. Es war nämlich kein einziger Besucher im ganzen Spital.

Brillenputzen

Ich nahm den nächsten Bus zum Montmartre, stieg aus und ließ mich selig mit dem farbenfrohen Strom des Künstlervölkchens treiben. Anders ausgedrückt: Ich setzte mich in ein Café, bestellte einen Wermut und beobachtete das Durcheinander ringsum. Und was für ein Durcheinander! Am Nebentisch schluchzte gerade eine kleine Wasserstoffblondine an der Schulter eines jungen backenbärtigen Mannes mit Brillen. Etwas weiter entfernt gab eine betagte Sexbombe einer interessiert lauschenden Zuhörerschaft Erinnerungen an ihre zerstörte Jugend preis. Daneben hielt ein unrasierter, wild um sich blickender Rollkragenträger einen leeren Transistor an sein Ohr. Hier diskutierten sechs langhaarige Jünglinge über eine von ihnen gezüchtete Kreuzung zwischen Neo-Dadaismus und Kafka, dort bereiteten sich zwei reglose, stark geschminkte Frauengestalten in stummer Umarmung auf die nächsten Schicksalsschläge vor. Ein halbnacktes, atemberaubend schönes Blumenmädchen setzte sich neben einen afrikanischen Matrosen, zog ein Buch hervor und begann zu lesen. In einer Ecke versuchte ein trübsinniger Student durch Verschlucken eines Löffels Selbstmord zu begehen, aber der Kellner, der für die Vollzähligkeit des Bestecks verantwortlich war, fiel ihm in den Arm. Zwei Schauspielerinnen fanden die Hitze so unerträglich, daß sie sich zu entkleiden begannen, worauf der Kellner sofort einen Polizisten herbeirief, damit auch er das Vergnügen des Zuschauens genösse. Ein an Elefantiasis leidender Bildhauer entlockte einer Miniaturflöte elektronische Musik, eine berühmte Dichterin führte ihr Bulldogg-Weibchen von Tisch zu Tisch und sammelte Almosen für den angeblich gestern eingetroffenen Wurf, ein weißhaariger Ziehharmonikaspieler begleitete die Umarmungen eines Liebespaares mit sentimentalen Melodien, Zigaretten und

Zündhölzer flogen durch die Luft, Sprachfetzen und Gelächter bahnten sich den Weg durch die Schwaden aus Rauch und Alkohol. Und inmitten dieser Orgie der Zusammengehörigkeit und Lebensfreude saß nur ein einziger Mensch einsam an seinem Tisch, und das war ich.

Noch nie im Leben hatte ich mich so einsam gefühlt, so vergessen, verlassen und verloren. Hätte ich nicht die Gewohnheit gehabt, bei heißem Wetter (wie es an diesem Tag herrschte) mein Sporthemd über die Hose heraushängen zu lassen – ich wäre wohl nie in Kontakt mit der Umwelt gekommen.

Es war, wie ich gleich vorausschicken will, kein erfreulicher Kontakt.

Ich hatte nämlich mit einemmal die deutliche Empfindung, daß das linke untere Ende meines heraushängenden Hemds sich von mir wegbewegte. Vorsichtig wandte ich mich um – und in der Tat: Mein Nachbar am Tisch zur Linken hatte sich meines Hemdes bemächtigt und putzte damit seine Brillengläser, große, dicklinsige Gläser in schwarzer Hornfassung. Ich hatte den Herrn nie im Leben gesehn. Und jetzt saß er da und putzte sich mit meinem Hemd die Brille.

Etwa eine Minute lang herrschte Schweigen, nur vom Rhythmus des Putzgeräusches unterbrochen. Dann raffte ich mich auf:

»Monsieur«, sagte ich, »was fällt Ihnen ein?«

»Das sehen Sie doch«, lautete die Antwort. »Glotzen Sie nicht so blöd.«

»Vielleicht könnten Sie Ihre Brille mit Ihrem eigenen Hemd putzen?«

»Mein eigenes Hemd steckt in meiner eigenen Hose. Das sehen Sie doch.«

Er hob die Gläser gegen das Licht, um festzustellen, ob sie schon ausreichend geputzt wären. Offenbar waren sie es nicht. Als ich merkte, daß er die Putzarbeit fortzusetzen beabsichtigte, wollte ich ihm mein Hemd entziehen; aber da kam ich schön an:

»Was ist denn los?« rief er. »Lassen Sie mich gefälligst meine Brille putzen!«

»Nicht mit meinem Hemd!«
»Warum nicht?«
»Zum Beispiel weil ich Sie nicht kenne.«
»Bosco.« Mit einem leichten Kopfnicken stellte mein Nachbar sich vor. »Und hören Sie schon auf zu glotzen.«
Diese Entwicklung der Dinge ging mir sehr gegen den Strich. Jetzt, da wir persönlich miteinander bekannt waren, war es für mich schon um vieles schwerer, ihm mein Hemd zu verweigern.
»Ja, aber ...«, stotterte ich. »Das ist ein ganz neues, sauberes Hemd ...«
Ich muß zugeben, daß ich da kein besonders schlagkräftiges Argument gebraucht hatte, aber ein besseres fiel mir nicht ein. Auch daß ich von einigen Nebentischen her mit feindseligen Blicken angestarrt wurde, machte meine Position nicht leichter. Bosco, der seinen taktischen Vorteil sofort erkannte, hielt das Ende meines Hemds aktionsbereit in der Hand:
»Wenn es kein sauberes Hemd wäre, würde ich es nicht für meine Brillengläser verwenden. Es sind sehr teure und sehr empfindliche Gläser. Also.«
»Dann zerren Sie wenigstens nicht daran«, mahnte ich mit schwacher Stimme, während er schon wieder weiterputzte.
»Wer zerrt?« fragte Bosco ungehalten und entnahm der Tasche seines Sporthemds eine andre Brille mit dunkelgrünen Gläsern.
»Nein«, sagte ich energisch. »Keine Sonnenbrillen, bitte.«
»Sie langweilen mich«, replizierte Bosco. »Geben Sie endlich Ruhe.«
Jetzt wurde mir die Sache denn doch zu dumm. Schließlich war ich ein Tourist, ein Ausländer, ein Fremdenverkehrsheber, im Grunde genommen sogar ein Gast dieses Landes. Ich kannte Bosco kaum, und jedenfalls nicht gut genug, um ihn seinen gesamten Brillenvorrat mit meinem Hemd putzen zu lassen. Aber die öffentliche Meinung stand natürlich auf seiner Seite, daran ließ der Gesichtsausdruck der Umsitzenden keinen Zwei-

fel. »Sie jämmerlicher Outsider«, sagten ihre Blicke. »Sie Eindringling. Sie Egoist. Sie überheblicher, asozialer Wichtigtuer. Sie scheinen ja Ihr Hemd für das Kostbarste auf Erden zu halten? Seien Sie froh, daß es endlich zu etwas Vernünftigem taugt. Sie haben überhaupt keinen Sinn für Zusammengehörigkeit, kein Empfinden für kollektive Verantwortung, kein Solidaritätsgefühl. Sie sind nicht wert, hier zu sitzen, Sie hergelaufener Niemand mit ihren schäbigen Lumpen ...«

Als es so weit war, raffte ich alle meine Kräfte zusammen:

»Genug! Ich will nicht mehr!«

»Und warum nicht?«

»Darüber schulde ich Ihnen keine Rechenschaft! Oder bin ich verpflichtet, jedem mein Hemd zum Brillenputzen zu überlassen?«

»Jedem?! Wieso jedem?!« Von allen Seiten drangen entrüstete Rufe auf mich ein. »Wer außer Bosco hat denn schon seine Brille geputzt? Wer ist denn auf Ihr idiotisches Hemd angewiesen? Warum sprechen Sie von ›jedem‹, wo doch nur Bosco ...«

Den Rest hörte ich nicht mehr. Ich hatte bereits die Tür erreicht. Dort aber blieb ich stehen, wandte mich um und stopfte mit herausfordernder Langsamkeit mein Hemd in die Hosen.

Mit Mazzes versehen

Zweimal im Verlauf unserer Geschichte sind wir aus Ägypten ausgezogen: das erstemal einige Jahrtausende vor der britischen Verwaltungsperiode und unter der Führung Gottes, das zweitemal einige Jahre *nach* der britischen Verwaltungsperiode und unter dem Druck der UNO.

Die epochale Erfindung des ersten Exodus war das ungesäuerte Brot, korrekt und in der Mehrzahl »Mazzoth« genannt, im Sprachgebrauch »Mazzes«. Begreiflicherweise hatten unsere Vorfahren auf der Flucht aus Ägypten keine Zeit, sich mit der Zubereitung von Sauerteig abzugeben, und zur Erinnerung daran essen wir noch heute während des Passahfestes ausschließlich ungesäuertes Brot, um uns darüber zu freuen, daß wir damals der ägyptischen Sklaverei entronnen sind. Wir freuen uns durch volle acht Tage, denn so lange dauert das Passahfest. Falls irgend jemand einmal versucht haben sollte, acht Tage lang von purem Pappendeckel zu leben, wird er begreifen, warum wir für den Rest des Jahres nur noch auf gesäuertes Brot Wert legen.

Mit Mazzes sind wir versehen.

An einem dieser Nach-Passah-Tage, einem Mittwoch, wenn ich nicht irre – nein, an einem Dienstag, traf ich auf dem Dizengoffboulevard [1] meinen Freund Jossele, der unter seinem Arm ein großes, viereckiges, in braunes Packpapier verpacktes Paket trug. Wir gingen eine Strecke miteinander, wobei wir uns über verschiedene Probleme der Philosophie und des schwarzen Marktes unterhielten. Plötzlich blieb Jossele stehen und reichte mir das Paket:

[1] Dizengoff war kein sowjetischer Erfinder, sondern der erste Bürgermeister von Tel Aviv.

»Bitte sei so gut und halt mir das eine Minute. Ich muß in diesem Haus etwas abholen. Bin gleich wieder da.«
Nachdem ich eine Stunde mit dem Paket in der Hand gewartet hatte, ahnte ich Übles und ging Jossele suchen. Die Bewohner des Hauses, in dem Jossele verschwunden war, befanden sich in hellem Aufruhr: Jossele hatte die Rückmauer des Hauses mit Gewalt durchbrochen, um auf die andere Straße zu gelangen. Meine Ahnungen verstärkten sich. Nervös riß ich das braune Packpapier auf und fand darin eine Schachtel Mazzes mit dem noch unversehrten Siegel des Rabbinats.
Zunächst erschien mir Josseles Vorgehen rätselhaft. Was mochte ihn zu seinem Verzweiflungsschritt bewogen haben? Vor allem aber: was sollte ich mit den Mazzes anfangen? Ich brauchte sie nicht. Ich hatte noch sechs Schachteln zu Hause.
Kurz entschlossen restituierte ich die Verpackung und trat auf einen der Hausbewohner zu:
»Entschuldigen Sie«, sagte ich. »Könnten Sie das einen Augenblick halten?«
Der Mann drückte das Paket gegen sein Ohr, was ein verräterisches Knacken zur Folge hatte, und riß die Verpackung von neuem auf.
»Dachte ich's doch!« rief er mit bösem Triumph. »Da sind Sie aber an den Falschen gekommen, junger Mann. Ich habe selbst noch neun Pakete, die ich nicht loswerden kann. Verschwinden Sie mitsamt Ihren Mazzes und lassen Sie sich hier nie wieder blicken!«
Jetzt begann ich Josseles Verzweiflung zu verstehen, ja mehr als das, ich begann sie ihm nachzufühlen. Aber das änderte nichts daran, daß ich mich dieses bröckeligen Überschußmaterials entledigen mußte.
In einer nahen Parkanlage ließ ich das Paket unauffällig auf eine Bank gleiten und machte mich hastig aus dem Staub. Aber schon nach wenigen Schritten meldeten sich die ersten Gewissensbisse. »Schande über dich!« hörte ich meine traditionsbewußte innere Stimme flüstern. »Läßt man Mazzes in der

Wildnis liegen? Dazu sind wir aus Ägypten ausgezogen? Dazu hat uns der Herr aus den Banden Pharaos befreit?«

Aberglauben ist mir fremd. Gewiß, ich bin imstande – besonders seit den Erfahrungen mit unserer Hausgehilfin Latifa –, dreimal über meine Schulter zu spucken, wenn ich eine schwarze Katze unter einer Leiter sehe, aber ich bin nicht abergläubisch. Es war die Erkenntnis, etwas Unrechtes getan zu haben, die mich in den Park zurücktrieb und mich hieß, nach der verwaisten Mazzesschachtel Ausschau zu halten.

Zu meiner Verblüffung sah ich jetzt ihrer zwei auf der Bank liegen. Irgendein traditionsloser Geselle hatte sich meine kurze Abwesenheit zunutze gemacht. Was blieb mir übrig, als beide Schachteln an mich zu nehmen? Ich wunderte mich nur, daß ein Jude einem andern Juden so etwas antun kann.

Im Zustand äußerster Niedergeschlagenheit erreichte ich die Wohnung meines Onkels Jakob, in die ich durchs Küchenfenster einsteigen mußte, weil die Wohnungstüre von großen, viereckigen Paketen in braunem Packpapier verbarrikadiert war. Wir plauderten ein Weilchen über dies und das, dann gab ich mir den Anschein, als ob mir etwas sehr Dringendes eingefallen wäre, entschuldigte mich unvermittelt und sprang zum Fenster hinaus. Unten auf der Straße wollte ich schier vor Lachen bersten: meine überzähligen Mazzes waren jetzt beim guten alten Onkel Jakob abgelagert...

Ich saß noch keine zehn Minuten zu Hause, als es klopfte. Ein Jemenite stand vor der Tür, schob sechs Schachteln Mazzes über meine Schwelle, warf einen Brief hinterher und verschwand.

»Sende Dir die sechs Schachteln Mazzes, die Du bei mir vergessen hast«, schrieb der gute alte Onkel Jakob. »Möchte Dich nicht berauben. Gib nächstens besser acht.«

Am folgenden Tag mietete ich einen dreirädrigen Lieferwagen, beförderte die Pakete zum nächsten Postamt und schickte sie anonym an Schlomoh Haut, der in einem weit entfernten Kibbuz lebt. Ich war sehr stolz auf diesen Einfall.

Aber ich war nicht der einzige, der ihn hatte. Drei Tage später brachte mir die Post, gleichfalls anonym, vierzehn Schachteln Mazzes, vier wurden mir von einer internationalen Transportgesellschaft zugestellt, und durch ein Fenster, das ich unvorsichtigerweise offengelassen hatte, flogen mir zwei weitere in die Wohnung.

Mit Mühe bahnte ich mir am nächsten Morgen durch Berge von Mazzespaketen den Weg ins Freie. Mein Blick fiel auf einen alten Bettler, der an der Hausmauer ein kleines Schläfchen im Frühjahrssonnenschein hielt. Munter pfeifend pirschte ich mich an ihn heran:

»Hungert es Sie, mein Alter? Möchten Sie nicht etwas Gutes essen?«

Der Bettler maß mich mit einem prüfenden Blick.

»Wieviele Schachteln?« fragte er.

»Sechsundzwanzig«, antwortete ich mit leiser Stimme. »Kleines Format, dünn, gut erhalten.«

Der alte Bettler überdachte meinen Vorschlag. Dann entschied er sich:

»Im allgemeinen bekomme ich zehn Piaster pro Schachtel. Aber bei größeren Posten gebe ich Rabatt. Macht also zwei Pfund, mit Garantie.«

Ich kann mich jetzt in meiner Wohnung wieder frei bewegen. Dennoch muß ich gestehen, daß mir die Mazzes irgendwie fehlen. *Eine* Schachtel hätte ich vielleicht behalten sollen ...

Der Blaumilch-Kanal

Den Einwohnern Israels ist eine gefährliche Manie gemeinsam: sie wollen unbedingt das Land aufbauen. Aber da die Juden bekanntlich ein arbeitsscheues Volk sind, bauen sie zum Beispiel in drei Tagen ein Haus fertig, um den Rest der Woche faulenzen zu können. Sollte sich ein Leser auf Grund der Lektüre dieses Buchs zu einem Besuch des Staates Israel entschließen, so wird er dort mit eigenen Augen sehen, daß wir an einem chronischen, unheilbaren Baufieber leiden. Niemand wundert sich, wenn irgendein Narr sich's in den Kopf setzt, mitten in der Wüste eine Stadt zu errichten. Wir haben sogar eine ganz hübsche Anzahl solcher Narren. Und folglich eine ganz hübsche Anzahl von Städten mitten in der Wüste.

Bevor ich nunmehr auf den Blaumilch-Kanal zu sprechen komme – so genannt nach seinem Erbauer Kasimir Blaumilch, einem ehemaligen Insassen der Einzelzelle Nr. 7 in Bath Jam –, muß ich den Leser noch mit ein paar einschlägigen Informationen versehen.

In Bath Jam befindet sich eine Irrenanstalt, und es ist keine geringe Leistung, dort Aufnahme zu finden. Wenn anderswo ein Mensch plötzlich zu gackern beginnt, nimmt man an, daß er den Verstand verloren hat. In Israel nimmt man an, daß er ein Neueinwanderer aus der südlichen Mandschurei ist, der sich in seiner Muttersprache verständlich zu machen sucht. Und wenn er sich Spinat ins Gesicht schmiert, darf man die Möglichkeit nicht ausschließen, daß es sich hier um eine alte bolivianische Volkssitte handelt. Ein Wahnsinniger muß schon etwas wirklich Erstklassiges bieten, um in Israel aufzufallen.

So saß ich einmal nichtsahnend am sonnigen Mittelmeerstrand und freute mich der kühlen Brise, als ich plötzlich durch einen schielenden, unrasierten, aber keineswegs ungemütlich aussehen-

den Menschen aus meinen Träumen geschreckt wurde. Er bat zuerst um die Erlaubnis, sich neben mir niederlassen zu dürfen, und sprach sodann wie folgt:
»Es tut mir leid, daß ich Sie belästigen muß, mein Herr – aber ich brauche dringend zehn Pfund.«
Einigermaßen nervös begehrte ich zu wissen, auf welchen Artikel welcher Verfassung sein Anspruch sich stützte. Mein Besucher nickte verständnisvoll und gab mir bereitwillig Auskunft:
»Ich bin geisteskrank, mein Herr«, sagte er mit ruhiger, vertrauenerweckender Stimme. »Sie als intelligenter Mensch werden zweifellos wissen, was das bedeutet. Nach den Gesetzen dieses Landes könnte ich Ihnen jetzt ohne weiteres die Kehle durchschneiden, oder Sie erwürgen, oder, wenn mein krankhafter Instinkt mich dazu lockte, Hackfleisch aus Ihnen machen. Was würde mir geschehen? Nichts würde mir geschehen. Schlimmstenfalls brächte man mich in das Irrenhaus zurück, aus dem ich – dank der verbrecherischen Nachlässigkeit meines Wärters – vor zwei Tagen entsprungen bin. Wünschen Sie die notariell beglaubigten Photokopien meiner Krankheitsurkunden zu sehen? Hier sind sie.«
Die Papiere meines neuen Freundes waren vollkommen in Ordnung. Auch machte er durchaus den Eindruck eines seriösen, nüchternen Geschäftsmannes, der nicht nur so daherschwätzt, sondern jedes Wort sorgfältig überlegt.
»Nun? Worauf warten Sie?« fragte er, wobei in seinen Augen ein verräterisch fiebriger Glanz aufzuckte. »Haben Sie im Leben so wenig Unannehmlichkeiten, daß Sie sich jetzt noch künstlich eine weitere zuziehen wollen? Wegen lumpiger zehn Pfund? Glauben Sie mir, mein Herr: es ist nicht der Mühe wert. Ich möchte die Sache viel lieber ohne Exzeß erledigen. Aber wenn Sie mich zwingen … Ich zähle jetzt bis drei. Bei drei, das sage ich Ihnen aus Erfahrung, wird mein Mund zu schäumen beginnen, und ich werde jede Kontrolle über mich verlieren. Und dann, mein Herr, gnade uns Gott. Also: eins – zwei –«
»Einen Augenblick«, unterbrach ich ihn. »Ich fühle mich ver-

pflichtet, Sie auf einen Umstand hinzuweisen, der sich notwendigerweise Ihrer Kenntnis entzieht. Ich selbst bin nämlich auch nicht ganz normal. Unter uns – und wir sind ja zum Glück allein –: ich bin ein behördlich anerkannter Irrer und besitze die Diplome zweier führender europäischer Institute. Ich laufe mit Vorliebe Amok, auch über längere Strecken. Als Spezialität betreibe ich die Vivisektion meiner Opfer. Das liegt bei uns in der Familie, wissen Sie. Deshalb habe ich auch stets ein rostiges Küchenmesser bei mir. Ich trage es hier unterm Hemd, für alle Fälle. Es freut mich, Ihre Bekanntschaft gemacht zu haben.«

Mein Besucher erbleichte. Ich hatte sichtlich Eindruck auf ihn gemacht. Als ich die Hand wie von ungefähr unter mein Hemd schob, stieß er einen heiseren Schrei aus und enteilte mit großen Sätzen.

Auch ich erhob mich, schlenderte gemächlich zur Autobusstation, trieb die Wartenden mit einem scharfen »Platz da, ich bin verrückt!« zur Seite und stieg ein, ohne auch nur eine Sekunde mit Schlangestehen verloren zu haben ...

Was nun also den vorerwähnten Kasimir Blaumilch betrifft, so war er ein fünfundvierzigjähriger, stellungsloser Okarinaspieler und befand sich, wie schon gesagt, in der Einzelzelle Nr. 7 in Bath Jam. Er hatte gerade einen Tobsuchtsanfall erlitten, weil ihm der Schuhlöffel, mit dem er sich einen Schacht in die Freiheit graben wollte, vom Wärter beschlagnahmt worden war. Blaumilch galt als hoffnungsloser Fall. Seine geistige Umnachtung hatte vor ungefähr Jahresfrist eingesetzt, als ihm die israelischen Behörden mit der Begründung, daß er geistesgestört sei, das Ausreisevisum verweigerten [1]. Seit damals versuchte der völlig zerrüttete Mann immer wieder, unterirdische Gänge zum Meer zu graben.

[1] Israel dürfte das einzige Land der Welt sein, in das jeder Wahnsinnige einreisen kann. Aber man läßt ihn nie wieder hinaus, damit er dem Land keine Schande macht.

Nach seinem vom Verlust des Schuhlöffels ausgelösten Tobsuchtsanfall beruhigte sich Blaumilch allmählich, wartete das Dunkel der Nacht ab, öffnete seine Zellentür und entwich. Er erreichte noch ganz knapp den Autobus nach Tel Aviv und begab sich dortselbst schnurstracks zum Solel-Boneh-Warenhaus, in das er unbemerkt hineinschlüpfte.

Das geschah am Mittwoch.

Donnerstag kam der Verkehr an der Kreuzung Allenby Road und Rothschildboulevard [2] in aller Frühe zum Stillstand. Noch im Morgendämmer war in der Mitte der Straße ein Zelt errichtet worden, und vier verrostete, in weitem Quadrat aufgestellte Öltrommeln zeigten an, daß Straßenarbeiten im Gang waren. Um 6 Uhr erschien ein Straßenarbeiter mittleren Alters, der einen fabriksneuen pneumatischen Drillbohrer hinter sich herschleppte. Um 6.30 Uhr zog er mit diesem Bohrer zwei fußtiefe, einander überschneidende Gräben durch das Pflaster, und zwar dergestalt, daß sie die vier Ecken der Straßenkreuzung durch ein »X« miteinander verbanden. Um 7 Uhr ging er zum Frühstück.

Um 10 Uhr war das Chaos nicht mehr zu überbieten. Die Ketten der wild hupenden Autos reichten bis in die Außenbezirke Tel Avivs. Berittene Polizisten, nach allen Seiten Befehle brüllend, sprengten umher, aber auch sie wurden vom höllisch siedenden Durcheinander verschlungen.

Zu Mittag erschien der Polizeiminister, beauftragte die zweiundzwanzig höchstrangigen unter den anwesenden Polizeioffizieren, um jeden Preis die Ordnung wiederherzustellen, und machte sich zornbebend auf den Weg zum Rathaus – selbstverständlich zu Fuß, denn es verkehrten längst keine Autobusse mehr.

[2] Die größte und verkehrsreichste Straßenkreuzung der größten und verkehrsreichsten Stadt des aufstrebenden Staates; entspricht ungefähr dem Times Square in New York während der Stoßstunden.

Alle verfügbaren Ambulanzen und Löschwagen der städtischen Feuerwehr wurden zum Einsatz beordert und versuchten gemeinsam einen Durchbruch. Der Versuch scheiterte.

Ein einziger behielt in diesem ganzen unbeschreiblichen Durcheinander den Kopf oben: der Mann, der die Straßenarbeiten durchführte. »Tatatata« machte der Drillbohrer in Kasimir Blaumilchs starken Händen, während er sich langsam, aber sicher die Allenby Road entlanggrub, in der Richtung zum Meer.

Der Polizeiminister traf den Leiter der städtischen Straßenbauabteilung, Dr. Kwibischew, nicht in seinen Amtsräumen an. Dr. Kwibischew war nach Jerusalem gefahren, und sein Vertreter zeigte sich nur mangelhaft informiert. Er versprach jedoch dem Minister, die Straßenarbeiten sofort nach Rückkehr Dr. Kwibischews einstellen zu lassen, und telegraphierte in diesem Sinn nach Jerusalem.

Auch der Bürgermeister hatte Wind von der Sache bekommen und entsandte seinen Sekretär zu sofortigen Nachforschungen an Ort und Stelle. Der Sekretär passierte anstandslos den dreifachen Polizeikordon, trat an den drillbohrenden Arbeiter heran und nützte eine kurze Pause im nervenzermürbenden »Tatatata« zu der Frage aus, wann ungefähr mit der Beendigung der Arbeit zu rechnen sei.

Kasimir Blaumilch gab zuerst keine Antwort. Als er sah, daß er den lästigen Fragesteller auf diese Art nicht loswurde, warf er ihm das einzige hebräische Wort hin, das er kannte:

»Chammer [3]!«

Gegen Abend gelang es der Polizei, mit übermenschlicher Anstrengung und stellenweise unter Verwendung von Tränengasbomben, eine Art Ordnung in das Chaos zu bringen, ihre berittenen Kollegen und deren Pferde im Zustand völliger Erschöpfung zu bergen und den gesamten Verkehr im Umkreis von

[3] Wörtlich: »Esel.« In der Umgangssprache: »Sie sind der größte Idiot, der mir jemals untergekommen ist!«

zwei Kilometern zu sperren. Das Rathaus und die Direktion des Solel-Boneh-Konzerns wurden hiervon verständigt.
Zwei Tage später, sofort nach Erhalt des Telegramms, kehrte Dr. Kwibischew aus Jerusalem zurück und fand seine Amtsräume völlig auf den Kopf gestellt: die Beamtenschaft hatte in den Archiven nach dem Straßenreparaturprojekt »Allenby-Rothschild« geforscht, hatte zwei verschiedene Pläne gefunden und wußte nicht, welcher der richtige war. Dr. Kwibischew ließ sich die Pläne vorlegen, fand in beiden verschiedentliche Mängel des Kloakenwesens erwähnt und leitete die Pläne an die Kanalisationsabteilung weiter, deren Chef sich gerade auf einer wichtigen Mission in Haifa befand. Die Pläne wurden ihm durch einen Sonderkurier nachgeschickt, kamen jedoch unverzüglich mit dem Vermerk zurück, daß es sich hier um einen Irrtum handeln müsse, da Tel Aviv kein nennenswertes Kanalisationssystem besitze.
Nach Dr. Kwibischews Strafversetzung ins Handelsministerium machte sich sein Nachfolger, Chaim Pfeiffenstein, an ein gründliches Studium des ganzen Dossiers, versah es mit einem großen roten Fragezeichen, schickte es ans Arbeitsministerium und wollte wissen, seit wann es üblich sei, daß das Ministerium öffentliche Arbeitsprojekte in Angriff nehme, ohne vorher die Stadtverwaltung zu konsultieren.
Inzwischen hatte sich Kasimir Blaumilch bis zur Rambamstraße durchgegraben, vom unablässigen »Tatatata« seines Drillbohrers und von seinen vier rostigen Öltrommeln getreulich begleitet. Fassungslos sahen die Bewohner der Allenby Road diese einstmals so wichtige Verkehrsader in einen von Makadamschotter übersäten Wüstenpfad verwandelt, auf dem sich selbst die Fußgänger nur mit Mühe fortbewegen konnten (Fahrzeuge überhaupt nicht).
Aber die eigentliche Verkehrskatastrophe trat erst allmählich zutage. Infolge des Wegfalls von Allenby Road und Rothschildboulevard waren die Seitenstraßen einer Überlastung ausgesetzt, der sich nur durch sofortige Verbreiterung beikommen ließ.

Die Regierung legte eine Anleihe auf, um die erforderlichen Geldmittel flüssig zu machen. Und da sich die Verlegung der Autobusremise nach Norden als unaufschiebbar erwies, mußte die Wohnsiedlung »Rabbi Schmuck« in aller Eile geschleift werden.

Chaim Pfeiffenstein, dessen Anfrage vom Arbeitsministerium scharf zurückgewiesen worden war, erstattete dem Bürgermeister Bericht und verlangte sodann von Solel Boneh genaue Auskünfte über das Fortschreiten des Unternehmens. Pjotr Amal, Solel Bonehs Generalmanager für Straßenbauprojekte, ließ keinen Zweifel, daß er der Angelegenheit seine volle Aufmerksamkeit zuwenden würde. Eine Abschrift der gesamten Korrespondenz ging an die Umsiedlungszentrale der Jewish Agency.

Der Vorschlag Pjotr Amals, zwischen Tel Aviv und dem Arbeitsministerium zu vermitteln, fand zwar die Billigung der Histadruthexekutive, wurde aber vom Bürgermeister im Einvernehmen mit den Autobusgewerkschaften abgelehnt, da zuerst die Straßenarbeiten eingestellt werden müßten.

Allenby Road war um diese Zeit nicht mehr zu erkennen: zwischen Beton- und Makadamwällen zog sich ein tiefer Graben, von Wolken feinen Staubes überlagert. Aus geborstenen Wasserleitungen schossen gelegentlich hohe Springfontänen empor. Die Wohnhäuser standen leer.

Jetzt, auf dem Höhepunkt der Krise, zeigte sich der politische Weitblick Pjotr Amals. Er lud Chaim Pfeiffenstein zu einer Konferenz, und nach mehrstündigen, erregten Debatten einigte man sich dahin, daß die Straßenarbeiten so lange suspendiert bleiben sollten, bis eine parlamentarische Kommission den Sachverhalt untersucht hätte. Das Kabinett und die Präsidentschaftskanzlei erhielten je ein Memorandum über diese Vereinbarung.

Sie war bereits überflüssig geworden. Wenige Tage zuvor hatte Kasimir Blaumilch seine Bohrarbeiten durch eine geniale Linkswendung abgekürzt und erreichte noch am selben Abend die offene See. Was weiter geschah, ist nicht mehr aufregend: das Meerwasser ergoß sich in den vormals als »Allenby Road« bekannten Kanal, und alsbald schäumte es auch an die Ufer des Rothschildboulevards.

Es dauerte nicht lange, bis die Stadt der neuen Möglichkeiten gewahr wurde, die sich da boten, bis die ersten Wassertaxis auftauchten und die ersten Privatmotorboote sich ihnen zugesellten. Neues, pulsierendes Leben griff allenthalben um sich.

Die offizielle Inbetriebnahme der Wasserwege erfolgte in feierlicher Weise durch den Bürgermeister, der dem Solel Boneh für die planmäßige Vollendung des gewaltigen Projektes in bewegten Worten dankte und abschließend bekanntgab, daß Tel Aviv fortan den Beinamen »Das Venedig des Mittleren Ostens« führen würde.

Ihre Zimmernummer, Sir

Natürlich können wir mit Venedig nicht ernsthaft konkurrieren, schon deshalb nicht, weil man sich in unseren Städten verhältnismäßig bequem zu Fuß fortbewegt. In dieser Hinsicht sind wir also uninteressant. Was uns für den internationalen Reiseverkehr dennoch interessant macht, ist die Tatsache, daß wir eine Gegend bewohnen, die den Angehörigen mehrerer Glaubensbekenntnisse als Heiliges Land gilt: für die Juden ist es das Land ihrer Geschichte, für die Christen das Land, in dem der Nazarener gelebt hat, für die Moslems das Land, in dem die Arabische Legion steht, und für die Amerikaner das Land der Ölgewinnung.

Indessen taugt auch die schönste, attraktivste Landschaft nichts, wenn sie über keine Luxushotels verfügt. Will also ein reicher Jude dem Land seiner Väter helfen, so baut er dort ein Hotel. Nebenbei ist das eine ganz gute Investition. Ausländer auf Reisen wünschen nichts sehnlicher, als geschröpft zu werden, und von dieser Regel macht auch Israel keine Ausnahme. Aber wehe dem Israeli, der in einem solchen Luxushotel abzusteigen wagt.

Ich selbst beging diesen ruinösen Fehler nur ein einziges Mal. Irgendwie war es mir gelungen, aus den Klauen des Steuereinnehmers ein paar unvermutete Pfunde zu retten, und ich beschloß, mir dafür einmal einen richtigen, großzügigen Urlaub zu gönnen. Meine Wahl fiel auf ein Super-de-Luxe-Hotel, das über einen eigenen Strand, einen eigenen Golfplatz, eine eigene Kricket-Anlage und, wie man sehen wird, noch über sehr viel anderes Eigenes verfügte.

Ein Page in einer deprimierend vornehmen Livree öffnete mir das Taxi, ergriff meinen Koffer und fragte:

»Welche Zimmernummer, Sir?«

»Das weiß ich nicht«, sagte ich. »Ich bin ja eben erst angekommen.«
Der Page dirigierte mich zu der ganz in Marmor gehaltenen Reception, wo mir ein Agent des Geheimdienstes meine Zimmernummer bekanntgab: 157. Diese Nummer trug der Page sofort in sein Notizbuch ein. Der Geheimagent übergab mir einen mit Diamanten besetzten Zimmerschlüssel aus 24karätigem Gold. Ich betrat das Zimmer, das die Nummer 157 trug, und begann mit dem Auspacken. Als ich mir die Hände waschen wollte, mußte ich feststellen, daß keine Seife vorhanden war. Ich läutete nach einer Sklavin. Sie brachte mir eine in Zellophan verpackte, aus Hollywood importierte Seife und fragte:
»Welche Zimmernummer, bitte?«
»157«, antwortete ich. Die Sklavin zog ein Notizbuch hervor und schrieb sorgfältig auf ein neues Blatt: »157.«
Mit nunmehr gewaschenen Händen begab ich mich in den Speisesaal des Hotels, wo man – ohne mich mit lästigen Fragen zu behelligen – eine Tasse Tee und zwei Scheiben Toast vor mich hinstellte. Da mir die Toasts vorzüglich mundeten, verlangte ich noch eine Scheibe.
»Zimmernummer?« fragte der Kellner mit der Steifheit eines knapp vor der Pensionierung stehenden Diplomaten. Das »157« wurde gebührlich notiert.
Auf dem Rückweg in mein Zimmer wollte ich von einem der Brigadegeneräle, die als Portiers Dienst taten, die genaue Uhrzeit erkunden.
»Meine Zimmernummer ist 157«, sagte ich. »Wie spät ist es?«
»5.32«, antwortete der Brigadier und trug die Nummer 157 in ein dickes Buch ein.
Ich kleidete mich fürs Abendessen um, bat um eine Kleiderbürste (157) und später um eine DDT-Spritze gegen die Moskitos (157). Da mich die ständige Nummernbuchhaltung allmählich zu enervieren begann, machte ich mich zum Boudoir des Hotelmanagers auf und wurde um eine Audienz vorstellig.

»Warum, o Herr, muß ich bei jedem Anlaß meine Zimmernummer angeben?« fragte ich.

Seine Lordschaft maß mich mit einem mißbilligenden Blick und antwortete in kühlem Oxford-Englisch [1]:

»Alle Dienstleistungen, die nicht im Pauschalpreis inbegriffen sind, werden in Rechnung gestellt, Sir. Deshalb müssen die Mitglieder unseres Stabs über die Zimmernummer informiert sein, Sir. Was ist Ihre Zimmernummer, Sir?«

»157.«

»Danke, Sir«, sagte seine Lordschaft und notierte: »Inf. für Nr. 157.«

157 wurde zum Leitmotiv meiner Tage. Kaum wagte ich noch jemanden anzureden, ohne sofort meine Zimmernummer zu nennen. Als ich einmal einen Grapefruitsaft bestellte und keinen bekam, gab ich dem Kellner zu bedenken, ob er jetzt nicht in seinem Notizbuch eine Eintragung vornehmen sollte: »Keine Grpfrt. für 157.« Auch in diese Vorstellungszeremonien schlichen sich seltsame Allüren ein. Es war wie im Gefängnishof. Wenn ich auf jemanden zutrat, nannte ich nicht meinen Namen, sondern sagte:

»157. Sehr angenehm.«

»Ganz meinerseits«, antwortete Prinz Weingartner, der Sekretär des Hotels, und schrieb sofort in sein Notizbuch: »Vorgestellt Nr. 157.«

Aber mit einemmal schlug die ganze Situation um. Ich saß gerade auf der Amethystterrasse des Hotels und sog in tiefen Zügen die ozonreiche Abendluft ein, als einer der Aufseher an mich herantrat, das gezückte Notizbuch in der Hand.

»157«, sagte ich höflich. »Frische Luft.«

»57«, notierte der Aufseher. »Danke, Sir.«

[1] Das Personal der israelischen Luxushotels spricht ausschließlich Oxford-Englisch, so daß die amerikanischen Juden einen Dolmetsch engagieren müssen. Aber im äußersten Notfall können sich beide Gesprächspartner immer noch mit jiddisch behelfen.

Ich war drauf und dran, den Irrtum zu berichtigen, fühlte mich jedoch von einer geheimnisvollen Kraft zurückgehalten. Bizarre Überlegungen kreisten in meinem Kopf und konzentrierten sich auf eine völlig neue Möglichkeit ...

Abends im Restaurant bestellte ich eine extra große, extra grillierte Portion Kalbsleber.

»Zimmernummer?« fragte der Kellner, ein ehemaliger Oberst der königlichen Leibgarde.

»75«, antwortete ich.

»75«, notierte der Oberst. »Danke, Sir.«

So begann es und so konnte ich mir im Verlauf der nächsten Tage manchen Wunsch erfüllen, von dem ich bisher nur im Opiumrausch geträumt hatte. Zweimal fuhr ich in einer eigens für mich bestellten Luxusjacht aus (75), dreimal bestellte ich mir ein indisches Bauchtänzerinnenduo (75) und einmal eine Liliputanertruppe (75). Das Beste war mir gerade gut genug. Wenn man schon einmal auf Urlaub ist, soll man nicht kleinlich sein. Wenn man kleinlich sein will, bleibt man besser zu Hause oder kauft sich eine Orangenplantage.

Nach zwei wunderbaren Wochen verließ ich das Hotel. Prinz Weingartner händigte mir die von Seiner Lordschaft, dem Manager, gegengezeichnete Rechnung aus. Sie belief sich auf 390 Pfund. In dieser Summe waren auch die nicht pauschalierten Dienstleistungen enthalten, wie Seife (5,–), Information (3,10), Luftschöpfen am Abend (4,90) und ein paar andere Kleinigkeiten.

Mit männlichem Händedruck verabschiedete ich mich vom Personal. Dem Brigadier gab ich 100 Pfund, seinem Adjutanten 50 Pfund [2].

Während ich ins Taxi stieg, spielte sich an der Reception ein

[2] Trinkgelder sind in Israel nicht üblich, weil sie – nach Ansicht der Gäste – dem von den Vereinten Nationen klar definierten Begriff der Menschenwürde widersprechen. Die Ansicht der Kellner ist weniger dogmatisch.

peinlicher Auftritt ab. Ein dicker, glatzköpfiger Herr erlitt dort gerade einen Wutanfall, riß allerlei Rechnungsformulare in kleine Fetzen und erging sich dabei in unzusammenhängenden Ausrufen – daß er nicht daran dächte, 2600 Pfund für 29 Portionen grillierter Kalbsleber zu bezahlen, die er weder bestellt noch verzehrt hätte, und dergleichen wirres Zeug. Es war wirklich beschämend. Kann man denn solche Lappalien nicht anders regeln als durch unbeherrschtes Brüllen?

Gerechtigkeit für Dr. Partzuf

Drama in einem Akt

Es wird langsam Zeit, daß ich auch etwas Gutes über die Juden sage, sonst entlarvt man mich noch als Antisemiten. Schließlich können wir auf einige immerhin bedeutende Erfindungen hinweisen, wie etwa das Christentum, den Marxismus, die Psychoanalyse, die Relativitätstheorie, das Salk-Serum und Kaffee mit Mazzes. Auch wohnt uns ein starker Sinn für Gerechtigkeit inne. »Die Juden sind immer hinter der Gerechtigkeit her«, sagt ein altes hebräisches Sprichwort. Wie die Gerechtigkeit aussieht, wenn sie von ihren Verfolgern dann endlich gefangen wird, ist allerdings eine andere Frage; besonders wenn die Jagd nach Gerechtigkeit an einem so unpassenden Ort vor sich geht wie in einem städtischen Autobus in Tel Aviv.

Übrigens ist auch die Geschichte Tel Avivs einigermaßen bemerkenswert. Sie datiert nur fünfzig Jahre zurück. Vor fünfzig Jahren blieben einmal zwei Juden in einer öden Sandwüste stecken, und einer von ihnen drückte die Meinung aus, daß hier kein menschliches Wesen am Leben bleiben könne. Der andere behauptete, daß überall, wo ein Wille ist, auch ein Weg sei. Daraufhin schlossen sie eine Wette ab. So wurde Tel Aviv gegründet.

Aber die Umstände waren wirklich so trostlos, daß sich die längste Zeit niemand an der Gründung beteiligte. Wer es trotzdem versuchte, wurde von der infernalischen Hitze binnen kurzem vertrieben und zerstreute sich in alle Windrichtungen. Selbst jene Handvoll von Juden, die aus nicht immer durchsichtigen Gründen gezwungen waren, an dieser Stelle ihre erbärmlichen Hütten zu bauen und ihre fragwürdigen Ge-

schäfte abzuwickeln, flohen nach geglückter Abwicklung eilends in wirtlichere Gegenden.
Tel Aviv entstand ohne jede Planung, aber mit enormer Lärmentfaltung. Als es etwa 1500 Einwohner zählte, war der Lärm so groß, daß 5000 von ihnen das Weite suchten.
Der Mangel an Planung machte sich immer peinlicher fühlbar. Die Straßen, im Hinblick auf eine mögliche Bevölkerungszahl von 10 000 angelegt, erwiesen sich als viel zu eng, um einen halbwegs flüssigen Verkehr für 50 000 Menschen zu ermöglichen, so daß selbst die größten Optimisten an der Zukunft Tel Avivs verzweifelten. Und in der Tat: die düstere, unschöne Stadt übte schon durch die nahezu völlige Absenz von Grünanlagen eine deprimierende Wirkung auf ihre 100 000 Einwohner aus. Bedenkt man obendrein, daß sie nur über unzulängliche Rudimente eines Kanalisationssystems verfügt und daß zur Regenzeit ganze Wohnviertel unter Wasser stehen, dann begreift man, warum die Bevölkerungszahl nicht über 150 000 hinauskam. Tel Aviv, wir müssen es leider zugeben, ist in keiner Weise anziehend. Wie vielen Juden kann man auch zumuten, in einem unerträglich übervölkerten Häuserhaufen unter katastrophalen hygienischen Bedingungen zu leben? Nun, wie vielen? 250 000? Gut. Aber das ist das absolute Maximum.
Ich bin gewiß kein Querulant. Ich muß mich nur wundern, wie es möglich ist, daß eine Stadt von 400 000 Einwohnern keinen zoologischen Garten besitzt und auch sonst so gut wie nichts für ihre Kinder tut. Warum, zum Beispiel, gibt es kein anständiges Strandbad? Warum gibt es keine gepflegten Ausflugsorte im Grünen? Solche Fragen darf man nicht bagatellisieren. Die berechtigten Beschwerden von 700 000 Juden sind keine Bagatelle.
Es wäre hoch an der Zeit, daß sich die Stadtväter um diese Dinge kümmern. Sonst dauert es noch mindestens drei Jahre, bis Tel Aviv eine Million Einwohner zählt ...
Und nun zurück zur Gerechtigkeit.

Ort der Handlung: Jede israelische Autobushaltestelle
Zeit: Jederzeit
Personen: Lauter gesetzestreue Bürger

DR. PARTZUF *(bricht die bereits geschlossenen Türflügel auf und drängt sich in den zur Abfahrt bereiten Bus):* In Ordnung. Fahren wir!

FAHRER *(stellt den Motor wieder ab):* Sie dort! Steigen Sie aus!

DR. PARTZUF: Warum?

FAHRER: Ich bin kein Auskunftsbüro. Sagen Sie schön »Idiot« oder etwas Ähnliches, und steigen Sie aus.

DR. PARTZUF: Ich denke nicht daran. Hier ist Platz genug. Die Herrschaften brauchen nur ein wenig zusammenzurücken. Na? Wird's bald? *(Er drängt mit voller Wucht gegen die geballte Menge.)*

DIE SEITENWAND: Autsch ... Ch-ch ... *(es entsteht ein Sprung)*

NERVÖSER HERR: Was gibt's denn? Was denkt sich der Fahrer eigentlich? Ein Passagier mehr oder weniger spielt doch keine Rolle! Fahren wir!

ÄLTERE DAME: Ganz richtig. Noch dazu ein so magerer Mensch. Der nimmt sowieso keinen Platz weg. Fahren wir endlich!

FAHRER: Solange der Mann noch im Wagen ist, wird nicht gefahren. Ich habe Zeit.

DR. PARTZUF: Idiot! *(will aussteigen)*

ZWICKER *(packt ihn am Ärmel):* Warten Sie, warten Sie. Nur nicht nervös werden. Und Sie Fahrer – hören Sie mit den Witzen auf und lassen Sie diesen armen Kerl mitfahren. Aus so etwas macht man keine Prestigefrage. Geben Sie Gas und fahren Sie los.

FAHRER: Ich weiß nicht, mit wem Sie reden. Ich habe Zeit.

NERVÖSER HERR: Unverschämtheit! Und das heißt Sozialismus? Der Mann will an seinen Arbeitsplatz. Er hat es eilig. Fahren Sie schon endlich, Sie Kretin!

MANFRED TOSCANINI: Durch solche Fahrer entstehen die Wirtschaftskrisen. Es ist ein Skandal.

ÄLTERE DAME: Pfui!

EIN IRAKI: Ben Gurion. Natürlich Ben Gurion.

DR. PARTZUF: Ich möchte aussteigen.

ZWICKER: Immer mit der Ruhe, alter Freund. Wir lassen Sie nicht aussteigen. Das ist jetzt nicht mehr Ihre Privatangelegenheit. Es betrifft uns alle. Seien Sie kein Feigling. Hauen Sie dem Fahrer eine hinein, und gut.

DR. PARTZUF: Ich möchte aussteigen.

VIELE STIMMEN: Nichts da ... Hiergeblieben ... Bestehen Sie auf Ihrem guten Recht, Mann ... Sie sind Steuerzahler ... Wir dürfen uns nicht tyrannisieren lassen ... Heute dir, morgen mir ...

NERVÖSER HERR *(beugt sich zum Fenster hinaus, was streng verboten ist):* Polizei! Polizei!

FAHRER *(sortiert mit nervenzermürbender Ruhe sein Kleingeld)*

POLIZIST *(zwängt sich mühsam in den Wagen):* Alles nach hinten, bitte!

DER SPRUNG IN DER SEITENWAND: Ch-ch-ch ... *(wird größer)*

POLIZIST: Nicht drängen! Was geht hier vor?

NERVÖSER HERR: Der unverschämte Kerl von einem Fahrer hat diesen Herrn hier einen Idioten geschimpft und wollte ihn vom Trittbrett stoßen ... Natürlich mußte sich der Herr zur Wehr setzen und hat ihn geboxt ... Daraufhin hat der Fahrer zurückgeschlagen ... Das ist alles.

POLIZIST: Wenn das so ist, nehme ich den Fahrer sofort auf die Polizeistube mit *(zieht sein Rapportbuch hervor).* Ich brauche zwei Zeugen für die Gerichtsverhandlung ...

EIN KALTER LUFTZUG *(weht durch den Autobus und kriecht lähmend über die Rücken der Passagiere, die beim Gedanken an tagelanges Sitzen und Warten in den dunklen Gerichtskorridoren von wachsender Furcht befallen werden.)*

POLIZIST: Ihr Name?

NERVÖSER HERR: Ich Tourist. Nicht sprechen Hebräisch. Amerikaner. Nje ponjemaj po ruski.

POLIZIST: Vielleicht Sie?

Ältere Dame: Das machen Sie gut! Und wer wird für den kleinen Herschl kochen? Sie? No also. Außerdem hab ich nichts gesehn. Ich hab meine Brille zu Haus vergessen.

Polizist: Sie heißen?

Iraki: Ben Gurion.

Polizist *(blickt zornig um sich):* Jetzt ist es genug. Wenn sich keine Zeugen melden, kann ich gegen den Fahrer nicht einschreiten ... He, Sie dort!

Panik *(greift um sich. Alles drängt verzweifelt zum einzigen Ausgang der Mausefalle. Der Autobus gleicht einem Hexenkessel. Bruder kämpft gegen Bruder, Söhne verkaufen ihre Väter. Da und dort sieht man angstgeschüttelte Gestalten aus den Fenstern springen.)*

Polizist *(deckt den Ausgang mit seinem Leib):* Schluß! Sie dort – kommen Sie sofort her! Wie heißen Sie?

Manfred Toscanini: Dr. Ezechiel Sauermilch, interne Krankheiten, Abdul-Nasser-Boulevard 101, zweimal läuten ... *(er versteckt sich unter der Bank, während der Polizist Notizen macht)*

Polizist: Jetzt brauche ich noch einen Zeugen ... *(Es herrscht vollkommene Stille. Man hört eine asthmatische Fliege gegen ein Fensterglas ansurren.)*

Nervöser Herr: Ich weiß gar nicht, was man gegen diesen Fahrer überhaupt aussagen sollte. Ist es vielleicht seine Schuld, wenn ein undisziplinierter Fahrgast sich weigert, einen zum Bersten überfüllten Autobus zu verlassen?

Ältere Dame: Ganz meine Meinung! Der jüdische Autobuslenker arbeitet unter den schwierigsten Bedingungen – und dann kommt so ein Schwarzhändler daher ...

Manfred Toscanini *(steckt seinen Kopf unter der Bank hervor):* Gegen den wackeren Arbeitsmann darf man überhaupt nichts mehr sagen! Die Zeiten sind vorbei!

Dr. Partzuf: Ja ... nein ... gewiß ... ich wollte ja gar nicht ...

Zwicker: Schweigen Sie! Vor ein paar Minuten haben Sie noch

das Maul aufgerissen – und jetzt wissen Sie plötzlich von nichts. Sie sind mir ein Held! Nächstens steigen Sie aus, wenn der Fahrer Sie höflich darum ersucht!

MANFRED TOSCANINI: Warum halten wir uns so lang mit dem Kerl auf? Wir brauchen ihn nur hinauszuwerfen und können weiterfahren.

VIELE STIMMEN: Jawohl ... Sehr richtig ... Wachtmeister, werfen Sie diesen fetten Gauner hinaus ... Der Fahrer hat vollkommen recht ... Ben Gurion ... Das wäre ja noch schöner ... Fahren wir ...

DR. PARTZUF: Aber bitte ... ich wollte ja ...

POLIZIST *(wirft ihn hinaus):* Ich werde Sie lehren, den Verkehr aufzuhalten ... Marsch ... Stehen Sie sofort vom Pflaster auf ... Ihre Identitätskarte!

FAHRER *(läßt den Motor an):* Vielen Dank, mein Junge. Das hast du brav gemacht.

Die tanzende Grossmutter

Die meisten ausländischen Besucher machen sich von der glitzernden Seine-Metropole ein ganz falsches Bild. Für sie ist »Paris« gleichbedeutend mit Liebe und Laster, mit einem Spinnennetz von engen Seitengassen, wo in schwülen, halbdunklen Nachtlokalen der Champagner in Strömen fließt und hüllenlose Tänzerinnen zur Begleitung erregender Musik die ganze Nacht lang Erotik produzieren.
Nun, es gibt noch ein andres Paris!
Dieses andre Paris ist vielleicht weniger schwül und weniger eng, aber wer sich die Mühe macht, es aufzuspüren, wird dennoch reich belohnt. In diesem andern Paris – dem wirklichen, dem ewigen – bieten keine flüsternden Straßenverkäufer »künstlerische Aktaufnahmen« feil, gibt es keine Schlepper, die den naiven Fremdling in halbdunkle Nachtlokale locken, keine Wolken aus Rauch und Champagnerdunst, kein billiges Striptease. Nein! Hier, in diesem andern Paris, gibt es große, prächtige Kunststätten mit luxuriös eingerichteten Zuschauerräumen, wo der Ausländer bequem in geschmackvollen Fauteuils sitzt, während hüllenlose Tänzerinnen zur Begleitung erregender Jazzmusik die ganze Nacht lang Erotik produzieren.
Es ist dieses andre Paris, von dem ich jetzt berichten will.

Das Wunder geschah: Wir bekamen zwei Billetts zu der seit Jahren ausverkauften Mammut-Musical-Show, die auf der ganzen Welt in aller Munde war. Ein lateinamerikanischer Tourist mußte im letzten Augenblick seine vor Jahresfrist gelösten Karten zurückgeben und nach Hause fahren, weil er übersehen hatte, daß das Datum der Vorstellung mit dem allmonatlichen Staatsstreich in seinem Heimatland zusammenfiel. So kam es, daß meine Gattin und ich in der ersten Reihe saßen, buchstäblich zu Füßen der ausgewählt schönen Girls, mit dem denkbar besten Blick auf die Finessen der Choreographie und die reiche Ausstattung der Bühne (Kostüme gab es nicht). Die Girls waren damit beschäftigt, lebende Bilder historischen Charakters zu stellen, aus der Geschichte der Menschheit im allgemeinen und aus der Geschichte unsres eigenen Volkes; zum Beispiel Judith und Holofernes, Josef und seine Brüder, Potiphars Weib und Salomes Schleiertanz. Das schmeichelte uns und hob unser Selbstgefühl. Nicht einmal die hinter uns erklingenden Rufe »Niedersetzen!« konnten uns etwas anhaben. Wir hatten gar nicht gewußt, daß die Geschichte Israels so voll von Glamour war.

Und dann stieg Großmutti herab...

Sie kam in einem eigens konstruierten goldenen Käfig vom Schnürboden der berühmten Music-Hall auf die Bühne geschwebt, und das ganze Ensemble streckte ihr die Hände entgegen, malerisch gruppiert, teils kniend, teils auf Zehenspitzen, zu einer majestätisch anschwellenden Musik der ständig wiederkehrenden Textzeile: »Da kommt sie, da ist sie, die Schönste der Welt!« Bekleidet war sie mit schwarzen Netzstrümpfen, einem eng anliegenden Pantherfell, einer blonden Haarkrone, exquisit verlängerten Wimpern, strahlenden Zähnen und einem gewaltigen Decolleté, das die ganzen Reize ihrer 70 Jahre freigab. (Die beste Ehefrau von allen tippte sogar auf 71, wenn auch nur flüsternd.)

Damit hier kein Irrtum entsteht: Der Begriff »Großmutter« ist mir heilig. Die Großmutter hat meiner Meinung nach eine überaus wichtige Aufgabe im Schoß der Familie zu erfüllen, sei es als Babysitter oder als Verwalterin altehrwürdiger Kochrezepte, die andernfalls verloren gingen. Großmütter, kurzum, dürfen stets auf meine Liebe und Verehrung zählen. Vielleicht ist das der Grund, warum ich so empfindlich reagiere, wenn eine Großmutter plötzlich auf eine Bühne geschwebt kommt und sich im grellen Scheinwerferlicht der gaffenden Menge darbietet. Noch dazu war diese spezielle Großmutter nicht irgendeine Nummer im Programm, sondern der Star der Show, die göttliche Primadonna, die unvergleichliche Allround-Künstlerin, das Nationalheiligtum. Tatsächlich konnte ihre Stimme noch halbwegs mithalten. Aber Großmutti wollte unbedingt auch ihre tänzerischen Fähigkeiten zur Geltung bringen, ließ niemanden mehr an die Rampe, hopste wild umher, stand Kopf, schlug Räder, erzählte zweideutige Witze und benahm sich überhaupt so, wie Großmütter sich nicht benehmen sollen. Entweder war sie die Gattin des Direktors, oder sie hatte ausgezeichnete Beziehungen zur Artistengewerkschaft.

Indessen kam ich bald dahinter, daß sie ihren prominenten Rang einem ganz andern Umstand verdankte: nämlich ihrer Meisterschaft in der Herstellung von »Kontakt mit dem Publikum«. Das war es, was ihr keiner nachmachte. Das war ihre Domäne. Die Art, wie sie das Mikrophon in die Hand nimmt... wie sie in den Zuschauerraum steigt... durch die Seitengänge streift... bei einem ausländischen Besucher anhält und mit ihm ein paar Worte in seiner Muttersprache wechselt... wie sie im Vorübergehen ein Scherzwort fallen läßt oder ein schlüpfriges Offert... wie sie einen friedlich dasitzenden Herrn auf die Glatze küßt... es ist einmalig.

An jenem schicksalsschweren Abend hatte sie für irgendwelche Bühnenzwecke drei männliche Besucher eingesammelt, einen baumlangen Amerikaner, einen eher kurzgewachsenen Spanier und einen beleibten Italiener. Nachdem sie den Widerstand der drei überwunden und sie auf die Bühne gezerrt hatte, wo sie von den kichernden Girls empfangen wurden, stemmte Großmutti die Hände in die pantherfellbekleideten Hüften, ließ ihre Blicke durch das Haus schweifen und verkündete:

»Ich brauch noch einen!«

Ohne zu prahlen, darf ich sagen, daß ich mich schon wiederholt in lebensgefährlichen Situationen befunden habe. Ich bin aus mehreren Gefangenenlagern entflohen, habe im israelischen Befreiungskrieg mitgekämpft und einmal sogar an einem Friedenskongreß der »Liga der Völkerverständigung« teilgenommen. Aber noch nie im Leben fühlte ich mich von so panischer Angst durchschüttert wie in dem Augenblick, da Großmutti auf meinen Sitz in der ersten Reihe zusteuerte. Es war entsetzlich. Ich wurde abwechselnd rot und blaß, schrumpfte zusammen und suchte verzweifelt nach Deckung. Vor meinem geistigen Auge zogen blitzartig die schmerzlichsten Erinnerungen an meine unglückliche Kindheit vorbei.

»Schön . . .«, zischte dicht neben mir die Schlange, mit der ich verheiratet bin. »Sie kommt dich holen!«

Im nächsten Augenblick stand Großmutti vor mir. Ich schickte ein Stoßgebet zum Himmel, aber da beugte sie sich schon über mich, und aus dem roten Querschlitz in ihrer erschreckend starren Maske drang die Frage:

»Woher kommst du, kleiner Liebling?«

Ich verkroch mich unter den Sitz und blieb stumm. Schließlich bin ich nicht verpflichtet, eine französische Frage zu verstehen.

»Er kommt aus Israel«, antwortete an meiner Stelle die Schlange neben mir laut und deutlich, während die Blicke der tausendäugigen Bestie Publikum von allen Seiten auf mich eindrangen.

Großmutti schwenkte die Hüften:

»Israel«, wiederholte sie genießerisch. »Oh-la-la. Schalom.«

Und sie schlang ihre Fangarme um mich.

In diesem Augenblick begriff ich die Ursachen der religiösen Renaissance, die wir heute erleben. Der Mensch ist einsam. Inmitten einer feindlichen Umwelt ist er einsam und ganz auf sich gestellt. Er braucht ein höheres Wesen, an das er glauben kann, bei dem er Schutz findet vor den Fährnissen des Daseins. Ich selbst war ihnen schutzlos ausgeliefert.

Großmutti deutete mit ihrer von blauen Adern durchzogenen Greisinnenhand auf die Schlange und fragte:

»Das ist Madame?«

Ich schwieg beharrlich, aber die Schlange nickte freundliche Bejahung. Daraufhin wollte Großmutti wissen, ob Madame eifersüchtig sei.

»Laß den Blödsinn und geh nach Hause«, raunte ich hebräisch in Großmuttis Ohr. »Die verlassenen Enkelkinder warten. Sie schreien nach Brot. Kümmere dich nicht um mich und geh ...«
Krampfhaft versuchte ich, ihrem Klammergriff zu entrinnen. Aber das war nur Wasser auf ihre klapprige Mühle. Unter dem stürmischen Beifall des Hauses drückte sie mich in den Sitz zurück und ließ sich mit unnachahmlichem französischen Chic auf meinen Schoß fallen. Eine detaillierte Schilderung des Vorgangs möchte ich mir ersparen. Genug daran, daß Großmutter meinen heftig widerstrebenden Kopf gegen ihr Decolleté preßte und mit rauher Stimme fragte: »Siehst du gut, mein Kleiner?«
»Ich sehe Abscheuliches«, preßte ich mühsam hervor und mußte gegen den Hustenreiz ankämpfen, den die aufsteigenden Puderwolken mir verursachten. »Gehen Sie von meinen Knien herunter oder ich rufe um Hilfe ...«
»Ah, Chéri!« Großmutti erhob sich mit krachenden Knochen, küßte meine Nase und wollte mich auf die Bühne zerren. Dabei erwies sie sich als erstaunlich muskulös. Ich merkte das daran, daß der Griff, mit dem ich mich an der Armlehne meines Sitzes anklammerte, immer lockerer wurde.
»Mon choux«, kicherte sie und forderte das Orchester durch ein Nicken auf, einen munteren Can-Can zu spielen, indessen hinter meinem Rücken die beste Ehefrau von allen mir scheinheilig zusprach:
»Sei kein Spaßverderber, Ephraim! Sie meint es doch wirklich nett! Alle gehen auf das kleine Spielchen ein, nur du nicht!«
Unterdessen hatte Großmutti mit kundiger Hand meine Finger von der Sessellehne gelöst; einen nach dem andern. Das Publikum jauchzte. Aber ich gab mich noch nicht geschlagen. Ich hatte unter meinem Sitz eine eiserne Leiste entdeckt, an der ich meine Füße einhaken konnte.
»Verschwinde, alte Hexe«, keuchte ich. »Ich mag dich nicht.«
»Mon amour«, säuselte Großmutti, hob mich mit raschem Untergriff halbhoch und bugsierte mich auf die Bühne.
Was weiter geschah, habe ich nur nebelhaft in Erinnerung. Laut

Bericht meiner Gattin stand ich vollkommen groggy, mit offenem Mund und baumelnden Armen, neben Großmuttis anderen Opfern, ließ mir von einem Girl eine Papiermütze mit wippenden roten Federn auf den Kopf setzen und tanzte, während Großmutti den Takt klatschte, einige Takte Cha-cha-cha.

Als ich auf meinen Platz zurückkehrte, empfing mich die beste Ehefrau von allen sehr unfreundlich:

»Ich schäme mich für dich«, sagte sie. »Warum läßt du einen Narren aus dir machen?«

Nach einigen Tagen konnte ich mein Krankenlager verlassen und ein wenig spazierengehen. Durch Zufall traf ich einen mir befreundeten Volkstanzexperten aus Israel. Im Gespräch erwähnte ich auch Großmutti.

»Ja, die kenne ich«, grinste er. »Die kommt schon seit Jahrzehnten mit demselben Trick aus. Holt aus dem Publikum ein paar ›Touristen‹ auf die Bühne und läßt sie tanzen. Das Publikum hat natürlich keine Ahnung, daß es bezahlte Komparsen sind.«

»Wer?« fragte ich. »Wer ist was?«

»Die angeblichen Touristen. Die werden ja eigens dafür engagiert. Daß sich ein wirklicher Besucher zu diesem Blödsinn hergibt, kommt nur ganz selten vor. Aber warum fragst du? Sag mir nicht, daß sie *dich* herumgekriegt hat!«

»Mich?!« Mit einem souveränen Auflachen wies ich diese Zumutung glatt von mir. »Bist du verrückt geworden?«

Der Mensch hat sich die Kräfte der Natur dienstbar gemacht und bringt sogar die Wüste zum Blühen. Im Negev wächst bereits Baumwolle. Die einzige Wüste, die dem Menschen noch Widerstand leistet, befindet sich in seinem Kopf.

Tagebuch eines Haarspalters

9. Juni

Heute beim Frühstück sah ich in der Zeitung ein Photo von Chruschtschow und mußte laut auflachen. Wie kann ein Mann, und noch dazu der Führer eines großen Volkes, einen Glatzkopf haben, der von einer polierten Billardkugel kaum zu unterscheiden ist?
So etwas müßte sich doch vermeiden lassen!
Unter Chruschtschows Einfluß trat ich an den Spiegel, um den Zustand meines Haupthaares zu prüfen. Nach einigen Minuten sorgfältiger Beobachtung schien es mir, als wäre der Haaransatz an den Schläfen ein wenig zurückgewichen. Nun, das kann den durchgeistigten Charakter meines Gesichtsausdrucks nur noch steigern. In meinem Alter ist das ganz normal. Und weiter existiert dieses »Problem« für mich nicht.

10. Juni

Zufällig fiel mein Blick heute nach der Morgentoilette auf meinen Kamm. Ich zählte 23 einzelne Haare. Aber ich mache mir keine Sorgen. Mein Friseur, den ich zufällig in seinem Laden antraf, bestätigte mir, daß ein täglicher Ausfall von 10–23 Haaren allgemein üblich sei.
»Hat nichts zu bedeuten«, sagte er (und er muß es wissen). »Kahlköpfigkeit ist erblich. Nur Männer, deren Vorfahren Glatzen hatten, sind in Gefahr.«
Zu Hause geriet mir zufällig ein Familienbild meines Groß-

vaters und seiner acht Brüder in die Hand. Alle hatten Glatzen. Ich finde, daß mein Friseur sich um sein Geschäft kümmern sollte, statt Fragen der Vererbungstheorie zu diskutieren und dummes Zeug zu schwätzen.

3. September

Es ist doch merkwürdig. Seit ich meinen Haaren so viel Aufmerksamkeit schenke, fallen sie aus. Natürlich merkt das niemand außer mir, der ich ihnen so viel Aufmerksamkeit schenke. Immerhin belief sich in der letzten Woche der tägliche Durchschnitt bereits auf 30. Kein Grund zur Beunruhigung, nein, nur zur Wachsamkeit. Ich schrieb an meine Lieblingszeitung um Auskunft und fand in der Rubrik »Ratgeber für Verliebte« folgende Antwort:
»WACHSAM, TEL AVIV. Das Haar ist ein zarter, fadenförmiger Auswuchs an bestimmten Körperpartien der Säugetiere. Erfahrungsgemäß kann an bestimmten Körperpartien mancher Säugetiere Haarausfall eintreten. Bei Menschen männlichen Geschlechts ist das ein durchaus normaler Vorgang, der erst dann Beachtung verdient, wenn er auffällige Dimensionen annimmt. Konsultieren Sie einen Arzt.«
Ich konsultierte einen Arzt. Er untersuchte mich auf Herz und Nieren, ferner auf Lunge, Blinddarm und Milz, prüfte meinen Blutdruck, röntgenisierte mich, machte einen Grundumsatz-Test, nahm ein Elektrokardiogramm auf, und erklärte mich für vollkommen gesund. In bezug auf meine Haare erklärte er, daß man da leider gar nichts tun könne. Wenn sie ausfallen, dann fallen sie aus.

11. Februar

Meine neue Frisur paßt ausgezeichnet zur verschmitzten Koboldhaftigkeit meiner Gesichtszüge. Das ganze Haar vereinigt sich in einem lustigen kleinen Knäuel und reicht bis zu einer imaginären Verbindungslinie zwischen meinen beiden Ohren, von wo es salopp und ein wenig genialisch nach hinten ausstrahlt, über den haarlosen Rest meiner Kopfhaut.

In einem bemerkenswerten Artikel, der sich auf historische Unterlagen stützt, lese ich, daß eine Menge bedeutender Männer teilweise oder zur Gänze kahl waren: Dschingis Khan, Yul Brynner, der Bürgermeister von Tel Aviv. Es gab sogar einen französischen König namens Karl der Kahle.

27. Mai

Mein Friseur sagt, daß glatzköpfige Männer zumeist begabter sind als die nicht glatzköpfigen, besonders auf gewissen Gebieten. Das ist eine wissenschaftlich erhärtete Tatsache. Aber ich hätte trotzdem nichts zu befürchten, sagt er. Er empfahl mir, meinen Kopf zu rasieren, damit das natürliche Sonnenlicht besseren Zutritt zu den Haarwurzeln fände. Dadurch wird der Haarwuchs angeregt und das Haar erhält wieder seine jugendliche Frische. Nicht als ob ich etwas dergleichen nötig hatte – ich ließ es ihn nur spaßeshalber versuchen. Als ich nachher in den Spiegel sah, wurde ich beinahe ohnmächtig: das jugendlich brutale Gesicht eines Gangsters starrte mir entgegen. Ich versteckte mich in einer dunklen Ecke des Ladens. Nach Einbruch der Dunkelheit schlich ich nach Hause. Samson, Samson, wie gut verstehe ich dich jetzt!

27. August

Heute habe ich mich zum erstenmal wieder bei Tageslicht aus dem Haus gewagt. In meiner Klausur las ich zahlreiche Literatur über Chruschtschow und seine großen Leistungen. Chruschtschow hat bereits in früher Jugend sein Haar verloren. Ich kann mir nicht helfen, aber der Kommunismus ist nicht so ohne.

Daß meine Haare mittlerweile zum großen Teil verschwunden sind, rührt wahrscheinlich daher, daß sie drei Monate lang keinem Sonnenlicht ausgesetzt waren. Mein Kopf gleicht einer Mondlandschaft, die nur von einem kleinen Streifen üppiger Vegetation am Äquator unterbrochen wird. Ich war am Rande der Verzweiflung, als ich in der Zeitung das folgende Inserat entdeckte.

Ich war am Rande der Verzweiflung!
Mein Kopf glich einer Mondlandschaft, die nur
von einem kleinen Streifen üppiger Vegetation
am Äquator unterbrochen wurde.
Ich verzweifelte nicht!
Ich behandelte mein Haar mit dem amerikanischen
Wundermittel
Isotropium Superflex
und bin jetzt vollkommen geheilt, sowie auch
glücklicher Vater zweier Kinder.
Erhältlich in armselig kleinen Probetuben für Geizhälse zu 1 Pfund 20, in gigantischen Riesentuben
für den ökonomisch denkenden Mann zu 9 Pfund 80.

Ich kaufte eine gigantische Riesentube, um den Prozeß zu beschleunigen.

17. November

Eines muß man diesem Isotropium Superflex lassen: es hat den Prozeß beschleunigt.

Die Zahl meiner Haare ist auf 27 gesunken, und ich beginne die Welt mit abgeklärten Augen zu sehen. Kein Zufall, liebe Leute, daß fast alle großen Industriemagnaten, Wirtschaftskapitäne, Wissenschaftler und Forscher glatzköpfig sind, besonders nach Überschreitung einer bestimmten Altersgrenze. Bei mir bemerkt man das allerdings noch nicht, weil ich mein Haar auf so raffinierte Weise von hinten nach vorn kämme, daß es den zwingenden Eindruck erweckt, als sei es von vorn nach hinten gekämmt. Dieser kleine Trick wird höchstens im Schwimmbad sichtbar, wenn meine Haare naß sind und an den Schultern kleben.

29. Januar

Ein häßlicher Zwischenfall vergällte mir heute die Laune. Ich

hatte mich um eine Kinokarte angestellt, als ein Halbstarker an seine etliche Meter vor mir stehende Freundin die Frage richtete:
»Wo ist Pogo?«
Das Mädchen – ein primitives, taktloses Geschöpf – deutete auf mich und sagte:
»Er steht hinter dem Glatzkopf dort.«
Es war das erste Mal, daß ich eine solche Andeutung zu hören bekam. Vorausgesetzt, daß diese Ziege überhaupt mich gemeint hat. Angesichts meiner Frisur möchte ich das eher bezweifeln: acht Haare laufen wellenförmig von links nach rechts, drei andere – Gusti, Lili und Modche – streben in rechtem Winkel auf sie zu und überschneiden sie schräg. Für den Hinterkopf sorgt Jossi. Nein, je länger ich darüber nachdenke, desto sicherer bin ich, daß dieses dumme kleine Mädelchen einen andern gemeint haben muß. Irgendeinen Glatzkopf.

2. März

Ich werde immer abgeklärter und reifer. Mein wachsendes Interesse an religiösen Problemen hat ein neues Lebensgefühl in mir geweckt, und die großartige Strahlkraft der Tradition tut ein übriges. Ich entdecke den tiefen Sinn unserer Gebote und Gesetze. Zumal den Sabbat beobachte ich aufs strengste und halte meinen Kopf ständig bedeckt – wie man weiß, ein Zeichen geistiger Überlegenheit (Leviticus VIII, 9). Unter meiner Kopfbedeckung herrscht eiserne Disziplin.
Bei der heutigen Morgenparade fehlte Gusti. Ich führte eine nochmalige Aufrufkontrolle durch und mußte feststellen, daß die Gesamtzahl der Erschienenen sich auf vier belief. Später fand ich Gusti leblos an meinem Hemdkragen. Es war das längste und stärkste von allen Haaren, die ich noch hatte. Unerforschlich sind die Wege des Schicksals. Ich warf Modche in die Bresche und bürstete ihn ein wenig auf, damit er nach mehr aussähe, als er ist.
Abigail wird grau.

13. April

Nun ist Jossi ganz allein. Der Friseur erging sich in Lobeshymnen über ihn und schlug mir vor, ihn im Interesse einer kräftigen Wiedergeburt abzurasieren. Ich ließ das nicht zu. Ich möchte kein zweitesmal wie ein Glatzkopf aussehen. Ich spendierte Jossi ein Chlorophyll-Shampoo gegen Schuppenbildung. Als er trocken war, legte ich ihn im Zickzack über meinen Kopf. Er soll Grund und Boden haben, soviel er will.

28. Juli

Das Unvermeidliche ist geschehen. Jossi ist nicht mehr. Er verfing sich im Innenleder meines Huts und wurde mit der Wurzel ausgerissen. Mir fiel das tragische Ende der Isadora Duncan ein. Selbstmord?

29. Juli

Ich werde mich damit abfinden müssen, daß ich eine gewisse Neigung zur Kahlköpfigkeit habe.

Soziale Fürsorge

In den zwölf Jahren seines Bestehens hat der Staat Israel doppelt so viele Neueinwanderer aufgenommen, als er Einwohner hatte, und das bringt gewisse Schwierigkeiten mit sich. Man darf vermuten, daß auch die Regierung der Vereinigten Staaten mit gewissen Schwierigkeiten zu kämpfen hätte, wenn im Verlauf von zwölf Jahren 340 Millionen Einwanderer ins Land kämen; allein das Problem, wie man sie alle mit Fernsehapparaten versorgen soll, wäre kaum zu lösen. In Israel liegt die größte Schwierigkeit naturgemäß in der Wohnungsfrage. Wie viele Städte kann man denn schon in einer Woche aufbauen? Höchstens zehn bis fünfzehn. Und das genügt leider nicht.

Die Neueinwanderer, deren Majorität von den aus desolaten Verhältnissen kommenden orientalischen Juden gebildet wird, finden zunächst in den sogenannten »Ma'abaroth« eine provisorische Unterkunft. Sie werden in diese aus dürftigen Wellblechhütten bestehenden Übergangslager für ein paar Tage eingewiesen und bleiben dann jahrelang dort. Während dieser Zeit sorgt der Staat für ihre sämtlichen Lebensbedürfnisse. Außerdem wird ein umfangreicher Apparat zu ihrer seelischen Betreuung und ihrer sachlichen Information in Gang gesetzt, damit die Insassen der Lager in möglichst guter Stimmung bleiben.

Daß dies nicht ganz so einfach ist, wie es klingt, mag aus der folgenden Szene hervorgehen.

Personen:
Eva, eine geschulte Kraft des Fürsorgeamtes
Sa'adja Schabatai
Der Lagerleiter
Sa'adja Schabatais Weib

LAGERLEITER *(tritt mit Eva auf):* Irgendwo hier herum muß er wohnen. Welche Nummer, sagten Sie?

EVA *(jung, weiße Hemdbluse, Strohhut, sichtlich überarbeitet und unter der Hitze leidend. Sie trägt eine Aktentasche, die mit allen möglichen Papieren und Formularen in allen möglichen Größen und Farben bis zum Platzen gefüllt ist. Nach längerem, nervösem Suchen fingert sie einen Akt hervor):* Er heißt Schabatai. Sa'adja Schabatai. Baracke 137. Seine Frau war zuletzt vor etwa vierzehn Tagen bei uns im Zentralamt.

LAGERLEITER: Worüber hat sie sich beklagt?

EVA *(nach einem Blick in die Papiere):* Über ... über ... eigentlich über alles. Kennen Sie die Leute?

LAGERLEITER *(nickt mehrmals, als wollte er »leider« sagen):* Ja, ich kenne sie. Eine komplizierte Familie.

EVA: Wieso?

LAGERLEITER: Wieso? Das kann ich Ihnen erklären.

EVA: Einen Augenblick, bitte. *(Sie nimmt einen Notizblock aus der Aktentasche, zückt den Bleistift.)* Bitte.

LAGERLEITER: Also, Sa'adja Schabatai ist ein kranker Mann und hat eine große Familie.

EVA *(macht Notizen, murmelt)* ... krank ... große Familie ...

LAGERLEITER: ... er war dreimal im Krankenhaus, ist jedesmal ausgerissen und hierher zurückgekommen ...

EVA *(schreibend):* ... dreimal ausgerissen ...

LAGERLEITER: Aber das werden Sie ja selbst feststellen.

EVA *(schreibend):* ... selbst feststellen ...

LAGERLEITER *(grinst):* Sie haben einen Stenographiekurs gemacht?

EVA *(beleidigt):* Ich habe die Schule für Fortgeschrittene Sozial- und Fürsorgearbeit absolviert.

LAGERLEITER: Wo?

EVA: In Amerika. Ich war mit einem Stipendium drüben. Wir haben dort alles nach den neuesten psychologischen Methoden gelernt.

LAGERLEITER: Sehr schön. Und wie bewährt sich das hier?

EVA *(zögernd):* Danke ... eigentlich ... ich habe noch nicht ...

Frau Schabatai *(erscheint im Eingang der Wellblechhütte, betrachtet die beiden mißtrauisch. Sie macht keinen sehr gepflegten Eindruck. Außerdem ist sie schwanger.)*

Lagerleiter: Hatten Sie schon in einem Transitlager zu tun?

Eva: Erst einmal.

Lagerleiter: Wann?

Eva: Jetzt.

Lagerleiter *(unterdrückt ein Lächeln):* Ich wünsche Ihnen sehr viel Glück. *(zu Frau Schabatai)* Sind Sie Sa'adja Schabatais Frau?

Frau Schabatai *(glotzt wortlos).*

Lagerleiter: Sie scheint seine Frau zu sein ... Wir sprechen uns nachher. Alles Gute. *(geht ab)*

Eva: Hoffentlich. *(Sie sieht Frau Schabatai prüfend an. Frau Schabatai sieht Eva prüfend an. Langes Schweigen.)*

Frau Schabatai: Fräulein ...

Eva: Eva.

Frau Schabatai: Du sind die neue Fürsorge?

Eva: Ja. Von jetzt an kümmere ich mich um alle Ihre Angelegenheiten. Sind Sie Frau Schabatai?

Frau Schabatai: Wer?

Eva: Ob Sie Frau Schabatai sind.

Frau Schabatai: Nein. Ich bin Sa'adja Schabatais Frau.

Eva: Darf ich? *(Sie setzt sich auf die wacklige Bank vor der Hütte und zieht abermals ihren Schreibblock hervor.)*

Frau Schabatai: Ich nicht schreiben, Fräulein ...

Eva: Eva.

Frau Schabatai: Kein Brot, Fräulein. Keine Arbeit. Sieben Kinder, Fräulein. Be'hyat Allah, sieben Kinder und eines hier. *(Sie deutet auf ihren Leib.)* Ben Gurion [1]!

Eva *(kramt verlegen in ihrer Aktentasche):* Frau Schabatai,

[1] Orientalische Einwanderer gebrauchen »Ben Gurion« als Interjektion, ungefähr im gleichen Sinn, in dem die Engländer »Good Lord!« sagen.

haben Sie schon einmal bei uns im Fürsorgeamt vorgesprochen? *(Sie setzt tatendurstig den Bleistift an.)*

FRAU SCHABATAI: Mein Mann gleich kommen.

EVA: Schon gut. Ich warte *(Sie weiß nicht recht, was sie tun soll, beginnt etwas zu schreiben, radiert es wieder aus, stöbert in den Papieren.)*

FRAU SCHABATAI: Fräulein ...

EVA: Eva. Nennen Sie mich Eva.

FRAU SCHABATAI: Hier mein Mann, Fräulein. – Sa'adja, das ist die neue Fürsorge.

SCHABATAI: *(bärtiger orientalischer Jude, stattliche Erscheinung, verneigt sich voll Würde und Gelassenheit).*

EVA: Herr Schabatai?

SCHABATAI: Bitte. *(Mit einer Handbewegung entläßt er seine Frau, die in der Hütte verschwindet.)*

EVA: Wollen wir uns nicht setzen? *(Schabatai läßt sich umständlich auf die Bank nieder.)* Ihre Frau hat mir gesagt, daß Sie keine Arbeit haben.

SCHABATAI: Nein.

EVA: Haben Sie ein Handwerk gelernt?

SCHABATAI: Ich bin Schuhmacher. Aber niemand will mich.

EVA: Warum?

SCHABATAI: Weiß ich nicht. Niemand will mich.

EVA: Seit wann sind Sie Schuhmacher?

SCHABATAI: Ich habe noch nicht gearbeitet.

EVA: Nie?

SCHABATAI: Nie.

EVA: So. Hm. Was für eine Art Schuhe machen Sie?

SCHABATAI: Ich bin Schuhmacher. Aber niemand will mich.

EVA: Haben Sie schon versucht, als Schuhmacher Arbeit zu finden?

SCHABATAI: Noch nicht.

EVA *(verwirrt):* Warum nicht?

SCHABATAI: Ich habe ein schwaches Herz, Fräulein. Ich kann nur leichte Arbeit verrichten.

Eva: Ist denn die Schuhmacherarbeit so anstrengend?

Schabatai: Für mich schon, weil ich keine Übung habe.

Eva *(macht Notizen):* Dann lassen Sie sich von der Arbeitsvermittlung eine leichtere Arbeit zuweisen!

Schabatai: Man gibt mir keine. Niemand will mich. Vielleicht können Sie mir eine Arbeit verschaffen?

Eva: Leider. Das fällt nicht in meine Obliegenheiten.

Schabatai: Es braucht nicht zu fallen. Sie brauchen mir nur einen Zettel zu geben.

Eva: Einen Augenblick, Herr Schabatai! Damit kein Mißverständnis entsteht: Ich komme nicht vom Arbeitsamt!

Schabatai: Geben Sie mir nur einen Zettel [2].

Eva: Ich kann Ihnen keinen Zettel geben, Herr Schabatai. Ich habe keine wie immer geartete Verbindung zum Arbeitsamt. Meine Aufgabe besteht darin, Ihnen in Ihren persönlichen und Familienangelegenheiten an die Hand zu gehen. Also. Was können wir für Sie tun, Herr Schabatai? *(Sie zückt den Bleistift.)*

Schabatai: Sie können mir einen Zettel fürs Arbeitsamt geben.

Eva *(verliert die Geduld):* Von mir kriegen Sie keinen Zettel!! *(sammelt sich)* Herr Schabatai. Bitte. Wir wollen jetzt ganz ruhig Ihren Fall durchgehen. *(legt ein Formular zurecht)* Wie viele Kinder haben Sie?

Schabatai: Sechs. Schalom, Mordechai, Abdallah, Mazal, Chabuba, Schimschon und Uri.

Eva *(notiert die Namen):* Das sind sieben.

Schabatai: Sieben? Gut, dann sieben. Und G'ula noch dazu.

Eva: Wer ist G'ula?

Schabatai: Ein altes Weib. Sie lebt mit uns. Sie kann sich nicht mehr bewegen. Sie kann nur noch essen.

[2] In der breiten Masse herrscht der Aberglaube, daß ein Zettel, auf den der richtige Mann im richtigen Augenblick die richtigen Worte schreibt, Berge versetzen kann. Merkwürdigerweise trifft das tatsächlich zu.

EVA: Ist sie mit Ihnen verwandt?

SCHABATAI: Ich weiß nicht. Sie ist mit uns hergekommen. Muß eine Verwandte sein, sonst würde sie nicht mit uns leben. Aber sie kann sich nicht mehr bewegen. Sie kümmert sich um die Kinder.

EVA: Hm ... ja ... sehr interessant, Her Schabatai. Sie haben wirklich eine sehr ... eine sehr große Familie ...

SCHABATAI: Wollen Sie uns helfen, Fräulein?

EVA: Selbstverständlich. Dazu bin ich ja hier.

SCHABATAI: Dann geben Sie mir einen Zettel.

EVA *(ausbrechend):* Das ist doch ... *(mühsam beherrscht)* Nur Ruhe, Herr Schabatai. Wir werden jetzt erst einmal Ihre Karte ausfüllen, und dann wollen wir sehen, was sich machen läßt. Wann haben Sie geheiratet?

SCHABATAI: Wer? Ich?

EVA: Ja.

SCHABATAI: Bevor ich hierhergekommen bin.

EVA: Wie alt waren Sie damals?

SCHABATAI: Nicht alt.

EVA: Nämlich?

SCHABATAI: Nämlich. Dort, wo ich herkomme, heiratet man sehr jung ... Schauen Sie, Fräulein. Ich will ja nichts weiter von Ihnen. Nur einen Zettel fürs Arbeitsamt. Das ist alles. Nur einen kleinen Zettel ...

EVA *(balanciert ganz knapp an einem hysterischen Anfall vorbei):* Herr Schabatai! Herr Schabatai! Habe ich Ihnen nicht schon gesagt ... Lassen Sie uns zuerst die Karte ausfüllen, Herr Schabatai.

Wie viele Kinder gab es in Ihrer Familie?

SCHABATAI: Sechs.

EVA *(notiert):* Sechs.

SCHABATAI: Und eines trägt mein Weib.

EVA: Herr Schabatai! Ich meine die Familie Ihrer Eltern.

SCHABATAI: Familie meiner Eltern? Kenn ich nicht.

EVA: Hatten Sie viele Geschwister?

SCHABATAI: Ja.

EVA: Wie viele?

SCHABATAI: Das ist nicht so einfach, Fräulein. Viele von ihnen sind tot.

EVA: Versuchen Sie sich zu erinnern, Herr Schabatai. Es ist wichtig.

SCHABATAI: Das ist wichtig? Warum ist das wichtig? Ich werde Ihnen sagen, was wichtig ist. Wichtig ist ein Zettel!

EVA *(verzweifelt):* Herr Schabatai, ich bitte Sie ...

FRAU SCHABATAI *(tritt mit einem Holztablett aus der Hütte, breitet ein Handtuch von der Wäscheleine darüber und stellt ein Glas Tee darauf, das sie Eva anbietet):*
Bitte, Fräulein.

EVA *(mit ersterbender Stimme):* Nennen Sie mich Eva.

FRAU SCHABATAI *(bleibt in Hörweite, reglos).*

EVA *(würgt unter größten Schwierigkeiten einen Schluck Tee hinunter, nimmt neuen Anlauf):* Herr Schabatai. Wie soll ich Ihnen helfen, wenn Sie mir nicht einmal die einfachsten Personaldaten geben?

SCHABATAI: Wie bitte?

EVA: Ich bin beauftragt, Herr Schabatai, Ihre sozialen Verhältnisse zu erforschen und Ihnen bei der Bewältigung der Schwierigkeiten zu helfen, denen Sie als Neueinwanderer gegenüberstehen.

SCHABATAI: Wieso? *(Frau Schabatai hat Evas Worte mit wachsender Panik angehört.)*

EVA: Richtig. Im Grunde stammen diese Schwierigkeiten ja schon von früher her, sie wurzeln bereits in den Verhältnissen, unter denen Sie aufgewachsen sind. Nehmen wir an ... zum Beispiel ... daß Sie als Kind von einer Schlange gebissen wurden. *(Schabatai versucht zu unterbrechen.)* Nein, ich weiß schon: Sie wurden von keiner Schlange gebissen. Wir nehmen nur an, das wäre geschehen. Gut. Für eine Weile waren Sie ein wenig verschreckt. Nach und nach haben Sie die ganze Geschichte vergessen. Aber in Ihrem weichen, kindlichen Gemüt ist eine tiefe Spur davon zurückgeblieben. *(Frau Schabatai schreit wild auf und rennt in die Hütte.)*

SCHABATAI: In welchem Kind, sagen Sie?

EVA: In Ihnen. Als Sie noch ein Kind waren! Sie!!

SCHABATAI: Nehmen wir an.

EVA: Na also. Und was geschieht? Viel später, nach Jahren und Jahren, sehen Sie plötzlich eine Schlange, die sich um Ihren Bettpfosten ringelt ...

SCHABATAI: Gott sei Dank gibt es hier keine Schlangen. Leider gibt es auch keine Arbeit ...

EVA: Wir sprechen jetzt nicht von Arbeit!

SCHABATAI: Fräulein! Nur einen kleinen Zettel ...

EVA *(verfärbt sich, beginnt undeutlich zu lallen und hat die größte Mühe, ihre Haltung wiederzufinden; spricht von jetzt an sehr angestrengt und langsam):* Herr Schabatai. Verstehen Sie mich denn nicht? Wenn ich Ihnen helfen soll, müssen wir einander kennenlernen. Wir müssen Freunde werden und zusammenarbeiten. Erinnern Sie sich: als ich jetzt herkam, habe ich mich Ihnen vorgestellt, habe Ihnen gesagt, wie ich heiße und wer ich bin ... Stimmt das, Herr Schabatai?

SCHABATAI: Das stimmt, Fräulein. Wie heißen Sie?

EVA: Wie ich heiße? Ich heiße Eva.

SCHABATAI: Sind Sie verheiratet?

EVA: Nein ... noch nicht ...

SCHABATAI: Sie haben viel zu tun? Harte Arbeit?

EVA *(verwirrt):* Ja, allerdings ... Sehr harte Arbeit. Aber sie gewährt mir große Befriedigung.

SCHABATAI: Ich verstehe. Sie sind also eine alte Jungfer, die hart arbeitet. Haben Sie Familie?

EVA: Vater und Mutter.

SCHABATAI: Gott segne sie beide. Reich?

EVA: Nein. Mein Vater ist alt ...

SCHABATAI: ... und bekommt vom Arbeitsamt keine Arbeit mehr, ich weiß. Geschwister?

EVA: Nein.

SCHABATAI: Armes, unglückliches Mädchen [3]. Geben Sie Ihren alten Eltern Geld?

EVA: Natürlich.

SCHABATAI: Und wie steht's um Ihre Mitgift?

EVA: Das ist nicht so wichtig.

SCHABATAI: Aber Sie brauchen ein Kleid, nicht wahr? Sie brauchen Möbel, nicht wahr?

EVA: Ja.

SCHABATAI: Sehen Sie. Sind Sie verlobt?

EVA: Ich habe einen Freund.

SCHABATAI: Und Sie haben kein Geld zum Heiraten?

EVA: Wir haben keine Wohnung.

SCHABATAI: Das ist schlimm. Ein Junge und ein Mädchen, die heiraten wollen, brauchen ein Haus. Lassen Sie mich nachdenken ... Nicht weit von hier, im Dorf, stehen neue Häuser. Die Regierung wird Ihnen eines geben.

EVA: Nicht mir. Das sind Häuser für Neueinwanderer.

SCHABATAI: Es wird sich schon irgendwie machen lassen. Gehen Sie zu Ihrer Abteilungsleiterin, Frau Weißferger [4], und sagen Sie zu ihr: »Frau Weißferger! Wenn man ein junges Mädchen ist, will man heiraten. Wenn man heiraten will, braucht man ein Haus. Geben Sie mir ein Haus, Frau Weißferger!« Und Frau Weißferger wird Ihnen einen Zettel geben ...

EVA: Sie wird mir *keinen* Zettel geben. Sie *kann* mir keinen Zettel geben.

SCHABATAI: Sie kann, Fräulein Eva. Sie sagt nur, daß sie nicht kann. Dem Sohn meiner Schwester hat sie einen solchen Zettel gegeben. Sie müssen nur Geduld haben und immer wieder

[3] In den Augen der orientalischen Juden ist es ein moralisches Unglück wenig Kinder zu haben. Viele Kinder zu haben ist ein ökonomisches Unglück.

[4] Die betreffende Abteilungsleiterin hieß in Wirklichkeit Weisselberger, aber man kann von Herrn Schabatai nicht verlangen, daß er einen so barbarischen Namen richtig ausspricht.

zu ihr gehen und sagen: »Frau Weißferger! Geben Sie mir einen Zettel!« Zum Schluß wird sie Ihnen einen Zettel geben oder sie wird ihren Posten wechseln. Aber das schadet nichts, Fräulein Eva. Dann fangen Sie eben mit dem neuen Abteilungsleiter alles von vorne an. Kopf hoch! Sie haben ein Recht auf ein Haus. Sie arbeiten hart. Sie tun vielen Menschen Gutes. Alle erzählen dem Fräulein Eva ihre Sorgen, und das Fräulein Eva möchte allen helfen, und alle wollen Geld haben, aber es ist nicht genug Geld für alle da ...

EVA: Wenn Sie wüßten, wie recht Sie haben, Herr Schabatai ...

SCHABATAI: Ich weiß es. Ich weiß, daß Sie uns nur mit schönen Worten helfen können. Und das ist sehr schwer.

EVA: Sehr schwer, Herr Schabatai.

SCHABATAI: Ja, ja. Das Fräulein Eva soll Geld hergeben und hat doch selbst keines. Wie hoch ist Ihr Gehalt?

EVA: Nicht hoch.

SCHABATAI: Und dazu ein Vater und eine Mutter und eine Hochzeit. Und Sie brauchen ein neues Kleid.

EVA: Ein neues Kleid? Daran darf ich nicht einmal denken. Allein für mein Zimmer zahle ich fünfundzwanzig Pfund. Und ich muß im Restaurant essen.

SCHABATAI *(entsetzt):* Im Restaurant essen?

EVA *(nickt trübselig):* Das macht mindestens zwei Pfund täglich.

SCHABATAI *(noch entsetzter):* Zwei Pfund?!

EVA: Mindestens. Und außerdem ...

SCHABATAI: Einen Augenblick. *(Er zieht einen Notizblock aus seiner Tasche und nimmt Evas Bleistift.)* Bitte weiter.

EVA: Außerdem reicht das nur für eine Mahlzeit.

SCHABATAI *(rechnet):* Zwei Pfund im Tag ... das macht ...

EVA: Sechzig Pfund im Monat.

SCHABATAI: Sechzig Pfund! Für eine einzige Mahlzeit am Tag!

EVA: Ja. Und was ist mit den Kleidern? Mit dem Kino? Mit einer kleinen Reise ab und zu? Herr Schabatai ...

SCHABATAI: Geben Sie die Hoffnung nicht auf, Fräulein Eva.

Sie sind jetzt in einer schwierigen sozialen Situation, aber Gott wird helfen und wird alles in Ordnung bringen... Fräulein Eva: wurden Sie als Kind von einer Schlange gebissen?

EVA *(in vollkommener Verwirrung):* Nein.

SCHABATAI: Da haben Sie's. Wenn eine Schlange Sie gebissen hätte, wäre vielleicht alles ganz anders gekommen. Trotzdem sollten Sie den Mut nicht sinken lassen, Fräulein Eva. Unser Staat ist noch jung, und es gibt viele Leute, denen es ebenso schlecht geht wie Ihnen. Geduld, Fräulein Eva, nur Geduld. Die Menschen sind gut. Und ich bin auch noch hier! *(Von fern ertönt die Hupe eines Autobusses.)*

EVA *(merkt mit einemmal, in welcher grotesken Situation sie sich befindet, errötet, springt auf):* Entschuldigen Sie, Herr Schabatai, aber jetzt muß ich laufen... der Bus... *(Ihre Aktentasche öffnet sich, zahllose Papiere wirbeln auf dem Boden umher.)*

SCHABATAI *(ist ihr beim Aufklauben behilflich):* Macht nichts Eva... Nur Mut... Da sind die Akten über meinen Fall ... nicht verlieren, sie sind wichtig... Gott wird helfen, Eva.

EVA: Ich danke Ihnen, Herr Schabatai... Wirklich, ich weiß nicht... Vielen Dank, Herr Schabatai. *(eiligst ab)*

SCHABATAI *(ruft hinter ihr her):* Viel Glück, Eva! Und kommen Sie zu mir, wann immer Sie wollen! Wir Juden müssen zusammenhalten... *(wendet sich langsam zu seiner Hütte zurück)* So ein braves Mädchen... ts, ts, ts... *(wiegt murmelnd das bärtige Haupt)* So eine arme Fürsorgerin...

»Alle Juden sind Brüder«, sagte der legendäre Schnorrer zu Rothschild und wollte damit andeuten, daß er und der Baron eigentlich Verwandte wären. Rothschilds Antwort wird von der Geschichte nicht überliefert. Vermutlich ist er seiner inneren Bewegung Herr geworden.
In Israel treten diese verwandtschaftlichen Bande sehr stark zutage. Zu den Dingen, die uns brüderlich vereinen, gehört auch die Liebe zur Musik. Wir sind geradezu verrückt nach Musik. Er macht uns geradezu wahnsinnig, dieser ewige Krach.

Überwältigung in A-Dur

Gestern nacht ging ich zeitig zu Bett, weil ich am Morgen schon um halb zehn aufstehen mußte. Es glückte mir, verhältnismäßig rasch einzuschlafen. Aber nach etwa einer Stunde wurde ich rüde geweckt.
»Wir wollen schlafen!« brüllte eine haßerfüllte Stimme. »Es ist zehn Uhr vorbei. Stellen Sie das Radio ab, Sie Idiot!«
Ich setzte mich im Bett auf. Von fern, aus der äußersten Ecke unseres Häuserblocks, glaubte ich leise Musikklänge zu vernehmen. Ganz sicher war ich nicht, weil das zornig anschwellende Stimmengewirr alles übertönte:
»Wir wollen schlafen! Ruhe! Das Radio abdrehen! Ruhe!«
Nach und nach erwachten auch die Bewohner der angrenzenden Häuser. In vielen Fenstern wurde es hell. Der Delikatessenhändler uns gegenüber formte aus seiner Zeitung einen Schalltrichter und verlangte Respekt vor der neuen Anti-Lärm-Verordnung. Der jemenitische Eisverkäufer Salah im Stockwerk unter uns stieß mehrmals den Namen Ben Gurion hervor, was bei ihm ein sicheres Zeichen hochgradiger Erregung ist. Ich selbst schlüpfte rasch in meinen Schlafrock, um mich besser

hinausbeugen zu können. Ich liebe es über alles, Leute streiten zu sehen. Das ist ein menschlicher Zug von mir.
»Ruhe!« brüllte ich in die Nacht hinaus. »Wo ist das Hauskomitee? Komitee!!«
Manfred Toscanini, den meine Leser bereits aus früheren Geschichten kennen und der mit dem gleichnamigen Dirigenten noch immer nicht verwandt ist, erschien auf dem Balkon seiner Wohnung und murmelte etwas Unverständliches. Manfred Toscanini ist Vorsitzender unseres Hausverwaltungskomitees. Aufmunternde Zurufe klangen ihm entgegen.
»Auf was warten Sie? Sind Sie der Vorsitzende des Komitees oder sind Sie es nicht? Rühr dich! Mach was! Rufen Sie die Polizei! Für diese Art von Ruhestörung gibt es heute bis zu einem Jahr Gefängnis! Los!«
»Einen Augenblick!« schrie Toscanini. »Wenn ihr so einen Lärm macht, kann ich ja gar nicht feststellen, wo der Lärm herkommt!«
Wir verstummten. Es zeigte sich, daß die Musik aus der rechten Eckwohnung im Parterre kam.
»Katzenmusik!« Das war Salah. Seine Stimme überschlug sich. »Sofort die Katzenmusik abstellen! Ben Gurion!«
Toscanini stieg nervös von einem Fuß auf den andern. Er ist keine Kämpfernatur. Wir haben ihn nur gewählt, weil er eine schöne Handschrift hat und leicht zu behandeln ist.
»Bitte das Radio abzustellen«, stammelte er. »Bitte. Wirklich.«
Nichts geschah. Die Musik strömte in unverminderter Stärke durch die laue Nacht.
Manfred Toscanini merkte, daß sein Prestige, sein Schicksal, seine Zukunft und das Glück seiner Kinder auf dem Spiel standen. Er hob die Stimme:
»Wenn diese Katzenmusik nicht sofort aufhört, rufe ich die Polizei.«
Einige Augenblicke atemloser Spannung folgten. Der Zusammenstoß zwischen Staatsgewalt und Rebellion schien bevorzustehen.

Plötzlich wurde die Musik noch lauter: die Tür der Wohnung, aus der sie kam, hatte sich geöffnet. Im Türrahmen erschien Dr. Nathaniel Birnbaum, Seniorchef der nahegelegenen Zweigstelle des Staatlichen Israelischen Reisebüros.
»Wer ist der Ignorant«, fragte Dr. Birnbaum mit volltönender Stimme, »der die Siebente von Beethoven als Katzenmusik bezeichnet?«
Stille. Tiefe, lautlose Stille. Beethovens Name schwebte zwischen den Häusern einher, drang den Bewohnern in Mark und Bein und wurde wie ein rasch wirkendes Gift von ihrem Nervensystem absorbiert. Manfred Toscanini, das Gesicht zu einer entsetzten Grimasse verzerrt, krümmte sich wie ein Wurm. Ich meinerseits trat einen Schritt vom Fenster zurück, um klarzustellen, daß ich mich mit seinem niveaulosen Verhalten in keiner Weise identifizierte.
Während all dieser Zeit blieb die himmlische Musik diskret hörbar.
Dr. Birnbaum verabsäumte es nicht, seinen Sieg bis zur Neige auszukosten:
»Nun? Wo steckt der Analphabet? Für wen ist Beethovens Siebente eine Katzenmusik? Beethovens Siebente!«
Verlegenes Räuspern. Beschämtes Husten. Schließlich flüsterte der schurkische Delikatessenhändler mit verstellter Stimme:
»Es war der Vorsitzende des Komitees . . .«
»Ich gratuliere!« Der Hohn in Dr. Birnbaums Stimme war nur zu berechtigt. »Ich gratuliere uns allen zu einem solchen Vorsitzenden!«
Damit drehte er sich um und verschwand gelassenen Schritts in seiner Wohnung. Eine schwer zu beschreibende Welle kultureller Überlegenheit ging von ihm aus.
Kläglich und vereinsamt blieb Manfred Toscanini auf der Walstatt zurück, ein geschlagener Mann.
»Ich war so zornig«, sagte er entschuldigend, »ich war vor Wut so zornig, daß ich vor Zorn die Siebente von Beethoven nicht erkannt habe . . .«

»Pst!« zischte es von allen Seiten auf ihn los. »Ruhe! Mund halten! Man kann die herrliche Musik nicht hören!«

Mit gesenktem Kopf zog sich Manfred Toscanini in seinen Bau zurück. Wir andern lauschten im Zustand völliger Verzauberung dem Titanenwerk jenes größten aller Musikgenies. Zahlreiche Hausbewohner streckten sich behutsam auf ihren Liegestühlen aus und schlossen die Augen, um sich den unsterblichen Klängen besser hingeben zu können. Und ich? Ich sah zum sternenbedeckten Himmel empor, und meine Lippen formten leise und demütig ein einziges Wort: »Beethoven.«

Nur der Jemenite Salah und sein Weib Etroga störten die weihevolle Stille mit ihrem Getuschel.

»Wer ist das?« fragte Etroga.

»Wer ist wer?«

»Dieser Herr ... wie heißt er nur ... Betovi ...«

»Ich weiß nicht.«

»Muß ein wichtiger Mann sein, wenn alle solche Angst vor ihm haben.«

»Ben Gurion«, sagte Salah. »Ben Gurion.«

»Und warum hast du geschrien, wenn du nichts weißt?«

»Alle haben geschrien.«

»Alle dürfen. Du darfst nicht. Deine Verkaufslizenz ist nicht in Ordnung. Hast du vergessen, was deinem Freund Shimuni passiert ist, weil er sein großes Maul zu weit aufgerissen hat?«

Salah schlotterte vor Angst.

»Herrlich!« rief er so laut, daß jeder es hören konnte. »Eine herrliche Musik!«

Uri, der Sohn des Apothekers, den die plötzliche Stille geweckt hatte, kam auf den Balkon gestürzt und zeterte: »Katzenmusik!«

Er bekam von seinem Papa sofort eine Ohrfeige, was allgemeine Billigung fand. Ein Kind, dem man nicht schon im zartesten Alter den nötigen Respekt für die großen Kunstschöpfungen beibringt, kann niemals ein nützliches Mitglied der menschlichen Gesellschaft werden und endet am Galgen.

Der Professor in der Wohnung rechts von uns, der seit dem letzten Streit mit seiner Frau, also seit ungefähr vierzig Jahren, kein Wort mehr mit ihr gesprochen hatte, stand jetzt friedlich neben ihr am Fenster. Beethovens Himmelsmusik hatte die entzweiten Ehepartner wieder vereint.

Im Bestreben, seine Blamage gutzumachen, summte Manfred Toscanini demonstrativ ein paar Takte mit. Aber seine schamlose Unterwürfigkeit ging noch weiter.

»Doktor Birnbaum!« rief er. »Bitte drehen Sie den Apparat doch ein wenig stärker auf. Man kann von hier aus nicht so gut hören ... Danke vielmals!«

Die Musik war lauter geworden. Wie eine große, glückliche Familie saßen die Hausbewohner beisammen und lauschten. Wir alle liebten einander.

»Gigantisch, dieses Rondo«, flüsterte der Apotheker, dessen älterer Sohn Harmonika-Unterricht nahm. »Obwohl ich nicht ganz sicher bin, ob es nicht vielleicht ein Scherzo ist ...«

Der Delikatessenhändler äußerte einige verächtliche Worte über gewisse Zeitgenossen, die zwischen einem Rondo und einem Scherzo nicht unterscheiden können.

Die Gattin des Professors flüsterte mehrmals hintereinander: »A-Dur ... A-Dur ...«

Salah beugte sich weit aus dem Fenster und legte beide Hände an die Ohren.

Ich schlug verstohlen meinen »Konzertführer« auf und suchte nach der Siebenten von Beethoven. Der »Konzertführer« ist ein handliches Büchlein, das man mühelos vor den Blicken Neugieriger verbergen kann.

»Bekanntlich«, so ließ ich mich vernehmen, »gehört die Symphonie in A-Dur zu Beethovens gewaltigsten Meisterwerken. Die einleitenden Akkorde werden in verschiedenen Variationen wiederholt, ehe sie in das Hauptthema des ersten Satzes übergehen. Moderne Kritiker finden an dieser Exposition etwas auszusetzen ...«

Mein Ansehen unter den Hausbewohnern stieg sprunghaft, ich

fühlte das ganz deutlich. Bisher, wohl irregeführt durch mein übertrieben bescheidenes Wesen, hatten sie mich nicht richtig eingeschätzt. Um so zündender wirkte jetzt das Feuerwerk meiner profunden Musikalität. Die Gärtnerstochter von gegenüber schickte ihren kleinen Bruder zu mir und ließ fragen, ob ich ihr nicht mein Opernglas leihen könnte.

In einem lendenlahmen Versuch, mir zu widersprechen, sagte der Apotheker:

»Die Exposition ist vollkommen in Ordnung. Auch ein Bartók hätte sie nicht anders aufbauen können.«

Gleich bei seinen ersten Worten hatte ich eilig in meinem »Konzertführer« zu blättern begonnen.

»Vergessen Sie nicht«, hielt ich dem wichtigtuerischen Tölpel jetzt entgegen, »daß der vierte Satz sich zu unwiderstehlicher Rasanz emporschwingt und besonders im Finale alle irdischen Maße sprengt!«

Der ganze Häuserblock lag mir zu Füßen. Beethovens Genius und meine eigene Brillanz flossen zu sphärischer Einheit zusammen. So stelle ich mir das Nirwana vor.

»Auch Bach ist nicht schlecht«, brummte der Apotheker und hoffte damit sein Gesicht zu wahren.

Die Musik kam noch einmal auf das Hauptthema zurück. Bläser und Streicher entfalteten sich in einer letzten, vollen Harmonie, ehe die unsterblichen Klänge endgültig verschwebten.

Ein Seufzer namenlosen Entzückens entrang sich den Lippen der Zuhörer. Augenblicke einer nahezu heiligen Stille folgten.

Dann meldete sich die Stimme des Ansagers:

»Sie hörten die Suite ›An den Mauern von Naharia‹ von Jochanan Stockler, gespielt von der Kapelle der Freiwilligen Feuerwehr Petach Tikwah. Im zweiten Teil unseres Abendkonzertes bringen wir klassische Musik auf Schallplatten. Als erstes hören Sie Beethovens Siebente Symphonie in A-Dur.«

Abermals Stille. Unheilschwangere Stille.

Manfred Toscaninis Gestalt wurde im Fensterrahmen sichtbar und schien gespenstisch über sich hinauszuwachsen.

»Katzenmusik!« röhrte er, besessenen Triumph in der Stimme. »Hören Sie mich, Birnbaum? Katzenmusik! He, Birnbaum! Das nennen Sie Beethoven? Ich nenne es Katzenmusik!«
Die Empörung griff unter den Hausbewohnern um sich wie ein Waldbrand.
»Beethoven!« kreischte die Gattin des Professors und eilte zu einem andern Fenster. »Was jetzt, Birnbaum?«
Der Jemenite Salah packte sein Weib am Arm:
»Sie haben uns betrogen!« zischte er. »Wieder einer von ihren schäbigen Tricks!«
»Wenn die Polizei kommt, dann haben wir nichts gesehen«, schärfte ihm seine Gattin ein.
»Ben Gurion«, sagte der Jemenite Salah.
Sollte Dr. Birnbaum in seiner lächerlichen Überheblichkeit einem guten Ratschlag noch zugänglich sein, dann sucht er sich eine andere Wohnung. Bei uns hat er ausgespielt.

Nach Ihnen, bitte

Geographisch ist England ein Teil von Europa. In Wirklichkeit ist es ein Teil von sich selbst und von gar nichts sonst. Wir merkten das schon im Augenblick unsrer Landung.

Vielleicht entsinnt sich der geneigte Leser noch der Presseberichte über den Gewittersturm, der vor einiger Zeit den Ärmelkanal heimgesucht hat und Ausmaße annahm, an die sich auch die ältesten Seebären nicht erinnern konnten. Das Schicksal fügte es, daß meine Gattin und ich gerade an diesem Rekordtag den Kanal überquerten. Unser Schiff wurde von den wild schäumenden Wogen hin- und hergeschleudert wie die berühmte Nußschale, die in solchen Fällen immer zu Vergleichszwecken herangezogen wird, obwohl es auf wild schäumenden Wogen noch nie eine Nußschale gegeben hat, ausgenommen unser Schiff. Da die epische Schilderung von Naturkatastrophen in der heutigen Literatur als minderwertig gilt, beschränke ich mich auf die Mitteilung des heiligen Eides, den ich eine halbe Stunde nach Ausbruch des Sturms geschworen habe: ich würde, so schwor ich, mich für den Rest meines Lebens in einen Kibbuz zurückziehen und mich dem vollständigen Wiederaufbau der Klagemauer in Jerusalem widmen, wenn ich mein nacktes Leben retten könnte.

Da dieser Schwur nichts fruchtete, ersetzte ich ihn nach einer weiteren halben Stunde durch den folgenden:

»O Herr, ich verzichte auf mein nacktes Leben, nur laß mich bitte nicht sterben ...«

Diese Formulierung hatte Erfolg. Wenige Stunden später sichteten wir die weißen Klippen von Dover, die schon so viele Dichter vor mir begeistert hatten, vermutlich nach ähnlichen Kanalüberquerungen. Wir taumelten auf den Pier, warfen uns nieder, küßten die allgütige Mutter Erde und machten gleich darauf unsere erste Bekanntschaft mit dem englischen Nationalcharakter. Hinter uns kroch ein britischer Gentleman auf allen vieren über den Laufsteg. Er hatte sich während der Überfahrt in einem so erbärmlichen Zustand befunden, daß wir um sein Leben gebangt hätten, wenn uns überhaupt Zeit geblieben wäre, um etwas andres zu bangen als um unser eigenes Leben.

Seine britische Gattin erwartete ihn.

»Hallo, darling«, sagte sie zur Begrüßung. »Nette Überfahrt gehabt?«

»Reizende Überfahrt«, antwortete er. »Obwohl der Wetterbericht gar nicht so gut war.«

Ich muß bemerken, daß es um diese Zeit noch hagelte. Dicke, erbsengroße Körner.

In der Regel gibt es vier Jahreszeiten im Jahr: Frühling, Sommer, Herbst und Winter. Das gilt auch für England. Allerdings haben sie dort alle vier Jahreszeiten am selben Tag. Morgens Sommer, mittags Winter, abends Herbst und Frühling. Manchmal auch umgekehrt. Es gibt keine festen Regeln. Man schaut zum Fenster hinaus: der Himmel ist strahlend blau, die Sonne scheint. Freudig verläßt man das Haus, tritt auf die Straße hinaus – und springt zurück, weil wenige Schritte entfernt soeben ein Blitz eingeschlagen hat. Wassersturzfluten, wohin man blickt. Man eilt die Stiegen hinauf, rafft Regenmantel und Schirm an sich, tritt abermals auf die Straße – und wird von freundlichem Vogelgezwitscher empfangen. Am wolkenlosen Himmel lacht die Sonne. Mit Recht.

Nach zwei Tagen hatten wir noch immer nicht das Geheimnis gelöst, warum die Engländer nicht auswandern. Auch die Eingeborensten unter ihnen geben zu, daß sie das Wetter verrückt macht. Sie nehmen sich sogar die Mühe, das zu beweisen.

Es ist eine alte Erfahrung, daß Regenschirm-Völker am liebsten über das Wetter sprechen. Trotzdem erstaunte es mich ein wenig, als ich einmal an einer Bus-Haltestelle von einem Regenschirmträger mit den Worten angesprochen wurde:

»Schönes Wetter heute, nicht wahr?«
Ich glotzte ihn an.
»Das nennen Sie schön? Dieses grauenhafte, schwüle, feuchte Wetter nennen Sie schön?«
Der Fremde erbleichte, preßte die Lippen zusammen und wandte sich ab. Erst viel später wurde mir klar, daß ich ihn maßlos gekränkt hatte. In England muß man zu fremden Menschen höflich sein, das ist ein unübertretbares Gebot. Wenn jemand sagt: »Schönes Wetter heute, nicht wahr?«, dann hat man zu antworten: »Ja, sehr schön, nicht wahr?«, auch wenn man im nächsten Augenblick von dem gerade losbrechenden Wirbelsturm gegen die Häuserwand geschleudert wird. Sobald man wieder auf den Beinen steht, sagt der Fremde: »Wirklich sehr schön, nicht wahr?«, worauf man antwortet: »Ja, wirklich, nicht wahr?« Das kann stundenlang dauern, denn die strengen Spielregeln verlangen, daß man jeden Satz mit »nicht wahr?« abschließt, also mit einer Frage; und unter wohlerzogenen Leuten ist es üblich, eine Frage nicht unbeantwortet zu lassen.
In Frankreich ist das Leben aufregend, in Israel ist es anstrengend, in England ist es angenehm. Jeder Mensch in England erzählt jedem andern Menschen, wie angenehm das Leben in England ist. Denn die Engländer sind disziplinierte und manierliche Leute. Gewiß, die Konformisten unter ihnen – und soviel ich feststellen konnte, gibt es nur konformistische Engländer – empfinden keine besondere Zuneigung zu irgend jemand oder irgend etwas, mit Ausnahme ihres Kamins, in dessen freundlicher Wärme sie gar manchen heißen Sommertag verbringen, und ihres Hundes, mit dem sie stundenlang die aktuellen Tagesprobleme diskutieren. Aber das alles ändert nichts daran, daß sie das Volk der besten Manieren sind. Es gibt keinen Anlaß, aus dem der Engländer nicht »Danke« sagen würde. Manchmal sagt er es auch ohne jeden Anlaß, zum Beispiel wenn man sich erkundigt, wie spät es ist:
»Ich weiß nicht. Danke.«

Um dem geneigten Leser einen konkreten Fall von britischer Wohlerzogenheit vorzuführen, schildere ich nachstehend meinen Besuch – oder besser gesagt: meinen Abschied nach erfolgtem Besuch – im Ministerium für den Aufbau und Ausbau kultureller Beziehungen oder sonstwas. Der Leiter des einschlägigen Büros, ein Mr. MacFarland, hatte mich freundlich empfangen und bewirtet (mit Tee, wenn ich nicht irre) und geleitete mich am Ende zur Tür des hochgewölbten, mit dunklem Eichenholz getäfelten Raums, dessen Entstehung nachweisbar auf das Jahr 1693 zurückgeht.

Als wir die Türe erreicht hatten, hielten wir beide auf gleicher Höhe an.

»Bitte sehr«, sagte Mr. MacFarland. »Nach Ihnen, Sir.« Und er vollführte die dazugehörige Handbewegung.

Um diese Zeit hatte ich bereits zwei Tage auf britischem Boden verbracht und war mit den Lebensformen zivilisierter Völkerschaften halbwegs vertraut geworden.

»Oh, bitte, Mr. MacFarland.« Ich blieb stehen. »Nach Ihnen.«

»Sie sind mein Gast, Sir. Ich bin hier zu Hause.«

»Alter zählt mehr als Schönheit«, scherzte ich. »Nach Ihnen.«

Der abwechslungsreiche Dialog dauerte einige Minuten. Ich war in großer Eile, aber ich wollte Mr. MacFarlands Gefühle nicht verletzen. Er war erstens ein Engländer und zweitens wirklich bedeutend älter als ich.

»Ich bitte Sie, Mr. MacFarland«, sagte ich und gab ihm einen sanften Stoß, um ihn zum Vortritt zu animieren.

»Um keinen Preis«, antwortete MacFarland, ergriff meinen Arm und drehte ihn mit geübtem Judo-Griff in Richtung Türe. »Bringen Sie mich bitte nicht in Verlegenheit.«

»Sie sind der Ältere«, beharrte ich, setzte mit meiner freien Hand eine einfache Nackenschraube an und zerrte ihn zur Türe. »Nach Ihnen, Mr. MacFarland.«

»Nein ... nein ... hier ist ... mein Büro.« Mr. MacFarland keuchte ein wenig, weil mein Klammergriff ihm gewisse Atembeschwerden zu verursachen begann. Schon sah ich mich als Sie-

ger. Plötzlich stellte er mir ein Bein, so daß ich ins Taumeln geriet. Aber ein rascher Griff nach einem an der nahen Wand hängenden Gobelin brachte mich wieder ins Gleichgewicht und bewahrte mich vor einem entscheidenden Positionsverlust:
»Ich bestehe darauf, Mr. MacFarland. Nach Ihnen.«
Mein linker Ärmel war während dieses Austausches von Höflichkeiten in Fetzen gegangen, und MacFarlands Hosen waren an mehreren Stellen geplatzt. Eine Weile standen wir einander schwer atmend gegenüber und rührten uns nicht. Dann setzte MacFarland unvermittelt zu einem Hechtsprung gegen meine Magengrube an. Ich sprang rasch zur Seite, und er landete krachend im Aktenschrank.
»Nach Ihnen, Sir!« Mit Schaum vor dem Mund erhob er sich, packte einen Bürosessel und schwang ihn durch die Luft.
»Nach *Ihnen*, Mr. MacFarland!« Ich bückte mich, ohne ihn aus den Augen zu lassen, und griff nach dem Schürhaken.
Der Bürosessel segelte über meinen Kopf hinweg. Ein riesiges Portrait Winston Churchills, das in Glas und Rahmen an der Wand hing, zersplitterte. Auch ich zeigte mich nicht sehr zielsicher: Die Flugbahn meines Schürhakens hatte zur Folge, daß das Licht ausging.
»Nach Ihnen, Sir«, hörte ich Mr. MacFarland durch die Dunkelheit krächzen. »Ich bin hier zu Hause.«
»Aber Sie sind der Ältere«, antwortete ich und schleuderte einen Tisch in die Richtung, aus der seine Stimme gekommen war. Diesmal traf ich ihn. Mit einem gurgelnden Aufschrei sank MacFarland zu Boden. Ich bahnte mir durch die herumliegenden Trümmer den Weg zu ihm, hob seinen leblosen Körper auf und rollte ihn in den Korridor.
Natürlich rollte ich ihn *vor* mir über die Türschwelle. Ich weiß, was sich gehört.

Unterirdische Abenteuer

Es gibt Zeiten, in denen selbst der gewöhnliche Ausländer in nahen persönlichen Kontakt mit den Engländern kommen kann, meistens zwischen vier und sechs Uhr nachmittags, während der Stoßstunden.

In London leben ungefähr acht Millionen Menschen. Siebeneinhalb Millionen benützen zwischen vier und sechs Uhr nachmittags die öffentlichen Verkehrsmittel, um nach Hause zu fahren. Das ist der Grund, warum der Schreiber dieser Zeilen zwischen vier und sechs Uhr nachmittags nie ein öffentliches Verkehrsmittel benützt hat, außer an jenem unvergeßlichen Donnerstag.

Allerdings wurden meine Frau und ich dadurch irregeführt, daß wir am Ansatz der Treppe, die zu der betreffenden Untergrundbahnstation hinabführte, keine Schlange sahen.

Dann wird's schon nicht so schlimm sein, dachten wir und begannen den Abstieg. Unten angelangt, herrschte plötzlich ein solches Gedränge, daß wir sofort umkehren wollten. Es ging nicht mehr, und von da an verloren wir jeden Einfluß auf die Entwicklung der Dinge. Als wir an den Kassenschalter herangezwängt wurden, konnte ich noch mit knapper Not meine Geldbörse hervorziehen, aber sie wieder einzustecken, war mir nicht mehr möglich. Ich mußte sie während der ganzen Fahrt in der Hand halten. Die geliebte Gestalt meiner Frau sah ich zuletzt hoffnungslos eingekeilt auf der Plattform. Sie wandte mir ihr süßes Antlitz zu, und ich hörte sie etwas rufen, wovon ich nur Bruchstücke verstand:

»Leb wohl, Geliebter ... auf ewig dein ... und vergiß nicht ... die Schlüssel ...«

Dann entschwand sie endgültig meinen Blicken.

Während der Fahrt verspürte ich dann und wann von seitwärts den Griff eines Regenschirms zwischen den Rippen und glaubte ihn an der Form als den ihren zu erkennen. Um mich zu vergewissern, hätte ich den Kopf drehen müssen – aber wie? Ein Herr in schwarzem Mantel stand so dicht gegen meine Brust gepreßt, daß sogar unsere Nasen sich verschwisterten. Ich starrte ihm aus einer Entfernung von höchstens vier Zentimetern in die Augen; sie waren von himmelblauer Farbe, und ihre Pupillen flackerten unruhig. Wie sein Gesicht aussah, konnte ich nicht feststellen. Zu meiner Linken erspähte ich ab und zu die Umrisse einer Sportkappe, die sich an meinem Oberschenkel wetzte. Und von der andern Seite her bohrte sich der schon erwähnte Regenschirmgriff in meinen Brustkorb.

»Weib!« rief ich aufs Geratewohl. »Bist du's?«

Nach dreimaliger Wiederholung drang aus meilenweiter Ferne ein schwaches Stimmchen an mein Ohr:

»Liebster ... ja ... ich glaube, daß ich es bin ...«

Sie lebte also! Meine freigebliebene Hand – mit der andern hielt ich noch immer meine Geldbörse umklammert – tastete in die Richtung, aus der die Stimme gekommen war, verfing sich aber in einem fremden Büstenhalter, so daß ich alle weiteren Nachforschungen einstellen mußte. Auf einem meiner Füße – ich wußte nicht, auf welchem, denn ich hatte längst die Kontrolle über sie verloren – stand ein fremder Mensch, was meine Bewegungsfreiheit noch mehr beeinträchtigte. Dafür gelang es in einer scharfen Kurve meinem blauäugigen Gegenüber, seine Nase mit jähem Ruck von der meinen abzuziehen. Unsere Wangen klatschten leise aneinander und blieben fortan in Schmiegeposition, als wären wir ein argentinisches Tango-Tanzpaar. Zum Glück hatte ich einen gut rasierten Partner. Die Verbindungswege zu meiner Frau waren völlig zusammengebrochen.

Dies alles verblaßte jedoch vor einer neuen Katastrophe, die mir drohte: Ich mußte niesen. Schon seit einer ganzen Weile spürte ich das kommen. Jetzt stand es unmittelbar bevor. Und wenn ich jetzt nicht sehr schnell zu meinem Taschentuch käme, würde Fürchterliches geschehen.

Übermenschliche Kräfte durchfluteten meinen linken Arm. Indem ich jedes kleinste Rütteln des Zuges ausnützte, gelang es mir, meinen Tangopartner so weit wegzudrücken, daß ich mit der Hand bis in die Hosentasche kam. Damit war aber erst der leichtere Teil des Unternehmens bewältigt. Um die Hand mit dem Taschentuch auch an meine Nase führen zu können, bedurfte ich noch einer gewaltigen Portion Glück.

Es gelang. An der nächsten Haltestelle verließ einer der Fahrgäste den bisher von ihm gehaltenen Posten auf meinem Fuß und stellte dadurch einen Teil meiner Manövrierfähigkeit wieder her. Zwar schloß mich gleich darauf die nachdrängende Menge aufs neue ein, aber in jenem kurzen Augenblick relativer Freiheit hatte ich das Taschentuch tatsächlich in Nasenhöhe gebracht.

Bloß die Lust zum Niesen war mir unterdessen vergangen. So ist das Leben.

Meine Hand mit dem Taschentuch verharrte in der erreichten Position, halblinks vom Mantelkragen des Blauäugigen und schräg unterhalb meines Kinns. Dort begann sie langsam zu erstarren.

Eine Minute später entglitt das Taschentuch meinen fühllos gewordenen Fingern und senkte sich in den Schoß des Sportkappenträgers.

Ich hatte keine Möglichkeit, mit dem Mann in Fühlung zu kommen. Ich konnte ihn nur stumm aus meinem rechten Augenwinkel beobachten.

In der nächsten Kurve blickte er zufällig an sich hinab, entdeckte das Taschentuch, hielt es für einen hemdeigenen Toilettefehler und stopfte es so rasch er konnte in seine Hose. Das verursachte ihm einige Mühe und, wie es schien, auch Verlegenheit. Kurz darauf stand er auf und verdrückte sich in der Menge. Möglicherweise ist er sogar ausgestiegen.

Als ich nach Hause kam, wurde ich bereits von meiner Frau

erwartet. Wir stellten fest, daß wir das lebensgefährliche Abenteuer mit geringfügigen Bekleidungsschäden und Hautabschürfungen überstanden hatten, die wir in häuslicher Pflege belassen konnten.
Irgendwo in London, in einem Paar wildfremder Hosen, ruhte mein Taschentuch.

Englischer Humor

Die Londoner Straßen bieten manch sehenswerten Anblick. Während der ersten Tage unsres Aufenthaltes hatten meine Frau und ich immer wieder die größte Mühe, nicht laut herauszulachen, wenn wir die Scharen junger, schnurrbärtiger Engländer sahen, die ganz in Schwarz gekleidet waren, mit schwarzen Melonen auf dem Kopf, einem schwarzen Regenschirm in der Rechten, und in der Linken unweigerlich die »Times«. Es war zu komisch.

Nach ein paar Tagen hatten wir uns an diesen Anblick gewöhnt und schämten uns unsres unreifen Betragens.

Und dann, eines Abends, gingen wir ins Theater. Man gab eine englische Komödie. Auf der Bühne erschien ein Schauspieler in der oben beschriebenen Gewandung, welche auch die Gewandung der meisten Zuschauer war – worauf die Zuschauer in ein so schallendes, immer wieder losplatzendes Gelächter ausbrachen, daß die Billeteure Beruhigungstabletten verteilen mußten. Übrigens sind in englischen Theatern während der Vorstellung alle möglichen Dinge zu haben, Cakes, Steaks, Kissen, Bücher, Bilder, Bilderbücher, notfalls auch Haarwasser. Aber warum es die Engländer so sehr erheitert, auf der Bühne ihre eigenen Kleidungsstücke zu sehen, die sie doch an sich selbst in keiner Weise komisch finden – das gehört zu den vielen Geheimnissen des englischen Humors.

Ich gestehe, daß ich die Engländer um ihren Humor nicht weniger beneide als um die unvergleichliche Ausdruckskraft ihrer Sprache. Am meisten jedoch beneide ich die englischen Humoristen. Und zwar beneide ich sie um ihr Publikum, dessen Lachbereitschaft ans Wunderbare grenzt. Es ist nicht bloß ein dankbares Publikum, es ist eine Nummer für sich. Wer jemals einen der orkanartigen Lachstürme miterlebt hat, die von jedem durchschnittlichen Variété-Programm oder von den populären Rundfunksendungen der BBC entfesselt werden, wird mich verstehen. Wir in Israel genießen den Vorzug, diese Sendungen Tag für Tag hören zu können, wenn wir den britischen Militärsender der nahegelegenen Insel Cypern einstellen.

Den Beginn des Lach-Bacchanals auf Kurzwelle erkennt man an einem donnernd einsetzenden Applaus. Er ist das Zeichen, daß die beiden Protagonisten des Heiterkeitsfestes die Szene betreten haben. Wenn er verklungen ist, fragt der eine von ihnen den andern in breitem, nicht wiederzugebendem Cockney-Akzent:

»Was 'n los mit dir, Charlie?«

Die dröhnende Lachsalve, die darauf folgt, schrumpft alsbald zum verlegenen Hüsteln gegen die orkanartige Reaktion auf die Antwort des Befragten:

»'ch hab heut morgen 'n fürchterliches Sausen im Kopf gehabt, hab ich gehabt.«

»Und was, Charlie«, fragt der erste, »was saust 'n in deim Kopfe, was saust da?«

An diesem Punkt nimmt der allgemeine Lachkrampf die Ausmaße einer hemmungslosen Massenhysterie an. Es dröhnt derartig, daß der Apparat in Splitter zu gehen droht. Quer hindurch schrillen die letzten spitzen Aufschreie der in Ohnmacht fallenden Frauen. Im Hintergrund hört man die Sirenen der anfahrenden Ambulanzwagen.

Aber das ist noch immer nicht der Gipfel. Der wird erst nach der nächsten Antwort erreicht. Sie lautet:

»Was da saust? Weiß ich nicht!«

Kein Rand und kein Band mehr, aus dem das Publikum jetzt nicht geriete. Brüllendes, tosendes Gelächter von noch nie berechneter Megaphon-Stärke geht in rhythmisches Händeklatschen über, das von gellenden Pfiffen der Begeisterung kontrapunktiert wird. Minutenlang muß der erste Fragesteller warten, um die folgende Vermutung halbwegs hörbar zu machen:

»Vielleicht hast du in der Nacht nicht gut geschlafen, Charlie?«
»Wie soll ich denn schlafen, wenn's mir so im Kopf saust, eh?«
Das gibt dem Publikum den Rest. Das bringt die letzten Säulen der sprichwörtlichen britischen Zurückhaltung krachend zum Einsturz. Was sich jetzt abspielt, ist mit »Erdbeben« nur unzulänglich angedeutet. Es bedarf des prompten Einsatzes aller verfügbaren Platzanweiser, Sicherheitsorgane und Hilfstruppen, um völliges Chaos zu verhindern. Ein Sprecher meldet mit gedämpfter Stimme zwei Todesfälle. Dann ist die letzte noch intakte Röhre des Empfangsapparates durchgebrannt.
Der ausländische Hörer aber sitzt vor den rauchenden Trümmern seines Geräts und fragt sich ebenso verwundert wie vergebens, was da vorgegangen ist und was die eigentliche Ursache dieser orgiastischen Heiterkeitsstürme war.
Jetzt wissen wir's. Und wenn wir von unsrem Besuch in England nichts andres mitgebracht hätten als diese Erkenntnis, so hätte sich's gelohnt. Jetzt wissen wir's: Die beiden Protagonisten müssen schwarze Melonen getragen haben . . .

Mit dem Passahfest feiern wir unsern Auszug aus Ägypten, wo wir bekanntlich Opfer der reaktionären pharaonischen Arbeitsgesetze waren. Nachdem unsere Vorväter das Land der Unterdrückung verlassen hatten, wanderten sie noch lange in der Wüste umher, um sich an die Freiheit zu gewöhnen. Angeblich dauerte dieser Gewöhnungsprozeß vierzig Jahre. Aber man hat manchmal das Gefühl, als ob er noch immer nicht ganz abgeschlossen wäre.

Und Moses sprach zu Goldstein

Die Nacht senkte sich über das Zeltlager. Unruhe herrschte unter den Kindern Israels. Jetzt war es schon Wochen her, daß Moses sich oben auf dem Berg befand, und noch immer hatte man nichts von ihm gehört. Die Juden standen in kleinen Gruppen herum und diskutierten. Mit besonderer Vorliebe sprachen sie über die vielen Unglücksfälle, die ihnen auf der langen Wanderung aus Ägypten zugestoßen waren.
Ein trockener Wüstenwind wehte den Sand in heißen Wirbeln vom Berge Sinai herab. Das Vieh zerrte an den Halftern und brüllte ängstlich in die dunkle, trostlose Einöde ringsum. Schakale umschlichen das Lager. Ihr Lachen klang beinahe menschlich. Stumm und drohend ragte der Berg in die Nacht.
In einem der größeren Zelte saß eine schweigende Gruppe von Männern in farbigen Burnussen. Sie regten sich kaum. Ihre Augen zwinkerten durch das Zwielicht. Die Weiber saßen in einer Ecke und trockneten sich mit öligen Lappen den Schweiß von den Gesichtern.
Einer der Männer, eine hohe, bärtige Erscheinung, nahm das Wort:
»Jochanan gibt«, sagte er. »Doktor Salomon, heben Sie ab.«
Dr. Salomon hob ab, und der untersetzte, kraushaarige Jocha-

nan begann zu geben. Seit dem frühen Nachmittag war die Pokerpartie im Gang. Vor Jochanan häuften sich die Goldkörner.

»Unser Freund hat Glück«, brummte Pinky Goldstein, ein grimmiger Geselle mit ewig zerrauftem Scheitel. »Er raubt uns ganz schön aus.«

»Was hat er davon«, ließ aus der Ecke Jochanans Weib sich vernehmen. »Was kauf ich mir dafür. Bei der Auswahl, die man hier hat. Wachteln oder Manna. Und zur Abwechslung Manna oder Wachteln. Und dann wieder Wachteln. Eines Tages werden mir noch Flügel wachsen, und weg bin ich. Es ist zum Verzweifeln. Keine Gurke, keine Tomaten, keine Zwiebel, kein Knoblauch. Nicht für alles Gold der Israeliten ...«

»Und ich werde euch aus Ägypten führen in das Land, wo Milch und Honig fließt!« Zum hundertstenmal kopierte Pinky Goldstein die mühsame, ein wenig stotternde Redeweise, die Moses zu eigen war. »Diese verdammten Zionisten«, setzte er hinzu.

»Wenn ich an das Roastbeef denke, das mir mein Schwager aus Goshen immer geschickt hat ...« Dr. Salomon seufzte, und sein Mund mit den großen, gelben Zähnen wässerte hörbar. »Jedes Jahr hat er ein Kalb für uns gemästet. Jedes Jahr. Bis es diesem verrückten ägyptischen Hauptmann plötzlich einfiel, das ganze Dorf niederzubrennen und die Einwohner zu vierteilen. Nie wieder habe ich solche Kalbsschnitzel gegessen. Ja, das waren noch Zeiten ...«

Eine Weile herrschte Schweigen. Man hörte nur das Jaulen der Wachthunde vor dem Lager.

»Um es einmal ganz klar zu sagen«, nahm Pinky Goldstein abermals das Wort. »Ich finde diesen Auszug aus Ägypten einfach idiotisch. Die ganze Zeit frage ich mich: was habe ich, Pinky Goldstein, ein Ägypter israelitischen Religionsbekenntnisses, hier in der Wüste zu suchen? Ist es mir vielleicht in Ägypten schlecht gegangen? Warum bin ich nicht dort geblieben?«

»Weil du ein Dummkopf bist, Pinky. Darum.« Es war Gloria, Pinkys Gattin, die sich ins Gespräch mischte, während sie ihre Augenbrauen mit rotem Kalkstaub färbte. »Ein leichtgläubiger Dummkopf. Wie oft habe ich dir gesagt: Pinky, du bist ein Intellektueller. Die Aufseher haben Vertrauen zu dir, weil sie sehen, daß du nicht zu dem übrigen Gesindel gehörst. Du hättest deine Stellung glatt behalten können. Aber nein, nach Kanaan muß er gehen!«

»Liebling«, protestierte Pinky Goldstein. »Liebling, du tust ja gerade so, als ob ich unbedingt hätte gehen wollen. Habe ich Moses nicht immer wieder gebeten, uns gefälligst in Ruhe zu lassen, weil wir den Ägyptern dienen möchten? Es hat nichts genützt. Und daß die Situation auf die Dauer unhaltbar wurde, weißt du so gut wie ich. Schließlich und endlich hat Pharao den Befehl gegeben, unsere Erstgeborenen zu töten.«

»Mach dich nicht lächerlich. Jeder vernünftige Mensch weiß, daß dieser Befehl niemals ausgeführt worden wäre.«

»Aber er *wurde* doch ausgeführt, Liebling. Der Nil war ja schon voll mit toten hebräischen Kindern.«

»Nicht in unserer Gegend. Und überhaupt hat das alles erst angefangen, als Moses sich bei Pharao unbeliebt machte. Bis dahin wurde uns kein Haar gekrümmt.«

Die Spieler hatten ihre Karten hingelegt und hörten zu.

»Man mußte hart arbeiten in Ägypten, das stimmt«, ließ Jochanan sich vernehmen. »Aber die Arbeit wurde auch richtig eingeschätzt. Man lebte im Schweiße seines Angesichts. Nicht so wie hier, wo die Nahrung vom Himmel fällt. Auch schon eine Nahrung, dieses Manna. Das hat's in Goshen nicht gegeben. Und wenn ich die vorgeschriebene Anzahl von Ziegeln ablieferte, wurde ich niemals länger geschlagen als nötig.«

»Na, na, na. Einmal hat man Sie doch beinahe totgeprügelt.«

»Sie übertreiben. So schlimm war's gar nicht. Ganz abgesehn davon, daß der Aufseher nur seine Pflicht tat, denn ich hatte Pharaos Namen ausgesprochen. Soll man Pharaos Namen aussprechen? Man soll nicht. Das nenne ich Disziplin.«

»Pharao war streng, aber gerecht«, bekräftigte Pinky Goldstein. »Wer ehrlich arbeitete und den Mund hielt, dem ist nichts geschehen.«
»Ganz unter uns«, sagte Jochanan. »Wir hätten auf Pharao hören sollen, als er uns nicht gehen lassen wollte. Er wußte, was von dieser zionistischen Propaganda zu halten war. Jetzt hocken wir hier und sterben wie die Fliegen.«
Ein Windstoß riß einen der Vorhänge auf und wirbelte heißen Wüstensand ins Zelt. Dr. Salomon schleuderte sein Trinkhorn in die Ecke und spuckte angewidert aus.
»Zum Teufel mit diesem lauwarmen Gesöff. In Goshen hat man keine Wunder gebraucht, um Wasser zu bekommen. Gutes Trinkwasser. Und überhaupt. Wäre ich doch nur wieder in meiner geschmackvoll eingerichteten Zweizimmerhöhle ...«
Gloria kämmte ihr Haar:
»Außerdem sind seit dem letzten Wunder schon wieder Wochen vergangen«, sagte sie schnippisch.
»Das Unglück ist«, holte Dr. Salomon aus, »daß Moses lieber auf Jetro hört, seinen gojischen Schwiegervater, als auf die jüdischen Fachleute. Was ist das Resultat? Ein Kastensystem mit lauter Obersten und Hauptleuten und solchem Zeug. Aber dafür darf man keine Zinsen mehr nehmen. Wie will er unter solchen Umständen das Budget ausgleichen? Oder nehmen Sie dieses blödsinnige neue Sklavengesetz. Wer wird denn noch investieren, wenn man die Sklaven alle sieben Jahre freisetzen muß?«
»Angeblich plant Aaron ein neues Goldbesteuerungs-System«, flüsterte Pinky. »Das gibt uns den Rest.«
»Wissen möchte ich, was Moses oben auf dem Berg erreicht hat«, brummte Dr. Salomon.
Jochanan kratzte sich am Kinn; seine Stimme klang verschwörerisch:
»Stellen Sie Radio Kairo ein«, sagte er. »Es kursieren Gerüchte, daß man uns die Rückkehr ermöglichen will. Ich weiß allerdings noch nichts Konkretes. Pharao soll auf der Tötung unserer

Erstgeborenen bestehen, verspricht uns aber im übrigen humane Behandlung, geregelte Arbeit und gesicherte Verpflegung ... Moses müßte natürlich ausgeliefert werden ...«
Die Männer steckten ihre Köpfe zusammen.

Genau in diesem Augenblick geschah es, daß Moses vom Herrn die steinernen Tafeln mit den Zehn Geboten empfing.

Gegen Künstler gibt es keine wirksame Gegenwehr. Auch ihren Schöpfungen kann man nicht entgehen. Mit Recht heißt es darum in den Zehn Geboten: »Du sollst dir kein Bildnis machen!« Was fehlt, ist ein ausdrückliches Gebot gegen das Schenken bereits gemachter Bildnisse.

Onkel Morris und das Kolossalgemälde

Der Tag beginnt wie jeder andere Tag. Im Wetterbericht hieß es »wechselnd wolkig bis heiter«, die See war ruhig, alles sah ganz normal aus. Aber zu Mittag hielt plötzlich ein Lastwagen vor unserem Haus. Ihm entstieg Morris, ein angeheirateter Onkel meiner Gattin mütterlicherseits.

»Ihr seid übersiedelt, höre ich«, sagte Onkel Morris. »Ich habe euch ein Ölgemälde für die neue Wohnung mitgebracht.«

Und auf einen Wink seiner freigebigen Hand brachten zwei stämmige Träger das Geschenk angeschleppt.

Wir waren tief bewegt. Onkel Morris ist der Stolz der Familie meiner Frau, ein sagenhaft vermögender Mann von großem Einfluß in einflußreichen Kreisen. Gewiß, sein Geschenk kam ein wenig spät, aber schon die bloße Tatsache seines Besuchs war eine Ehre, die man richtig einschätzen mußte.

Das Gemälde bedeckte ein Areal von vier Quadratmetern, einschließlich des gotisch-barocken Goldrahmens, und stellte das jüdische Gesamterbe dar. Rechts vorne erhob sich ein kleines »Städtel«. Es lag teils in der Diaspora, teils in einem Alptraum, und war von vielem Wasser und vielem sehr blauen Himmel umgeben. Zuoberst prangte die Sonne in natürlicher Größe, zuunterst weideten Kühe und Ziegen. Auf einem schmalen Fußpfad wandelte ein Rabbi mit zwei Torarollen; ihm folgte eine Anzahl von Talmudschülern, darunter einige Wunderkinder, sowie ein Knabe kurz vor Erreichung des dreizehnten Lebensjahrs, der sich für seine Bar-Mizwah vorbereitete. Im Hintergrund sah man eine Windmühle, eine Gruppe von Geigern, den Mond, eine Hochzeit und einige arbeitende Mütter, die im Fluß ihre Wäsche wuschen. Auf der linken Seite öffnete sich die hohe See, komplett mit Segelbooten und Fischernetzen. Aus der Ferne grüßten Vögel und die Küste Amerikas.

Noch nie in unserem ganzen Leben hatten wir ein derartiges Konzentrat von Scheußlichkeit erblickt, obendrein in quadratischem Format, in neoprimitivem Stil und in Technicolor.

»Wahrhaft atembeklemmend, Onkel Morris«, sagten wir. »Aber das ist ein viel zu nobles Geschenk für uns. Das können wir nicht behalten!«

»Macht keine Geschichten«, begütigte Onkel Morris. »Ich bin ein alter Mann und kann meine Sammlung nicht mit ins Grab nehmen.«

Als Onkel Morris, der Stolz der Familie meiner Frau, gegangen war, saßen wir lange vor dem in Öl geronnenen Schrecknis und schwiegen. Die ganze Tragik des jüdischen Volkes begann uns aufzudämmern. Es war, als füllte sich unsere bescheidene Wohnung bis zum Rande mit Ziegen, Wolken, Wasser und Talmudschülern. Wir forschten nach der Signatur des Täters, aber er hatte sie feig verborgen. Ich schlug vor, die quadratische Ungeheuerlichkeit zu verbrennen. Meine Gattin schüttelte traurig den Kopf und wies auf die eigentümliche Empfindlichkeit hin, durch die sich ältere Verwandte auszeichnen. Onkel Morris würde uns eine solche Kränkung niemals verzeihen, meinte sie.

Wir beschlossen, daß wenigstens niemand anderer das Grauen je zu Gesicht bekommen sollte, schleppten es auf den Balkon, drehten es mit der öligen Seite zur Mauer und ließen es stehen.

Eine der dankenswertesten Eigenschaften des menschlichen Geistes ist die Fähigkeit, zu vergessen. Wir vergaßen das Schrekkensgemälde, das von hinten nicht einmal so schlecht aussah, und gewöhnten uns allmählich an die riesige Leinwand auf unserem Balkon. Eine Schlingpflanze begann sie instinktiv zu überwuchern.

Manchmal des Nachts konnte es freilich geschehen, daß meine Frau jäh aus ihrem Schlummer emporfuhr, kalten Schweiß auf der Stirn:

»Und wenn Onkel Morris zu Besuch kommt?«

»Er kommt nicht«, murmelte ich verschlafen. »Warum sollte er kommen?«

Er kam.

Bis ans Ende meiner Tage wird mir dieser Besuch im Gedächtnis haften. Wir saßen gerade beim Essen, als die Türglocke erklang. Ich öffnete. Onkel Morris stand draußen und kam herein. Das Ölgemälde schlummerte am Balkon, mit dem Gesicht zur Wand.

»Wie geht es euch?« fragte der Onkel meiner Gattin mütterlicherseits.

Im ersten Schreck – denn auch ich bin nur ein Mensch – erwog ich, mich durch die offengebliebene Tür davonzumachen und draußen im dichten Nebel zu verschwinden. Gerade da erschien meine Frau, die beste Ehefrau von allen; bleich, aber gefaßt stand sie im Türrahmen und zwitscherte:

»Bitte nur noch ein paar Sekunden, bis ich Ordnung gemacht habe! Ephraim, unterhalte dich so lange mit Onkel Morris. Das kann nur gut für dich sein.«

Ich versperrte Onkel Morris unauffällig den Weg ins Nebenzimmer und verwickelte ihn in ein angeregtes Gespräch. Von nebenan klangen verdächtige Geräusche, schwere Schritte und ein sonderbares Pumpern, als schleppte jemand eine Leiter hinter sich her. Dann machte ein fürchterlicher Krach die Wände erzittern, und dann erklang die schwache Stimme der besten Ehefrau von allen: »Ihr könnt hereinkommen.«

Wir betraten das Nebenzimmer. Meine Frau lag erschöpft auf der Couch und atmete schwer. An der Wand hing, noch leise schaukelnd, Onkelchens Ölgeschenk, verdunkelte das halbe Fen-

ster und sah merkwürdig dreidimensional aus, denn es bedeckte noch zwei kleinere Gemälde nebst der Kuckucksuhr, und zwar dort, wo die Berge waren, die sich infolgedessen deutlich hervorwölbten.
Auf Onkel Morris machte die bevorzugte Behandlung, die wir seinem Geschenk angedeihen ließen, den denkbar günstigsten Eindruck. Nur den Platz, an dem wir es aufgehängt hatten, fand er ein wenig dunkel. Wir baten ihn, nächstens nicht unangemeldet zu kommen, damit wir uns auf seinen Besuch vorbereiten könnten.
»Papperlapapp«, brummte Onkel Morris leutselig. »Für einen alten Mann wie mich braucht man keine Vorbereitungen. Ein Glas Tee, ein paar belegte Brote, etwas Gebäck – das ist alles . . .«

Seit diesem Zwischenfall lebten wir in ständiger Bereitschaft. Von Zeit zu Zeit hielten wir überraschende Alarmübungen ab: wir stellen uns schlafend – meine Frau ruft plötzlich »Morris!« – ich springe mit einem Panthersatz auf den Balkon – unterdessen fegt meine Frau alles von den Wänden des Zimmers herunter – eine Notleiter liegt griffbereit unterm Bett – und im Handumdrehen ist alles hergerichtet. Wir nannten diese Übung »Unternehmen Haman« (weil es etwas mit Aufhängen zu tun hat).
Nach einer Woche intensiven Trainings bewältigten wir die ganze Prozedur – vom Ausruf »Morris« über das aufgehängte Bild bis zur Verwischung sämtlicher Spuren – in knappen zweieinhalb Minuten. Ein bemerkenswerter sportlich-artistischer Rekord.

Eines schicksalsschweren Sabbats kündigte uns Morris seinen Besuch an. Da er erst am Nachmittag kommen wollte, hatten wir genügend Zeit zur Vorbereitung und beschlossen, das Äußerste aus der Sache herauszuholen. Ich stellte rechts und links in schrägem Winkel zum Gemälde zwei Scheinwerfer auf, die ich mit rotem, grünem und gelbem Zellophanpapier verkleidete. Meine Frau besteckte den Goldrahmen mit erlesenen Blumen und Blüten. Und als wir dann noch das Scheinwerferlicht einschalteten, durften wir uns sagen, daß kein Grauen jemals diesem hier gleichkäme.

Pünktlich um fünf Uhr nachmittags ging die Türglocke. Während meine Frau sich anschickte, Onkel Morris liebevoll zu empfangen, richtete ich zur Steigerung des Effekts den einen Scheinwerfer auf die weidenden Ziegen und den andern auf die waschenden Mütter. Dann öffnete sich die Tür. Dr. Perlmutter, einer der wichtigsten Männer im Ministerium für Kultur und Erziehungswesen, trat mit seiner Gattin ein.

Dr. Perlmutter gehört zur geistigen Elite unseres Landes. Sein verfeinerter Geschmack ist in intellektuellen Kreisen geradezu sprichwörtlich. Seine Gattin leitet eine repräsentative Galerie. Und diese beiden kamen jetzt herein.

Einige Sekunden lang schien die Zeit stillzustehen. Dann sah es aus, als wollte Dr. Perlmutter in Ohnmacht fallen. Dann unternahm ich, mit dem Rücken zum Öl, eine lahme Rettungsaktion und verdeckte wenigstens die weidenden Ziegen. Dann sagte jemand in meiner Kehle:

»Was für eine freudige Überraschung. Bitte nehmen Sie Platz.«

Dr. Perlmutter, immer noch leise schwankend, hatte seine Brille abgenommen und rieb hartnäckig an den Gläsern.

Die verdammten Blumen. Wenn wenigstens diese verdammten Blumen auf dem gotisch-barocken Goldrahmen nicht wären.

»Eine sehr hübsche Wohnung haben Sie«, murmelte Frau Dr. Perlmutter.

»Und so hübsche ... hm ... Gemälde ...«

Ich fühlte ganz deutlich, wie die Talmudschüler in meinem Rücken chassidische Tänze aufführten. Im übrigen vergingen die nächsten Minuten in angespannter Reglosigkeit. Die Augen unserer Gäste waren starr auf DAS DING gerichtet. Schließlich gelang es meiner tapferen Frau, den einen der beiden Scheinwerfer abzuschalten, aber von den Schultern des Rabbiners ab-

wärts blieb die Szenerie in gleißendes Licht getaucht. Dr. Perlmutter klagte über Kopfschmerzen und verlangte ein Glas Wasser. Als meine tapfere Frau mit dem Glas Wasser aus der Küche zurückkam, schmuggelte sie mir einen kleinen Zettel mit einer illegalen Nachricht zu. Der Text lautete: »Ephraim, mach was!«
»Entschuldigen Sie, daß wir so plötzlich bei Ihnen eindringen«, sagte Frau Dr. Perlmutter mit belegter Stimme. »Aber mein Mann wollte mit Ihnen über eine Vortragsreise nach Amerika sprechen.«
»Ja?« jauchzte ich. »Wann?«
»Keine Eile«, sagte Dr. Perlmutter und erhob sich. »Die Angelegenheit ist nicht mehr so dringend.«
Es war klar, daß ich jetzt endlich mit einer Erklärung herausrücken mußte, sonst wären wir aus dem Kreis der zivilisierten Menschheit für immer ausgestoßen. Meine kleine tapfere Frau kam mir zu Hilfe:
»Sie wundern sich wahrscheinlich, wie dieses Bild hergekommen ist?« wisperte sie.
Beide Perlmutters, schon an der Türe, wandten sich um: »Ja«, sagten sie beide.
In diesem Augenblick kam, mit genauer Berechnung, Onkel Morris. Wir stellten ihn unseren Gästen vor und merkten mit Freude, daß sie Gefallen an ihm fanden.
»Sie wollten uns etwas über dieses ... hm ... über dieses Ding erzählen«, mahnte Frau Dr. Perlmutter meine kleine tapfere Frau.
»Ephraim«, sagte meine kleine tapfere Frau. »Ephraim. Bitte.«
Ich ließ meinen Blick in die Runde wandern – vom verzweifelten Antlitz meiner Gattin und den versteinerten Perlmutter-Gesichtern – über die Wunderkinder im Schatten der Windmühle – bis zum stolzgeschwellt strahlenden Onkel Morris.
»Es ist ein sehr schönes Bild«, brachte ich krächzend hervor.
»Es hat Atmosphäre ... einen meisterhaften Pinselstrich ... und Sonne ... sehr viel Sonne ... Wir haben es von unserem Onkel hier geschenkt bekommen.«

»Sie sind Sammler?« fragte Frau Dr. Perlmutter. »Sie sammeln –«

»Nein, solche Sachen nicht«, unterbrach Onkel Morris und lächelte abwehrend. »Aber die Jugend von heute – seid nicht bös, Kinder, wenn ich offen bin – die völlig geschmacklose Jugend von heute bevorzugt diese monströsen Potpourris.«

»Nicht unbedingt«, sagte ich mit einer Stimme, deren plötzliche Härte und Entschlossenheit mich selbst ein wenig überraschte. Aber jetzt gab es kein Halten mehr. Schon blitzte die Schere in meinen Händen. »Wir haben auch für Bilder kleineren Formats etwas übrig.«

Damit hatte ich die Schere am linken Flußufer angesetzt. Dieses, drei Kühe und ein Stückchen Himmel waren ihr erstes Opfer. Als nächstes schnitt ich den Kahn und die zwei Geiger aus. Dann die Windmühle. Dann ging es durcheinander. Die elementare Wollust des Schöpferischen überkam mich. Mit heiserem Gurgeln stürzte ich mich auf das Fischernetz und stülpte es über den Rabbi. Die waschenden Mütter mischten sich unter die Wunderkinder. An der Küste Amerikas herrschte Mondfinsternis. Die Ziegen bereiteten sich zur Bar-Mizwah vor ...

Als ich aufsah, waren wir allein in der Wohnung. Um so besser. So konnten meine Frau und ich alles in Ruhe arrangieren.

Eine Viertelstunde später waren wir im Besitze von zweiunddreißig Bildern in handlichem Format. Wir werden eine Galerie im Zentrum der Stadt eröffnen.

Unter den großen Leistungen, auf die sich unser junger Staat berufen darf, ist die größte zweifellos die, daß es bei uns kein Fernsehen gibt. Hier liegen die verborgenen Wurzeln unserer Kraft. Leider haben die Feindesländer, von denen wir umgeben sind, unsere Geheimwaffe entdeckt und haben uns mit einem Televisionsnetz eingekreist, dem wir nicht entgehen können.

Minestrone à la Television

Ich hatte mich erst wenige Schritte von meinem Hotel in Haifa entfernt, als ich in eine dichte Menschenmenge geriet, die sich vor dem Eingang eines kleinen Restaurants staute und mit gereckten Hälsen zu erspähen versuchte, was drinnen vorging. Meine journalistische Neugier ließ sich das nicht zweimal sagen. Ich zwängte mich in das Restaurant.

Der Anblick, der sich mir bot, war einigermaßen enttäuschend. Keine Rauferei, nicht einmal eine erregte Diskussion, nichts. Die Gäste saßen schweigend an den Tischen, streng nach einer Richtung angeordnet, und rührten sich nicht. Ich wandte mich um Auskunft an eine Kellnerin, die ebenso reglos an der Theke lehnte.

»Beirut«, antwortete sie, ohne ihre Blickrichtung zu ändern. »Es hat gerade begonnen.«

Indem ich ihrem Blick folgte, entdeckte ich in der Ecke des Raumes einen Fernsehapparat, auf dessen Bildschirm soeben die Hölle losgebrochen war. Jetzt erst wurde mir inne, daß die streng ausgerichteten Gäste im Saal – und die wild drängende Menschenmasse draußen – der Fernseh-Übertragung eines Wildwestfilmes beiwohnten.

Der Empfang war klar, die hindustanische Synchronisation laut und deutlich, und wer diese Sprache nicht beherrschte, konnte sich an die arabischen Untertitel halten. Was die Handlung be-

traf, so drehte sie sich um ein fülliges Mädchen, das von einem braven Jungen geliebt wurde, jedoch einen reichen Mann liebte. Oder umgekehrt. Jedenfalls sang sie eine Variation auf das mir völlig unbekannte Lied »Itschi Kakitschi«, worauf die beiden Rivalen in einen Zweikampf gerieten.
Ich verspürte Hunger. Schließlich war ich in einem Restaurant.
»Wo kann ich mich hinsetzen?« fragte ich eine Kellnerin, diesmal eine andere, die nicht reglos an der Theke, sondern reglos an der Wand lehnte und das Duell verfolgte. Sie würdigte mich keines Blicks.
»Irgendwohin«, zischte sie. »Und stören Sie nicht.«
Ich sah mich um. Es gab tatsächlich ein paar freie Stühle, aber in der verkehrten Richtung.
»Dort, wo frei ist, sehe ich nichts«, gab ich der Kellnerin zu bedenken. »Können Sie mir nicht helfen?«
»Warten Sie, bis die Reklamesendung kommt.«
Als die Reklamesendung kam, kehrte das Leben ringsum wieder in halbwegs normale Bahnen zurück. Die Kellnerin fand einen Sessel für mich und zwängte ihn zwischen zwei andere, so daß ich mittels eines Schuhlöffels tatsächlich Platz nehmen konnte. Meine Sitznachbarn störte das nicht, denn mittlerweile hatte der Film wieder angefangen. Jetzt liebte das dicke Mädchen einen ganz anderen, der sich daraufhin mit ihren beiden früheren Liebhabern in körperliche Auseinandersetzungen verwikkelte.
»Entschuldigen Sie, bitte.« Ich sprach in Richtung meines Nachbarn linker Hand. »Kann man hier etwas zum Essen bestellen?«
»Wer sind Sie?« fragte er zurück, während der arme Liebhaber die größte Mühe hatte, den Nachstellungen seines neuen Rivalen zu entgehen.
»Ich bin ein Gast in diesem Lokal und sitze neben Ihnen. Was gibt es hier zu essen?«
»Sind Sie alt oder jung?«
»Jung.«

»Wie sehen Sie aus?«
»Mittelgroß. Edle, scharfgeschnittene Gesichtszüge. Augengläser. Blond.«
Soeben floh der reiche Liebhaber durch ein plötzlich aufgetauchtes Fenster, verfolgt vom armen und von einem Lied der Molligen.
»Bestellen Sie Minestrone«, riet mir mein Nachbar. Mehr war aus ihm nicht herauszubringen.
Eine Viertelstunde später seufzte er tief auf: »Ich muß gehen. Zu dumm. Der Film dauert sicherlich noch drei Stunden. Zahlen!« Es bedurfte mehrerer in regelmäßigen Intervallen wiederholter Rufe, ehe eine Kellnerin den Weg zu ihm fand, wobei sie sich mit ausgestreckter Hand zwischen Stühlen und Gästen hindurchtastete. Kaum aber hatte sie die Stimmwelle meines Nachbarn angepeilt, als sie mit einer andern Kellnerin zusammenstieß. Niemand kümmerte sich um das Getöse der stürzenden Tassen und der zerbrechenden Teller, denn auf dem Bildschirm bekamen die Leibwächter des reichen Liebhabers gerade den Neuankömmling unter die Fäuste.
»Viereinhalb Pfund.« Die Kellnerin gab meinem Nachbarn das Ergebnis ihrer Kopfrechnung bekannt, worauf er mit bewundernswertem Fingerspitzengefühl die entsprechenden Banknoten aus seinen Taschen hervorholte.
Mit einem hastigen »Danke« steckte mir die Kellnerin ein halbes Pfund Wechselgeld in die Hand.
»Ich möchte eine Minestrone«, sagte ich.
»Warten Sie«, sagte die Kellnerin.
Das dicke Mädchen war jetzt im Schloß des reichen Mannes gefangen. Durchs Fenster stieg der dritte Liebhaber ein und sang mit ihr ein Duett. Der nächste Zweikampf konnte nicht mehr lange auf sich warten lassen.
»Eine Minestrone, bitte!«
Die Kellnerin tastete mein Gesicht ab, um sich einzuprägen, von wem die Bestellung kam. Dann entfernte sie sich rückwärtsschreitend.

Wenige Minuten später schrie eine Dame in der andern Ecke des Lokals schrill auf, weil die Minestrone, die ihr die Kellnerin in den Busen geschüttet hatte, so heiß war.
»Das ist heute schon das drittemal!« schluchzte sie, wurde aber von ihren Nachbarn heftig zur Ruhe gewiesen. Der arme Liebhaber hatte den reichen an der Gurgel und hielt dem dicken Mädchen die Tür ins Freie frei, nicht ahnend, daß dort ein Dritter auf sie wartete, der sie aber trotzdem nicht bekommen würde, da das Schloß bereits von aufständischer Kavallerie umzingelt war.
Just in diesem Augenblick fühlte ich die Hand der Kellnerin prüfend über mein Gesicht streichen.
»Hier ist Ihre Minestrone, mein Herr«, sagte sie und stellte den Teller auf meine rechte Schulter. Ich roch ganz deutlich, daß es nicht Minestrone war. Mit meinem linken Zeigefinger identifizierte ich den Inhalt des Tellers als gehackte Gansleber. Man sah den Bildschirm zweifellos auch von der Küche aus.
Vorsichtig begann ich zu essen. Der Faustkampf der beiden Liebhaber strebte seinem Höhepunkt zu. Der merkwürdig schale Geschmack, den ich im Mund verspürte, kam vom unteren Ende meiner Krawatte, das ich in der Dunkelheit abgeschnitten hatte.
Als die beiden verliebten Faustkämpfer einander in die Arme fielen, weil sie entdeckt hatten, daß sie Blutsbrüder waren, entschloß ich mich zum Verlassen des Lokals, weil ich sonst nie wieder hinauskäme. Begleitet von einem dritten Lied aus molligem Mädchenmund retirierte ich gegen den Ausgang. Ich mußte ihn unbedingt vor Beginn des nächsten Zweikampfes erreichen.
Am Ausgang wartete meiner eine angenehme Überraschung: der Kassier lauschte den Klängen des Liedes so hingerissen, daß er keine Zeit für meine Rechnung hatte und mich unwirsch hinausschob.
Hoffentlich wird Israel bald sein eigenes Fernsehen haben.

Tour d'obélisque

Wir waren am späten Morgen in Paris angekommen. Alles ging planmäßig vonstatten, es herrschte freundliches Wetter, die Reise war angenehm, und im Hôtel St. Paul, 15 rue St. Honoré, war für uns ein Zimmer reserviert. Obendrein hatten wir im Zug einen alten Freund getroffen, der zeitweilig in Paris lebte und uns mit ein paar guten Ratschlägen versah:
»Ihr müßt unbedingt darauf achten, ein kleines Taxi zu nehmen«, riet er uns. »Beim Einsteigen nennt ihr Namen und Adresse eures Hotels, und bis zum Aussteigen sprecht ihr kein weiteres Wort. Pariser Taxichauffeure wittern Fremde auf hundert Meter gegen den Wind. Und ihr wißt, welche Folgen das für eure Brieftasche hätte.«
»Wir wissen es von Lipschitz«, bestätigten wir und machten sofort ein paar kurze Sprechproben. Da die beste Ehefrau von allen als echtbürtige Sabre das gutturale R perfekt beherrscht, wurde sie mit der Nennung der Adresse betraut und übte fleißig den entscheidenden Satz:
»Quinze rue St. Honoré, Hôtel St. Paul... quinze rue St. Honoré...«
Ferner riet uns unser Freund, bei der Adressenangabe und anderen wichtigen Verhandlungen eine Zigarette lässig im Mundwinkel baumeln zu lassen, was nicht nur typisch französisch aussähe, sondern auch gewisse Unebenheiten unserer Aussprache camouflieren würde. Und während der Zug schon in die Halle rollte, schloß er ab:
»Euer Hotel liegt in der Nähe der Place de la Concorde, wenige Minuten vom Bahnhof. Die Fahrt sollte euch nicht mehr als drei neue Francs kosten.«
Alsbald hatten wir ein kleines Taxi gefunden, und während wir unser Gepäck unter den wachsamen Blicken des Chauffeurs

in den Kofferraum zwängten, veranstaltete unser Freund eine französische Schnellfeuer-Konversation, die wir nur gelegentlich durch einen kleinen Bestandteil unsres reichen Vokabelschatzes unterbrachen, etwa durch ein »oui«, ein »non« oder ein stummes Achselzucken.

Dann war es so weit. Nachdem wir unsrem Freund noch einmal zugewinkt hatten, steckte meine Frau eine Zigarette in ihren Mundwinkel, schaltete ihr bestes eingeborenes Guttural-R ein und sagte:

»Quinze rue St. Honoré, Hôtel St. Paul.«

Es läßt sich nicht leugnen, daß wir maßlos aufgeregt waren. Aber der Fahrer merkte nichts. Mit geschäftsmäßiger Gleichmütigkeit startete er und fuhr los. Alles war in bester Ordnung. Wir ließen uns in den Sitz zurücksinken, eng aneinandergeschmiegt wie ein Liebespaar, so daß unser Schweigen dem Fahrer nicht weiter auffiel. Nach wenigen Minuten passierten wir den Obelisk auf der Place de la Concorde. Meine Frau griff nach der französischen Zeitung, die ich demonstrativ in der Hand hielt, und kritzelte mit ihrem Augenbrauenstift an den Rand:

»Wir werden gleich im Hotel sein. Der Idiot von einem Fahrer hält uns für Franzosen.«

Unerforschlich jedoch ist Gottes Ratschluß, wahrhaft unerforschlich. – Ein paar Sekunden später öffnete meine Frau ihre Handtasche, warf einen angstvoll suchenden Blick hinein und erbleichte:

»Oj!« rief sie in lautem, unverfälschtem Hebräisch. »Wo, um Gottes willen, sind unsere Pässe?«

Ich hielt ihr rasch den Mund zu (die Pässe befanden sich, wie immer, in meiner rechten Brusttasche) und versuchte im Rückspiegel das Gesicht des Fahrers zu erspähen. Umsonst. Nun, wenigstens hatte er sich nicht nach uns umgewandt. Es schien mir nur, als ob er ein paarmal mit den Ohren gezuckt hätte. Sonst geschah nichts. Außer, daß er plötzlich das Lenkrad scharf nach links drehte und Gas gab.

Unruhe erfaßte uns. Es war keine Frage mehr: der Schreckensruf meiner Gattin hatte uns als Ausländer entlarvt. Jetzt hieß es handeln, sonst waren wir verloren. In die angespannte Stille – und so, daß der Fahrer es hören konnte – ließ ich mein bestes Französisch los:
»Comment allez vous? La plume de ma tante est plus belle que le jardin de mon oncle. Garçon, je voudrais manger. L'addition, s'il vous plaît.«
Noch während die Durchsage lief, sah ich im Rückspiegel das eine Auge des Fahrers auf mich gerichtet, direkt auf mich, ein großes, graues, stählernes, unbarmherziges Auge. Ich begann zu zittern und fühlte, wie mir der Schweiß ausbrach. In diesem Augenblick fiel die beste Ehefrau von allen aus einer instinktiven Eingebung über mich her und begann mich zu küssen, à la Parisienne, wie eben nur Französinnen in der Öffentlichkeit zu küssen verstehen ...
Als der Kuß zu Ende war, zeigte das Taxameter 5,60 Francs. Der Fahrer hatte uns durchschaut. Er wußte, daß wir keine Franzosen waren. Er, Jean-Pierre, wußte es. Auch die Art, wie er jetzt fuhr, war ein Beweis dafür. Immer neue Linkskurven warfen uns immer wieder in die rechte Ecke des Fonds. Kaum hatten wir die Seine überquert, kam wieder eine scharfe Wendung nach links und dann wieder die Seine. Wir überquerten sie mehrere Male. Dann passierten wir einen langen Tunnel und dann einen neuen Obelisk. Ich konnte mich einer tadelnden Bemerkung nicht enthalten:
»Diese Franzosen mit ihren ewigen Säulen«, flüsterte ich meiner Gattin zu.
»Es ist der Obelisk von vorhin«, entgegnete sie tonlos.
Das Taxameter stand auf 9 Francs. Das war genau das Dreifache der von unserem Freund veranschlagten Summe.
Vielleicht interessiert es den geneigten Leser, warum wir nichts unternahmen, um den Wagen, der wie ein scheugewordener Satellit im Weltraum umhersauste, zu stoppen? Dafür gibt es verschiedene Erklärungen. Erstens sind wir beide von Natur

aus eher schüchtern. Zweitens sprechen wir beide – der geneigte Leser erinnert sich vielleicht – sehr schlecht Französisch. Und drittens: was sollten wir tun? Ein andres Taxi nehmen? Schließlich hatte uns Jean-Pierre jetzt schon durch einen ansehnlichen Teil Frankreichs geführt, wir kannten seine Fahrweise, seine Eigenheiten und Schwächen – warum sollten wir uns auf Experimente mit einem neuen Chauffeur einlassen? Trotzdem gaben wir noch nicht völlig auf. Meine Frau versuchte es abermals mit einer Aktion à la Parisienne, aber ich war außerstande, ihr den richtigen Partner abzugeben. Wir mußten unsere Kräfte sparen, mußten unsere Verluste möglichst niedrig halten und weiterkämpfen. Jean-Pierre, daran bestand kein Zweifel, fuhr mit uns im Kreise. In regelmäßigen Intervallen von sechs Minuten kamen wir an dem Obelisk vorbei, also genau zehnmal in der Stunde. Selbst wenn wir für die Verkehrsstauungen während der Stoßzeit eine geringere Quote einsetzten, ergaben sich noch immer rund 240 Obelisk-Umkreisungen pro Tag, und das bedeutete pro Woche ...

Als das Taxameter auf 17 Francs sprang, öffnete der Fahrer das Handschuhfach und entnahm ihm eine erste Mahlzeit, bestehend aus belegten Broten, kleinen Essiggurken und Obst. In einer hebräisch geführten Lagebesprechung stellten wir fest, daß unsere eigenen Vorräte sich auf zwei Äpfel, eine Orange, eine vertrocknete Semmel und etwas Kaugummi beschränkten. Wenn wir sehr sparsam damit umgingen, könnten wir vielleicht bis morgen abend durchhalten. Länger nicht.

Plötzlich zuckte ein Aufleuchten über das verhärmte Antlitz meiner Frau:

»Benzin!« brach es jauchzend aus ihr hervor. »Der Kerl wird ja Benzin brauchen! Irgendwann muß er tanken – und wir sind gerettet!«

Ich beugte mich vor, um einen Blick auf den Kontrollanzeiger zu werfen. Der Tank war noch nicht einmal zur Hälfte geleert. Und das Taxameter stand auf 21,50.

Wir beschlossen vorsorglich, mit Einbruch der Dunkelheit immer abwechselnd eine Stunde zu schlafen, sonst würde Jean-Pierre vielleicht heimlich tanken und weiterfahren.

Fünf- oder sechsmal versuchten wir sein Wohlwollen zu erregen, indem wir beim Anblick des Obelisks ein bewunderndes »Oh!« ausstießen. Jean-Pierre reagierte nicht. Sein breiter, mächtiger Rücken blieb reglos, auch bei der schärfsten Linkskurve.

Das Taxameter zeigte 30 Francs. Ich nahm meine Nagelfeile und ritzte in den Plastikbelag der Querleiste folgende Inschrift:

»In diesem Taxi verhungerten im August 1963 Ephraim Kishon und Frau.«

Und dann, gerade als wir alle Hoffnung aufgeben wollten, hielt der Wagen an, ich weiß nicht wieso und warum. Vielleicht war Jean-Pierre von Müdigkeit überkommen worden, vielleicht von irgendwelchen menschlichen Regungen, von Gedanken an Weib und Kind – jedenfalls drehte er nach dem Obelisk auf der Place de la Concorde plötzlich nicht mehr links ab, sondern fuhr noch etwa hundert Meter geradeaus und hielt vor dem Hôtel St. Paul.

»Quarantquatre«, sagte er.

Er meinte Francs, 44 Francs, mit Trinkgeld 48. Immerhin weniger als 50.

Als bevorzugte Frucht unseres vortrefflich bewässerten Landes gilt die Melone, schon deshalb, weil das Wasser, mit dem sie uns versorgt, nicht von der Bewässerung des übrigen Landes abhängt. Der einzige Nachteil der Melone ist Zuriel, der orientalische Obsthändler, der mit dem einen Auge nach links schielt, mit dem andern nach rechts und mit dem dritten die Kundschaft treuherzig anblickt.

Das Geheimnis der Melone

Eine Kurztragödie

Dr. Feinholz: *(kommt auf dem Heimweg am Obstmarkt vorbei und erinnert sich, daß seine Gattin Elsa immer vergißt, Melonen zu kaufen, die das einzige Mittel gegen die unerträgliche Sommerhitze sind; tritt auf einem Berg von Melonen zu, der in der Mitte des Marktes emporragt, und wendet sich an Zuriel, den Besitzer des Berges.)* Sind sie süß?

Zuriel: *(antwortet nicht.)*

Dr. Feinholz: Also gut. Geben Sie mir eine.

Zuriel: *(läßt einen konzentrierten Röntgenblick über den grünen Berg schweifen, ergreift eine besonders aufgeschwollene Melone, wirft sie in die Luft, fängt sie auf, streichelt sie, drückt sie, beklopft sie, hält sie ans Ohr, wirft sie auf den Haufen zurück, nimmt eine andere ... Luft ... auffangen ... streicheln ... drücken ... beklopfen ... Ohr ... weg .. eine dritte ... die vierte ist in Ordnung; wiegt sie im finstersten Winkel seines Obststandes ab, mit dem Rücken zur Kundschaft.)* 6 Kilo. 75 Piaster.

Dr. Feinholz: Die ist also süß?

Zuriel: Sehr süß.

Dr. Feinholz: Wieso wissen Sie das?

ZURIEL: Erfahrung.

DR. FEINHOLZ: Erfahrung?

ZURIEL: Erfahrung. In den Fingerspitzen. Beim Betasten. Beim Auffangen aus der Luft. Eine Melone, die nicht ganz reif ist, macht »plopp«. Eine Melone, die reif ist, macht »plopp«.

DR. FEINHOLZ: Ich verstehe. *(Zahlt, schultert die fünf Kilo schwere Melone und tritt den Heimweg an. Die Hitze ist so entsetzlich, daß der Asphalt zu schmelzen beginnt. Dr. Feinholz begreift mit einemmal, warum seine Gattin Elsa immer vergißt, Melonen zu kaufen. Zu Hause angelangt, versteckt er die Melone im Eisschrank. Nach Schluß der Mahlzeit zieht er sie als freudige Überraschung hervor und schneidet sie auf.)*

DIE MELONE: *(ist gelb, schmeckt wie gefrorener Badeschwamm, wurde vermutlich mit Kerosen bewässert.)*

DR. FEINHOLZ: *(spuckt aus, wütend)* Also bitte. Da hast du unser gelobtes Land in seiner ganzen Pracht. 75 Piaster hat mich das Zeug gekostet!

ELSA: Trag's zurück.

DR. FEINHOLZ: Jawohl. Alles hat seine Grenzen, sogar meine Geduld. *(Schleppt die Melone in der kochenden Hitze auf den Markt zurück und wirft sie vor Zuriels Füße.)* Was haben Sie mir da angehängt?

ZURIEL: *(antwortet nicht)*

DR. FEINHOLZ: Das kann man nicht essen.

ZURIEL: Dann essen Sie's nicht.

DR. FEINHOLZ: Ich habe Sie ausdrücklich gefragt, ob die Melone süß ist, und Sie haben Ja gesagt.

ZURIEL: Das Plopp beim Auffangen war in Ordnung. Aber wer kann in das Innere einer Melone sehen?

DR. FEINHOLZ: Das weiß ich nicht. Ich weiß nur, daß Sie für die Melonen, die Sie verkaufen, verantwortlich sind.

ZURIEL: Nicht für Melonen, die Sie ohne Garantie von mir gekauft haben.

DR. FEINHOLZ: Es gibt Melonen mit Garantie?

ZURIEL: Ja.

DR. FEINHOLZ: Und was ist der Unterschied?

ZURIEL: 6 Piaster per Kilo. Melonen ohne Garantie kosten 12 Piaster das Kilo, Melonen mit Garantie 18. Dann bin ich verantwortlich.

DR. FEINHOLZ: *(tritt heftig nach einer Melone, die ihm gerade vor die Füße kollert.)*

ZURIEL: *(antwortet nicht.)*

DR. FEINHOLZ: Also gut. Geben Sie mir eine Melone mit Garantie. Aber wenn sie wieder ungenießbar ist, können Sie sich auf etwas gefaßt machen.

ZURIEL: *(wirft eine Melone in die Luft, fängt sie auf, streichelt sie, drückt sie, beklopft sie, hält sie ans Ohr, wirft sie weg. Zweite ebenso, dritte ebenso, die vierte ist in Ordnung.)* 7 Kilo 80.

DR. FEINHOLZ: Meinetwegen.

ZURIEL: *(schneidet eine schmale, dünne Scheibe aus der Melone heraus und zeigt sie Dr. Feinholz.)* Rot?

DR. FEINHOLZ: Rot.

ZURIEL: Ohne zu prahlen: das ist wirklich eine ganz besonders rote Melone.

DR. FEINHOLZ: *(zahlt, schleppt die sechs Kilo schwere Melone schwitzend und ächzend nach Hause.)* Der alte Gauner hat sie ohne ein Wort des Widerspruchs umgetauscht.

ELSA: Klar.

DR. FEINHOLZ: *(gibt die Melone in den Kühlschrank, wartet eine halbe Stunde, zieht sie hervor, schneidet sie auf.)* Eine prachtvolle rote Melone, wirklich.

ELSA: Hast du sie gekostet?

DR. FEINHOLZ: Gekostet habe ich sie nicht. Aber man sieht ja, daß sie gut sein muß.

DIE MELONE: *(schmeckt schal, alt, abgestanden, faul, bitter.)*

ELSA: Bubi wird die Melone brav zurücktragen, ja?

DR. FEINHOLZ: *(Abschleppdienst, Schweiß, Keuchen, Flüche, Melone vor Zuriels Füße.)* Da haben Sie den Dreck.

ZURIEL: *(antwortet nicht.)*

DR. FEINHOLZ: Habe ich diese Melone mit Garantie gekauft oder nicht?

ZURIEL: Ja.

DR. FEINHOLZ: Kosten Sie sie.

ZURIEL: Danke. Ich esse Melonen nicht gern. Ich muß dann immer schwitzen.

DR. FEINHOLZ: Das nennen Sie süß? Das soll eine süße Melone sein?

ZURIEL: Ich habe Ihnen keine süße Melone garantiert. Ich habe Ihnen eine rote Melone garantiert.

DR. FEINHOLZ: Ich pfeife auf die Farbe. Von mir aus kann sie marineblau sein.

ZURIEL: Warum haben Sie mir nicht gesagt, daß es Ihnen auf den Geschmack ankommt? Die Garantie für süße Melonen ist 21 Piaster pro Kilo.

DR. FEINHOLZ: *(nach einer kurzen Erholungspause)* Also gut. Geben Sie mir eine garantiert süße Melone.

ZURIEL: *(Prozedur von Wurf bis Nummer vier wie zuvor)* 9 Kilo 30.

DR. FEINHOLZ: Einen Augenblick! Ich möchte sie kosten.

ZURIEL: Bitte sehr. *(Schneidet ein pyramidenförmig zugespitztes Stück aus der Melone heraus, und zwar dergestalt, daß die Spitze der Pyramide dem geometrischen Mittelpunkt des Meloneninhalts entspringt.)*

DR. FEINHOLZ: *(beißt die Spitze ab)* Sehen Sie, guter Mann, *das* ist eine süße Melone!

ZURIEL: *(steckt die Pyramide rasch an ihren Platz zurück.)* 2 Pfund 10.

DR. FEINHOLZ: *(zahlt, schwitzt, taumelt heimwärts)* Ich habe ihn gezwungen, sie umzutauschen.
Und jetzt koste einmal.

ELSA: *(kostet, spuckt aus)*

DIE MELONE *(vollkommen schal, schmeckt bestenfalls nach Abwaschwasser, besteht fast ausschließlich aus Samenkernen, ver-*

wandelt sich in unmittelbarer Nähe des geometrischen Mittelpunktes in feuchte Watte.)

ELSA: Zurücktragen!

DR. FEINHOLZ: *(Qualprozedur wie zweimal zuvor bis zum Ende)* Und das? Was ist das?

ZURIEL: *(antwortet nicht.)*

DR. FEINHOLZ: Was ist das?!?

ZURIEL: Sie haben ja gekostet.

DR. FEINHOLZ: Was ich gekostet habe, war süß.

ZURIEL: Hier ist es süß und zu Hause ist es sauer? Was machen Sie zu Hause mit den Melonen? Marinieren?

DR. FEINHOLZ: *(bekommt einen Erstickungsanfall und flucht auf deutsch.)*

ZURIEL: *(klopft ihm auf den Rücken)* Wollen Sie eine andere?

DR. FEINHOLZ: *(keuchend)* Ja ...

ZURIEL: *(beginnt mit dem Prüfungsritual.)*

DR. FEINHOLZ: Werfen Sie Ihre Großmutter in die Luft! Ich suche mir meine Melone selbst aus.

ZURIEL: Wie Sie wünschen.

DR. FEINHOLZ: *(fühlt sich nach kurzem Umblick mit magischer Gewalt von einer flaschengrünen Frucht angezogen, betastet sie und weiß mit jener unfehlbaren Sicherheit, die sonst nur den schöpferischen Augenblicken des Genies innewohnt, daß diese Melone einfach süß sein m u ß.)*

ZURIEL: 16 Kilo 80. Wollen Sie die Garantie schriftlich?

DR. FEINHOLZ: Krepier! *(Stöhnen, Schwitzen, Ankunft zu Hause.)* Der Lump hat mir eine andere geben müssen.

ELSA: Das sehe ich.

DR. FEINHOLZ: *(schließt sich mitsamt der Melone im Eiskasten ein, kommt aber, da es dort sehr kalt ist, schon nach wenigen Minuten wieder heraus und schneidet die Melone auf.)*

DIE MELONE: *(süß, reif, rot, zart, saftig, kernlos, delikat. Exportqualität.)*

DR. FEINHOLZ: *(strahlt, verjüngt sich, das Leben ist wieder schön, die Sonne geht in großer Farbenpracht unter, Vöglein zwit-*

schern.) Das nenne ich Melone, was? Liebling, so eine Melone hast du noch nie gegessen! Weil ich sie selbst ausgesucht habe. Dieser Verbrecher. Dreimal hintereinander hat er nichts Brauchbares gefunden. Und ich, gleich beim erstenmal, von einem geheimnisvollen Instinkt geleitet –

ELSA: Sprich keinen Unsinn.

DR. FEINHOLZ: Unsinn? Du wirst ja sehen. Von jetzt an mache ich's immer so. *(Sucht am nächsten Tag seine Melone wieder selbst aus, fühlt sich wieder mit unerklärlicher Magie zu einer bestimmten Frucht hingezogen, zahlt, schwitzt, taumelt, Kühlschrank, halbe Stunde, Schnitt.)*

DIE MELONE: *(schmeckt nach verfaultem Laub, ist vollkommen ungenießbar und spottet der menschlichen Eitelkeit.)*

DR. FEINHOLZ: *(versucht sich eine Kugel in den Kopf zu schießen, zielt schlecht, trifft daneben und lebt weiter.)*

Wir haben bereits angedeutet, daß das Fernsehen unser höchstes Lob verdient. Aber das Radio ist womöglich noch besser, denn man kann es ja nach Belieben an- oder abdrehen. Es gibt allerdings auch Rundfunkapparate, die man weder an- noch abdrehen kann. Sie stehen in der Nachbarwohnung.

Seligs atmosphärische Störungen

Wir haben Schwierigkeiten mit unseren Nachbarn, den Seligs. Was die mit ihrem Radio aufführen, ist einfach unerträglich. Jeden Abend um 6 Uhr kommt Felix Selig todmüde nach Hause, hat aber noch Kraft genug, um zum Radio zu wanken und es auf volle Stärke einzustellen. Ob Nachrichten, Musik oder literarische Vorträge herauskommen, ist ihm gleichgültig. Wenn es nur Lärm macht. Und dieser Lärm dringt bis in die entlegensten Winkel unserer Wohnung.

Die Frage, wie wir uns dagegen wehren könnten, beschäftigt uns schon seit geraumer Zeit. Meine Frau, die den Seligs unter ungeheurer Selbstüberwindung einen Besuch abgestattet hat, behauptet, daß wir das Opfer eines akustischen Phänomens seien: das Radio dröhnt bei uns noch lauter als bei den Seligs selbst. Jedenfalls ist die Trennungswand zwischen den beiden Wohnungen so dünn, daß wir beim Entkleiden das Licht verlöschen, um keine lebenden Bilder an die Wand zu werfen. Daß durch diese Wand selbst das leiseste Flüstern hörbar wird, versteht sich von selbst. Nur ein Wunder konnte uns retten.

Und das Wunder geschah.

Eines Abends, als Seligs Höllenmaschine wieder ihren ohrenbetäubenden Lärm entfaltete, mußte ich mich wegen eines unvorhergesehenen Theaterbesuchs rasieren. Kaum hatte ich meinen elektrischen Rasierapparat eingeschaltet, als es in Seligs

Radio laut zu knacksen begann. Ich zog den Steckkontakt heraus – und das Knacksen hörte auf. Ich schaltete ihn wieder ein – es knackste und krachte. Dann hörte ich Felix Seligs Stimme:
»Erna! Was ist mit unserem Radio los? Dieses Knacksen macht mich verrückt!«
Ungeahnte Perspektiven eröffneten sich.

Der nächste Abend fand mich wohl vorbereitet. Als Felix Selig um 6 Uhr nach Hause kam, wartete ich bereits mit gezücktem Rasierapparat. Felix torkelte zum Radio und drehte es an. Eine Minute ließ ich verstreichen – dann suchte mein elektrischer Rasierapparat Kontakt und fand ihn. Augenblicklich verwandelte sich in der nachbarlichen Wohnung eine wunderschöne Pianopassage der Haffner-Symphonie in ein Fortissimo-Krkrkrk. Felix nahm es zunächst noch hin, offenbar in der Hoffnung, daß die atmosphärische Störung bald vorüber sein würde. Endlich hatte er genug.
»Hör auf, um Himmels willen!« brüllte er völlig entnervt in den Kasten, und seine Stimme klang so beschwörend, daß ich unwillkürlich den Rasierapparat aus der Wand zog.
Jetzt stellte Felix das Radio ab, rief mit heiserer Stimme nach seiner Frau und sagte, für unsere angespannten Ohren deutlich hörbar:
»Erna, es ist etwas sehr Merkwürdiges geschehen. Der Apparat hat geknackst – ich habe ›Hör auf!‹ gebrüllt – und er hat aufgehört.«
»Felix«, antwortete Erna, »du bist überarbeitet. Das merke ich schon seit einiger Zeit. Heute wirst du früher schlafen gehen.«
»Du glaubst mir nicht?« brauste Felix auf. »Du mißtraust den Worten deines Mannes? Höre selbst!« Und er drehte das Radio an.
Wir konnten sie beinahe sehen, wie sie vor dem Kasten standen und auf das ominöse Knacksen warteten. Um die Spannung zu steigern, ließ ich eine Weile verstreichen.

»Ganz wie ich sagte«, sagte Frau Selig. »Du redest dummes Zeug. Wo bleibt das Knacksen?«
»Wenn ich's dir vorführen will, kommt's natürlich nicht«, fauchte der enttäuschte Felix. Dann wandte er sich mit hämischer Herausforderung direkt an das Radio: »Also du willst nicht knacksen, was?«
Ich schaltete den Rasierapparat ein.
Krkrkrk.
»Tatsächlich«, flüsterte Erna. »Jetzt knackst er. Es ist wirklich unheimlich. Ich habe Angst. Sag ihm, daß er aufhören soll.«
»Hör auf«, sagte Felix mit gepreßter Stimme. »Bitte hör auf ...«
Ich zog den Stecker heraus.

Am nächsten Tag traf ich Felix im Stiegenhaus. Er sah angegriffen aus, ging ein wenig schlotternd, und unter seinen verquollenen Augen standen große dunkle Ringe. Wir plauderten zuerst über das schöne Wetter – dann packte mich Felix plötzlich am Arm und fragte:
»Glauben Sie an übernatürliche Phänomene?«
»Selbstverständlich nicht. Warum?«
»Ich frage nur.«
»Mein Großvater, der ein sehr gescheiter Mann war«, sagte ich sinnend, »glaubte an derartige Dinge.«
»An Geister?«
»Nicht gerade an Geister. Aber er war überzeugt, daß tote Gegenstände – es klingt ein wenig lächerlich, entschuldigen Sie – also daß Dinge wie ein Tisch, eine Schreibmaschine, ein Grammophon, sozusagen ihre eigene Seele haben. Was ist los mit Ihnen, mein Lieber?«
»Nichts ... danke ...«
»Mein Großvater schwor, daß sein Grammophon ihn haßte. Was sagen Sie zu diesem Unsinn?«
»Es haßte ihn?«
»So behauptete er. Und eines Nachts – aber das hat natürlich

nichts damit zu tun – fanden wir ihn leblos neben dem Grammophon liegen. Die Platte lief noch.«
»Entschuldigen Sie«, sagte mein Nachbar. »Mir ist ein wenig übel.«
Ich stützte ihn die Treppe hinauf, sauste in meine Wohnung und stellte den Rasierapparat bereit. Nebenan hörte ich Felix Selig mehrere Gläser Brandy hinabgurgeln, ehe er mit zitternder Hand sein Radio andrehte.
»Du haßt mich!« rief der vielgeprüfte Mann. (Seine Stimme kam, wie wir zu hören glaubten, von unten; wahrscheinlich kniete er.) »Ich weiß, daß du mich haßt. Ich weiß es.«
Krkrkrk. Ich ließ den Kontakt etwa zwei Minuten eingeschaltet, ehe ich ihn abstellte.
»Was haben wir dir getan?« erklang Frau Seligs flehende Stimme. »Haben wir dich schlecht behandelt?«
»Krkrkrk.«
Jetzt war es soweit. Unser Schlachtplan trat in die entscheidende Phase. Meine Frau ging hinüber zu Seligs.
Schmunzelnd hörte ich mit an, wie die Seligs meiner Frau erzählten, daß sich in ihrem Radio übernatürliche Kräfte manifestierten.
Nach einigem Nachdenken rückte meine Frau mit dem Vorschlag heraus, das Radio zu exorzieren.
»Geht das?« riefen die zwei Seligs wie aus einem Munde. »Können Sie das? Dann tun Sie's bitte!«
Das Radio wurde wieder angedreht. Der große Augenblick war gekommen.
»Geist im Radio«, rief die beste Ehefrau von allen. »Wenn du mich hörst, dann gib uns ein Zeichen!«
Rasierapparat einstellen – krkrkrkr.
»Ich danke dir.«
Rasierapparat abstellen.
»Geist«, rief meine Frau, »gib uns ein Zeichen, ob dieses Radio in Betrieb bleiben soll?«
Rasierapparat bleibt abgestellt.

»Willst du vielleicht, daß es lauter spielen soll?«
Rasierapparat bleibt abgestellt.
»Dann willst du vielleicht, daß die Seligs ihr Radio überhaupt nicht mehr benützen sollen?«
Rasierapparat einstellen.
Rasierapparat einstellen! Einstellen!!
Um Himmels willen, warum hört man nichts ... kein Knacksen, kein Krkrkrk, nichts ...
Der Rasierapparat streikte. Die Batterie war ausgebrannt, oder sonstwas. Jahrelang hatte er tadellos funktioniert, und gerade jetzt ...
»Geist, hörst du mich nicht?« Meine Frau hob die Stimme. »Ich frage: willst du, daß die Seligs aufhören, diesen entsetzlichen Kasten zu verwenden? Gib uns ein Zeichen! Antworte!!«
Verzweifelt stieß ich den Apparat in den Kontakt, wieder und wieder – es half nichts. Nicht das leiseste Krkrkrk erklang. Vielleicht haben tote Gegenstände wirklich eine Seele.
»Warum knackst du nicht?« rief meine Frau, nun schon ein wenig schrill. »Gib uns ein Zeichen, du Idiot! Sag den Seligs, daß sie nie wieder ihr Radio spielen sollen! Ephraim!!«
Jetzt war sie um eine Kleinigkeit zu weit gegangen. Ich glaubte zu sehen, wie die Seligs sich mit einem vielsagenden Blick zu ihr umwandten ...

Am nächsten Tag ließ ich den Rasierapparat reparieren. Expreßreparaturen kosten viel Geld.
»Die Batterie war ausgebrannt«, sagte mir der Elektriker. »Ich habe eine neue hineingetan. Jetzt wird es auch in Ihrem Radio keine Störungen mehr geben.«
Seither dröhnt das Radio unseres Nachbars ungestört in jedem Winkel unserer Wohnung. Ob tote Gegenstände eine Seele haben, weiß ich nicht. Aber sie haben bestimmt keinen Humor.

Die roten Lichter von Amsterdam

Bevor wir den Flug über den Ozean antraten, leisteten wir uns noch rasch einen Zwischenaufenthalt in Amsterdam. Wie so viele unserer Landsleute hegten wir aufrichtige Zuneigung zu den Holländern, die sich ihre Anständigkeit und Menschlichkeit auch zu einer Zeit bewahrt hatten, da diese beiden Eigenschaften in Europa nicht eben hoch im Kurs standen. Außerdem hatten wir auf unserer Reise immer wieder die Kunstschätze Hollands rühmen hören und die baulichen Schönheiten der holländischen Städte. Amsterdam, so sagte man uns, stünde um nichts hinter Venedig zurück: imposante Kanäle ... Gärten und Statuen ... prächtige Theater und Konzertsäle ... zauberhafte Giebelhäuser ... ganz zu schweigen von ... also von diesem gewissen Viertel, wo man an den Fenstern ... angeblich gibt es so ein Viertel in Amsterdam ... mit Mädchen an den Fenstern ... ein berühmtes Viertel ... und dort sitzen sie also an den Fenstern, die Mädchen.

Selbstverständlich hatten wir diesem albernen Touristengewäsch weder Ohr noch Glauben geschenkt. Auch ich selbst hatte kaum hingehört. Solche Dinge interessieren mich nicht. Ich bin ein ernster, reifer, vom Leben hart geprüfter Mann, der seine Erfahrungen bereits hinter sich hat.

Ich mache in einer Stadt, die für ihre Museen berühmt ist, nicht etwa deshalb Station, um dann vielleicht ... ich denke nicht daran.

»Also du denkst nicht daran«, nickte meine Gattin, als wir dem Flugzeug entstiegen. »Ganz wie du willst. Was mich betrifft, so möchte ich keinesfalls darauf verzichten, die Mädchen in den Fenstern sitzen zu sehen.«

Ich fragte, wo ihre frauliche Würde bliebe, bekam aber eine ausweichende Antwort:

»Es gibt sogar einen Film mit Marina Vlady, der in diesem Amsterdamer Viertel spielt. Das muß man sich anschauen.«
Ich bin lange genug verheiratet, um zu wissen, wann jeder Widerspruch sinnlos wird. Und da auch ich im Grund meines Herzens eine gewisse Neugierde nicht ganz unterdrücken konnte, gab ich nach. Als wir das Taxi bestiegen, war die Sache entschieden. Wir würden hingehen.
Hin? Wohin? Und wie? Das bewußte Viertel war in keinem Stadtplan eingezeichnet und der Weg in keinem Touristenführer beschrieben.
»Dann mußt du jemanden fragen«, sagte die beste Ehefrau von allen.
»Frag doch du!«
»Ich, wenn mich nicht alles täuscht, bin die Dame von uns beiden.«
Eine ungemein anregende Diskussion war die Folge. Ich erklärte meiner Gattin, daß gerade deshalb, *weil* sie eine Dame und als solche über jeden Verdacht erhaben wäre, das Einholen derartiger Auskünfte ihr zufiele, nicht mir. Oder sollte ich mich vielleicht auf die Straße stellen, den erstbesten Passanten aufhalten und – ich arbeitete das Lächerliche der Situation kraß heraus – und ihn ganz einfach fragen, wo man in Amsterdam die ... also die Fenstersitzerinnen fände. Das kann man mir doch nicht zumuten.
Ich sei ein Feigling und sollte mich schämen, resümierte meine Gattin und beugte sich zum Fahrer vor:
»Sagen Sie einmal ... was ist denn hier in Amsterdam besonders sehenswert? Ich meine: besonders?«
»Im Königlichen Museum wurde gestern eine moderne Kunstausstellung eröffnet«, antwortete der gut unterrichtete Chauffeur. »Und das internationale Musikfestival soll ganz hervorragend besetzt sein.«
»Ja, gewiß. Aber das meine ich eigentlich nicht. Mein Mann und ich würden gerne etwas wirklich Aufregendes sehen.«
»Ich verstehe. Dann gehen Sie doch um Mitternacht in den

Hafen, wenn die Gemüsekähne ausgeladen werden. So etwas sieht man nicht oft...«

»Danke für die Auskunft. Vielen Dank.«

Ich saß im Fond, das Gesicht von Schamröte übergossen. Anderseits begann sich mein männlicher Stolz zu melden. Ich bin ja kein kleines Kind mehr, das sittsam an der Hand seiner Gouvernante dahinzutrippeln hat. Wenn ich wissen will, wo man die... wo man diese Fenster findet, dann gehe ich eben zum Hotelportier, beuge mich lässig zu ihm vor und frage ohne alle Umschweife:

»Hören Sie, lieber Freund, wo sind hier... Sie wissen schon... das mit den Fenstern...«

Ein freundliches, verständnisvolles Lächeln erhellte das Gesicht des Portiers:

»Die Königin weilt um diese Zeit in ihrer Sommerresidenz. Aber den königlichen Palast können Sie jederzeit besuchen. Sie finden ihn mühelos. Jeder Mensch zeigt Ihnen den Weg.«

»Danke sehr.«

Es war wirklich zu dumm. Der Gedanke, daß vielleicht ein paar Straßenzüge weiter, ja vielleicht schon hinter der nächsten Ecke die Gegend anfing, wo Scharen lässig hingelehnter Frauen aus allen Fenstern hervorlugten, ohne daß wir sie zu finden wußten – dieser Gedanke konnte einen empfindsamen Menschen sehr wohl an den Rand des Wahnsinns treiben. Ein Glück, daß unser Abend bereits durch eine Einladung des holländischen PEN-Clubs belegt war.

»Wir fliegen morgen um acht Uhr ab«, zischte die beste Ehefrau von allen. »Wir brauchen die Adresse noch heute nacht!«

Heute nacht. Dann blieb nur der PEN-Club als Auskunftsstelle übrig. Aber wie sollte ich das Gespräch in die geeigneten Bahnen lenken?

Als das Einleitungsgeplauder zu verebben begann, stürzte ich ein Glas des schärfsten indonesischen Reisschnapses hinunter und wandte mich an einen Vertreter des einheimischen Geisteslebens:

»Spinoza, zu dem Sie ja sicherlich eine besondere, lokalbedingte Beziehung haben – Spinoza hat die These aufgestellt, daß die Philosophie eigentlich nur als Katharsis eines hypokritischen Humanismus aufzufassen sei. Das heißt: der Philosoph entlarvt die konventionellen Lügen der Gesellschaft, in deren Schatten und unter deren Schutz die menschliche Hypokrisie ihre Paläste baut, die in Wahrheit nichts weiter sind als – verzeihen Sie den Ausdruck – Bordelle!«

»Ja, ja«, bestätigte mein Gesprächspartner, einer der führenden Erkenntnistheoretiker des Landes. »Spinozas scharfer, analytischer Verstand ist bis heute unübertroffen.«

Der Mann war ein Kretin. Hätte er nur ein wenig Intelligenz und Instinkt besessen, so müßte seine Antwort ungefähr folgendermaßen gelautet haben: ›A propos Bordelle – gleich hier, mitten in Amsterdam, gibt es ein ganzes Viertel, wo Frauen in jeder Preislage in den Fenstern sitzen. Wollen Sie sich das nicht ansehen?‹ Das wäre die passende Antwort gewesen. Statt dessen erzählt mir dieser Kretin etwas von den philosophischen Analysen eines getauften Juden ... Ich kippte einen noch schärferen Brandy, schloß die Augen und versuchte es aufs neue:

»Spinoza hin, Spinoza her – was mich an Ihrem Land fasziniert, ist seine gesunde, freimütige, von keinen Hemmungen beeinträchtigte Lebensart. Wenn ich richtig informiert bin, gibt es sogar hier, mitten in Amsterdam, ein ganzes Viertel, von dem jedermann weiß, daß es der öffentlichen Prostitution vorbehalten ist?«

Meine Gattin hatte sich herangepirscht und nickte mir aufmunternd zu.

»Ach«, lächelte der Erkenntnistheoretiker. »Sie meinen offenbar ... hehehe ... Sie meinen das Viertel, wo die Damen in den Fenstern sitzen!«

»Wie bitte? In den Fenstern?«

»Ganz richtig. Ein solches Viertel gibt es bei uns.«

»Tatsächlich? Und wo?!«

»Hier, in Amsterdam. Die Touristen strömen scharenweise hin.«

In den Augen meiner Gattin flammten zornige Pünktchen, die soviel bedeuteten wie: ›Siehst du! Alles strömt, nur wir sitzen noch hier . . .‹

»Um die Wahrheit zu sagen«, fuhr der Auskunftgeber fort, »tolerieren wir dieses Viertel überhaupt nur der Touristen wegen. An sich ist es eine Kulturschande. Tag und Nacht stehen die Fremden mit ihren Photoapparaten vor den Fenstern und knipsen drauflos, als ob sie im Zoo wären. Einfach abscheulich!«

»Abscheulich«, wiederholte ich. »Ich kann mir das sehr gut vorstellen. Die gierigen Gesichter und das Klicken der Kameras . . . die ganze Straße ist voll davon . . . die ganze . . . wie hieß die Straße doch gleich?«

»Straße? Das spielt sich nicht auf der Straße ab. Wenn die Herren Touristen genug geknipst haben, verschwinden sie in den Häusern und feilschen mit den armen Mädchen stundenlang um die Taxe. Es ist wirklich degoutant!«

»Degoutant ist gar kein Ausdruck.« Ich biß die Zähne zusammen, um meine Erbitterung nicht merken zu lassen. Die weithin sichtbare Depression, in der ich mich jetzt befand, rechtfertigte unsern baldigen Aufbruch.

Unsre Strategie stand fest. Wir würden die Stadt durchkämmen, würden aus dem östlichen Zipfel nach Norden vorstoßen, dann die Querstraßen in westlicher Richtung durchstreifen und uns schließlich so lange südwärts halten, bis wir irgendwo auf ein rotes Licht stießen. Früher oder später *mußten* wir eines finden.

Wir mußten nicht, und wir fanden keines.

Gegen zwei Uhr nachts hielten wir erschöpft Rast, ohne eine einzige lebende Prostituierte gesehen zu haben. Da und dort hatte zwar ein rotes Licht aufgeblinkt, aber das war dann immer eine Verkehrsampel. Ein Nachtapotheker, den ich aus tiefem Schlaf geweckt hatte, um ihn in ein Gespräch über

den »ältesten Beruf der Welt« zu verwickeln, gab mir höflich zu verstehen, daß das Ackerbauministerium nachts geschlossen sei. Niedergeschlagen und hoffnungslos setzten wir unsern Weg fort. Um 3.30 Uhr hatten wir erst ein Fünftel der Stadtfläche bewältigt. Die Straßen standen leer. Amsterdam schlief.
Es war nach vier, als ich vor dem Konzertgebouw einen Polizisten stehen sah. Jetzt war mir alles egal. Mit letzter Kraft stolperte ich auf ihn zu, hielt mich an seinem Uniformkragen fest und keuchte:
»Wo sind die Huren?«
»Die zweite Brücke hinter dem Dom«, antwortete der Hüter des Gesetzes bereitwillig. »Kanalstraat.«
Dieses, geneigter Leser, ist also die Adresse. Manchmal lohnt es sich, auch ein überlanges Buchkapitel zu Ende zu lesen.

Auch heute noch wird die israelische Bühnenkunst von Stanislawsky dem Allmächtigen inspiriert. Könnte der große russische Regisseur sehen, was seine Gefolgsleute in Israel leisten – er würde vor Freude weinen. Und wenn nicht vor Freude, dann nur so. Weinen würde er jedenfalls.

Der Zug nach St. Petersburg

Nachdem er mir durch zwei Hauptverkehrsadern nachgejagt war, hatte mich Jarden Podmanitzki, der bekannte Charakterdarsteller, endlich beim Kragen. Meine letzten Abwehrversuche mit Brachialgewalt überwindend, zerrte er mich in das nächstgelegene Kaffeehaus, wo er seiner Freude über unser zufälliges Zusammentreffen lebhaften Ausdruck gab.

Nochmals versuchte ich ihm zu entkommen und schützte eine Verabredung mit einem gewissen Salzmann vor, die ich groteskerweise wirklich hatte. Podmanitzki wischte sie mit einer grandiosen Gebärde in die Luft. »Er wird ein paar Minuten warten«, sagte er.

Meine Verabredung mit Salzmann war auf 12 Uhr mittags festgesetzt. Die Uhr zeigte drei Minuten vor zwölf. Podmanitzki bestellte russischen Tee und kam auf einige Probleme zu sprechen, die gerade im Mittelpunkt des Weltinteresses standen – wie etwa sein kommendes Auftreten am Freitag abend vor einem reinen Gewerkschaftspublikum.

»Es ist wirklich ein Jammer, daß ich jetzt gehen muß.« Ich erhob mich. »Meine Verabredung ist leider sehr wichtig.«

»Einen Augenblick.« Jarden Podmanitzki umklammerte meinen Oberarm und zog mich zurück. »Auch ich habe eine wichtige Verabredung und leiste Ihnen trotzdem Gesellschaft. Aber sprechen wir nicht länger von mir. Sprechen wir von Ihnen. Haben *Sie* mich im ›Verblühten Nußbaum‹ gesehen?«

»Noch nicht«, sagte ich. »Nächste Woche hole ich es bestimmt nach. Und jetzt muß ich gehen. Salzmann verreist heute nachmittag und wartet auf mich.«

»Dabei ist die Rolle, die ich im ›Verblühten Nußbaum‹ spiele, gar nicht so groß. Aber ich, Jarden Podmanitzki, mache selbst aus dem kleinsten Auftritt eine Hauptrolle. Und was für eine. Warten Sie, ich lese sie Ihnen vor.«

Damit zog er aus seiner Brusttasche ein mehrmals zusammengefaltetes Papier.

»Vielleicht ein andresmal«, sagte ich. »Salzmann wartet, und –«

»Dritter Akt, zweite Szene. Ein gutgekleideter Herr tritt von rechts auf. Entschuldigen Sie, Madame, wann geht der Zug nach St. Petersburg? Katharina Nikolajewna: Morgen vormittag, Monsieur. Der gutgekleidete Herr, sanft: Wie schade, Madame. Wie schade. Geht links ab. Nun?«

»Nun? Sie wollten mir doch Ihre Rolle vorlesen?«

»Wieso? Das ist schon die Rolle. Wie gefällt sie Ihnen? Aufregend, was?«

»Nun ja. Klingt nicht schlecht. Man wird ja sehen. Aber jetzt müssen Sie mich wirklich entschuldigen. Ich –«

»Mein ganzer Text im ›Verblühten Nußbaum‹ besteht aus diesen wenigen Worten. Erst durch mich, Jarden Podmanitzki, wird aus diesen wenigen Worten eine Rolle. Stanislawsky sagte mir einmal: ›Merken Sie sich, Podmanitzki – es gibt keine unbedeutenden Rollen. Es gibt nur unbedeutende Autoren.‹ Natürlich hätte ich in diesem Stück auch die Hauptrolle bekommen können. Aber das wahre schauspielerische Genie, zum Beispiel meines, beweist sich am besten in Nebenrollen.«

»Sehr richtig. Und jetzt muß ich zu Salzmann.«

»Sicherlich interessiert es Sie, wie ich die Rolle auffasse. Stanislawsky hat mich gelehrt, daß man zuerst den Hintergrund jeder Rolle analysieren muß, ehe man sie überhaupt spielen kann. ›Es genügt nicht, lieber Freund‹ – so sagte er mir – ›es genügt nicht, den Text auswendig zu lernen. Man muß den

Charakter des ganzen Menschen kennen, den man darstellen will. Seine Träume, seine Enttäuschungen, seine Mentalität. Man muß sogar wissen, ob er an Schlaflosigkeit leidet oder nicht. Man muß eins werden mit der Rolle, muß mit ihr verschmelzen, mein lieber Freund. Wenn Sie das nicht können, werden Sie nie ein Schauspieler.‹ Nach diesen Worten Stanislawskys habe ich mich mein Leben lang gerichtet. Und als ich die Rolle des gutgekleideten Herrn im ›Verblühten Nußbaum‹ übernahm, begann ich sie sofort zu analysieren. Was ist's mit Ihnen, Sie gutgekleideter Herr? fragte ich. Wer sind Sie? Woher kommen Sie? Wohin gehen Sie?«

»Zu Salzmann«, antwortete ich hastig. »Wenn ich ihn jetzt verfehle, muß ich wieder zwei Wochen –«

»Vielleicht ist dieser gutgekleidete Herr innerlich weniger vornehm als außen. Vielleicht ist er robust, vielleicht ein Invalide, vielleicht ein Verbrecher. Langsam, langsam begann er vor meinem geistigen Auge Gestalt anzunehmen. Ich gestehe, daß ich nahezu eine Woche völlig im dunklen tappte. Aber eines schönen Mittags erwachte ich, setzte mich im Bett auf und hörte mich ausrufen: Er ist klein und gedrungen! Er *muß* klein und gedrungen sein, es geht gar nicht anders. Er ist mindestens einen Kopf kleiner als ich. Jetzt wollen Sie wahrscheinlich wissen, wie ich das machen werde? Nun, Stanislawsky sagte mir einmal: ›Nicht jeder Versteller ist ein Schauspieler, aber jeder Schauspieler ist ein Versteller.‹ Verstehen Sie? Wenn ich will, kann ich auf der Bühne wie ein Zwerg wirken, und wenn ich will, wie eine chinesische Porzellanfigur. Außerdem trägt er einen Zwicker. Das war bei den gutgekleideten Herren jener Zeit üblich. Er ist weitsichtig. Nicht sehr, vielleicht zwei oder drei Dioptrien – aber er braucht den Zwicker zum Sehen. Schließlich ist er nicht mehr der Jüngste. Das Haar an seinen Schläfen ist grau meliert. Vielleicht spiele ich auch eine kleine Andeutung von Ischias. Ganz diskret, versteht sich . . .«

»Meister, jetzt muß ich –«

»Ich weiß, was Sie sagen wollen. Jetzt müssen Sie wissen, warum er Katharina Nikolajewna nach dem Zug fragt. Ja glauben Sie denn wirklich, daß dieser läppische Zug ihn interessiert? Keine Spur. Er muß ganz einfach etwas fragen, muß mit irgendeinem Menschen in diesem Augenblick über irgend etwas reden, sonst wird er verrückt. Das ist es. Hier reiße ich ihm die Maske vom Gesicht und zeige das Leid, das ihn durchfurcht, das ewige Leiden, die große Einsamkeit. Wie lange erträgt ein Mensch diese Einsamkeit auf einer Bahnstation?«

»Um zwölf –«

»Drei oder vier Monate zuvor hat er sich scheiden lassen. Seither ist er ein gebrochener Mann. Nicht nach außen hin, o nein. Da läßt er sich nichts anmerken. Innerlich. Eine Saite seiner Seele ist gerissen. Er hat dieses Weib angebetet – ach, nicht wegen ihrer Schönheit, so schön war sie gar nicht, aber sie war eine Frau. Eine echte, heißblütige Frau. Und als er an jenem schicksalsschweren Abend aus der Botschaft nach Hause kam ...«

»Um Himmels willen, das alles ist in der Rolle drin?«

»... hörte er Stimmen aus dem blauen Salon. Er schlich auf Zehenspitzen näher und sah Margaret in Stanislawskys Armen. Wie vom Schlag gerührt stand er da, unfähig, einen Laut hervorzubringen. Sein ganzes Leben zog blitzartig an ihm vorüber. Sein Heimatdorf, der alte Friedhof, der Schmied, der bucklige Schneider –«

»Salzmann –«

»Salzmann, der Schuster, seine erste Liebe, die Müllerstochter, die Überschwemmung ... Dann wandte er sich ab und ging davon, auf Zehenspitzen, wie er gekommen war. Vierzehn Tage später wurde die Ehe geschieden. Der kleine Wladimir blieb bei der Mutter. Er wuchs als ein komplexbeladenes Kind heran, litt an chronischer Appetitlosigkeit, starrte aus großen blauen Kinderaugen ins Leere –«

»Hören Sie, Podmanitzki –«

»Ich bin fertig. Und Salzmann ist sowieso schon längst weggegangen. Aber jetzt verstehen Sie die Worte, die er an Katha-

rina Nikolajewna richtet. Wie schade, Madame, wie schade. Geht links ab. Wem gilt sein Bedauern? Der Frau? Dem Zug? ›Was ist ein Zug?‹ hat Stanislawsky mich einmal gefragt. Nein. In diesem einen Satz liegt sein ganzes Mitleid mit der Kreatur, liegt alles Aufbegehren gegen die Tyrannis des Schicksals. Ich spiele Ihnen die Szene vor . . .«
Jarden Podmanitzki stand auf, trat ein paar Schritte zurück, zerraufte sein Haar, ließ sich plötzlich zu Boden fallen und begann auf allen Vieren zu kriechen. Ich nützte die unverhoffte Chance und sprang mit kühnem Satz über ihn hinweg. Sofort nahm er die Verfolgung auf, aber diesmal half ihm nichts. Im zweiten Stock eines nahegelegenen Hauses fand ich Asyl bei einer barmherzigen Familie.

In dieser unserer Zeit, einer Zeit der Umwertung aller Werte, in der sogar Begriffe wie »Gerechtigkeit« allmählich ihren Bedeutungsinhalt verlieren, gibt es eine bewundernswert hartnäckige Gruppe von Menschen, die bis zum letzten Tropfen deines Bluts für die Gerechtigkeit kämpfen. Man nennt sie Anwälte, und sie kennen sich im Labyrinth der Gesetze so gut aus, daß sie nicht einmal merken, wenn sie sich verirren. Hauptsache bleibt, daß dem Gesetz Genüge getan wird.

Nur keine Rechtsbeugung!

Eines Tages in den frühen Abendstunden der vergangenen Woche tauchte vor unserer Wohnungstür eine Gestalt auf und nahm alsbald die unverkennbaren Umrisse eines Polizisten an. Er händigte mir eine Vorladung ein, derzufolge ich mich am nächsten Morgen um acht Uhr auf der nächsten Polizeistation einzufinden hatte.

Meine Frau betrachtete die Vorladung und erbleichte.

»Warum laden sie dich so dringend vor?« fragte sie. »Was hast du angestellt?«

»Nichts«, antwortete ich.

Meine Frau streifte mich mit einem prüfenden Blick.

»Du solltest nicht allein hingehen. Nimm einen Anwalt mit.«

»Wozu?«

»Frag nicht so dumm. Damit du jemanden bei dir hast, wofern du in Schwierigkeiten kommst.«

Die Tatsache, daß meine Frau zum erstenmal in ihrem Leben das Wort »wofern« gebrauchte, übte eine zutiefst demoralisierende Wirkung auf mich aus. Noch am Nachmittag setzte ich mich mit Dr. Jonathan Shay-Sheinkrager in Verbindung, dem weithin bekannten Juristen, der als einer der gefinkeltsten

Rechtsanwälte unseres Landes gilt. Shay-Sheinkrager ließ sich den Fall in allen Details vortragen, überlegte eine Weile und erklärte sich sodann bereit, meine Verteidigung zu übernehmen. Ich unterzeichnete die nötigen Papiere, die sofort in Kraft traten, und ging erleichtert nach Hause.

Am nächsten Morgen verabschiedete ich mich schweren Herzens von meiner Ehefrau und begab mich in Begleitung meines Rechtsanwaltes zur Polizeistation. Der wachthabende Polizeisergeant, ein schnurrbärtiger junger Mann, empfing uns freundlich. Er überflog die Vorladung, die Shay-Sheinkrager ihm einhändigte, griff ohne viel Federlesens in eine Schublade und zog die Aktentasche heraus, die ich vor ein paar Wochen verloren hatte.

»Wir haben Ihre Aktentasche gefunden, Herr Kishon«, sagte er mit gewinnendem Lächeln. »Hier ist sie.«

»Danke vielmals. Ich weiß Ihre Mühe zu schätzen.« Damit griff ich nach der Aktentasche und schickte mich wohlgelaunt zum Verlassen des Lokals an.

Ich hatte die Rechnung ohne meinen Anwalt gemacht.

»Sehr rührend«, sagte Shay-Sheinkrager, und seine Lippen kräuselten sich sarkastisch. »Aber darf ich Sie, Herr Inspektor, fragen, woher Sie wissen, daß es sich um die Aktentasche meines Klienten handelt?«

Der Sergeant grinste gutmütig:

»Wir haben in der Aktentasche eine Wäschereirechnung auf den Namen dieses Herrn gefunden.«

»Und es ist Ihnen kein Gedanke gekommen«, fuhr Shay-Sheinkrager fort, »daß die Aktentasche Eigentum der Wäscherei sein könnte?«

»Aber sie gehört mir«, versicherte ich meinem Anwalt. »Ich habe sie an den Joghurtflecken auf der rechten Seite sofort erkannt.«

»Bitte enthalten Sie sich jeder Einmischung in ein schwebendes Verfahren«, wies Shay-Sheinkrager mich zurecht. »Herr Inspektor, ich bitte um die Ausfertigung eines Protokolls!«

»Was heißt da Protokoll? Nehmen Sie die Aktentasche und gehen Sie.«
»Wir sollten wirklich gehen«, stimmte ich ein. »Hier haben wir nichts mehr zu tun.«
Mein Anwalt trat ans Fenster, verschränkte die Hände hinterm Rücken und sah hinaus. Nach ungefähr einer Minute drehte er sich um:
»Ich werde Ihnen sagen, was wir hier noch zu tun haben, meine Herren. Wir haben den Inhalt der Aktentasche zu überprüfen.«
Schweigen. Shay-Sheinkrager hatte natürlich recht. Zu dumm, daß mir das nicht von selbst eingefallen war. Da zeigt sich wieder einmal der Unterschied zwischen einem Laien und einem geschulten Kenner der Materie.
»Dann machen wir sie eben auf«, seufzte der Sergeant und griff nach der Aktentasche.
»Ich protestiere!« Wie ein Tiger fuhr Shay-Sheinkrager dazwischen. »Das strittige Objekt muß unbedingt in Anwesenheit eines offiziellen Zeugen geöffnet werden.«
Mit einem deutlich sichtbaren Aufwand an Selbstbeherrschung zwirbelte der Sergeant seinen Schnurrbart und ging einen Kollegen holen. Als die beiden eintraten, lag leichte Zornesröte über ihren Gesichtern.
»Herr Kishon«, ließ sich mein Anwalt vernehmen, »wollen Sie jetzt bitte eine Liste der Gegenstände anfertigen, die, soweit Sie sich erinnern können, den Inhalt dieser Aktentasche bilden.«
»Gerne«, antwortete ich. »Aber ich kann mich nicht erinnern.«
»Um so besser«, sagte der Sergeant und traf neuerdings Anstalten, die Aktentasche zu öffnen. Aber mein Anwalt hinderte ihn daran:
»Das Eingeständnis meines Klienten, den Inhalt der Aktentasche nicht rekonstruieren zu können, darf amtlicherseits nicht dahin verstanden werden, daß die Aktentasche zur Zeit ihres Verlustes keinerlei Wertgegenstände enthalten hätte.«
Die Blicke, mit denen die beiden Sergeanten ihn daraufhin

ansahen, ließen sich auch bei äußerster Nachsicht nicht mehr als »liebevoll« bezeichnen. Shay-Sheinkrager schien dergleichen gewohnt zu sein. Ungerührt zog er mich zur Seite.

»Bitte sprechen Sie von jetzt an kein Wort, ohne mich vorher zu fragen«, schärfte er mir ein. »Von jetzt an liegt die Sache in meinen Händen!«

Dann begann er in trockenem, aber höchst lichtvollem Fachjargon das Protokoll zu diktieren:

»Auf Grund einer freiwillig gemachten Aussage meines Klienten, und ohne seine Rechte als einziger gesetzlicher Eigentümer des strittigen Fundobjektes im mindesten zu präjudizieren, wird hiemit festgestellt, daß mein Klient infolge einer Erinnerungslücke außerstande ist, verbindliche Angaben über den Inhalt der in Rede stehenden Aktentasche zu machen, die sich zur Zeit der Ausfertigung dieses Protokolls auf der das Protokoll ausfertigenden Polizeistation befindet, deren diensthabendes Organ die in Rede stehende, vor einer bestimmten Anzahl von Tagen aufgefundene Aktentasche nach bestem Wissen und Gewissen als Eigentum meines Klienten bezeichnet und –«

»Einen Augenblick«, unterbrach der Sergeant und stand auf, um aus dem Nebenzimmer einen Oberinspektor herbeizuholen.

Noch ehe der Oberinspektor seine Übellaune in Worten äußern konnte, hatte sich Shay-Sheinkrager ihm vorgestellt und bat ihn, diese mißliche Angelegenheit fair und objektiv zu behandeln. Dann wandte er sich nochmals an mich:

»Ich muß Sie pflichtgemäß darüber belehren, daß von jetzt an jedes Ihrer Worte gegen Sie ausgenützt werden kann.«

Ich fragte ihn, ob ich vereidigt werden müßte, aber er beruhigte mich: so weit wären wir noch nicht.

Nachdem alle Anwesenden das Protokoll unterzeichnet hatten, erklärte Shay-Sheinkrager laut und langsam:

»Mein Klient erhebt keine Einwände gegen die Öffnung des strittigen Fundobjektes.«

Der Oberinspektor steckte die Hand in die Aktentasche und zog einen Bleistift heraus.

»Herr Kishon«, fragte mein Anwalt, wobei er jede Silbe scharf betonte, »ist das Ihr Bleistift?«

Ich sah mir den Bleistift an. Er war kurz und abgenützt, ein ganz gewöhnlicher Bleistift.

»Wie soll ich das heute noch wissen?« fragte ich. »Beschwören kann ich's nicht.«

In Shay-Sheinkragers Augen glomm ein heiliges Feuer:

»Meine Herren, jetzt kommt alles darauf an, kühlen Kopf zu bewahren. – Herr Kishon! Sind Sie ganz sicher, daß Sie dieses Schreibinstrument nicht als Bestandteil der von Ihnen ständig gebrauchten Schreibutensilien agnoszieren können?«

»Ich habe Ihnen doch schon gesagt, daß ich das nicht kann.«

»Dann verlange ich die sofortige Vorladung des Bezirkskommandanten!«

»Des Bezirkskommandanten?« schnaubte der Oberinspektor. »Und warum, wenn ich fragen darf?«

Er durfte fragen. Jede Frage war meinem Anwalt willkommen, weil er auf jede Frage eine Antwort hatte. Diesmal lautete sie:

»Herr Oberinspektor! Wenn der sogenannte ›ehrliche Finder‹ einen nicht meinem Klienten gehörigen Bleistift in diese Aktentasche hineinpraktiziert hat, kann er ebensogut ein anderes und möglicherweise wertvolleres Objekt aus dieser Aktentasche entfernt haben.«

Nach einer Weile erschien der Bezirkskommandant und prallte bereits in der Türe entsetzt zurück:

»Um Gottes willen! Sie hier, Shay-Sheinkrager? Schon wieder? Das darf nicht wahr sein!«

Auch jetzt ließ sich mein Anwalt im gleichmütigen Auf- und Abgehen nicht stören. Nach einer Weile pflanzte er sich vor dem Bezirkskommandanten auf. Seine Stimme bebte vor Bedeutsamkeit:

»Im Namen meines Klienten erstatte ich hiemit Anzeige gegen den Finder dieser Aktentasche, und zwar a) wegen widerrechtlichen Gebrauchs der meinem Klienten gehörigen Schreibutensilien, und b) wegen möglicher Entfernung von Gegenständen aus der gefundenen Aktentasche.«

»Soll das heißen«, fragte drohend der Bezirkskommandant, »daß Sie hier einen Diebstahl unterstellen?«

»Allerdings. Mein Klient glaubt mit ausreichender Sicherheit behaupten zu können, daß im Zusammenhang mit der ihm gehörigen Aktentasche ein Diebstahl unbestimmten Ausmaßes begangen wurde.«

»Na schön«, stöhnte der Bezirkskommandant. »Wer hat die verdammte Aktentasche gefunden?«

Unmutig kramte der Sergeant in seinen Papieren:

»Der Verkehrspolizist vom Dienst. Vorgestern nachmittag.«

»Sie wollen einen Polizisten des Diebstahls beschuldigen?« fragte mich der Bezirkskommandant.

»Nicht antworten!« Shay-Sheinkrager war mit einem Satz bei mir und hielt mir den Mund zu. »Sagen Sie kein Wort! Die Kerle wollen Ihnen einen Strick drehen. Ich kenne ihre Tricks. – Herr Bezirkskommandant«, fuhr er amtlich fort. »Wir haben dem bereits Gesagten nichts mehr hinzuzufügen. Weitere Aussagen machen wir nur vor dem zuständigen Gerichtshof.«

»Wie Sie wünschen. Sie sind sich hoffentlich klar darüber, daß Sie soeben eine ehrenrührige Behauptung gegen einen Beamten des öffentlichen Dienstes vorgebracht haben?«

»Ich erhebe Einspruch«, brüllte Shay-Sheinkrager. »Das grenzt an Erpressung.«

»Erpressung?« Auch die Stimme des Bezirkskommandanten steigerte sich zu imposanter Lautstärke. »Sie beleidigen einen uniformierten Polizisten im Dienst! Paragraph 18 des Strafgesetzbuches!«

»Einspruch! Ich beziehe mich auf Anhang 47 zur Verordnung über Pflichten und Rechte der öffentlichen Sicherheitsorgane, Gesetzblatt Nr. 317!«

»Darüber wird das zuständige Gericht entscheiden«, schnarrte der Bezirkskommandant und wandte sich an mich: »Im Namen des Gesetzes erkläre ich Sie für verhaftet.«

Shay-Sheinkrager begleitete mich bis an die Zellentür.
»Kopf hoch«, sagte er. »Man kann Ihnen nichts anhaben. Es gibt kein Beweismaterial gegen Sie. Wir werden das Alleinverschulden des Polizisten nachweisen und notfalls einen Haftbefehl gegen den Polizeiminister erwirken. Dann soll er uns einmal erklären, warum der ›ehrliche Finder‹ nicht verhaftet wurde! Schlafen Sie gut. Ich verständige Ihre Frau.« Und er verabschiedete sich mit einem kräftigen, trostreichen Händedruck.
Es hilft nichts: der beste Freund eines einsamen Häftlings ist sein Anwalt. Ich durfte mich glücklich schätzen, einen so brillanten Kopf als Verteidiger zu haben. Vielleicht setzt er es sogar durch, daß ich gegen Kaution entlassen werde.

Gebrauchtwagenkauf in den USA

Es kam, wie es kommen mußte. Eines katastrophalen Morgens entschloß ich mich, mir eine soziale Gebraucht-Position anzuschaffen und ging zu einem Gebrauchtwagenhändler namens »Smiling Joe« (was mit »Lächelnder Josef« durchaus unzureichend übersetzt wäre). Smiling Joe nahm in den Zeitungen täglich einige Quadratkilometer Inseratenraum in Anspruch, auf denen er seine sechshundert Gebrauchtwagen begeistert anpries. Er war ein kräftiger, gutgelaunter, temperamentvoller junger Mann, und als er hörte, daß ich aus Israel kam, kannte seine Begeisterung keine Grenzen. Er selbst, wie er ausdrücklich betonte, war zwar kein Jude, aber er hatte einen Freund, der Finkelstein oder so ähnlich hieß, und das genügte.

Smiling Joe zeigte mir persönlich seine zwanzig Gebrauchtwagen und pries jeden einzelnen von ihnen begeistert an. Als ich mich nach den restlichen 580 erkundigte, raunte er mir vertraulich zu, daß sie für prominente Gäste aus dem Nahen Osten – also zum Beispiel für mich oder König Ibn Saud – auf einem Geheimgelände bereitgehalten würden.

»Es ist nur fünf Minuten von hier«, sagte Smiling Joe. »Fahren wir los.« Und er lud mich in seinen eigenen Wagen ein.

Nach ungefähr eineinhalb Stunden flotter Fahrt fragte ich ihn, was eigentlich mit den fünf Minuten los wäre. Smiling Joe gestand mir unter dröhnendem Gelächter, daß er dabei an ein Überschallflugzeug gedacht hätte. Aber jetzt würde es wirklich nur noch zehn Minuten dauern.

Dämmerung sank herab. Die Wüste, die wir durchfuhren, zeigte alle Merkmale subtropischer Vegetation. Immerhin waren wir noch vor Einbruch der völligen Dunkelheit in Arizona. Auf dem geheimen Gelände standen, leicht überschaubar, neun Gebrauchtwagen.

»Ist das alles?« fragte ich. »Wo sind die anderen?«
»Verkauft«, grinste Smiling Joe. »Die Dinger gehen ab wie die warmen Semmeln. Am Morgen hatte ich noch fünfhundert Wagen hier. Wenn ich's mir recht überlege, bin ich gar nicht scharf drauf, den Rest zu verkaufen. Ich kann mit dem Geld sowieso nichts anfangen.«
Unwillkürlich drängte sich die Frage auf meine Lippen, warum er mich dann überhaupt hergeführt habe.
Smiling Joe grinste abermals. Geld bedeute ihm nichts, meinte er.
Viel wichtiger sei der gute Ruf, »Fairneß und Ehrlichkeit« lautete die Devise.
Ich hatte währenddessen den rudimentären Wagenpark besichtigt und zu meiner Freude einen verhältnismäßig gut erhaltenen Chevrolet entdeckt, der laut kreidiger Aufschrift auf der Windschutzscheibe nur 299,99 Dollar kosten sollte.
»Der Wagen gefällt mir«, sagte ich. »Den will ich haben.«
»Junge, Junge!« Smiling Joe hieb mir anerkennend seine Pranke auf die Schulter. »Das nenne ich ein sicheres Auge! Schaut hin – und hat auch schon mein bestes Stück! Der Wagen ist zwar verkauft, an den Gouverneur dieses aufstrebenden Staates – aber wenn ich Sie damit glücklich machen kann, dann blättern Sie vierhundert Dollar auf den Tisch des Hauses und der Chevy gehört Ihnen.«
»Wieso vierhundert? Da steht doch ganz deutlich 299,99?«
»Listenpreis, mein Junge. Ohne Räder. Wenn Sie für 299,99 einen Wagen ohne Räder kaufen wollen – ich habe nichts dagegen. Aber vergessen Sie nicht, daß Chevrolet eine der teuersten Automarken Amerikas ist.«
Ich zeigte wortlos auf die Neonlicht-Reklame am Eingang, die in großen Blinklichtern besagte: »Chevrolet – der preisgünstigste Wagen Amerikas!«
Smiling Joe büßte weder seine Ruhe noch sein Grinsen ein:
»Wer kümmert sich heute noch um Neonlichter? Längst überholt!«

Ich hatte den Wagen mittlerweile von allen Seiten geprüft und fand ihn immer mehr nach meinem Geschmack.
»Okay«, sagte ich. »Ich nehme ihn.«
»Großartig!« Smiling Joe schüttelte begeistert meine Hände. »Sie sind ein Glückspilz! Machen Sie, daß Sie 'rauskommen, bevor ich's mir überlege! Sie werden diesen Wagen mit fünfhundert Dollar Profit verkaufen.«
»Selber Glückspilz«, gab ich zurück.
»Wo sind die Schlüssel?«
»Schon was von automatischer Kupplung gehört?« grinste Smiling Joe, während er mir die Schlüssel einhändigte.
»Und das Lenkrad können Sie mit dem Finger ganz herumdrehen.«
Ich versuchte das Lenkrad mit dem Finger ganz herumzudrehen, hörte aber sofort auf, als es in zwei Hälften zu zerbrechen drohte.
»Sehen Sie«, triumphierte Smiling Joe. »Es rührt sich nicht. Solide wie Stahl. Und erst der Zehnzylindermotor! Junge, Junge!«
Ich öffnete die Haube und zählte knappe sechs Zylinder.
»Eben!« Smiling Joe überschlug sich vor Begeisterung. »Was das nur für eine Benzinersparnis bedeutet! Und die automatische Vorzündung!«
Ich demonstrierte ihm mühelos, daß die Vorzündung in keiner Weise automatisch war, sondern mühsam mit der Hand bedient werden mußte. Smiling Joe beglückwünschte mich aufs neue zu meinem Fang. Die automatische Vorzündung sei ohnehin nichts wert gewesen und werde zu den neuesten Modellen nicht mehr geliefert.
»Glauben Sie, ich würde Ihnen einen schlechten Wagen verkaufen, he? Ich Ihnen? Ein Jude dem andern? Sie werden sich in diesem Wagen wie ein König vorkommen! Und wenn Sie Musik hören wollen, brauchen Sie nur das Radio anzudrehen.«
Smiling Joe zeigte mir den Knopf und drehte ihn an. Sofort setzten sich die Scheibenwischer in Betrieb.

»Wer zum Teufel braucht ein Radio?« fragte Smiling Joe beseligt. »Was bekommt man da schon zu hören? Den ganzen Tag lang Schallplatten. Vollkommen überflüssig. Viel wichtiger ist, daß Sie einen phantastischen Führersitz haben, den Sie sogar verschieben können.«
Ich versuchte den Sitz zu verschieben – und er verschob sich. Ich versuchte es noch einmal – und er verschob sich wieder. Warum hatte Smiling Joe dann aber gesagt, daß sich der Sitz verschieben ließ? Das war verdächtig. Ich nahm eine gründliche Untersuchung des Wagens vor – er war so gut wie neu.
»Er ist so gut wie neu«, grinste Smiling Joe. »Er hat nicht mehr drauf als 17 000 Meilen.«
Das konnte nicht wahr sein. Ich warf einen Blick auf den Zähler. Er zeigte 3000 Meilen. Mein Mißtrauen wuchs:
»Wieso zeigt er nur 3000?«
»Leicht zu erklären. Der frühere Besitzer war ein Leuchtturmwächter, der immer nur um seinen Leuchtturm herumfahren konnte.«
Jetzt hatte ich genug. Wenn ich Smiling Joes Verkaufstechnik richtig interpretierte, mußte der Wagen spätestens nach hundert Metern auseinanderfallen.
»Schön«, sagte ich. »Dann werden wir leider kein Geschäft miteinander machen. Ich lasse mich nicht zum Narren halten.«
»Ganz wie Sie wünschen.«
Zum ersten Mal verlor sich das Grinsen aus Smiling Joes Gesicht.
»Wie komme ich nach Hause?«
»Per Auto?«
»Nein. Zu Fuß.«
»Immer nach Osten, mein Freund, immer nach Osten . . .«
Ich überlegte: wenn Smiling Joe »Osten« sagte, wäre »Westen« vermutlich das Richtige. Aber da man sich bei ihm nicht einmal auf das Gegenteil seiner Aussagen verlassen kann, ginge ich wohl am besten nach Süden.
Auf meinem Weg in nördlicher Richtung kam ich durch frucht-

bares Ackerland, durch schattige Wälder mit Bächen und Wasserfällen – und trotzdem nach Hause. Unser Nachbar stützte mich die Stiegen hinauf und informierte mich (leider zu spät), daß man in Amerika zum Ankauf eines Gebrauchtwagens unbedingt mit dem eigenen Wagen vorfahren müsse.

Was die Finessen der Weltpolitik betrifft, so haben wir die anderen Völker noch nicht ganz eingeholt. Hingegen ist es uns gelungen, den Mann einzuholen, der die Vernichtung unseres eigenen Volkes durchzuführen hatte, und ihn vor Gericht zu stellen. Der Fall hatte etwas Surrealistisches an sich. Man konnte im Gerichtssaal beinahe plastisch die Gedankengänge einer überwirklichen Ratte verfolgen.

2 × 2 = Schulze

Ein avantgardistisches Fragment
(Die Szene spielt in einem imaginären Gerichtssaal)

Staatsanwalt: Wieviel ist Ihrer Ansicht nach zwei mal zwei?

Adolf: Herr Staatsanwalt, ich bin kein Mathematiker.

Staatsanwalt: Ich möchte trotzdem wissen, wieviel Ihrer Ansicht nach zwei mal zwei ist.

Adolf: Ich habe mich mit solchen Dingen nie beschäftigt. Wenn ich es mit Problemen dieser Art zu tun bekam, habe ich sie an die zuständige Abteilung weitergeleitet. Die Entscheidungen wurden in jedem Fall von Schulze getroffen.

Staatsanwalt: Sie wissen also nicht, wieviel zwei mal zwei ist?

Adolf: Ich kann darüber keine Angaben machen, Herr Staatsanwalt.

Staatsanwalt: Und wenn ich Ihnen auf den Kopf zusage, daß Sie es wissen?

Adolf: Ziffern waren die Sache von Schulze.

Staatsanwalt: Immer, wenn Sie wissen wollten, wieviel zwei mal zwei ist, haben Sie nach Schulze geschickt?

Adolf: Nicht immer. Manchmal konnten die betreffenden Fragen auch telephonisch geklärt werden. Ich möchte bei dieser

Gelegenheit bemerken, daß Schulze Ende 1943 in das Salzkammergut versetzt wurde und daß ich ihn erst dort zusammen mit Lehmann getroffen habe.

STAATSANWALT: Wußte auch Lehmann, wieviel zwei mal zwei ist?

ADOLF: Das weiß ich nicht. Danach habe ich ihn nie gefragt. Mein Vorgesetzter war, wie schon erwähnt, Schulze.

STAATSANWALT: Wußte Schulze die richtige Antwort auf die Frage: »Wieviel ist zwei mal zwei?«

ADOLF: Das kann ich nicht sagen. Ich hatte keine Möglichkeit, in sein Inneres zu sehen.

STAATSANWALT: Aber Sie durften sicher sein, daß er die Antwort wußte?

ADOLF: Ich habe mir niemals ein Urteil über meine Vorgesetzten angemaßt.

STAATSANWALT: Wieso wissen Sie dann, daß Schulze für diese Dinge zuständig war? Er kann doch nur dann zuständig gewesen sein, wenn er wußte, wieviel zwei mal zwei ist? Woher wissen Sie, daß er das nicht wußte? Oder daß er es wußte?

ADOLF: Ich wußte es nicht. Wenn ich mich richtig erinnere, habe ich sogar daran gezweifelt. Ich bin kein Mathematiker.

STAATSANWALT: Dann erklären Sie mir, wieso das Dokument Nr. 6013 in Ihrer Handschrift den Vermerk »2 × 2 = 4« trägt.

ADOLF: Das ist unmöglich.

STAATSANWALT: Hier. *(Reicht ihm ein Dokument)* Haben Sie das geschrieben?

ADOLF: *(nach sorgfältiger Prüfung des Dokuments)* Ja.

STAATSANWALT: Das ist also Ihre Handschrift?

ADOLF: Nein.

STAATSANWALT: Nein? Wieso nicht?

ADOLF: Zu dem auf diesem Dokument angegebenen Zeitpunkt war ich nicht in Berlin.

STAATSANWALT: Das Dokument wurde in München ausgefertigt.

ADOLF: Ich war auch nicht in München. Ich hatte damals gerade in Dachau zu tun.

STAATSANWALT: Was hatten Sie in Dachau zu tun?

ADOLF: Mir fällt soeben ein, daß ich in Linz war.

STAATSANWALT: Wie kommt dann Ihre Unterschrift auf dieses Dokument?

ADOLF: Sie wurde später hinzugefügt. Ich möchte darauf hinweisen, daß die auf diesem Dokument angebrachten Ziffern nicht sehr gut leserlich sind. Besonders die Ziffer 4 ist undeutlich und kann sehr leicht mit der Ziffer 7 verwechselt werden.

STAATSANWALT: Zwei mal zwei wäre dann also sieben?

ADOLF: Das habe ich nicht gesagt. Ich bin kein Mathematiker. Meine Bemerkung bezog sich ausschließlich auf die Form der Ziffer 4, die mich an die Form der Ziffer 7 im Dokument Nr. 6013 erinnert.

STAATSANWALT: Wollen Sie jetzt angeben, wo Sie sich zum fraglichen Zeitpunkt aufgehalten haben?

ADOLF: In Dachau.

VORSITZENDER: Angeklagter, Sie sollen die Frage beantworten, wieviel zwei mal zwei ist.

ADOLF: Nicht sieben. Ich habe nie gesagt, daß es sieben ist. Ich habe nur gesagt, daß mich die Ziffer 4 auf manchen Dokumenten an die Ziffer 7 erinnert.

STAATSANWALT: Wir sprechen jetzt nicht über »manche Dokumente«. Wir sprechen über das Dokument Nr. 6013.

ADOLF: Für dieses Dokument bin ich nicht verantwortlich, weil ich zur Zeit seiner Ausfertigung in Linz war.

STAATSANWALT: Also doch Linz und nicht Dachau?

ADOLF: Soweit ich das aus dem Gedächtnis rekonstruieren kann.

STAATSANWALT: Für mich besteht nicht der geringste Zweifel, daß Sie ganz genau wissen, wieviel zwei mal zwei ist.

ADOLF: Ich muß wiederholen, daß ich kein Mathematiker bin.

STAATSANWALT: Heben Sie zwei Finger Ihrer rechten Hand.

ADOLF: *(tut es)* Ich schwöre bei Gott dem Allmächtigen . . .

STAATSANWALT: Ich habe Sie zu keiner Eidesleistung aufgefordert, sondern nur dazu, zwei Finger zu heben.

ADOLF: Darf ich in diesem Zusammenhang noch eine Aussage machen?

STAATSANWALT: Ja.

ADOLF: Lehmann wurde 1943 ins Protektorat versetzt, so daß ihn Schulze in diesem Jahr unmöglich im Salzkammergut treffen konnte.

STAATSANWALT: Ich verstehe den Zusammenhang nicht.

ADOLF: Wenn ich einen Eid ablege, Herr Staatsanwalt, dann lege ich einen Eid ab, um die Wahrheit zu sagen. Lehmann hatte mit Schulzes Angelegenheiten nichts zu tun.

STAATSANWALT: Schön. Er hatte nichts mit ihnen zu tun. Aber darum handelt es sich nicht. Es handelt sich darum, wie viele Finger Lehmann gehoben hat.

ADOLF: Soweit ich mich erinnern kann, hat Lehmann niemals irgendwelche Finger gehoben.

STAATSANWALT: Es war ja auch nicht Lehmann gemeint, sondern Sie. Wieviele Finger sind es, die Sie jetzt gehoben haben?

ADOLF: Ich glaube: zwei. Vorsorglich und in jedem Fall möchte ich mich dagegen verwahren, für etwaige Ungenauigkeiten auf diesem Gebiet verantwortlich gemacht zu werden. Ich bin kein Mathematiker.

STAATSANWALT: Lassen wir das. Heben Sie jetzt noch zwei Finger Ihrer linken Hand.

ADOLF: *(tut es)*.

STAATSANWALT: Wieviele Finger sehen Sie jetzt?

ADOLF: Zehn.

STAATSANWALT: Ich meine: erhobene Finger.

ADOLF: Aber ich kann auch die anderen sehen.

STAATSANWALT: Uns interessieren jetzt nur Ihre erhobenen Finger.

ADOLF: Auch die nicht erhobenen Finger gehören mir. Sie stellen insgesamt 60 Prozent meiner Fingeranzahl dar, also eine Majorität von 50 Prozent im Vergleich zu den erhobenen Fingern.

STAATSANWALT: Ich möchte von Ihnen nichts anderes hören als die Gesamtanzahl der zwei mal zwei Finger, die Sie gehoben haben.

ADOLF: Jetzt?

STAATSANWALT: Ja. Zählen Sie.

ADOLF: *(versucht es erfolglos)* Ich kann nicht.

STAATSANWALT: Warum nicht?

ADOLF: Ich bin gewohnt, so zu zählen, daß ich den Finger über die zu zählenden Gegenstände gleiten lasse. Im hier vorliegenden Fall ist der Finger, mit dem ich zählen soll, identisch mit einem der zu zählenden Finger, was mich sehr verwirrt. Außerdem könnte es zu Ungenauigkeiten führen, und da ich unter Eid stehe, muß ich auf größte Genauigkeit bedacht sein.

Darf ich noch eine Aussage machen?

STAATSANWALT: Ja.

ADOLF: Ich möchte nicht den Eindruck erwecken, als ob ich die Leseart, derzufolge zwei mal zwei unter bestimmten Voraussetzungen das Ergebnis vier oder ein annähernd ähnliches Ergebnis haben kann, vollkommen von der Hand weisen wollte. Dessen ungeachtet lege ich Wert auf die Feststellung, daß ich mich mit Arbeiten auf diesem Gebiet niemals beschäftigt habe, weil das eine Überschreitung der mir übertragenen, genau umschriebenen Zuständigkeit bedeutet hätte. Ich beantrage daher die Einvernahme des Zeugen Schulze, der zum fraglichen Zeitpunkt Gauleiter in Wuppertal war.

STAATSANWALT: Wenn ich Sie richtig verstehe, sind Sie mit Schulze de facto einer Meinung darüber, daß zwei mal zwei vier ist?

ADOLF: Ich habe bereits wiederholt ausgesagt, daß ich über diesen Punkt nicht aussagen kann, solange ich unter Eid stehe. Aber ich werde selbstverständlich alle aus meiner Aussage entstehenden Folgen auf mich nehmen, um nicht den

Eindruck zu erwecken, daß ich mich meiner Verantwortung entziehen will.

STAATSANWALT: Schön. Wieviel ist zwei mal zwei?

ADOLF: Wenn ich nicht irre, habe ich darüber bereits ausgesagt.

STAATSANWALT: Ich möchte es noch einmal hören.

ADOLF: Ich habe darüber bereits ausgesagt, wenn ich nicht irre.

STAATSANWALT: Wiederholen Sie Ihre Aussage.

ADOLF: Bitte sehr. Ich kann nach bestem Wissen und Gewissen nur aussagen, daß das Ergebnis der hier wiederholt gestellten mathematischen Aufgabe annähernd dem entspricht, was Sie, Herr Staatsanwalt, vor einigen Minuten als Ergebnis festgestellt haben.

STAATSANWALT: Also vier.

ADOLF: Soweit ich das beurteilen kann.

STAATSANWALT: Vier!

ADOLF: Nach allgemeinem Dafürhalten.

STAATSANWALT: Zwei mal zwei ist vier – ja oder nein?

ADOLF: Das erstere.

STAATSANWALT: Danke. Das ist alles, was ich wissen wollte.

Parkplatz gesucht

Eines Morgens erwachte ich in New York mit Zahnschmerzen. Mit ganz gewöhnlichen, ungemein schmerzhaften Zahnschmerzen. Irgend etwas in meinem linken Unterkiefer war nicht in Ordnung, schwoll an und schmerzte.

Ich fragte Tante Trude, ob es hier in der Gegend einen guten Zahnarzt gäbe. Tante Trude kannte ihrer drei, alle in nächster Nähe, was in New York ungefähr soviel bedeutet wie 25 Kilometer Luftlinie.

Ich wollte wissen, welcher von den drei Zahnärzten der beste sei. Tante Trude sann lange vor sich hin:

»Das hängt davon ab. Der erste hat seine Ordination in der Wall Street. Dort wimmelt es von Zeitungsreportern, und wenn jemand einen Parkplatz findet, wird er sofort von ihnen interviewt. Ich weiß nicht, ob du das mit deinen Zahnschmerzen riskieren willst. Der zweite hat eine direkte Autobusverbindung von seinem Haus zum nächsten bewachten Parkplatz, aber er ist kein sehr angenehmer Arzt. Ich würde dir zu Dr. Blumenfeld raten. Er wohnt in einem ähnlichen Cottage-Viertel wie wir und hebt in seinen Annoncen immer hervor, daß man dort manchmal in einer nicht allzu weit entfernten Seitenstraße Platz zum Parken findet.«

Das war entscheidend. Und mein Unterkiefer war um diese Zeit schon so angeschwollen, daß es keine Zeit mehr zu verlieren gab.

Ich nahm Onkel Harrys Wagen und sauste los.

Es dauerte nicht lange, bis ich Dr. Blumenfelds Haus gefunden hatte. Auch die im Inserat angekündigten Seitenstraßen waren da, nicht aber der im Inserat angekündigte Platz zum Parken. An beiden Straßenseiten standen die geparkten Wagen so dicht hintereinander, daß nicht einmal die berühmte Stecknadel hätte

zu Boden fallen können; sie wäre auf den fugenlos aneinandergereihten Stoßstangen liegen geblieben.
Eine Zeitlang kreuzte ich durch die Gegend wie ein von seiner Flugbahn abgekommener Satellit.
Dann geschah ein Wunder. Ich sah es mit meinen eigenen Augen. Das heißt: ich sah ein Wunder im Anfangsstadium. Ich sah einen amerikanischen Bürger, der sich an der Türe seines geparkten Wagens zu schaffen machte.
Schon hielt ich an seiner Seite:
»Fahren Sie weg?«
»Ob ich – was? Ob ich wegfahre?« Er wollte seinen Ohren nicht trauen. »Herr, ich habe auf diesen Parkplatz zwei Jahre lang gewartet und habe ihn erst im vorigen Herbst erobert. Damals nach dem Hurrikan, der alle hier geparkten Wagen weggefegt hat ...«
Jetzt fiel mir auf, daß das Dach seines Wagens, genau wie das der anderen, mit einer dicken Staubschicht bedeckt war. Da gab es also nichts zu hoffen.
Wo ich denn möglicherweise einen Parkplatz finden könnte, fragte ich.
Die Antwort, nach längerem Nachdenken und Hinterkopfkratzen erteilt, verhieß wenig Gutes:
»Einen Parkplatz finden ... Sie meinen einen *freien* Parkplatz? In Texas soll es angeblich noch einige geben. Vergessen Sie nicht, daß sich die Zahl der Autos in Amerika jedes Jahr um ungefähr fünfzehn Millionen vermehrt. Und die Länge der Autos jedes Jahr um ungefähr zehn Inches. Der letzte Gallup-Poll hat ergeben, daß dreiundachtzig Prozent der Bevölkerung das Parkproblem für die gefährlichste Bedrohung ihres Lebens halten. Nur elf Prozent dagegen haben Angst vor dem Atomkrieg.
Mit diesen Worten zog er einen Roller aus dem Fond seines Wagens, stieg mit einem Fuß darauf und ließ den Wagen unverschlossen stehen.
»He! Sie haben nicht abgesperrt!« rief ich ihm nach.

»Wozu?« rief er zurück. »Niemand stiehlt mehr ein Auto. Wo sollte er es denn parken?«
Mein Zahn trieb mich weiter. Aber es war ganz offenbar sinnlos. Wohin man blickte, stand geparktes Auto an geparktem Auto, und wo kein Auto stand, stand ein Pfosten mit einer Tafel, und auf der Tafel stand die Inschrift: »Von Anfang Juli bis Ende Juni Parken verboten«, oder »Parkverbot von 0 bis 24 Uhr, Sonn- und Feiertag von 24 bis 0 Uhr.« War aber irgendwo kein Wagen und keine Tafel zu sehen, so stand dort todsicher ein Feuerhydrant, dem man in Amerika unter Androhung schwerster Geld- und Freiheitsstrafen nicht in die Nähe kommen darf, nicht einmal wenn es brennt.
In einer schon etwas weiter entfernten Straße fand ich eine Affiche, aus der hervorging, daß hier am 7. August zwischen 3 und 4 Uhr nachmittags geparkt werden durfte. Ich erwog ernsthaft, so lange zu warten, aber mein Zahn war dagegen.
Endlich schien mir das Glück zu lächeln. Vor einem großen Gebäude sah ich einen leeren, deutlich für Parkzwecke reservierten Raum mit der deutlichen Aufschrift: »Kostenloses Parken für unsere Kunden.« Rasch wie der Blitz hatte ich meinen Wagen abgestellt, stieg aus, fand mich im nächsten Augenblick von hinten an beiden Schultern gepackt und im übernächsten auf einen Stuhl gedrückt, der im Büro einer Versicherungsgesellschaft stand.
»Guten Morgen, mein Herr«, begrüßte mich der Mann hinterm Schreibtisch. »Wie lange?«
»Ungefähr eineinhalb Stunden.«
Der Versicherungsagent blätterte in seiner Tarifliste:
»Das Minimum für neunzig Minuten ist eine Feuer- und Hagelversicherung auf 10 000 Dollar.«
Ich erklärte ihm, daß der Wagen bereits versichert war.
»Das sagen alle. Darauf können wir keine Rücksicht nehmen.«
»Und ich kann keine Versicherung auf 10 000 Dollar nehmen.«
»Dann müssen Sie eben wegfahren.«

»Dann werde ich eben wegfahren.«
Gegenüber dem Versicherungsgebäude befand sich ein Kino. Hinter dem Kino befand sich ein großer Parkplatz. Auf dem großen Parkplatz befanden sich viele große Wagen. Vor den Wagen befanden sich Parkuhren, die sechzig Minuten Maximalzeit vorschrieben. Aus dem Kino kamen fast pausenlos Leute herausgeeilt, warfen Münzen in die Parkuhren und eilten zurück.
Bei Einbruch der Dunkelheit ging mir das Benzin aus. Ich fuhr zu einer Tankstation, und während der Tank gefüllt wurde, fragte ich nach der Toilette. Dort erkletterte ich das Fenster, durchkroch eine Art Schacht, gelangte ins Magazin, stahl mich durch die Hintertüre hinaus und befand mich in einem engen, dunklen, nach Leder riechenden Raum. Es war mein Wagen, den die erfahrenen Tankstellenwärter dort abgestellt hatten.
Ihr hämisches Grinsen reizte meinen tief verwundeten orientalischen Stolz.
»Was können Sie sonst noch mit dem Wagen machen?« fragte ich. »Lassen Sie hören!«
Das Offert kam prompt und sachlich:
»Ölwechsel – zehn Minuten. Überholen – eine halbe Stunde. Lackieren – eine Stunde.«
»Lackieren Sie ihn grasgrün und wechseln Sie das Öl.«
Ungesäumt startete ich in Richtung Blumenfeld. Ich schlug ein scharfes Tempo an, denn der Zettel, den man mir an der Tankstelle in die Hand gedrückt hatte, trug folgenden eindeutig präzisierten Text: »Wenn Sie nicht pünktlich nach der vereinbarten Zeit von 1.10 Uhr (das war handschriftlich eingetragen) Ihren Wagen holen, wird er in unserem eigens hierfür konstruierten Parkofen verbrannt.«
Da ich schon lange nicht trainiert hatte, geriet ich leider sehr bald außer Atem. Ich bestieg einen Bus und nahm an der Endstation ein Taxi zu Dr. Blumenfeld. Als ich dort anlangte, waren 42 Minuten vergangen, so daß ich sofort umkehren

mußte. Ich kam gerade zurecht, wie die Tankstellenwärter sich anschickten, die erste Kanne Kerosin über meinen grasgrünen Wagen zu schütten.
Jetzt gab es nur noch eine Möglichkeit, und ich war entschlossen, sie auszunützen: Ich fuhr mit meinem eigenen Wagen vor Dr. Blumenfelds Haus und ließ ihn krachend auf einen Laternenpfahl aufprallen. Erlöst entstieg ich dem Blechschaden und begab mich in die Ordination.
Gerade als Dr. Blumenfeld mit der Behandlung fertig war, ertönte von unten zorniges Hupen. Durchs Fenster sah ich, daß es von einem Wagen kam, der dicht hinter dem meinen stand. Ich sauste hinunter. Ein andrer von Dr. Blumenfelds Patienten empfing mich zornschnaubend:
»Was bilden Sie sich eigentlich ein, Sie? Glauben Sie, diese Laterne gehört nur Ihnen?«
Ich mußte ihm recht geben. Selbst in Amerika können sich nur die Reichsten der Reichen den Luxus einer eigenen Parklaterne leisten.

Für das ethische Empfinden des Juden gibt es nichts Schmählicheres, als keinen Broterwerb zu haben. Besser eine Beschäftigung, die überhaupt nichts einbringt, als ein hochbezahlter Posten, der nur ein Posten ist. Dieses Paradox kann nur verstehen, wer hauptberuflich Jude ist.

Im Schweisse deines Angesichtes

Vor drei Jahren erschien der Hausierer zum erstenmal in unserem Haus. Er kletterte alle Stiegen hinauf, läutete an allen Wohnungstüren und hob, wenn eine Tür sich öffnete, seinen kleinen Handkoffer ein wenig vom Boden ab:

»Seife? Rasierklingen?«

»Nein, danke«, lautete die regelmäßige Antwort.

»Zahnbürsten?«

»Danke, nein.«

»Kämme?«

»Nein!«

»Toilettenpapier?«

Wenn es so weit war, wurde die Tür gewöhnlich zugeschlagen.

Seither kommt der Hausierer ungefähr alle drei Wochen in unser Haus, läutet an den Türen, sagt sein Sprüchlein auf, wartet, bis die Türe zugeschlagen wird, und geht ab. Einmal, von einer jähen menschlichen Regung überwältigt, wollte ich ihm ein paar Münzen zustecken. Er wies sie entrüstet zurück, belehrte mich, daß er kein Bettler sei, und schlug die Türe zu.

Gestern läutete er wieder bei mir an:

»Seife? Rasierklingen?«

Mich packte die Abenteuerlust:

»Ja. Geben Sie mir eine Rasierklinge.«

»Zahnbürsten?« fragte er unbeirrt weiter.

»Ich wollte eine Rasierklinge haben.«

»Kämme?«
»Was?«
»Eine Rasierklinge!!«
»Verstehen Sie mich? Sie sollen mir eine Rasierklinge geben!«
Grenzenlose Verblüffung malte sich auf seinem Gesicht:
»Warum?«
»Eine neue Rasierklinge! Ich – will – von Ihnen – eine Rasierklinge – kaufen! Jetzt!«
»Toilette ...«, wimmerte der Hausierer. »Papier ...«
Ich riß ihm den Koffer aus der Hand und öffnete ihn. Der Koffer war leer. Vollkommen leer.
»Was – was heißt das?«
Seine Adern schwollen zornig an:
»Was heißt das: was heißt das? Noch nie hat jemand etwas von mir gekauft. Keine Seife, keine Zahnbürsten, keine Rasierklingen, nichts. Wozu soll ich das ganze Zeug mit mir herumschleppen?«
»Ich verstehe«, lenkte ich mit besänftigender Stimme ein. »Aber warum steigen Sie denn dann die vielen Stiegen hinauf und läuten an jeder Türe?«
»Weil man sich irgendwie sein Brot verdienen muß, Herr!« sagte der Hausierer. Dann drehte er sich um und läutete nebenan bei Selig.

Jetzt haben wir uns aber lange genug mit Kleinigkeiten abgegeben. Es wird Zeit, sich wirklich wichtigen Dingen zuzuwenden. Zum Beispiel unserem Sohn Raphael. Er wog bei seiner Geburt 3,50 kg im Schatten.

Ein Vater wird geboren

Gegen Morgen setzte sich meine Frau im Bett auf, starrte eine Weile in die Luft, packte mich an der Schulter und sagte:
»Es geht los. Hol ein Taxi.«
Ruhig, ohne Hast, kleideten wir uns an. Dann und wann raunte ich ihr ein paar beruhigende Worte zu, aber das war eigentlich überflüssig. Wir beide sind hochentwickelte Persönlichkeiten von scharf ausgeprägter Intelligenz, und uns beiden ist klar, daß es sich bei der Geburt eines Kindes um einen ganz normalen biologischen Vorgang handelt, der sich seit Urzeiten immer wieder milliardenfach wiederholt und schon deshalb keinen Anspruch hat, als etwas Besonderes gewertet zu werden.
Während wir uns gemächlich zum Aufbruch anschickten, fielen mir allerlei alte Witze oder Witz-Zeichnungen ein, die sich über den Typ des werdenden Vaters auf billigste Weise lustig machen und ihn als kettenrauchendes, vor Nervosität halb wahnsinniges Wrack im Wartezimmer der Gebärklinik darzustellen lieben. Nun ja. Wir wollen diesen Scherzbolden das Vergnügen lassen.
Im wirklichen Leben geht es anders zu.
»Möchtest du nicht ein paar Illustrierte mitnehmen, Liebling?« fragte ich. »Du sollst dich nicht langweilen.«
Wir legten die Zeitschriften zuoberst in den kleinen Koffer, in dem sich auch etwas Schokolade und, natürlich, die Strickarbeit befand. Das Taxi fuhr vor. Nach bequemer Fahrt erreichten wir die Klinik. Der Portier notierte die Daten meiner

Frau und führte sie zum Aufzug. Als ich ihr folgen wollte, zog er die Gittertüre dicht vor meinem Gesicht zu.
»Sie bleiben hier, Herr. Oben stören Sie nur.«
Gewiß, er hätte sich etwas höflicher ausdrücken können. Trotzdem muß ich zugeben, daß er nicht ganz unrecht hatte. Wenn die Dinge einmal soweit sind, kann der Vater sich nicht mehr nützlich machen, das ist offenkundig. In diesem Sinne äußerte sich auch meine Frau:
»Geh ruhig nach Haus«, sagte sie, »und mach deine Arbeit wie immer. Wenn du Lust hast, geh am Nachmittag ins Kino. Warum auch nicht.«
Wir tauschten einen Händedruck, und ich entfernte mich federnden Schrittes. Mancher Leser wird mich jetzt für kühl oder teilnahmslos halten, aber das ist nun einmal meine Wesensart: nüchtern, ruhig, vernünftig – kurzum: ein Mann.
Ich sah mich noch einmal in der Halle der Klinik um. Auf einer niedrigen Bank in der Nähe der Portiersloge saßen dicht gedrängt ein paar bleiche Gesellen, kettenrauchend, lippennagend, schwitzend. Lächerliche Erscheinungen, diese »werdenden Väter«. Als ob ihre Anwesenheit irgendeinen Einfluß auf den vorgezeichneten Gang der Ereignisse hätte!
Manchmal geschah es, daß eine vor Aufregung zitternde Gestalt von draußen auf die Portiersloge zustürzte und atemlos hervorstieß:
»Schon da?«
Dann ließ der Portier seinen schläfrigen Blick über die vor ihm liegenden Namenslisten wandern, stocherte in seinen Zähnen, gähnte und sagte gleichgültig:
»Mädchen.«
»Gewicht?«
»Zweifünfundneunzig.«
Daraufhin sprang der neugebackene Vater auf meinen Schoß und wisperte mir mit heißer, irrsinniger Stimme immer wieder »zweifünfundneunzig, zweifünfundneunzig« ins Ohr, der lächerliche Tropf. Wen interessiert schon das Lebendgewicht sei-

nes Wechselbalgs? Kann meinetwegen auch zehn Kilo wiegen. Wie komisch wirkt doch ein erwachsener Mann, der die Kontrolle über sich verloren hat. Nein, nicht komisch. Mitleiderregend.

Ich beschloß, nach Hause zurückzukehren und mich meiner Arbeit zu widmen. Auch waren mir bereits die Zigaretten ausgegangen. Dann fiel mir ein, daß ich vielleicht doch besser noch ein paar Worte mit dem Arzt sprechen sollte. Vielleicht brauchte er irgendetwas. Eine Aufklärung, einen kleinen Ratschlag. Natürlich war das nur eine Formalität, aber auch Formalitäten wollen erledigt sein.

Ich durchquerte den Vorraum und versuchte den Aufgang zur Klinik zu passieren. Der Portier hielt mich zurück. Auch als ich ihn informierte, daß mein Fall ein besonderer Fall sei, zeigte er sich in keiner Weise beeindruckt. Zum Glück kam in diesem Augenblick der Arzt die Stiegen herunter. Ich stellte mich vor und fragte ihn, ob ich ihm irgendwie behilflich sein könnte.

»Kommen Sie um fünf Uhr nachmittags wieder«, lautete seine Antwort. »Bis dahin würden Sie hier nur Ihre Zeit vergeuden.«

Nach diesem kurzen, aber aufschlußreichen Gedankenaustausch machte ich mich beruhigt auf den Heimweg. Ich setzte mich an den Schreibtisch, merkte aber bald, daß es heute mit der Arbeit nicht so recht klappen würde. Das war mir nie zuvor geschehen, und ich begann intensive Nachforschungen anzustellen, woran das denn wohl läge. Zuwenig Schlaf? Das Wetter? Oder störte mich die Abwesenheit meiner Frau? Ich wollte diese Möglichkeit nicht restlos ausschließen. Auch wäre die kühle Distanz, aus der ich die Ereignisse des Lebens sonst zu betrachten pflege, diesmal nicht ganz am Platz gewesen. Das Ereignis, das mir jetzt bevorstand, begibt sich ja schließlich nicht jeden Tag, auch wenn der Junge vermutlich ein Kind wie alle anderen sein wird, gesund, lebhaft, aber nichts Außergewöhnliches. Er wird seine Studien erfolgreich hinter sich bringen und dann die Diplomatenlaufbahn ergreifen. Schon aus diesem Grund sollte er einen Namen bekommen, der einerseits hebräisch ist und anderseits auch Nichtjuden leicht von der Zunge geht. Etwa Raphael. Nach dem großen niederländischen Maler. Am Ende wird der Schlingel noch Außenminister und dann können sie in den Vereinten Nationen nicht einmal seinen Namen aussprechen. Man muß immer an die höheren Staatsinteressen denken. Übrigens soll er nicht allzu früh heiraten. Er soll Sport betreiben und an den Olympischen Spielen teilnehmen, wobei es mir vollkommen gleichgültig ist, ob er das Hürdenlaufen gewinnt oder das Diskuswerfen. In dieser Hinsicht bin ich kein Pedant. Und natürlich muß er alle Weltsprachen beherrschen. Und in der Aerodynamik Bescheid wissen. Wenn er sich allerdings mehr für Kernphysik interessiert, dann soll er eben Kernphysik studieren.

Und wenn es ein Mädchen wird?

Eigentlich könnte ich jetzt in der Klinik anrufen.

Gelassen, mit ruhiger Hand, hob ich den Hörer ab und wählte. »Nichts Neues«, sagte der Portier. »Wer spricht?«

Ein sonderbar heiserer Unterton in seiner Stimme ließ mich aufhorchen. Ich hatte den Eindruck, als ob er mir etwas verheimlichen wollte. Aber die Verbindung war bereits unterbrochen.

Ein wenig nervös durchblätterte ich die Zeitung.

»Geburt einer doppelköpfigen Ziege in Peru.«

Was diese Idioten erfinden, um ihr erbärmliches Blättchen zu füllen! Man müßte alle Journalisten vertilgen.

Im Augenblick habe ich freilich Dringenderes zu tun. Zum Beispiel darf ich meinen Kontakt mit dem Arzt nicht gänzlich einschlafen lassen.

Ich sprang in ein Taxi, fuhr zur Klinik und hatte das Glück, unauffälligen Anschluß an eine größere Gesellschaft zu finden, die sich gerade zu einer Beschneidungsfeier versammelte.

»Schon wieder Sie?« bellte der Doktor, als ich ihn endlich gefunden hatte. »Was machen Sie hier?«

»Ich bin zufällig vorbeigekommen und dachte, daß ich mich vielleicht erkundigen könnte, ob es etwas Neues gibt. Gibt es etwas Neues?«

»Ich sagte Ihnen doch, daß Sie erst um fünf Uhr kommen sollen! Oder noch besser: kommen Sie gar nicht. Wir verständigen Sie telephonisch.«

»Ganz wie Sie wünschen, Herr Doktor. Ich dachte nur . . .«

Er hatte recht. Dieses ewige Hin und Her war vollkommen sinnlos und eines normalen Menschen unwürdig. Ich wollte mich nicht auf die gleiche Stufe stellen wie diese kläglichen Gestalten, die sich immer noch bleich und zitternd auf der Bank vor der Portiersloge herumdrückten.

Aus purer Neugier nahm ich unter ihnen Platz, um ihr Verhalten vom Blickpunkt des Psychologen aus zu analysieren. Mein Sitznachbar erzählte mir unaufgefordert, daß er der Geburt seines dritten Kindes entgegensähe. Zwei hatte er schon, einen Knaben (3,15 kg) und ein Mädchen (2,70). Andere Bankbenützer ließen Photographien herumgehen. Aus Verlegenheit, und wohl auch um den völlig haltlosen Schwächlingen einen kleinen Streich zu spielen, zog ich ein Röntgenbild meiner Frau aus dem achten Monat hervor.

»Süß«, ließen sich einige Stimmen vernehmen. »Wirklich herzig.«

Während ich ein neues Päckchen Zigaretten kaufte, beschlich mich das dumpfe Gefühl, etwas Wichtiges vergessen zu haben. Ich fragte den Portier, ob es etwas Neues gäbe. Der ungezogene Lümmel machte sich nicht einmal die Mühe einer artikulierten Auskunft. Er schüttelte nur den Kopf. Eigentlich schüttelte er ihn nicht einmal, sondern drehte ihn gelangweilt in eine andere Richtung.

Nach zwei Stunden begab ich mich in das Blumengeschäft auf der gegenüberliegenden Straßenseite, rief von dort aus den Arzt an und erfuhr von einer weiblichen Stimme, daß ich erst am Morgen wieder anrufen sollte. Es war, wie sich auf Befragen erwies, die Telephonistin. So springt man hierzulande mit angesehenen Bürgern um, die das Verbrechen begangen haben, sich um die nächste Generation zu sorgen.

Dann also ins Kino. Der Film handelte von einem jungen Mann, der seinen Vater haßt. Was geht mich dieser Bockmist aus Hollywood an. Außerdem wird es ein Mädchen. Im Unterbewußtsein hatte ich mich längst darauf eingestellt. Ich könnte sogar sagen, daß ich es schon längst gewußt habe. Ich hätte nichts dagegen einzuwenden, daß sie Archäologin wird, wenn sie nur keinen Piloten heiratet. Nichts da. Unter gar keinen Umständen akzeptiere ich einen Piloten als Schwiegersohn. Um Himmels willen – über kurz oder lang bin ich Großpapa. Wie die Zeit vergeht. Aber warum ist es hier so dunkel? Wo bin ich? Ach ja, im Kino. Zu dumm.

Ich taste mich hinaus. Die kühle Luft erfrischte mich ein wenig. Nicht sehr, nur ein wenig. Und was jetzt?

Vielleicht sollte ich in der Klinik nachfragen.

Ich erstand zwei große Sträuße billiger Blumen, weil man als Botenjunge eines Blumengeschäftes in jede Klinik Zutritt hat, warf dem Portier ein tonlos geschäftiges »Zimmer 24« hin und bewerkstelligte unter dem Schutz der Dunkelheit meinen Eintritt.

Um den Mund des Arztes wurden leichte Anzeichen von Schaumbildung merkbar.

»Was wollen Sie mit den Blumen, Herr? Stellen Sie sie aufs Eis, Herr! Und wenn Sie nicht verschwinden, lasse ich Sie hinauswerfen!«

Ich versuchte ihm zu erklären, daß es sich bei den Blumen lediglich um eine List gehandelt hätte, die mir den Eintritt in die Klinik ermöglichen sollte.

Natürlich, so fügte ich hinzu, wüßte ich ganz genau, daß noch nichts los war, aber ich dachte, daß vielleicht doch etwas los sein könnte.

Der Doktor sagte etwas offenbar Unfreundliches auf russisch und ließ mich stehen.

Auf der Straße draußen fiel mir plötzlich ein, was ich vorhin vergessen hatte: ich hatte seit vierundzwanzig Stunden keine Nahrung zu mir genommen. Rasch nach Hause zu einem kleinen Imbiß. Aber aus irgendwelchen Gründen blieb mir das Essen in der Kehle stecken, und ich mußte mit einigen Gläsern Brandy nachhelfen. Dann schlüpfte ich in den Pyjama und legte mich ins Bett.

Wenn ich nur wüßte, warum sich die Geburt dieses Kindes so lange verzögert.

Wenn ich es wüßte? Ich weiß es. Es werden Zwillinge. Das ist so gut wie sicher. Zwillinge. Auch recht. Da bekommt man alles, was sie brauchen, zu Engrospreisen. Ich werde ihnen eine praktische Erziehung angedeihen lassen. Sie sollen in die Textilbranche gehen und niemals Mangel leiden. Nur dieses entsetzliche Summen in meinem Hinterkopf müßte endlich aufhören. Und das Zimmer dürfte sich nicht länger drehen. Ein finsteres Zimmer, das sich trotzdem dreht, ist etwas sehr Unangenehmes.

Der Portier gibt vor, noch nichts zu wissen. Möge er eines qualvollen Todes sterben, der Schwerverbrecher. Sofort nach der Geburt meiner Tochter rechne ich mit ihm ab. Er wird sich wundern.

Rätselhafterweise sind mir schon wieder die Zigaretten ausgegangen. Wo bekommt man so spät in der Nacht noch Zigaretten? Wahrscheinlich nur in der Klinik.

Ich sauste zur Autobus-Haltestelle, wurde aber von einem Hausbewohner eingeholt, der mich aufmerksam machte, daß ich keine Hosen anhatte.

»Wie überaus dumm und kindisch von mir!« lachte ich, sauste zurück, um mir die Hosen anzuziehen, und konnte trotzdem nicht aufhören, immer weiter zu lachen. Erst in der Nähe der Klinik erinnerte ich mich an Gott. Im allgemeinen bete ich nicht, aber jetzt kam es mir wie selbstverständlich von den Lippen:

»Herr im Himmel, bitte hilf mir nur dieses eine Mal, laß das Mädchen einen Buben sein und wenn möglich einen normalen, nicht um meinetwillen, sondern aus nationalen Gründen, wir brauchen junge, gesunde Pioniere . . .«

Nächtliche Passanten gaben mir zu bedenken, daß ich mir eine Erkältung zuziehen würde, wenn ich so lange auf dem nassen Straßenpflaster kniete.

Der Portier machte bei meinem Anblick schon von weitem die arrogante Gebärde des halben Kopfschüttelns.

Mit gewaltigem Anlauf warf ich mich gegen das Gittertor, das krachend aufsprang, rollte auf die Milchglastüre zu, kam hoch, hörte das Monstrum hinter mir brüllen . . . brüll du nur, du Schandfleck des Jahrhunderts . . . wer mich jetzt aufzuhalten versucht, ist selbst an seinem Untergang schuld . . .

»Doktor! Doktor!« Meine Stimme hallte schaurig durch die nachtdunklen Korridore. Und da kam auch schon der Arzt herangerast.

»Wenn ich Sie noch einmal hier sehe, lasse ich Sie von der Feuerwehr retten! Sie sollten sich schämen! Nehmen Sie ein Beruhigungsmittel, wenn Sie hysterisch sind!«

Hysterisch? Ich hysterisch? Der Kerl soll seinem guten Stern danken, daß ich mein Taschenmesser kurz nach der Bar-Mizwah verloren habe, sonst würde ich ihm jetzt die Kehle aufschlitzen. Und so etwas nennt sich Arzt. Ein Wegelagerer in weißem Kittel. Ein getarnter Mörder, nichts anderes. Ich werde an Ben Gurion einen Brief schreiben, den sich die Regierung nicht hinter den Spiegel stecken wird. Und von dieser Bank bei der Portiersloge weiche ich keinen Zoll, ehe man mir nicht mein Kind ausliefert. Hat jemand von den Herren vielleicht eine Zigarette? Beim Portier kann ich keine mehr kaufen, er verfällt in nervöse Zuckungen, wenn er mich nur sieht. Na wenn schon. Natürlich bin ich aufgeregt. Wer wäre das in meiner Lage nicht. Schließlich ist heute der Geburtstag meines Sohnes. Auch wenn die Halle sich noch so rasend dreht und das Summen in meinem Hinterkopf nicht und nicht aufhören will . . .

Es geht auf Mitternacht, und noch immer nichts. Wie glücklich ist doch meine Frau, daß ihr diese Aufregung erspart bleibt.

Guter Gott – und jetzt haben sie womöglich entdeckt, daß sie gar nicht schwanger ist, sondern nur einen aufgeblähten Magen hat vom vielen Popcorn. Diese Schwindler. Nein, Raphael wird nicht die Diplomatenlaufbahn ergreifen. Das Mädel soll Kindergärtnerin werden. Oder ich schicke die beiden in einen Kibbuz. Mein Sohn wird für meine Sünden büßen, ich sehe es kommen. Ich würde ja selbst in einen Kibbuz gehen, um das zu verhindern, aber ich habe keine Zigaretten mehr. Bitte um eine Zigarette, meine Herren, eine letzte Zigarette. Ich müßte meiner Frau den kostbarsten Schmuck kaufen, oder einen Nerz, aber es hat keinen Sinn mehr. Es ist vorüber. Etwas Fürchterliches ist geschehen. Ich spüre es. Mein Instinkt hat mich noch nie betrogen. Das Ende ist da ...

Auf allen vieren schleppte ich mich zur Portiersloge. Ich brachte kein Wort hervor. Ich sah meinen Feind aus flehentlich aufgerissenen Augen an.

»Ja«, sagte er. »Ein Junge.«

»Was?« sagte ich. »Wo?«

»Ein Junge«, sagte er. »Dreieinhalb Kilo.«

»Wieso«, sagte ich. »Wozu«.

»Hören Sie«, sagte er. »Heißen Sie Ephraim Kishon?«

»Einen Augenblick«, sagte ich. »Ich weiß es nicht genau. Möglich.«

Ich zog meinen Personalausweis heraus und sah nach. Tatsächlich: es sprach alles dafür, daß ich Ephraim Kishon hieß.

»Bitte?« sagte ich. »Was kann ich für Sie tun, gnädige Frau?«

»Sie haben einen Sohn!« röhrte der Portier. »Dreieinhalb Kilo! Einen Sohn! Verstehen Sie? Einen Sohn von dreieinhalb Kilo ...«

Ich schlang meine Arme um ihn und versuchte sein überirdisch schönes Antlitz zu küssen. Der Kampf dauerte eine Weile und endete unentschieden. Dann entrang sich meiner Kehle ein fistelndes Stöhnen. Ich stürzte hinaus.

Natürlich kein Mensch auf der Straße. Gerade jetzt, wo man jemanden brauchen würde, ist niemand da.

Wer hätte gedacht, daß ein Mann meines Alters noch Purzelbäume schlagen kann.
Ein Polizist erschien und warnte mich vor einer Fortsetzung der nächtlichen Ruhestörung. Rasch umarmte ich ihn und küßte ihn auf beide Backen.
»Dreieinhalb Kilo«, brüllte ich ihm ins Ohr. »Dreieinhalb Kilo!«
»Maseltow!« rief der Polizist. »Gratuliere!«
Und er zeigte mir ein Photo seiner kleinen Tochter.

Supermarkt an der Tankstelle

»Brauchen Sie Ameisen?«

Es war, wie man zugeben wird, eine verwirrende Frage. So sehr wir diese kleinen emsigen Tierchen respektieren – wenn sie nicht gerade in unsere Küche eindringen, haben wir weiter keine Beziehung zu ihnen. Was sollten wir jetzt und hier, auf einer Autostraße 64 Meilen nördlich von New York, mit Ameisen anfangen?

Infolgedessen beugte ich mich zu dem ruhig wartenden Benzinverschleißer vor und sagte:

»Entschuldigen Sie – ich verstehe nicht?«

»Ich hab' noch ein paar Schachteln übrig«, präzisierte er und spülte zum Zeichen seines guten Willens unsre Windschutzscheibe ab. »Ist jetzt groß in Mode. Jeder will eine Ameisenfarm haben. Riesenspaß für die ganze Familie. Besonders die Kinder sind verrückt danach. Schauen stundenlang durch den Glasdeckel, wie die Ameisen Straßen bauen. Oder Brücken. Oder Untergrundbahnen. Alles zusammen zwei Dollar. Ameisen gratis. In der Stadt zahlen Sie mindestens drei.«

»Danke«, antwortete ich, noch immer ein wenig verwirrt. »Im Augenblick brauche ich keine Ameisen. Ich bin nicht von hier, wissen Sie. Ich bin Ausländer. Nur zu Besuch.«

»Ausländer? Sofort!« Er schnalzte mit den Fingern, verschwand im Stationsladen und kam mit einem Dutzend überdimensionaler Faltkarten zurück, die er auf der Kühlerhaube vor uns ausbreitete.

»Dem Wagen fehlt Pflege«, bemerkte er nebenbei und begann mit einer Nylonbürste die Sitze zu säubern. »Bei mir bekommen Sie die schönsten Nylonbürsten. In allen Farben.«

»Vielen Dank. Mein Onkel ist in der Bürstenbranche.«

»Wir haben einen Onkel im Land? Den müssen wir mit einem

netten kleinen Geschenk überraschen! Eine Blumenvase? Einen Lampenschirm? Eine Ziehharmonika? Rasierseife? Papagei?«
»So viel ist mir mein Onkel nicht wert. Ich mag ihn eigentlich nicht.«
»Ganz recht!« Um seine Zustimmung zu unterstreichen, begann er mir mit einem Miniatur-Staubsauger über den Anzug zu fahren. »Man soll nie von seinen Verwandten abhängen. Hoffentlich wohnen Sie nicht bei ihm. Mein Wohnungsvermittlungsbüro –«
»Ich bin fast immer unterwegs.«
»Welche Zeitung wollen Sie abonnieren?«
»Keine.«
»Nehmen Sie Tanzunterricht!«
»Ich kann tanzen.«
»Ölaktien?«
»Davon verstehe ich nichts.«
»Also gut. Einsfünfzig.«
»Was?«
»Die Ameisenfarm.«
»Ich sagte Ihnen doch schon, daß ich derzeit keine Verwendung für Ameisen habe.«
»Ja aber – was wollen Sie kaufen?« Er seufzte, zog einen Kamm hervor und frisierte mich kunstgerecht. Mir fiel ein, daß ich doch nur zum Tanken hierhergekommen war und daß ich dieses unwiderstehliche Verkaufsgenie nun endlich loswerden müßte.
»Eigentlich«, sagte ich unentschlossen vor mich hin, »trage ich mich mit dem Gedanken, einen Konzertflügel zu kaufen ...«
Ein Leuchten ging über des Tankwarts Gesicht. Er verschwand und war in Sekundenschnelle mit einem Bündel von Prospekten zur Stelle:
»Für 1200 Dollar liefere ich Ihnen einen erstklassigen Flügel. Deutsches Fabrikat. Ich schaffe ihn direkt in Ihre Wohnung.«
»Und was, wenn Sie ihn auf der Stiege fallen lassen?«
»Kann mir nicht passieren. Mir nicht. Aber um Sie zu beruhi-

gen: Gegen eine Aufzahlung von nur zwölf Dollar bekommen Sie von mir eine komplette Sachschaden-Versicherung. Ich bin der solideste Versicherungsagent im Umkreis. Spielen Sie selbst Klavier? Oder die Gattin?«

»Weder – noch. Wir haben nur immer davon geträumt, daß unser Sohn –«

»Wunderbar! Ich verschaffe Ihnen einen staatlich geprüften Klavierlehrer! Acht Stunden im Monat für 18,50!«

»Wer weiß – vielleicht will der Kleine gar nicht lernen?«

»75 Dollar in drei Raten – und Sie haben den besten Kinderpsychologen von ganz Amerika! Der wird den Balg schon hinkriegen!«

»Hm. Bleibt immer noch ein Haken: Wir sind kinderlos.«

»Kopf hoch! Eine einmalige, garantiert erfolgreiche Beratung durch einen anerkannten Fachmann kostet Sie nicht mehr als –«

»Halt!« fuhr ich dazwischen, denn mir war plötzlich der erlösende Gedanke gekommen. »Übernehmen Sie auch das Verfassen von Reisebüchern?«

»Selbstverständlich. 1500 Dollar für 220 Manuskriptseiten, zweizeilig, 65 Anschläge pro Zeile.«

»Aber es muß lustig sein!«

»Kein Problem. Macht 15 Dollar Zuschlag für jeden Druckbogen ...«

Und so geschah es, daß dieses Buch – wie der geneigte Leser wohl schon längst geargwöhnt hat – von einem Tankstellenwärter im Staate New Haven geschrieben wurde.

Nicht jeder ist so glücklich wie der Schreiber dieser Zeilen. Manche kinderlosen Eltern müssen sich um ihrer Nachkommen willen in verzweifelte Auseinandersetzungen verwickeln, die bis zu zwei Stunden dauern und meistens in meiner Wohnung stattfinden.

Kleine Beinchen, trippel-trapp

Eines Abends besuchte mich das Ehepaar Steiner, zwei nette Leute mittleren Alters. Herr Steiner ist ein ruhiger bescheidener Mann mit guten Manieren, Frau Steiner ist ein wenig schüchtern und hält sich gern im Hintergrund, zumal wenn dieser mit der Küche identisch ist. Kurzum: ein Paar, dem man sein stilles Lebensglück schon von weitem ansieht.

»Es ist wahr«, ließ sich Herr Steiner vernehmen, nachdem wir uns gemütlich niedergelassen hatten. »Wir dürfen zufrieden sein, meine Frau und ich. Wir erfreuen uns bester Gesundheit, sind einander herzlich zugetan, haben ein Dach über dem Kopf und ein kleines Konto auf der Bank. Nicht einmal unsere Steuererklärung bringt einen Mißton in unser friedliches Leben, denn sie wird von meinem Schwager besorgt, einem anerkannten Experten. Und doch, und doch. Es fehlt uns etwas. Wir sind kinderlos. Wie sehr haben wir uns ein Kind gewünscht! Aber es war uns nicht vergönnt.«

Herr Steiner schwieg. Frau Steiner seufzte.

»Es ist immer so ruhig bei uns zu Hause!« Abermals seufzte sie. »Und wir wären glücklich, wenn in diese Ruhe ein wenig Abwechslung käme. Helles Kinderlachen, zum Beispiel. Oder ein süßes Babystimmchen aus der Wiege.«

Frau Steiner schwieg. Herr Steiner seufzte.

»Nach gründlicher Beratung«, sagte er dann, »haben wir uns entschlossen, ein Kind zu adoptieren.« »Ich gratuliere«, sagte ich.

»Wir wollen einen Sohn«, sagten Herr und Frau Steiner gleichzeitig.

»Das liegt auf der Hand«, sagte ich.

»Wir haben sogar schon einen Namen für ihn ausgesucht: Ben.«

»Ein schöner Name«, sagte ich.

»Die Sache ist nicht ganz einfach«, sagte Frau Steiner. »Wir sind nicht mehr die Jüngsten, und ich zweifle, ob ich mich noch um ein Baby kümmern kann, wie man sich um ein Baby kümmern muß. Deshalb dachten wir an ein Kind im Alter von zwei bis drei Jahren.«

»Sehr richtig«, stimmte ich zu. »Das Alter ist ein wichtiger Faktor. Mit zwei oder drei Jahren ist das Kind noch klein und süß – und dennoch schon imstande, alles aufzunehmen und wieder von sich zu geben.«

»Eben davor fürchten wir uns ein wenig«, warf jetzt Herr Steiner ein. »Das Kleinkind befindet sich ständig in Bewegung und rennt den ganzen Tag herum. Meine Füße aber tragen mich nicht mehr so geschwind wie ehedem. Ein Kind von sechs Jahren« – er hob den Finger, um seine Worte zu unterstreichen – »wäre das richtige. Es ist bereits um vieles selbständiger. Außerdem hat es Spielgefährten.«

»Sie müssen unbedingt ein sechsjähriges Kind adoptieren«, bestätigte ich.

»Mit sechs Jahren«, wandte Frau Steiner ein, »beginnt es allerdings zur Schule zu gehen, und das, wie Sie wissen, ist ein Wendepunkt im Leben eines jeden Kindes. Vielleicht wäre es besser, ein Kind zu adoptieren, das diesen Wendepunkt bereits hinter sich hat, das an Schule und Leben bereits einigermaßen gewöhnt ist. Ein zehn- oder zwölfjähriges Kind.«

»Was Sie sagen, klingt sehr vernünftig«, gestand ich. Frau Steiner, sichtlich erfreut über meine anerkennenden Worte, fuhr fort: »Anderseits darf man nicht vergessen, daß ein Kind in diesem Alter bei seinen Schul- und Hausaufgaben der elterlichen Hilfe bedarf. Wer weiß, ob wir – zwei bescheidene Bürgersleute mittleren Alters – dazu noch in der Lage sind?«

»Bestimmt nicht«, sagte Herr Steiner mit dem Überzeugungstone der Brust. »Und das bedeutet nicht mehr und nicht weniger, als daß wir einen Jungen adoptieren müssen, der zumindest seine Mittelschulstudien abgeschlossen hat.«

»Nein.« Frau Steiner schüttelte bekümmert den Kopf. »Da wird er ja sofort zum Militär eingezogen.«

»Richtig«, nickte Herr Steiner. »Ich fürchte, wir müssen mit dem Adoptieren bis zur Beendigung seiner Militärdienstzeit warten.«

»Dann«, gab Frau Steiner zurück, »wird er sich um einen Posten kümmern müssen. Vergiß nicht: er ist um diese Zeit ein erwachsener Mensch ohne jedes Einkommen und ohne finanzielle Mittel. Oder willst du für seinen Lebensunterhalt aufkommen?«

»Das ginge leider über meine Kräfte«, gestand Herr Steiner.

Ich schaltete mich wieder ins Gespräch ein: »Frau Steiner hat recht. Ein Dreißigjähriger wäre in jeder Hinsicht vorteilhafter.«

»Dessen bin ich nicht so sicher«, widersprach Frau Steiner. »In diesem Alter pflegt man zu heiraten, gründet eine eigene Familie und kümmert sich nicht mehr um seine Eltern.«

»Also was wollen Sie eigentlich?« Ich konnte nicht verhindern, daß in meiner Stimme ein leiser Beiklang von Ungeduld mitschwang. Das Ehepaar Steiner sah mich verwundert an; dann räusperte sich Herr Steiner und sprach:

»Unserer wohlerwogenen Meinung nach wäre es am besten, ein Kind zu adoptieren, das seinen Platz im Leben und in der Gesellschaft bereits gefunden und seine Fähigkeiten bereits bewiesen hat. Schließlich weiß ja nur Gott allein, was aus einem kleinen Buben werden mag, wenn er heranwächst, und das Risiko ist groß. Aber wenn er bereits auf beiden Beinen im Leben steht, hat man nichts mehr zu fürchten. Auf so einen Sohn kann man stolz sein. Auch ist er gegebenenfalls in der Lage, seine Eltern zu unterstützen.«

»Goldene Worte«, sagte ich. »Und haben Sie jemand Bestimmten im Auge?«

»Ja«, sagte das Ehepaar Steiner. »Ben Gurion.«

Aus guten Gründen habe ich mir die Beschäftigung mit einem Edelprodukt der Menschheit bis zum Schluß des Buches aufgespart. Ich meine natürlich den Handwerker. Er ist auch in Israel Herr über Leben und Tod derer, die auf ihn angewiesen sind – sei er nun Tischler, Schmied oder Installateur. Nur der Messias wird annähernd so sehnsüchtig erwartet. Aber da kommt noch eher der Messias.

Warten auf Nebenzahl

7. April

Heute war es endlich soweit, daß unser Tisch unter der Last des festlichen Mahles zusammenbrach. Meine Frau war damit sehr einverstanden. Sie hatte das wackelige Möbelstück ohnehin schon seit langem loswerden wollen. Ich zersägte es freudig, und wir machten einen schönen Scheiterhaufen daraus.
Meine Frau behauptet, daß man in Jaffa Tische direkt beim Erzeuger kaufen kann. Das geht rascher und ist billiger.

8. April

Der Erzeuger, bei dem wir den Tisch bestellt haben, heißt Josef Nebenzahl. Seine Persönlichkeit machte auf uns einen besseren Eindruck als die seiner Konkurrenten. Er ist ein ehrlicher, aufrechter Mann von gewinnender Wesensart. Als wir bei ihm erschienen, steckte er bis über beide Ohren in der Arbeit. Sein gewaltiger Brustkorb hob und senkte sich mit imposanter Regelmäßigkeit, während er Brett um Brett zersägte, und die tadellos gehaltenen Maschinen stampften den Takt dazu. Für den Tisch verlangte er 360 Pfund Anzahlung. Meine Frau versuchte zu handeln, hatte aber kein Glück.
»Madame«, sagte Josef Nebenzahl und sah ihr mit festem Blick

ins Auge, »Josef Nebenzahl leistet ganze Arbeit und weiß, was sie wert ist. Er verlangt nicht einen Piaster mehr und nicht einen Piaster weniger!«

So ist's recht, dachten wir beide. Das ist die Rede eines ehrlichen Mannes.

Ich fragte, wann der Tisch fertig wäre. Nebenzahl zog ein kleines Notizbuch aus seiner Hosentasche: Montag mittag. Meine Frau schilderte ihm in lebhaften Farben, wie es ohne Tisch bei uns zuginge, daß wir stehend essen müßten und daß unser Leben kein Leben sei. Nebenzahl ging in die Nebenwerkstatt, um sich mit seinem Partner zu beraten, kam zurück und sagte: »Sonntag abend.« Aber wir müßten den Transport bezahlen. Nachdem ich die Hälfte der Transportkosten erlegt hatte, nahmen wir Abschied. Nebenzahl schüttelte uns kräftig die Hand und sah uns mit festem Blick in die Augen: mir könnt ihr vertrauen!

14. April

Bis Mitternacht haben wir auf den Tisch gewartet. Er kam nicht. Heute früh rief ich Nebenzahl an. Sein Partner sagte mir, daß Nebenzahl auswärts zu tun hätte, und er selbst wüßte nichts von einem Tisch. Aber sobald Nebenzahl zurückkäme, würde er uns anrufen. Nebenzahl rief uns nicht an. Wir sind in einiger Verlegenheit. Unsere Mahlzeiten nehmen wir, wie ich beschämt gestehen muß, auf dem Teppich ein.

15. April

Ich fuhr nach Jaffa, um Krach zu schlagen. Nebenzahl steckte bis über beide Ohren in der Arbeit. Die Kreissäge, die er mit mächtiger Hand bediente, warf Garben von Sägespänen um sich. Ich mußte mich vorstellen, da er sich nicht mehr an mich erinnern konnte. Dann erklärte er mir, daß sein bester Arbeiter verfrüht zum Militärdienst eingezogen worden sei, und versprach mir den Tisch für morgen 4 Uhr nachmittag. Wir einigten uns auf 3.30 Uhr. Ursprünglich hatte ich auf 3 Uhr bestehen wollen, aber das ließ sich nicht machen. »Nebenzahl ist wie eine Präzisionsuhr«, sagte Nebenzahl. »Keine Sekunde früher und keine Sekunde später.«

17. April

Nichts. Ich rief an. Nebenzahl, so erfuhr ich von seinem Kompagnon, hatte sich in die Hand geschnitten, so daß der Tisch erst morgen zugestellt werden könnte. Nun, ein Tag mehr oder weniger spielte wirklich keine Rolle.

18. April

Der Tisch kam nicht. Meine Frau behauptet, das von Anfang an gewußt zu haben. Nebenzahls schiefer, betrügerischer Blick hätte ihr sofort mißfallen. Dann rief sie in Jaffa an. Nebenzahl selbst war am Telefon und fand überzeugende Worte des Trostes. Das Tischholz hätte unvorhergesehene Schwellungen entwickelt, jetzt aber sei es im Druckrahmen und der Tisch sei so gut wie fertig. Wie er denn aussähe? fragte meine Frau. Das ließe sich telefonisch schwer sagen, antwortete Nebenzahl, der ein Feind aller unbestimmten Auskünfte war. Außerdem seien die Beine noch nicht eingesetzt, aber das würde nicht länger als drei Tage dauern, und das Polieren nicht länger als zwei.

Wir haben bereits große Übung im Sitzen mit unterschlagenen Beinen. Die Japaner, ein altes Kulturvolk, nehmen ihre Mahlzeiten seit Jahrtausenden auf diese Weise ein.

21. April

Nebenzahls Partner rief uns aus freien Stücken an, um uns vorsorglich mitzuteilen, daß der Polierer Mumps bekommen hätte. Meine Frau erlitt am Telefon einen hysterischen Anfall. »Madame«, sagte Nebenzahls Partner, »wir könnten den Tisch im Handumdrehen fertigmachen, aber wir wollen Ihnen doch eine erstklassige Handwerkerarbeit liefern. Morgen um zwei Uhr bringen wir Ihnen den Tisch und trinken zusammen eine Flasche Bier.«

22. April

Sie brachten den Tisch weder um zwei Uhr noch später. Ich rief an. Nebenzahl kam ans Telefon und wußte von nichts, versprach uns aber einen Anruf seines Partners.

23. April

Ich fuhr mit dem Bus nach Jaffa. Nebenzahl steckte bis über beide Ohren in der Arbeit. Als er mich sah, fuhr er mich unbeherrscht an: ich sollte ihn nicht immer stören, unter solchem Druck könne er seinen Verpflichtungen nicht nachkommen. Der Tisch, so setzte er etwas ruhiger fort, sei in Arbeit. Was wollte ich also noch? Er führte mich in die Werkstatt und zeigte mir die Bretter. Ein ganz spezielles Holz erster Qualität. Stahlhart. Wann? Ende nächster Woche. Sonntag vormittag. Um zehn Uhr würde er mich anrufen.

5. Mai

Selbst diesen strahlenden Sonntag mußte mir meine Frau durch ihre Unkenrufe verderben. »Sie werden nicht liefern«, sagte sie. »Sie werden liefern«, sagte ich. »Ich habe das Gefühl, daß es diesmal klappen wird.«

»Sie werden nicht liefern«, wiederholte meine Frau mit typisch weiblicher Hartnäckigkeit. »Du wirst schon sehen. Die Säge ist gebrochen.«

Zu Mittag rief ich an. Nebenzahl teilte mir mit, daß sie noch an der Arbeit wären. Sie hätten im Holz ein paar kleinere Sprünge entdeckt und wollten keine zweitklassige Handwerkerarbeit abliefern.

Meine Frau hatte wieder einmal unrecht gehabt. Es war nicht die Säge, es waren Sprünge im Holz. Ende nächster Woche.

12. Mai

Nichts. Meine Frau hat sich bereits damit abgefunden, daß wir noch mindestens einen Monat warten müßten. Höchstens vierzehn Tage, sage ich.

Ich rief an. Der Kompagnon teilte mir mit, daß Nebenzahl seit vorgestern abwesend sei; irgendwelche Geschichten am Zollamt. Aber er glaubte von ihm ganz deutlich gehört zu haben, daß

der Tisch in spätestens drei Wochen fertig wäre. Wir brauchten gar nicht mehr anzurufen – pünktlich am Morgen des 3. Juni würde der Tisch vor unserem Haus abgeladen.
»Siehst du«, wandte ich mich an meine Frau. »Du hast von einem Monat gesprochen, ich von vierzehn Tagen. Drei Wochen sind ein schöner Kompromiß.«
Wir essen zurückgelehnt, wie die Römer. Sehr reizvoll.

3. Juni

Nichts. Anruf: keine Antwort. Meine Frau: Mitte August. Ich: Ende Juli. Fuhr mit dem Bus nach Jaffa. An der Endstation hielt gerade ein Taxi, der Fahrer steckte den Kopf zum Fenster heraus und brüllte: »Nebenzahl, Nebenzahl!« Sofort stiegen zwei weitere Passagiere ein. Einer von ihnen hatte seit sechs Monaten Präsenzdienst bei Nebenzahl, wegen einer Sesselgarnitur. Der andere, ein Physikprofessor, wartet erst seit zwei Monaten auf seinen Arbeitstisch. Unterwegs freundeten wir uns herzlich an. In Nebenzahls Werkstatt fanden wir nur den Kompagnon vor. Alles würde sich bestens regeln, sagte er. Mir raunte er verstohlen ins Ohr, daß Nebenzahl ganz ausdrücklich von Ende Juli gesprochen hätte, hundertprozentig Ende Juli. Ich warf einen Blick in die Werkstatt. Die stahlharten Bretter waren verschwunden.
Auf dem Rückweg diskutierten wir über Nebenzahls Persönlichkeit, über die Arbeit, die ihn so sehr in Anspruch nimmt, und über sein Bestreben, es allen recht zu machen. Daran wird er noch zugrunde gehen. Schon jetzt sieht er aus wie ein gehetztes Wild. Wir beschlossen, uns nächste Woche wieder an der Ausgangsstation der Nebenzahl-Linie zu treffen.
Meine Frau leugnet, sich jemals auf Ende August festgelegt zu haben. In gerechtem Zorn verlangte ich, daß von jetzt an alles schriftlich niedergelegt werden müßte.

30. Juli

Ich wette 5 Pfund auf den Termin Laubhüttenfest, das heuer in die erste Oktoberhälfte fällt. Meine Frau konterte mit dem

Jahresende (gregorianischer Kalender). Ihre Begründung: Geburt eines Sohnes bei Nebenzahls. Meine Begründung: Kurzschluß. Alles schriftlich festgehalten.
An der Haltestelle stieß ein weiterer Nebenzahl-Satellit zu uns, ein älteres Mitglied des Obersten Gerichtshofs (Büchergestell, zwei Jahre). Der Konvoi rollte nach Jaffa. Nebenzahl steckte bis über beide Ohren in der Arbeit. Durch Garben von Sägespänen und das Dröhnen der Maschinen rief er uns zu, daß er unmöglich mit jedem einzelnen von uns sprechen könne. Ich wurde durch Akklamation zum Sprecher der Gruppe bestimmt. Nebenzahl versprach – diesmal feierlich –, daß Ende November alles geliefert sein würde, mein Tisch sogar etwas früher, um das jüdische Neujahr herum. Warum so spät? Weil Nebenzahls eine Tochter erwarten. Der Physikprofessor schlug vor, daß wir auch untereinander Wetten abschließen sollten. In der gleichen Straße befände sich ein Buchdrucker (Schaukelstuhl, 18 Monate), der uns die nötigen Toto-Formulare drucken würde. Gründung eines Nebenzahl-Klubs.

21. August

Diesmal fand die Klubsitzung bei uns statt. 31 Teilnehmer. Das Mitglied des Obersten Gerichtshofs brachte die endgültig formulierten Statuten des Nebenzahl-Klubs mit. Wer ordentliches Mitglied werden will, muß mindestens sechs Monate gewartet haben. Mit geringerer Wartezeit wird man nur Kandidat. Genehmigung der Wettformulare. Es sind jeweils drei Sparten auszufüllen: a) versprochenes Datum der Fertigstellung b) Ausrede, c) tatsächliches Datum der Lieferung (Tag, Monat, Jahr). Mit großer Mehrheit wurde beschlossen, ein Porträt in Auftrag zu geben: Josef Nebenzahl, bis über beide Ohren in Arbeit steckend und dem Beschauer mit festem Blick in die Augen sehend.
Die Klubmitglieder sind ungewöhnlich nette Leute, ohne Ausnahme. Wir bilden eine einzige, große, glückliche Familie. Alle essen auf dem Fußboden.

2. Januar

Heute war ich an der Reihe, bei Nebenzahl vorzusprechen. Er entschuldigte sich für die Verspätung: Zeugenaussage vor Gericht. Zeitverlust. Dann zog er ein kleines Notizbuch aus seiner Hosentasche, blätterte, überlegte angestrengt und versprach mir bindend, übermorgen nachmittag mit der Arbeit an unserem Tisch zu beginnen. Wir füllten sofort die Formulare aus. Meine Frau: 1. Juni. Ich: 7. Januar nächsten Jahres.

1. Februar

Festversammlung des Nebenzahl-Klubs. Ständiges Anwachsen der Mitgliedschaft. Am Toto beteiligen sich bereits 104 Personen. Die Inhaberin eines Schönheitssalons hatte 50 Pfund auf die Lieferung einer Ersatz-Schublade gewettet (15. Januar, Grippe, 7. Juli) und gewann 500 Pfund, da sie sowohl die beiden Daten als auch die Ausrede richtig erraten hatte. Die Festsitzung wurde durch eine musikalische Darbietung unseres Kammerquartetts eröffnet (drei Stühle, eine Gartenbank). Im Rahmen des Kulturprogrammes hielt der Prorektor des Technikums in Haifa einen Vortrag über das Thema »Der Tisch – ein überflüssiges Möbel.« Seine lichtvollen Ausführungen über die Speisegewohnheiten des frühen Neandertalers fanden größtes Interesse. Nach dem Bankett erfolgte in drei Autobussen die traditionelle Pilgerfahrt nach Jaffa. Nebenzahl steckte bis über beide Ohren in der Arbeit. Er versprach, bis Freitag nachmittag alles fertigzustellen. Die Verzögerung sei auf einen Todesfall in seiner Familie zurückzuführen.

4. September

Unser Exekutivkomitee bereitet die Errichtung eines medizinischen Hilfsfonds für Nebenzahl-Kunden vor. Es wurde ferner beschlossen, eine Monatszeitschrift mit dem Titel »Ewigkeit« herauszugeben, die sich mit aktuellen Fragen beschäftigen soll: Beschreibung neuer Maschinen in den Nebenzahl-Werkstätten (mit Photos), Namenslisten der zum Militärdienst einberufenen Werkmeister, Gesellen und Gehilfen, Resultate des

Nebenzahl-Totos, Führungen durch Jaffa, eine ständige Rubrik »Neues aus der Welt der Tischlerei« und anderes mehr. Das Training unserer Korbballmannschaft findet jetzt zweimal wöchentlich statt. Wir machen gute Fortschritte. Die Mittel für den Bau eines Klubhauses sollen durch Anleihen aufgebracht werden.

Nach Schluß der Sitzung wurde der in den Statuten vorgeschriebene Anruf nach Jaffa durchgeführt. Nur der Kompagnon war da. Nebenzahl befindet sich auf Hochzeitsreise. Der Kompagnon versprach, für beschleunigte Abwicklung zu sorgen. Meine Frau setzte 300 Pfund auf den 17. August in drei Jahren.

10. Januar

Etwas vollkommen Unerklärliches ist geschehen. Heute vormittag erschien Josef Nebenzahl vor unserem Haus und zog eine Art von Tisch hinter sich her. Wir fragten uns vergebens, was er wohl im Schilde führen mochte. Nebenzahl erinnerte uns, daß wir vor geraumer Zeit – er wüßte nicht mehr genau, wann – bei ihm einen Tisch bestellt hätten, und der wäre jetzt also fertig. Offenbar handelte er in geistiger Umnachtung. Seine Augen flackerten. »Nebenzahl verspricht, Nebenzahl liefert«, sagte er. »Bitte zahlen Sie den Transport.«

Es war ein fürchterlicher Schlag für uns. Adieu, Nebenzahl-Klub, adieu, Vorstandsitzungen, Kulturprogramm und Wetten. Aus und vorbei. Und das Schlimmste ist: wir wissen nicht, was wir mit dem Tisch machen sollen. Wir können längst nicht mehr im Sitzen essen. Meine Frau meint, wir sollten uns nach den Mahlzeiten unter dem Tisch zur Ruhe legen.

Unsere Väter, die vor einigen tausend Jahren die hebräische Schrift erfunden haben, müssen Linkshänder gewesen sein, denn sie schrieben von rechts nach links. Außerdem hatten sie es sichtlich darauf angelegt, daß die Schrift der Heiligen Bücher nicht von jedem hergelaufenen Laffen gelesen werden könnte. Deshalb eliminierten sie, wie in der Stenographie, alle Vokale. Und deshalb ist es leichter, Hebräisch zu schreiben als Hebräisch zu lesen. Kein Wunder, daß die hebräischen Schriftsteller ständig auf fiebriger Suche nach Lesern sind. Ihre durchschnittliche Leserzahl beläuft sich auf drei: den Verleger, den Drucker und den Korrektor. Als vierten wollen sie mich.

Wie man ein Buch bespricht, ohne es zu lesen

Die Sache mit Tola'at Shani bedrückte mich. Nein, das war wirklich nicht schön von mir: vor einem halben Jahr hatte er mir sein neues Buch geschickt, das ich sofort auf den Schreibtisch oder sonst irgendwo hingelegt hatte – und dort, wo immer das war, setzte es seither Spinnweben an.

Zu Beginn kam ich noch mit den üblichen Ausreden durch: »Schon bekommen!« rief ich vorbeugend, wenn ich Tola'at Shani von weitem sah. »Sobald ich ein paar freie Stunden habe, lese ich es!« Und der vielversprechende junge Autor lächelte mir dankbar zu.

Als ich ihn nach ein paar Wochen unversehens beinahe über den Haufen rannte, ließ ich mich zu der Bemerkung hinreißen, daß ich bereits mitten in der Lektüre sei und daß wir nachher darüber sprechen müßten.

Bald darauf kam es zu einem höchst peinlichen Zwischenfall. Tola'at Shani betrat das Café, und sein Blick fiel genau in der gleichen Sekunde auf die Küchentür, als ich hinausschlüpfte.

Ich entsinne mich noch ganz genau, daß ich an diesem Tag den festen Entschluß faßte, das Buch sehr sorgfältig zu durchblättern, wenn ich nach Hause käme. Irre ich nicht, so hatte ich sogar schon die Hand danach ausgestreckt. Aber gerade da ging das Telephon, oder es läutete an der Tür, oder es geschah sonst etwas – jedenfalls kam meine Hand nicht bis an das Buch heran. Und dabei blieb es.

Vor ein paar Tagen, als ich mich um Kinokarten anstellte, fühlte ich mich plötzlich am Arm gepackt. Es war Tola'at Shani, und es gab kein Entrinnen.

»Haben Sie das Buch schon ausgelesen?« fragte er mich.

Ich nickte mehrmals und ernsthaft:

»Wir müssen uns ausführlich darüber unterhalten. Ich habe Ihnen eine ganze Menge zu sagen. Aber hier – in dieser Schlange – auf einem Bein –«

Ich hatte noch nicht zu Ende gesprochen, als an der Kassa die Tafel »Ausverkauft« hochging. Mein Schicksal war besiegelt. Nur ein plötzlich herabstoßender Steinadler hätte mich retten können, und in Tel Aviv gibt es leider keine Steinadler. Hingegen gibt es sehr viele Kaffeehäuser, so viele, daß man in einem von ihnen mit größter Wahrscheinlichkeit einen Tisch für zwei Personen findet. Tola'at Shani, der meinen Arm noch immer nicht losgelassen hatte, fand einen Tisch für zwei Personen. Und jetzt saßen wir einander gegenüber.

»Also«, sagte Tola'at Shani. »Sie wollten mit mir über mein Buch sprechen.«

»Ja«, sagte ich. »Ich bin froh, daß ich Sie endlich getroffen habe.«

Irgendwie erinnerte mich die Situation an den dramatischen Höhepunkt mancher Wildwestfilme, wenn Sheriff und Schurke im Saloon der menschenleeren Hauptstraße zusammenstoßen und die endgültige Abrechnung sich nicht mehr aufhalten läßt. Auch die Dizengoff-Straße schien plötzlich menschenleer. Ich kann mich nicht erinnern, sie jemals so entvölkert gesehen zu haben. Kein einziges bekanntes Gesicht wollte auftauchen.

Verzweifelt suchte ich mir das Buch ins Gedächtnis zu rufen, aber vor meinem geistigen Auge erschien immer nur die braune Packpapierhülle, die ich noch nicht entfernt hatte. Wenn ich wenigstens wüßte, um was für eine Art von Buch es sich handelt! War es ein Roman? Eine Sammlung von Kurzgeschichten? Von Gedichten? Ein Theaterstück? Ein Essayband?
Die bleierne Stille drohte mir den Atem abzuschnüren. Ich mußte etwas sagen:
»Etwas muß ich sagen«, sagte ich. »Sie haben enorme Arbeit an dieses Buch gewendet.«
»Drei Jahre«, nickte Tola'at Shani. »Aber das Thema habe ich noch viel länger mit mir herumgetragen.«
»Das spürt man sofort. Es ist ein reifes Werk.«
Stille. Bleierne Stille. Und keine Rettung. Freunde in der Not? Daß ich nicht lache.
»Sagen Sie mir jetzt bitte Ihre Meinung«, forderte mich der vielversprechende junge Autor mit vor Erwartung bebender Stimme auf.
»Ich bin sehr beeindruckt.«
»Von allem, was drinsteht?«
Im letzten Augenblick entging ich der Falle. Tola'at Shani beobachtete mich scharf aus den Augenwinkeln. Hätte ich jetzt geantwortet: »Ja, von allem« – er hätte sofort gewußt, daß ich das Buch nicht gelesen habe.
»Ich will ganz offen sein«, sagte ich. »Den Anfang finde ich nicht gerade überwältigend.«
»Auch Sie?« Tola'at Shani seufzte resigniert. »Das hätte ich nicht gedacht. Ein erfahrener Schriftsteller wie Sie müßte doch wissen, daß jedes Buch eine Exposition braucht.«
»Exposition, Schmexposition«, gab ich ein wenig unbeherrscht zurück. »Die Frage ist, ob man von einem Buch sofort gefesselt wird oder nicht.«
Tola'at Shani senkte den Kopf und sah so traurig drein, daß er mir leid tat. Aber warum schreibt er auch so langweilige Expositionen.

»Später kommt die Sache in Schwung«, tröstete ich ihn. »Ihre Figuren sind sehr gut gezeichnet. Und die Geschichte hat Atmosphäre. Und Rhythmus.«

»Sind Sie auch der Meinung, ich hätte die rein beschreibenden Teile des Buches um die Hälfte kürzen sollen?«

»Wenn Sie das getan hätten, wäre es ein Bestseller geworden.«

»Möglich«, sagte Tola'at Shani frostig. »Aber mir war es wichtiger, ganz genau zu erklären, warum Boris sich den Rebellen anschließt.«

Boris!!

»Boris ist allerdings ein Charakter, den man nicht so bald vergessen wird«, mußte ich zugeben. »Man merkt, daß ihm Ihre ganze Liebe gilt.«

Aus schreckhaft geweiteten Augen starrte Tola'at Shani mich an:

»Liebe? Ich liebe Boris? Dieses Schwein? Diesen Verbrecher? Ich halte ihn für die widerwärtigste Figur, die ich je geschaffen habe!«

»Das glauben Sie nur«, wies ich ihn zurecht. »Lassen Sie sich von mir gesagt sein, daß Sie sich im innersten Kern ihres geheimen Ich mit ihm identifizieren.«

Tola'at Shani erbleichte.

»Was Sie da sagen, trifft mich wie ein Keulenschlag«, murmelte er tonlos. »Als ich das Buch zu schreiben begann, habe ich Boris gehaßt, das weiß ich genau. Aber dann, als er in den Streit zwischen Peter und dem Marine-Attaché verwickelt wird und trotzdem seiner Mutter nichts davon erzählt, daß er Abigail vergewaltigt hat ... Sie erinnern sich doch?«

»Und ob ich mich erinnere! Er erzählte seiner Mutter nichts ...«

»Richtig. Da fragte ich mich also: ist dieser Boris, mit all seinen Verirrungen und Unzulänglichkeiten, nicht immer noch ein wertvollerer Mensch als der Zoologe?«

»Wir alle sind Menschen«, bemerkte ich tolerant. »Manche sind so, manche sind anders, aber im Grunde sind wir alle gleich.«

»Eben darauf wollte ich ja hinaus. Haarscharf.«

Sollte ich das Buch am Ende doch gelesen haben? Sozusagen unterbewußt, ohne es zu merken?
»Man versichert mir von vielen Seiten«, sagte Tola'at Shani zögernd, »daß dieses Buch, zumindest was die Handlung betrifft, mein bisher stärkstes ist.«
Ich sah nachdenklich zur Decke hinauf, als wollte ich die bisherige Produktion des vielversprechenden jungen Autors mit einem einzigen Blick umfassen. Dabei habe ich noch keine Zeile von ihm gelesen. Wozu auch? Wer ist dieser Tola'at Shani überhaupt? Warum schickt er mir seine Bücher? Es galt, die Dinge an ihren Platz zu rücken.
»Ich würde nicht direkt sagen, daß es Ihr stärkstes Buch ist. Aber es ist bestimmt Ihr spannungsreichstes.«
Tola'at Shani zuckte zusammen. Kein Zweifel, ich hatte ihn an seinem empfindlichsten Punkt erwischt. Tut mir leid. Oder soll ich vor Ehrfurcht zusammenknicken, wenn er seinen Dilettantismus ins Kraut schießen läßt?
»Ich wußte es. So wahr mir Gott helfe, ich wußte es.« Die ganze Bitterkeit des Nichtskönners, der sich von einem überlegenen Geist durchschaut weiß, schwang in seiner Stimme mit. »Sie meinen das Abendessen in der Wohnung des Sturmtruppenkommandanten, nicht wahr? Ich hätte schwören können, daß Ihr Chauvinismus an dieser Szene Anstoß nehmen würde. Hätte ich vielleicht die ganzen Ereignisse in diesem von der Flut heimgesuchten Gebirgstal in Saccharin verpacken sollen, damit sie sich angenehmer lesen? Wenn Sie – erinnern Sie sich –«
»Stottern Sie nicht«, ermahnte ich ihn. »Meine Geduld hat Grenzen.«
»Erinnern Sie sich an die Schilderung des nächtlichen Kamelwettrennens um den Harem des Scheichs? Das hat Ihnen doch gefallen, oder nicht?«
»Sogar sehr gut. Das war eine farbige Szene.«
»Und daß Jekaterina die Tischlampe am Kopf des Richters zerschlägt – auch damit sind Sie einverstanden?«

»Unter Umständen.«
»Dann können Sie unmöglich etwas gegen das Schicksal einzuwenden haben, das ich Meir-Kronstadt und seinesgleichen bereite!«
Heftiger Widerspruch stieg in mir auf. Hoppla, mein Junge, dachte ich. Du kannst begeifern, wen du willst – aber Meir-Kronstadt laß mir ungeschoren. Der ganze Verlauf des Gesprächs widerstrebte mir. Viel zu vage und unsachlich war das alles. Jetzt sollten die Funken stieben. Jetzt ging es mit meiner Zurückhaltung zu Ende.
»Hören Sie, Tola'at Shani! Ich an Ihrer Stelle wäre auf diese Sache mit Meir-Kronstadt nicht so stolz!«
»Ich bin aber stolz auf ihn!«
Das Blut schoß mir in den Kopf. Unglaublich! Der Kerl wagt mir zu widersprechen!
»Kronstadt ist ein Schwindler«, sagte ich scharf. »Was er tut, überzeugt keinen Menschen. Mehr als das: er ist überflüssig. Sie könnten ihn ohne Schaden für das Buch vollkommen weglassen.«
»Und wie, wenn ich fragen darf, soll ich dann den eigentlichen Konflikt vorbereiten?«
»Nun – wie? Was glauben Sie wohl?«
»Sie denken wahrscheinlich an den Zoologen.«
»An wen denn sonst.«
»Und Jekaterina?«
»Soll mit dem Richter durchgehen!«
»Im neunten Monat?«
»Nachher.«
»Stellen Sie sich das nicht ein wenig zu einfach vor? Außerdem scheinen Sie zu vergessen, daß Jekaterina von einem Auto überfahren wird!«
»Muß sie denn unbedingt überfahren werden? Gerade sie? Wenn schon jemand überfahren werden muß, dann Abigail.«
»Lächerlich. Was soll das für einen Sinn haben?«
Das war mir zuviel. Das darf man einem Fachmann wie mir

nicht sagen. Seit dreißig Jahren lese ich so gut wie ununterbrochen Bücher – und dann kommt so ein Stümper und sagt »lächerlich«.

»Sagten Sie ›lächerlich‹, Sie Stümper? Und Ihr idiotisches Kamelwettrennen ist vielleicht nicht lächerlich? Was sage ich: lächerlich. Ekelhaft ist es! Ich hatte Mühe, nicht zu erbrechen!«

»Ausgezeichnet. Genau das lag in meiner Absicht. Ein Mensch, dem vor sich selber übel wird, lernt sich wenigstens kennen. Und ich meine *Sie!*«

Wir hatten uns auf das unabsehbar weite Feld persönlicher Beleidigungen begeben. Tola'at Shani war gelb vor Ärger. Sein Atem keuchte.

»Ich werde Ihnen sagen, was Ihnen an meinem Buch mißfällt«, gurgelte er. »Daß ich gewagt habe, auf banale Lösungen zu verzichten! Daß ich Boris nicht in der Überschwemmung zugrunde gehen lasse! Stimmt's?«

Boris! Der hat mir gerade noch gefehlt.

»Scheren Sie sich zum Teufel mit ihrem Boris!« schnarrte ich. »Sie sind diesem Lumpen ja geradezu verfallen! Und wenn Sie es wissen wollen: seine Liebesaffäre mit Abigail ist ganz und gar unwesentlich!«

»Unwesentlich!« stöhnte der vielversprechende junge Autor. »Zu irgend jemandem muß sie doch gehören!«

»Aber doch nicht zu Boris! Gibt es denn keinen andern?«

»Wen?« Tola'at Shani sprang mich an, packte mich am Rockaufschlag und schüttelte mich. »Wen?!«

»Meinetwegen den Zoologen – wie heißt er gleich – Kronstadt!«

»Kronstadt ist kein Zoologe.«

»Er *ist* ein Zoologe! Und wenn nicht Kronstadt, dann der Sturmtruppenkommandant.«

»Kronstadt ist der Sturmtruppenkommandant!«

»Da haben Sie's! Von mir aus kann er sein, was er will! Und von mir aus kann es jeder sein, nur Boris nicht! Sogar der Marine-Attaché wäre logischer! Oder Peter! Oder Birnbaum!«

»Wer ist Birnbaum?«
»Er ist um nichts schlechter als Kronstadt, das garantiere ich Ihnen! Sie glauben offenbar, daß es schon genügt, Papier zu bekritzeln, damit ein Buch daraus wird. Hüten Sie sich! Wie steht's mit der Handlung, Sie Patzer? Mit den Charakteren? Mit den inneren Konflikten? Mit der Tiefe?« Jetzt war ich es, der ihn würgte. »Auf die Tiefe kommt es an – nicht auf Blabla und Abrakadabra, wie bei Ihnen! Boris! Boris! Das soll ein Buch sein? Für wen? Für das Publikum gewiß nicht! Kein Mensch liest so ein Buch! Auch ich habe es nicht gelesen!«
»Sie haben es nicht gelesen?«
»Nein. Und ich denke auch gar nicht daran!«
Damit ließ ich ihn sitzen.
Wahrscheinlich sitzt er immer noch dort, der Idiot. Recht geschieht ihm.

Ich brauche einen Agenten

Mein Sitznachbar im Flugzeug nach Hollywood war ein guterhaltener, wohlgenährter Fünfziger, der die meiste Zeit in klangreichem Schlummer verbrachte. Über Chicago hatte ich genug davon und rüttelte ihn wach:

»Entschuldigen Sie – wann kommen wir in Hollywood an?«

»Keine Ahnung.«

»Leben Sie denn nicht in Hollywood?«

»Nein.«

»Warum fliegen Sie dann hin?«

»Wie soll ich das wissen? Fragen Sie meinen Agenten.«

Nach ein paar weiteren Sätzen besaß Mr. Maxwell – dies sein Name – volle Klarheit darüber, daß ich ein ahnungsloser Ausländer war, ein Neuling, ein Greenhorn ohne die mindeste Kenntnis amerikanischer Lebensgewohnheiten. Als ich ihm vollends auf die Frage, wer mein Agent sei, wahrheitsgemäß antworten mußte, daß ich keinen hätte, fiel er beinahe vom Sitz: »Um Himmels willen – wie wollen Sie ohne Agenten leben? Wer kümmert sich um Ihre Angelegenheiten? Wer sorgt für Sie?«

»Vielleicht der liebe Gott«, murmelte ich zaghaft.

Maxwell schüttelte ungläubig den Kopf, sagte aber nichts, weil ihm in diesem Augenblick – wir überflogen gerade Texas – ein Kabel eingehändigt wurde, in das er mir lässig Einblick gewährte:

»wetter in hollywood unsicher empfehle grauen pullover 20.45 dinner mit praesidenten paramount gruss – moe.«

»Da sehen Sie's«, nickte Maxwell. »Alles, was Sie brauchen, ist ein guter Agent.«

Und er begann mir klarzumachen, daß der Agent die wichtigste nationale Institution Amerikas sei. Selbstverständlich,

so sagte er mir, beschränken sich die Aufgaben des Agenten nicht auf die Wahl der Pulloverfarbe; sie liegen vielmehr auf dem Gebiet der Publicity, der öffentlichen Geltung, des beruflichen Aufstiegs. Ein guter Agent hat nichts andres im Sinn, als die einmaligen, die einzigartigen Fähigkeiten seines Klienten zu rühmen, zu verherrlichen und zu lobpreisen, laut und pausenlos, zu Lande, zu Wasser und in der Luft, bis zum letzten Atemzug, bis zum letzten Scheck, in Ewigkeit, Amen.
Maxwells hymnische Worte beeindruckten mich tief. Als er eine kurze Pause machte, fragte ich ihn nach seinem Beruf.
»Ich bin Agent«, antwortete er. »Warum?«
»Ja, aber – wenn Sie selbst Agent sind, wozu brauchen Sie dann einen Agenten?«
Maxwell lächelte nachsichtig.
»Ich gehöre zur höchsten Rangklasse. Zur allerersten Garnitur. Soll ich mich vielleicht selbst als den größten Agenten der Welt vorstellen? Das geht nicht. Das muß jemand andrer für mich machen. Und dazu brauche ich einen Agenten.«
Meine neidvolle Bewunderung für Maxwell stieg bei der Landung in Los Angeles sprunghaft an. Noch während wir das Flugzeug verließen, kam aus vier Lautsprechern die mehrfach wiederholte Durchsage:
»Mr. Maxwell wird gebeten, zum blauen Cadillac vor der Ankunftshalle zu kommen ... wird gebeten ... blauer Cadillac ... Mr. Maxwell ... blauer Cadillac ...«
In der Ankunftshalle begrüßte ihn ein strahlender Managertyp mit einem großen Blumenstrauß. Kein Zweifel: es war der treue Moe, der ihm den grauen Pullover ins Flugzeug gekabelt hatte.
Ich hingegen stand allein und verlassen bei meinen Koffern, ein armes Waisenkind ohne Adresse, ohne Hoffnung, ohne Brücke zur Welt, ohne Agenten. Schlotternd näherte ich mich der Prinzessin hinterm Informationsschalter:
»Bitte, können Sie mir ein gutes Hotel nennen?«
Die Prinzessin ließ ihre exquisit langen Wimpern flattern:

»Hat denn Ihr Agent kein Zimmer für Sie bestellt?«
Ich wagte nicht, ihr die Wahrheit zu sagen, und senkte nur stumm den Kopf.
Da sie mir kein gutes Hotel nennen konnte, sondern nur die Adresse von zwei guten Agenten, versuchte ich es selbst und rief im Beverly Hills Hotel an.
»Bedaure, Mr. Kitschen, wir sind komplett«, antwortete der Empfang. Das war das ganze Gespräch.
Ich schleppte meinen müden Körper und meine drei bleischweren Koffer an den Taxistand und begehrte zu einem Hotel gefahren zu werden.
»Zu welchem Hotel, Mister?«
»Zu irgendeinem.«
Der Fahrer wandte sich um und sah mich an.
»Nein«, sagte ich. »Ich habe keinen Agenten. Fahren Sie trotzdem los.«
Als wir am Beverly Hills Hotel vorbeikamen, sah ich den blauen Cadillac vor dem Eingang stehen, und vor dem blauen Cadillac stand Moe. Es war ein Wink des Himmels. Ich ließ halten und stürzte auf Moe zu: »Moe«, stammelte ich atemlos, »Sie müssen mich nehmen, Moe!«
Moe maß mich prüfend von oben bis unten. Nachdem ich seinem Blick etwa eine Minute standgehalten hatte, zog er ein kleines Notizbuch aus der Tasche und zückte seinen goldenen Füllbleistift:
»Morgen um halb zehn haben Sie ein Fernseh-Interview bei der CBS, Studio F. Um viertel eins treffen Sie Hedda Hopper. Um dreiviertel zwei lunchen Sie mit dem Produktionsleiter der Paramount. Um drei kommen die Photographen. Vergessen Sie Ihre Gitarre nicht.«
»Aber ich bin kein Pop-Sänger, ich –«
»Wollen Sie das gefälligst mir überlassen«, brauste Moe auf »Und jetzt gehen Sie auf Ihr Zimmer. Nummer 2003. Frühstück um acht. Zwei weichgekochte Eier. Das ist gut für Ihre Stimme. Unterschreiben Sie hier.«

Er hielt mir ein eng bedrucktes Formular hin, dem ich schon beim ersten Überfliegen entnahm, daß ich von meinen sämtlichen Einkünften – auf dem Gebiet der Vereinigten Staaten, des Britischen Weltreichs innerhalb der Grenzen von 1939 und überall sonst – 20 % an meinen Agenten abzugeben hätte, gleichgültig wie diese Einkünfte zustandekommen, ob durch Arbeit, Erbschaft oder Glücksspiel.
»Ist das ein Vertrag auf Lebensdauer, Moe?« hieß eine innere Stimme mich fragen.
»Selbstverständlich«, antwortete Moe.
»Dann kann ich nicht unterschreiben«, stieß ich hervor, packte meine Koffer und rannte durch die Hotelhalle zum Empfangsbüro. Moe rief hinter mir her, daß ich mich nicht anstrengen sollte, hier gäbe es keine Zimmer. Aber jetzt ließ ich mich nicht mehr beirren. Ich hatte den Trick durchschaut. Schon stand ich vor dem Empfangschef:
»Mein Name ist Hyman Schwartz. Ich bin Mr. Kitschens Agent, literarischer Berater des Pentagon und Verfasser von Tolstojs ›Krieg und Frieden‹. Ich brauche ein Doppelzimmer mit Bad, und zwar sofort.«
Von meinem Doppelzimmer rief ich Hedda Hopper an:
»Hedda darling«, flötete ich. »Weißt du, für wen ich jetzt arbeite? Du wirst es nicht glauben: für Kitschen. Ja, ganz richtig. Ein phantastischer Kerl, nicht wahr. Und du stirbst natürlich vor Neugier, zu erfahren, was er vorhat ...«
Dem Präsidenten der Paramount kündigte ich für Mittwoch meinen Besuch an und versprach ihm die Weltrechte einer neuen, sensationellen Story von Kitschen. Schon nach wenigen Tagen hatte ich für diesen unfähigen Schwachkopf die besten Verbindungen hergestellt und seine Karriere auf Jahre hinaus gesichert.
Mit mir wollte kein einziger meiner Verhandlungspartner sprechen. Alle zogen es vor, direkt mit meinem Agenten zu verhandeln. Ich war überflüssig. Wer braucht einen Schriftsteller? Was ich brauche, ist ein guter Agent.

Die Wissenschaft hat alle erdenklichen Maßapparate erfunden. Es gibt Instrumente, um die Intensität ultravioletter Strahlen zu messen, oder den Feuchtigkeitsgehalt der Luft, oder den Erfolg eines Raketenabschusses. Meßapparate für gesellschaftlichen Erfolg gibt es noch nicht. Der einzige, den es gibt, ist ein israelisches Erzeugnis und nicht exportfähig.

Menasche weiss es ganz genau

An jenem trüben, regnerischen Abend saßen Jossele und ich wieder auf unserem Beobachtungsposten im Café, als der Dichter Tola'at Shani sich den Weg an unsern Tisch bahnte und seine Nägel zu beißen begann.
»Ich bin fürchterlich nervös«, sagte er. »Das erweiterte Dramaturgenkomitee, das auch mit der Spielplangestaltung betraut ist, berät gerade über das Schicksal meines Stücks.«
Wir wandten ihm unsere aufrichtige Anteilnahme zu. Die Situation war ja auch wirklich spannungsgeladen. Wurde sein Stück abgelehnt, dann hatte er's hinter sich. Wurde es aber angenommen, dann ließ sich die Möglichkeit, daß es infolge eines technischen Versehens auch zur Aufführung käme, nicht gänzlich ausschließen. Wir versuchten den hartgeprüften Autor zu beruhigen, aber er hörte uns kaum zu, brach von Zeit zu Zeit in ein hysterisches Kichern aus und drohte zu emigrieren.
Plötzlich geschah etwas Merkwürdiges. Ein großer, hagerer Mensch kam am Tisch vorbei, grüßte Jossele mit einem freundlichen Winken seiner Hand, hielt direkt vor Tola'at Shani inne, legte den Kopf schräg und schien in die Luft zu schnuppern, wobei seine Nasenflügel sich blähten und sein Gesicht den Ausdruck konzentriertester Nachdenklichkeit annahm. Das Ganze dauerte höchstens eine Sekunde. Dann entspannte sich der

Mann, stach mit spitzem Finger nach Tola'at Shani und ließ ein eiskaltes »Hallo« hören.
Gleich darauf verschluckte ihn der dichte Rauchvorhang, der über dem Kaffeehaus lag.
»Schade, Tola'at Shani«, sagte Jossele mit belegter Stimme. »Das Dramaturgenkomitee hat Ihr Stück abgelehnt. Ich fürchte: einstimmig!«
Der Angesprochene begann zu zittern und hielt sich mit beiden Händen am Tischrand fest:
»Aber wieso ... woher wissen Sie das?«
»Vom Erfolgsmesser.«
Jossele nickte in die Richtung, in die sich der Hagere entfernt hatte. »Menasche weiß es ganz genau.«

Aus Josseles weiteren Erklärungen ging hervor, daß Menasche eine schlechthin geniale Fähigkeit besaß, die Erfolgsaussichten seiner Mitmenschen richtig einzuschätzen. »Menasche gibt sich immer nur mit den Erfolgreichen ab. Man könnte auch sagen: einer, mit dem sich Menasche abgibt, hat Erfolg. Und sowie der Erfolg ihn verläßt, verläßt ihn auch Menasche. Menasche ist die perfekte Ein-Mann-Marktforschung. Aus der Art, wie er jemanden grüßt, kann man bis auf drei Dezimalstellen berechnen, wieviel der Betreffende im Augenblick wert ist.«
Jetzt fielen auch mir ein paar Bestätigungen dafür ein. Natürlich! Vor ein paar Jahren hatte Menasche niemals versäumt, mir wohlwollend auf die Schulter zu klopfen, wenn er mich sah. Einmal geschah das, kurz nachdem das State Department mich zu einer Reise nach Amerika eingeladen hatte – nein, es war einen Tag *bevor* die Einladung eintraf! Damals hatte Menasche sich sogar zu mir gesetzt und sich nach meiner Gesundheit erkundigt.
»Sein Nervensystem«, erläuterte Jossele, »arbeitet wie ein Seismograph und registriert die kleinsten sozialen Beben. Nichts entgeht ihm, kein noch so geringes Anzeichen eines Erfolges oder Mißerfolges. Und danach richtet er sich. Ein lautes, herz-

liches ›Schalom!‹ ist das sicherste Zeichen, daß der also Begrüßte auf der Erfolgsleiter ganz oben steht oder demnächst ganz oben stehen wird. Bei Leuten mit unsicherem Erfolgs-Status beschränkt er sich auf ein mehr oder weniger gleichgültiges Winken. Und wenn ein Geschäftsmann in Konkurs gegangen ist oder ein Künstler schlechte Kritiken hat, wird Menasches ›Hallo‹ so leise, daß man die Lautverstärker eines Flughafens einschalten müßte, um es zu hören.
Das Unglaublichste aber ist, daß der Erfolgsmesser sich nicht unbedingt auf den gerade gegebenen Zustand einstellt. Manchmal umarmt er einen Schriftsteller, der in der letzten Literaturbeilage grauenhaft verrissen wurde. Dann hat sein Radargehirn einen Erfolg vorausgespürt, von dem noch niemand etwas ahnt. Oder einen Literaturpreis. Oder eine Erbschaft. Menasche ist imstande, den Erfolgs-Koeffizienten eines Menschen auf Monate hinaus zu berechnen. Verstehst du das?«
»Nein«, antwortete ich wahrheitsgemäß.
»Ich werde es dir an dem Beispiel erklären, dessen Zeugen wir soeben waren. Menasche wirft den ersten Blick auf Tola'at Shani, und seine Maßapparatur setzt sich sofort in Bewegung. ›Ein Dichter mit schwankendem Status‹, signalisiert die Empfangsantenne. ›Gut für Standardbegrüßung Nr. 8, mittelherzlich: Wie geht's, mein Freund? Leichte Verlangsamung des Schrittes, denn der Kritiker Birnbaum hat vor kurzem seine Gedichte lobend erwähnt.‹ So weit ist alles klar. Aber beim Näherkommen erinnert sich Menasche, daß Kunstetter der Große schon seit zwei Wochen mit Tola'at Shani nicht mehr am selben Tisch sitzt. Das ›mein Freund‹ fällt weg. Anderseits hat Tola'at Shanis Gattin einen reichen Onkel in Amerika; das ist ein freundliches Lächeln wert, unter Umständen sogar ein lässiges Winken beim ›Wie geht's?‹ Als Menasches Berechnungen bis hierher gediehen sind, leuchtet auf seinem Radarschirm plötzlich die bevorstehende Ablehnung des Stücks durch das Dramaturgenkomitee auf. Folglich wird in der letzten Sekunde das freundliche Lächeln abgestellt, das ›Wie geht's?‹ durch

›Hallo‹ ersetzt und das Winken mit der Hand durch ein Stechen mit dem Zeigefinger. Dieses Stechen war es, aus dem ich auf die einstimmige und endgültige Ablehnung des Stücks geschlossen habe. Andernfalls hätte Menasche mindestens zwei Finger eingesetzt und nicht gestochen.«

In diesem Augenblick betrat der Sekretär des Theaters das Café und steuerte direkt auf Tola'at Shani zu:

»Leider«, sagte er. »Ihr Stück wurde abgelehnt. Alle waren dagegen.«

Gegen Mitternacht trugen wir das, was von Tola'at Shani noch übrig war, zu einem Taxi. Plötzlich bog Menasche um die Ecke. Er blieb vor Jossele stehen, kniff ihn in die Backe und fragte mit breitem, freundlichem Grinsen:

»Wo steckst du denn die ganze Zeit, mein Alter?«

Ich zählte mit: das Grinsen dauerte 1 – 2 – 3 – 4 volle Sekunden. Jossele begann zu zittern, riß einem gerade vorbeikommenden Zeitungsverkäufer die Morgenausgabe aus der Hand, sah unter »Gestrige Lotterieziehung« nach und stieß einen lauten Schrei aus: er hatte 4000 Pfund gewonnen.

»Eines verstehe ich nicht ganz«, brummte er, nachdem er sich vergewissert hatte, daß er tatsächlich das Gewinnlos besaß. »Warum hat mich Menasche nicht geküßt? Bei mehr als 3000 Pfund küßt er sonst immer ...« Dann schlug er sich mit der flachen Hand gegen die Stirn. »Richtig! Ich habe ja noch 1600 Pfund Schulden ...«

Wir machten uns auf den Heimweg. Sicherheitshalber wandte ich mich zu Menasche um und schmetterte ihm ein fröhliches »Gute Nacht« zu.

Menasche sah durch mich hindurch, als wäre ich Luft.

Was ist geschehen? Um Himmels willen, was ist geschehen?

Roulette in Las Vegas

»Wer in Hollywood ist und nicht nach Las Vegas fährt«, sagt ein altes mohammedanisches Sprichwort, »der ist entweder nicht normal, oder er war schon dort.«

Las Vegas im Staate Nevada gilt mit Recht als das Monte Carlo der USA. In ganz Nordamerika sind Glücksspiele verboten, ausgenommen die Börse und ausgenommen Nevada, das sich um die Gesetze der übrigen amerikanischen Staaten nicht kümmert. Übrigens ist Nevada von allen amerikanischen Staaten der ärmste. Besser gesagt: es *war* der ärmste, bevor meine Frau und ich hinkamen.

Natürlich wußten wir ganz genau, was uns dort erwartet. Wir würden, so sprachen wir darum zu uns selbst, wir würden 10 Dollar an der Roulette riskieren, keinen Cent mehr, 10 Dollar und Schluß.

Als wir mitten in der nevadensischen Wüste dem Flugzeug entstiegen, hatte ich überdies schon die Tickets in meiner Tasche, die uns vier Stunden später nach New Orleans bringen würden. Jedes Risiko war ausgeschlossen.

Las Vegas besteht aus einer grandiosen Hauptstraße und keinen wie immer gearteten Nebenstraßen. Die Hauptstraße besteht aus Hunderten von Casinos und Tausenden von Glücksrittern. Eines dieser Casinos betraten wir. Es hieß »Sand's«, und das verursachte uns ein anheimelndes Gefühl. Wir fühlten uns an den Negev erinnert.

Eine unübersehbare Menge Irrsinniger staute sich in der großen Halle, drängte sich um die Slotmaschinen, spielte Karten und natürlich Roulette. Die Slotmaschinen faszinierten uns ganz besonders. Man wirft mit der linken Hand eine Münze ein und betätigt mit der rechten einen Hebel, worauf hinter einer gläsernen Querleiste drei mit verschiedenen Früchten geschmückte Zylinder wild zu rotieren beginnen. Nach einiger Zeit bleiben sie stehen, und wenn dann alle drei die gleichen Früchte zeigen, ergießt sich aus Fortunas Füllhorn ein Regen kleiner und großer Münzen in die Taschen des Gewinners. Man muß nur wissen, wie man den Hebel am besten niederdrückt und wann man ihn am besten losläßt. Oft dauert es stunden- oder tagelang, ehe man dahinterkommt. Aber wenn man das weiß, versteht man auch, warum es in Nevada so viele traurige Menschen mit überentwickelten rechten Armmuskeln gibt.

Zugegeben: das Spiel ist nicht sehr intelligent. Es nahm uns auch nicht länger als drei Minuten in Anspruch. Wir sind ja keine kleinen Kinder.

Mit den verbliebenen fünf Dollar begaben wir uns an einen Roulettetisch und erstanden 10 Chips im Werte von je 50 Cents.

»Spielen wir nach der todsicheren Methode«, schlug ich vor. »Schultheiß hat damit vor ein paar Jahren fünfzehnhundert Dollar gewonnen. Man muß immer dieselbe Farbe setzen. Gewinnt man, ist es gut. Wenn nicht, verdoppelt man den Einsatz. Verliert man wieder, verdoppelt man ihn noch einmal. Man verdoppelt ihn so lange, bis man gewinnt. Und einmal *muß* man doch gewinnen.«

Niemand wird bestreiten, daß das ganz einfach und überzeugend klingt, beinahe wissenschaftlich.

Wir setzten 50 Cents auf schwarz. Ich wollte auf rot setzen, aber die beste Ehefrau von allen blieb standhaft.

Rot kam. Das schadete nichts. Wir verdoppelten den Einsatz, wie es die todsichere Methode vorschrieb. Rot kam. Jetzt betrug unser Einsatz auf schwarz bereits 2 Dollar. Es kam rot.

»Ich hab' dir doch gesagt, daß wir auf rot setzen sollen«, zischte ich meiner Gattin zu. »Wie kann man von allen Farben ausgerechnet auf schwarz verfallen?«

Wir kauften vom Croupier 10 Ein-Dollar-Chips und zweigen sofort 4 Dollar für den nächsten Einsatz ab, diesmal auf rot. Schwarz kam.

Jetzt erst zischte meine Gattin zurück.
»Idiot!« zischte sie. »Seit wann wechselt man mitten im Spiel die Farbe?«
Die nächsten 10 Ein-Dollar-Chips, die wir gekauft hatten, setzten wir brav und folgsam auf schwarz. Rot kam. Schultheiß kann was erleben, wenn ich ihn nächstens treffe.
16 Dollar auf schwarz. Und was kam? Allerdings.
Kalter Schweiß stand mir auf der Stirn. Was meine Frau betraf, so war ihr Gesichtsausdruck eine pikante Mischung aus Blässe, Schrecken und mühsam zurückgedämmtem Haß.
Eine Verbrecherhöhle. Wir waren unter Verbrecher geraten. Besonders dieser Croupier mit dem unbeweglichen Gesicht. Er muß bis vor wenigen Tagen der Boß einer Gangsterbande gewesen sein. Wahrscheinlich ist er es noch. Verbrecher, wohin das Auge blickt. Das ist Amerika. Nichts als Dekadenz und Opium für die Massen. Pfui Teufel.
Ich kaufte Chips für 32 Dollar und setzte den ganzen Haufen auf schwarz. Der Croupier drehte das Rad und ließ die Kugel rollen. Und plötzlich wußte ich, mit einer über jeden Zweifel erhabenen Sicherheit wußte ich, daß jetzt rot kommen würde. Dieses unfehlbare Gefühl läßt sich nicht erklären. Du hast es, oder du hast es nicht. Es ist, als wären die Schuppen von deinem inneren Auge gefallen und als hätte eine innere Stimme das Wörtchen »rot« in dein inneres Ohr geflüstert. Ich schob die Chips auf rot.
»Nein!« kreischte die beste Ehefrau von allen und ergriff die Chips. Schon lagen sie wieder auf schwarz.
Ein stummer, verzweifelter Kampf begann. Ich bin der Mann. Ich blieb Sieger. In der letzten Sekunde erreichten unsere Chips das rote Feld.
»Zu spät!« schnarrte der Croupier und schob das ganze Geld auf schwarz zurück.
Das hätte er nicht tun sollen. Schwarz kam und brachte uns 64 Dollar. Roulette ist ein großartiges Spiel. Es ist nicht nur anregend und entspannend, sondern wirft auch reichen Lohn

für den instinktsicheren Spieler ab, der das Glück zu meistern versteht.
Ich nickte dem Croupier, einem ungewöhnlich sympathischen jungen Menschen, freundlich zu und berechnete, wieviel wir bisher gewonnen hatten.
Wir hatten einen Dollar gewonnen.
Aber wir besaßen immerhin 64 Ein-Dollar-Chips.
»Dieses blöde Einsatz-Verdoppeln geht mir zu langsam«, äußerte die beste Ehefrau von allen. »Ich spiele Nummern.«
Es gibt 36 Nummern auf dem Rad, und wenn die gesetzte Nummer kommt, bringt sie 36faches Geld. Einer an der Wand hängenden Ehrentafel konnte man entnehmen, daß im Jahre 1956 ein Cowboy die Bank dieses Casinos gesprengt und Las Vegas mit 680 000 Dollar in der Tasche verlassen hatte. Was ein Cowboy kann, müßten auch wir können.
Meine Frau setzte einen Dollar auf 25. Blinde Wut überkam mich. Warum gerade 25?
»Du bist verrückt! Setz auf 19! Ich garantiere für 19!«
Jetzt gab sie sich keine Mühe mehr, ihren Haß zu verbergen:
»Du verdirbst mir alles. Ich hätte dich nicht mitnehmen sollen. Ich hätte dich nicht heiraten sollen. Alles verdirbst du mir.«
Da sie die Chips verwaltete, unternahm ich nichts weiter und überließ sie ihrem Schicksal. Wollen sehen, was sie aufsteckt.
Ich meinerseits kaufte Chips für 5 Dollar und setzte sie auf die klar zutage liegende Nummer 19. Die Spannung war unerträglich. Mit angehaltenem Atem folgten wir dem Lauf der Kugel. Endlich fiel sie.
Sie fiel auf 25. Ich verstehe bis heute nicht, wie das geschehen konnte. Meine Frau strich 36 Dollar ein. Seit frühester Kindheit habe ich mich nicht mehr so erniedrigt gefühlt. Eine Säule von runden Chips türmte sich vor ihr auf, und vor mir war alles leer. Sie aber warf auch noch einen Dollar »pour les employés« hin. Ich haßte sie.
»Hast du keine bessere Verwendung für dein Geld?« fragte ich mit vornehmer Zurückhaltung.

»Rutsch mir den Buckel herunter«, lautete ihre weit weniger vornehme Antwort. »Mit meinem Geld kann ich machen, was ich will. Und verschwind schon endlich! Es ist eine alte Regel, daß man keinen Schlemihl in seiner Nähe haben soll, wenn die Glückssträhne einsetzt.«
Ich entfernte mich tief betroffen und in der unerschütterlichen Überzeugung, daß 19 die richtige Nummer und 25 nur durch einen Zufall gekommen war.
Beim Baccarat-Tisch blieb ich stehen, entnahm meiner Brieftasche eine 20-Dollar-Note und legte sie irgendwohin. Ich wußte weder wohin noch warum. Ich kannte das Spiel nicht. Der Bankier gab mir zwei Karten und sich selbst ebenfalls zwei. Dann deckte er die seinen auf. Dann deckte ich die meinen auf. Dann hatte ich verloren, und er raffte mein Geld an sich.
Ich ging zur Roulette zurück und fand meine Frau einer Ohnmacht nahe, so aufgeregt war sie: Berge von Chips lagen vor ihr auf dem Tisch, richtige kleine Berge. Vor freudiger Überraschung blieb mir der Mund offen. Jetzt würden wir mindestens drei Wochen in New Orleans bleiben können. Was für eine prächtige Gefährtin habe ich doch! Ihre rosigen Wangen glühten und ihre mandelförmigen Augen blitzten, während ihre wundervoll graziösen Hände über die Beute strichen. Möge sie leben und gesund sein bis 120 ...
»Putzili«, girrte ich. »Sag, wie hast du das gemacht?«
»Frag nicht so blöd«, antwortete sie mit heiserer Stimme.
»Ich hab' mir für hundert Dollar Chips gekauft.«
Ein Blick auf ihr verzerrtes Gesicht bestätigte mir die fürchterliche Wahrheit ihrer Worte. Ich hatte ja gewußt, daß dieses Monstrum alles verlieren würde, Gott helfe mir. Wie sie nur dasaß! Die Augen stier an die Kugel geheftet, die Finger gierig um die Geldbörse gekrallt – wahrhaftig, sie sah kaum noch menschlich aus. Und in der Geldbörse war unser ganzes Geld. Sie warf es in frivolem Leichtsinn hinaus, sie opferte die mühsam erworbenen, im Schweiß unsres Angesichtes zum

offiziellen Kurs eingewechselten Dollar dem Spielteufel. Kein Zweifel: sie war verrückt geworden. Wann hat man je gehört, daß ein vernünftiger Mensch auf 5 setzt? Oder gar auf 3, wie sie es jetzt tat?
Das Häufchen Chips vor ihr wurde kleiner und kleiner. Eine flüchtige, eher nach unten abgerundete Berechnung ergab eine Verlustquote von 2 Dollar pro Minute.
Ich sah nach der Uhr. In anderthalb Stunden ging unser Flugzeug nach New Orleans. Wie die Dinge lagen, konnten wir dort höchstens noch drei Tage verbringen.
Und jetzt hat sie wieder auf 25 gesetzt. Werden Frauen denn nie aus ihren Fehlern lernen?
Etwas mußte geschehen. Ich kann unmöglich tatenlos mitansehen, wie unsre Zukunft mit einer Minutengeschwindigkeit von 2 Dollar ruiniert wird.
»Liebste«, flüsterte ich, »laß uns einkaufen gehen.«
»Geh allein!«
»Eine Handtasche. Wir kaufen eine schöne Handtasche für dich.«
Der Laden, so spekulierte ich, ist 5 Minuten entfernt, das sind 10 Minuten hin und zurück, das ergibt netto 20 Dollar, und das ist selbst nach Abzug des Handtaschenpreises noch immer ein ganz hübscher Reingewinn. So leicht bin ich schon lange nicht zu Geld gekommen. Genauer: *wäre* ich zu Geld gekommen – wenn meine Frau darauf eingegangen wäre. Statt dessen hat sie beim Croupier schon wieder einen Berg von Chips gekauft.
Und keine innere Stimme, die mir zuraunt, welche Nummer jetzt kommen wird. Sie raunt nur immer wieder: »Leb wohl, New Orleans, leb wohl . . .«
Ich bringe meiner Gattin ein Glas Tee. Eine Minute gewonnen. Macht 2 Dollar abzüglich Getränkesteuer.
Nächster Versuch: »Gehen wir zu den Slotmaschinen«.
Dort nämlich kostete die Minute höchstens einen Dollar.
Sie will nicht. Sie will Roulette spielen. Sie setzt – und zwar

gleichzeitig – 8, 9, 10, die Transversale 4–6, Zero, rot, erstes Dutzend. Es kommt 22, schwarz, zweites Dutzend. Wenn wenigstens die Nummer 19 gekommen wäre, auf die ich von Zeit zu Zeit 10 Dollar setze ...

Aber die Kugel ist rund, und endlich scheint's, als wollte das Glück uns lächeln. Ein sichtlich nervöser Spieler schreit meine Frau an, weil sie immer dieselben Nummern setzt wie er und ihn dadurch um alle Chancen bringt. Meine Frau schreit zurück: im Gegenteil, *er* bringe *sie* um alle Chancen, weil er immer knapp vor ihr seine Chips auf die Nummern setzt, die sie spielen will. Ein lautstarkes Wortgefecht bricht aus, das Rad steht volle acht Minuten still (16 Dollar). Da meine eigene Frau in den Streit verwickelt ist, muß ich Partei ergreifen. Ich trete auf einen der bewaffneten Saalwächter zu und ersuche ihn, die schreiende Weibsperson dort am Tisch aus dem Casino zu weisen. Der Gangster zuckt die Achseln: Schreien sei kein Ausweisungsgrund. Schade. Das hätte zwei Tage in New Orleans bedeuten können.

Der geistige Verfall meiner Gattin macht rasende Fortschritte. Sie setzt gleichzeitig 18, ungerade, schwarz, 25, 2, die Transversale 4–6, das dritte Dutzend, das zweite Dutzend, 6 Zero, 7, 9 und 13. Und rot. Und das erste Dutzend. Und 8.

In wilder Panik stürze ich zu einer der Telephonzellen und rufe aus dem Casino das Casino an:

»Bitte lassen Sie sofort Mrs. Kitschen ans Telephon holen. Sie sitzt am zweiten Tisch von links. Es ist dringend.«

»Um was handelt sich's?«

»Um einen Schlaganfall in der Familie«.

Zum Glück ist der Tisch ziemlich weit von der Zelle entfernt, und obwohl Mrs. Kitschen in scharfem Tempo angerannt kommt, vergehen 4 Dollar.

»Hallo?«

»Mrs. Kitschen«, sage ich in fließendem Englisch, »die Direktion möchte Ihnen zur Kenntnis bringen, daß nach den Gesetzen des Staates Nevada kein Casinogast länger als zwei

Stunden ununterbrochen Roulette spielen darf. Da Sie leider schon –«

»Halt den Mund, Idiot! Glaubst du wirklich, daß ich dich nicht erkannt habe?«

Und schon saust sie an den Tisch zurück. Immerhin: 9 kostbare Minuten sind gewonnen, fast ein ganzer Tag in New Orleans. Und in einer halben Stunde, der Himmel sei bedankt, müssen wir am Flughafen sein.

Ich schleppe unser Gepäck zur Tür und locke durch heftige Winksignale meine Gattin herbei.

»Um Himmels willen!« Ihre Stimme bebt vor jähem Entsetzen. »Wo ist meine schwarze Handtasche?!«

Ich habe keine Ahnung. In der schwarzen Handtasche befinden sich unter anderm die kosmetischen Utensilien meiner Frau. Eine Suche im Wert von mindestens 20 Dollar beginnt. Endlich wird die Handtasche gefunden. Irgend jemand hat sie hinter der Tür versteckt. Ich reiße die Tasche an mich und öffne sie, um das verbliebene Geld zu zählen.

Es ist kein Geld verblieben. Es gibt nichts zu zählen. Meine Frau hat 230 Dollar verloren. 230 Dollar sind ihr durch die Finger geglitten, für nichts und wieder nichts. Wenn sie wenigstens auf 19 gesetzt hätte, so wie ich meine 350 Dollar. Aber vielleicht können wir trotz allem noch zwei Tage in New Orleans verbringen.

Auf dem Flugplatz teilt man uns mit, daß sich der Abflug um eine halbe Stunde verzögern wird. Warum? Bald haben wir die Ursache entdeckt. Im Warteraum stehen 20 Slotmaschinen. Man braucht nur eine Münze einzuwerfen ... und den Hebel zu betätigen ... es ist ganz einfach.

Wie singt der Dichter? »Meine rechte Hand verdorre, könnt' ich jemals dein vergessen, o Las Vegas in Nevada.«

Übrigens: kennen Sie New Orleans? Ich nicht.

»Ordnung muß sein«, heißt es im Talmud. Deshalb ist in ganz Israel kein zweiter Berufszweig so hoch angesehen wie der des Ordners, uniformiert oder nicht, amtlich oder nicht, auf öffentlichen Plätzen oder in Versammlungslokalen. »Bitte hier nicht herumzustehen, dieser Platz ist für den Ministerpräsidenten reserviert!« – »Ich bin der Ministerpräsident, mein Freund!« – »Meinetwegen können Sie sogar der Ministerpräsident sein, hier dürfen Sie nicht herumstehen.«

Gibt es einen typisch israelischen Humor?

Vor einigen Tagen besuchte mich Stockler, der Sekretär unseres Kultur- und Geselligkeitsklubs, und sprach zu mir wie folgt:
»Am nächsten Sonntag veranstalten wir einen leichten Unterhaltungsabend. Wir würden uns freuen, Sie als Vortragenden begrüßen zu können. Das Thema, über das Sie bei uns sprechen sollen, lautet: ›Gibt es einen typisch israelischen Humor, und wenn ja, warum nicht?‹«
»Meiner Meinung nach«, sagte ich abweisend, »soll ein Schriftsteller schreiben und nicht reden.«
»Sie haben vollkommen recht. Trotzdem können wir Ihnen nicht mehr als 20 Pfund zahlen.«
»Für mich ist das keine Frage des Geldes.«
»Einverstanden. Beginn um 6.30 Uhr.«
Um 6.20 Uhr fand ich mich im Klubhaus ein. Ohne zu prahlen: es herrschte ein solcher Andrang, daß die Veranstalter bereits das Gittertor geschlossen hatten, um die andrängenden Massen abzuwehren. Ich wollte mich durchzwängen und kam auch wirklich bis an das Tor heran, aber dann ging's nicht weiter. Ein eisernes Gittertor ist ein eisernes Gittertor, besonders wenn es von innen versperrt ist.

Es blieb mir nichts übrig, als um das ganze Gebäude herumzugehen, bis zur Hinterfront. Dort gab es, wie ich wußte, noch einen Eingang, eine kleine Glastür.
An der Innenseite dieser Tür hing eine Tafel mit der Ankündigung meines Vortrags. Ein paar optimistische junge Menschen, der Stolz unseres Landes, umstanden die Tür, in der Hoffnung, vielleicht doch noch meinem Vortrag beiwohnen zu können. Vorläufig sahen sie nur die dichtgedrängten Zuschauerreihen im Innern des Saales und den in nervöser Erwartung auf und ab gehenden Stockler.
Ich klopfte an die Tür. Niemand öffnete. Ich klopfte kräftiger. Ein untersetzter Ordner näherte sich von innen, schob die Tafel ein wenig zur Seite und machte das international gebräuchliche Zeichen für »Schert euch zum Teufel!« Ich zeigte mit ausdrucksvoller Gebärde auf mich selbst und gab mich als Vortragenden zu erkennen. Die nicht minder ausdrucksvolle Gebärde des Ordners deutete an, daß er willens sei, mir alle Knochen im Leib zu brechen. Die optimistischen jungen Menschen ringsum verhöhnten mich, weil ich es mit einem so alten Trick versucht hatte und nicht durchgekommen war. Ich begann aufs neue an die Türe zu klopfen, diesmal mit beiden Fäusten. Nach einiger Zeit nahm ich noch die Füße zu Hilfe. Tatsächlich öffnete sich die Türe, wenn auch nur spaltbreit, und der Ober-Ordner schlug mir mit einem Besenstiel über den Kopf.
»Ausverkauft!« brüllte er. »Verschwind!«
Obwohl ich unter der Wucht des Hiebes wankte, bewahrte ich meine Geistesgegenwart.
»Ich bin der Vortragende!« stieß ich hervor und sprang hurtig zur Seite. »Lassen Sie mich hinein.«
»Nicht einmal Ben Gurion kommt hier herein!« Der Besenstiel sauste drohend durch die Luft. »Reiz mich nicht, oder ich hol' die Polizei!«
Er schlug die Türe zu, versperrte sie und schob mit hämischem Nachdruck den Riegel vor.

Ich ließ mich auf einen nahegelegenen Hydranten nieder und überlegte. Unter gar keinen Umständen würde ich aufgeben, soviel stand fest. Ich hatte einen wunderbaren Vortrag ausgearbeitet, in dem ich nachwies, daß es keinen echten israelischen Humor gab, weil die Behörden es an der entsprechenden Unterstützung der humoristischen Institutionen fehlen ließen.
Von drinnen klang gedämpftes Klatschen. Die Ungeduld des Publikums wuchs.
Jetzt galt es zu handeln.
Von der gegenüberliegenden Apotheke rief ich den Kultur- und Geselligkeitsklub an.
»Ausverkauft«, sagte eine mürrische Stimme.
»Bitte schicken Sie mir Herrn Stockler zum Telephon.«
»Unmöglich. Er ist drinnen beim Vortrag.« Klick.
Als ich zu meiner Ausgangsbasis zurückkehrte, hatten sich die jungen optimistischen Menschen bereits aus dem Staub gemacht. Nur ein einziger stand noch da. Er trug eine große Ziehharmonika und war, wie sich alsbald herausstellte, das »Gemischte künstlerische Programm« des Abends. Auch er hatte sich erst eingefunden, als die Zugbrücke schon hochgezogen war.
Rasch freundeten wir uns an und tauschten allerlei Ideen aus, wie wir die Wachsamkeit der Ordner umgehen könnten. Nichts Erfolgversprechendes fiel uns ein. Mendel – dies der Name des Gemischten Programms – begann auf seiner Ziehharmonika eine mitreißende Marschmelodie zu spielen, konnte sich aber gegen die lauten Pfiffe des Publikums nicht mehr durchsetzen.
Etwas Drastisches mußte geschehen. Ich ging wieder in die Apotheke und bat um irgend etwas, womit man auf Glas schreiben könnte.
»Sind Sie der Vortragende von drüben?« fragte der Apotheker.
Ich bejahte.
»Die Vortragenden nehmen gewöhnlich Lippenstift.«
Ich erstand einen Lippenstift der bewährten Marke »Feurige Küsse«, ließ mich vom Gemischten Programm über die Höhe

der Tafel heben und schrieb in großen, leuchtenden Lettern auf das Glas: ICH BIN DER VORTRAGENDE.

Der Ober-Ordner und sein vierschrötiger Assistent sahen mich und griffen nach ihren Besenstielen, aber bevor sie die Türe öffnen konnten, brachten wir uns in Sicherheit.

»Du Trottel«, keuchte das Gemischte Programm, noch während wir rannten. »Weil du nicht in Spiegelschrift geschrieben hast.«

Die Ziehharmonika hinderte ihn beim Laufen. Er erklärte mir, daß er dieses blödsinnige Instrument schon längst verkaufen wollte, aber Stockler hätte ihm für heute abend 75 Pfund geboten.

Als wir an einem Postamt vorbeisausten, durchzuckte mich ein grandioser Einfall. Ich stürzte hinein und fragte den Schalterbeamten, wie lange die Beförderung eines Telegramms dauerte. Seine Antwort lautete:

»Weiß ich?«

Ich ließ mich davon nicht abhalten und schrieb auf das Formular: STEHE DRAUSSEN VOR EINGANG STOP HINEINLASSET MICH RASCHEST STOP DER VORTRAGENDE.

Wir eilten zum Klubhaus zurück, diesmal zum Haupteingang, aber der Telegraphenbote kam nicht. Die israelischen Postverhältnisse liegen noch sehr im argen.

Drinnen im Saal war unterdessen ein wahres Pandämonium losgebrochen. Man hatte den Eindruck, daß das Haus jeden Augenblick in die Luft gehen würde.

»Wir müssen das Tor rammen«, sagte Mendel mit heiserer Stimme.

In einer Ecke des Vorhofs lehnte eine pensionierte Wagendeichsel. Wir nahmen sie unter die Arme, gingen ein paar Schritte rückwärts, um genügend Anlauf zu haben, und warfen uns mit aller Kraft gegen die Festung. Beim ersten Versuch wurden wir zurückgeschleudert. Beim zweiten splitterte das Tor.

Der Nahkampf war kurz und heftig. Mendel brach unter der Pranke des Ober-Ordners zusammen. Ich entging dem Stuhl, den man als Wurfgeschoß gegen mich benützte, durch eine geschickte Körperdrehung und rannte im Zickzack, um den Kugeln kein Ziel zu bieten, gegen den Vortragssaal. Der Ober-Ordner ließ den leblosen Körper des Gemischten Programms liegen und sprang mich von hinten an. Mein Mantel blieb in seinen Händen. Ich selbst taumelte auf das Podium zu, blutverschmiert, aber ungebeugt.

Stockler war sichtlich erleichtert, mich zu sehen, und fragte, warum ich so spät käme. Ich sagte es ihm.

»Ja, ja«, bestätigte Stockler. »Solche Sachen kommen vor. Vielleicht sind unsere Ordner ein wenig übereifrig. Aber glauben Sie mir: es ginge sonst noch viel schlimmer zu. Voriges Jahr ist der bekannte Lyriker Melamed-Becker beinahe erstickt, als er versuchte, sich durch die Ventilationsanlage in den Saal zu zwängen.«

Dann stellte mich Stockler dem Publikum vor, das mich mit frenetischem Applaus empfing. Seitlich vom Podium stand der Ober-Ordner mit seinem Assistenten. Beide klatschten wie besessen.

»Meine Damen und Herren«, begann ich. »Es gibt ganz entschieden einen typisch israelischen Humor . . .«

Bon Voyage

Auslandsreisen sind ein beliebter Zeitvertreib in aller Welt. In Israel ist der Zeitvertreib zur Besessenheit ausgeartet.

Das hat viele Gründe. Vor allem ist es in unsrem Land sehr heiß, beinahe so heiß wie in New York an einem milden Frühlingstag, also unerträglich heiß. Oft hat man das Gefühl, kein Mensch mehr zu sein, sondern eine ausgedörrte Pflaume. Ein israelisches Sprichwort lautet: »Wenn du deinem Paßbild ähnlich zu sehen beginnst, ist es höchste Zeit wegzufahren.« Die Israelis besitzen größeren Anspruch auf Auslandsreisen als irgendein andres Volk, schon deshalb, weil sie zum überwiegenden Teil nicht im Lande geboren wurden, sondern es mehr oder weniger freiwillig zu ihrem Heimatland erkoren haben. Daher ist es nur natürlich, wenn sie von Zeit zu Zeit das Bedürfnis überkommt, ihr Herkunftsland wiederzusehen, Vergleiche zu ziehen und festzustellen, ob sie eine weise Wahl getroffen haben. Außerdem gibt es in unsrem Miniaturstaat keinen Winkel mehr, den wir nicht kennen. Wenn ein wagemutiger Pläneschmied ankündigt, daß er morgen das ganze Land der Länge und Breite nach durchforschen wird, entgegnet man ihm beinahe mechanisch:

»Und was machen Sie am Nachmittag?«

Als Hauptgrund für die unbezähmbare Reiselust der Israelis muß jedoch die Tatsache angesehen werden, daß die Regierung dagegen ist.

Diese offizielle Haltung wurzelt in einer Reihe von Erwägungen sowohl spiritueller wie praktischer Art. Erstens fragt der gesunde jüdische Menschenverstand: »Wozu überhaupt reisen? Wer braucht das? Hier ist es vielleicht nicht schön genug?« Zweitens wird in der Bibel – die seltsamerweise fast immer auf Seiten der Regierung steht – ausdrücklich mitgeteilt, daß

Kain nach dem bekannten Zwischenfall mit seinem Bruder Abel von Gott dem Herrn mit dem Großen Touristen-Fluch belegt wurde: Unstet und flüchtig sollst du sein auf Erden... Und drittens hält die Regierung das Reisen nur dann für wünschenswert, wenn es sich auf einer Einbahnstraße vollzieht, und zwar auf der nach Israel führenden. In jeder andern Richtung ist es verwerflich. Die Regierung krümmt sich schon bei dem bloßen Gedanken, daß ein israelischer Bürger das bißchen Geld, das er im alttestamentarischen Schweiße seines Angesichts verdient hat, irgendwo anders ausgeben könnte, vielleicht gar in einem jener Länder, aus denen es durch die aufopfernde Sammeltätigkeit jüdischer Organisationen nach Israel gekommen ist. Das wäre ja gerade so, als wollte sich ein Schnorrer für die milden Gaben, die er bei seinem Rundgang durch ein Kaffeehaus eingesammelt hat, an Ort und Stelle einen Kaffee bestellen...

Unter solchen Umständen ist es kein Wunder, daß die Regierung jeden potentiellen Auslandsreisenden mit scheelem Blick betrachtet.

»Also ins Ausland wollen Sie fahren«, brummt sie mißmutig. »Nun ja. Warum nicht. Wir leben in einem freien Land. Wenn Sie sich nicht genieren, das auszunützen, dann fahren Sie eben. Und dann knöpfen wir Ihnen eine so hohe Ausreisegebühr ab, daß Sie Ihr letztes Hemd verkaufen müssen, um sie zu bezahlen.«

Damit beginnt, kaum daß die Reisesaison einsetzt, das Unternehmen »Letztes Hemd«. Zahllose Israelis beteiligen sich daran, während Geheimagenten der hintergangenen Regierung alle Fremdenverkehrsgebiete des Erdballs überwachen und Warnungen für die Verräter aus Israel zurücklassen. Man ist nirgends mehr sicher. Selbst auf einer Säule der Akropolis wurde vor kurzem eine Inschrift entdeckt, die in wohlgeformten hebräischen Lettern besagte:

»WAREN SIE SCHON IN TIBERIAS, SIE SCHMOCK?«

Zur Steuer der Wahrheit muß jedoch festgestellt werden, daß

aus rein technischen Gründen (unter denen der Mangel an geeigneten Massentransportmitteln besonders ins Gewicht fällt) niemals die ganze Bevölkerung Israels während der Sommermonate das Land verlassen kann. Im Gegenteil spielen diejenigen, denen das glückt, die beklagenswerte Rolle einer verfolgten Minderheit.

Ich wurde dieses Phänomens zum erstenmal gewahr, als ich unsrem Wohnungsnachbarn, einem gewissen Felix Seelig, von unsrer Absicht erzählte, im kommenden Sommer den europäischen Kontinent zu bereisen. Ich hatte ihm das als Freund erzählt, damit er teilhabe an unsrer Vorfreude. Aber er reagierte ganz anders. Er wurde blaß, lehnte sich gegen die Mauer und begann zu röcheln.

»Das ist ja reizend«, röchelte er. »Und wohin soll die Reise gehen, wenn ich fragen darf?«

»Zuerst nach Rhodos – von dort nach Italien – in die Schweiz – Frankreich – England – vielleicht sogar Amerika . . .«

»Ist das alles?« fragte mein Nachbar. Dann straffte er sich mühsam, preßte zwischen schmalen, blutleeren Lippen ein gehässiges »Bon voyage, mein Herr!« hervor und ließ mich stehen.

Ich war verblüfft und ratlos. Hatte ich ihn vielleicht gekränkt? Und wodurch? Für alle Fälle wollte ich mich am nächsten Tag bei ihm entschuldigen, aber er übersah meinen Gruß und wechselte auf die andere Straßenseite.

Dafür trat die Dame aus dem oberen Stockwerk mit blitzenden Augen auf mich zu:

»Ist es wahr?« zischte sie. »Und wohin?«

»Nach Rhodos – dann nach Italien – dann –«

»Danke. Das genügt. Auf Wiedersehn, mein Herr!«

Kein Zweifel: gegen uns war ein organisierter gesellschaftlicher Boykott im Gang. Eine Zeitlang wagte ich mich überhaupt nicht an die Öffentlichkeit und verließ unsre Wohnung nur im Schutze der Nacht. Aber selbst da lief mir einmal ein Hausbewohner über den Weg.

»Eine Woche in Rhodos«, sprudelte ich eilig hervor. »Nur in Rhodos. Nur eine Woche.«
»Nur?« erklang das gallige Echo. »Nur?!«
Wenigstens verzichtete er darauf, auch noch »Mein Herr!« zu sagen. Das war ein Fortschritt. Ich befand mich offenbar auf der richtigen Spur zum richtigen Ton. In den letzten Tagen vor unsrer Abreise sagte ich jedem, der nach unsrem Reiseziel fragte (und es fragte fast jeder):
»Ein wenig ans Meer. Baden. Und vielleicht angeln.«
Das ließ man hingehen.

Zu Auskünften stets bereit

Es ist nur natürlich, daß die Touristen das charmante, lebensfrohe, wohlgelaunte Volk Italiens lieben. Aber daß die Italiener ihrerseits die Touristen lieben, grenzt ans Perverse. Beinahe könnte man glauben, daß die Italiener es darauf angelegt hätten, die bekannte Lipschitz-Definition des Touristen Lügen zu strafen: sie betrachten den ausländischen Reisenden als menschliches Wesen und behandeln ihn mit liebevoller Obsorge. Manchmal geht diese Obsorge so weit, daß man sich überhaupt nicht mehr auskennt.

Ein gutes Beispiel dafür lieferte mir der hilfreiche Luigi. Ich traf ihn in Genua, am Tag meiner Ankunft. Auf einer ziellosen Wanderung durch die unübersichtlichen Straßen der Stadt hatte ich mich verirrt und hielt an einer Autobusstation inne, wo mehrere Leute warteten. Ein rundlicher, älterer Herr mit einem kleinen Paket in der Hand erweckte mein Vertrauen. Ich fragte ihn nach dem Hotel Excelsior. Wieder einmal bestätigte sich mein genialer Instinkt: der Mann sprach leidlich deutsch.

»Hotel Excelsior? Kommen Sie!«

Wir bestiegen den Bus und setzten uns nebeneinander. Mein freiwilliger Führer deutete auf das kleine Paket und sagte: »Ich habe mir wollene Unterhosen gekauft.«

»Ach?« antwortete ich. »Wirklich?«

»Im Winter muß man etwas Warmes um den Bauch haben«, fuhr mein Nachbar fort. »Sonst erkältet man sich. Meine Frau sagt mir immer: ›Keine falsche Scham, Luigi‹, sagt sie immer. ›Du kannst dir ruhig ein Frottierhandtuch um den Leib binden.‹ Sie weiß, daß ich in diesen Dingen ein wenig schamhaft bin Wir haben oft Streit deswegen. Sie, zum Beispiel, hängt ihre Busenhalter ungeniert auf dem Balkon zum Trocknen auf. Ich habe ihr schon Dutzende Male – was sage ich, Hunderte

Male habe ich ihr gesagt: ›Willst du denn unbedingt‹, sage ich ihr immer wieder, ›daß die Leute über dich reden?‹ Und was sagt sie darauf? Sie sagt: ›Paß lieber auf dich selbst auf und komm nicht jede Nacht besoffen nach Haus‹, sagt sie. Was sagen Sie dazu? Dabei ist sie so dick, daß die Stühle unter ihr zusammenbrechen, wenn sie sich draufsetzt . . .«

»Na ja«, warf ich ein. »So ist das Leben.«

»Ich habe sie geheiratet, obwohl sie nicht einen lausigen Centesimo im Vermögen hatte«, erweiterte Luigi seine Informationen. »Rein gar nichts hat sie in die Ehe mitgebracht, rein gar nichts. Darüber schweigt sie sich natürlich aus. Alles, was sie kann, ist keppeln und keifen und schimpfen. Und eifersüchtig ist sie! Bei der Madonna von Padua, so etwas von Eifersucht gibt es kein zweitesmal. Schon seit Jahren verdächtigt sie mich, daß etwas zwischen mir und der Signora Cattini los ist, die den Zeitungskiosk neben der Kathedrale hat, gleich rechts, unter den Arkaden. Und dabei schwöre ich Ihnen, lieber Herr, daß sie, also meine Frau, viel hübscher ist als diese Cattini. Auch wenn sie immer fetter wird. Das macht nichts. Das hab' ich sogar ganz gern. Aber versuchen Sie einmal, mit einer Wahnsinnigen zu reden. Ich bekomme kaum noch etwas andres zu hören als Cattini hin und Cattini her. Jede Nacht geht's von neuem los: ›Du hast deine Zeitung schon wieder bei der Cattini gekauft. Ich hab's mit meinen eigenen Augen gesehen. Bei der Cattini.‹ Na wenn schon. Warum soll ich meine Zeitung nicht bei der Cattini kaufen? Ist das vielleicht ein Verbrechen?«

»Nein«, murmelte ich verlegen. »Ich glaube nicht, daß das ein Verbrechen ist.«

Unser Bus fuhr jetzt entlang der Meeresküste. Ein hinreißendes Panorama bot sich mir dar. Vom Hotel Excelsior war allerdings keine Spur.

Luigi nahm die Schilderung seines Elends wieder auf.

»Der einzige Mensch, der noch besser keppelt und keift als meine Frau, ist ihre Mutter. Manchmal keppeln und keifen sie beide zusammen. Dann falte ich die Hände und sage: ›Bei der heiligen Mutter von Padua‹, sage ich, ›wie kann man so viel keppeln und keifen?‹ Und was antwortet diese alte Hexe von Schwiegermutter? Sie antwortet: ›Du halt den Mund, du mit deinem Vorstrafenregister!‹ Vorstrafenregister! Einfach lächerlich. Nur weil man mich einmal, vor zwei oder drei Jahren, für eine kleine Weile eingesperrt hat. Marcello und ich hatten damals ein wenig über den Durst getrunken, wir waren in guter Laune und warfen ein paar Topfpflanzen durch ein paar Fensterscheiben. Das war alles. Sogar der Richter sagte: ›Luigi‹, sagte er, ›ich betrachte deine makellose Vergangenheit und dein bitteres Schicksal als Milderungsgrund.‹ Das war alles. Und jetzt frage ich Sie, lieber Herr: ist das ein Vorstrafenregister? *Sie* kommt aus einer Familie mit Vorstrafen, *sie*. Das kann ich Ihnen ruhig sagen, es ist kein Geheimnis. Die ganze Welt weiß, daß ihr Vater ein Rauschgiftschmuggler war. Er hat bei dieser Gelegenheit drei Finger verloren, weil sie ihm weggeschossen wurden. So einer war er. Einmal kommt mein Töchterchen aus der Schule nach Hause und fragt: ›Pappi‹, fragt sie, ›ist es wahr, daß man unsern Opa gehängt hat?‹ Was soll man da sagen. Ich kann das arme Kind doch nicht anlügen. Schlimm genug, daß sie in der Schule solche Sachen hört. Wo sie doch ohnehin jedes Jahr durchfällt. Zum Glück fuhren wir damals gerade im Bus, und ich konnte sie ablenken. ›Es ist Zeit zum Aussteigen‹, sagte ich. ›Es ist Zeit zum Aussteigen.‹«

Erst als er sich erhob und dem Ausgang zustreben wollte, wurde mir klar, daß seine letzten Worte sich bereits auf die Gegenwart bezogen. Ich hielt ihn zurück:

»Entschuldigen Sie – wie weit ist es jetzt noch zum Hotel Excelsior?«

»Hotel Excelsior? Nie gehört. Aber Sie werden es schon finden.« Er winkte mir zum Abschied fröhlich zu. »Nette kleine Unterhaltung, die wir miteinander hatten, wie? Auf Wiedersehen! Und viel Glück!«

Die Geschichte vom Zauberpulver

Zu den vielen Talenten der italienischen Nation gehört auch ein hervorragend entwickelter Geschäftssinn. Ich kann mich nicht entsinnen, daß meine Gattin oder ich oder wir beide aus einem italienischen Laden jemals nur mit den Dingen herausgekommen wären, zu deren Einkauf wir uns hineinbegeben hatten. Noch der kleinste italienische Geschäftsinhaber verfügt über eine schlechthin unwiderstehliche Verkaufstechnik, die er durch einen pausenlosen Redeschwall und ein im wahrsten Sinne gewinnendes Lächeln unterstützt. So füllten sich unsere Koffer beklemmend rasch mit allen möglichen Schals und Halstüchern und Krawatten in allen möglichen Farben, mit scharf zugespitzten Schuhen, mit den feinsten Salatölen, mit Strohhüten und Füllfedern und Feuerzeugen. Es war einfach unmöglich, einem italienischen Verkäufer Nein zu sagen. Und von jedem kleinen Verkaufsstand, den wir auf der Straße erspähten, fühlten wir uns mit magnetischer Gewalt angezogen.

Es folgt nunmehr die Geschichte vom Zauberpulver.

Eines Tages sah ich unweit des Doms eine wogende Menge, die sich um einen jungen Mann von rustikalem Äußeren drängte. Der junge Mann hielt einen weißgrauen Stoffetzen mit zahlreichen abscheulichen Flecken in der Hand und schwenkte ihn aufgeregt durch die Luft, während er den folgenden, vollkommen pausenlosen Begleittext von sich gab:

»... die Gattin schreit entsetzt auf und springt in die Höhe reißt sich büschelweise die Haare aus und schreit Pappa schreit sie du hast schon wieder dein Jackett dein Hemd deine Krawatte dreckig gemacht oder dein Pyjama deine Unterhosen deine Socken oder weiß Gott was schreit sie ununterbrochen aber kein Anlaß zur Aufregung junge Frau nur die Ruhe nur die Ruhe Sie nehmen ganz einfach dieses Zauberpulver und streuen ein klein wenig darauf nur ein klein wenig streuen Sie auf den Fleck und tauchen das Ganze kurz ins Wasser und wenn Sie's herausziehen bleibt Ihnen der Mund vor Staunen offen der Fleck ist verschwunden er ist weg er ist fort er ist nicht mehr da er hat sich in Nichts aufgelöst er ist unsichtbar es hat nie einen Fleck gegeben und Pappa bekommt einen Kuß und alles ist in Ordnung ...«

Den zweiten Teil seiner Rede begleitete der junge Mann mit überzeugenden Demonstrationen, indem er den Fetzen abwechselnd in Benzin, in Terpentin, in Zitronensaft, in Schwefelsäure und noch in einige andere Lösungen tauchte, ohne daß sich an den Flecken etwas änderte. Dann bestreute er einen Fleck mit etwas Zauberpulver, ließ ihn ein kurzes Wasserbad nehmen – und siehe da: der Fleck war weg und verschwunden und unsichtbar und nicht mehr vorhanden.

»... weit und breit alles wie neu und wenn die Hausfrau entsetzt aufschreit und in die Höhe springt und sich die Haare büschelweise ausreißt gibt Pappa ein wenig Zauberpulver drauf und bekommt einen Kuß die Packung zu hundert Lire nicht mehr als eine Schachtel Zündhölzchen zwei Jahre Garantie der Fleck ist weg ...«

Kein Zweifel: ein gütiges Schicksal hatte mich mit diesem jungen Ökonomen zusammengeführt. Ich erstand fünf Packungen mit Gebrauchsanweisung, sauste ins Hotel und verzierte das kostbare Seidentuch, das wir erst tags zuvor gekauft hatten, mit einem kunstvollen Tintenfleck. Und die Gattin schrie entsetzt auf sprang in die Höhe riß sich büschelweise die Haare aus aber kein Anlaß zur Aufregung junge Frau nur die Ruhe nur die Ruhe wir nehmen ganz einfach dieses Zauberpulver und streuen ein wenig drauf und tauchen das Ganze kurz ins Wasser und ziehen es heraus und der Fleck ist noch da und sichtbar und vorhanden und geht nicht weg und wird immer größer.

Pappa bekam keinen Kuß.

Dann fiel mir ein, daß das Zauberpulver vielleicht nur eine

bestimmte Art von Flecken entfernt, die in Italien patentiert waren. Ich sauste zum Dom zurück. Aber der junge Mann mußte sich mittlerweile selbst mit einer größeren Dosis Zauberpulver bestreut haben. Er war verschwunden weg fort unsichtbar nicht mehr da.

Sollte ihm dieses Buch zufällig einmal in die Hand fallen, dann möge er mir auf raschestem Weg fünf Packungen italienische Flecken zukommen lassen. Ich zahle.

Spaghetti alla monumentale

Man weiß, daß jedes Volk seine Nationalspeise hat (die Israelis zum Beispiel den arabischen Skish-kebab). Für die Italiener bedeuten jedoch Spaghetti keine bloße Nationalspeise, sondern eine psychopathologische, traumatisch vererbte Zwangshandlung. Die Italiener essen fast pausenlos, und fast pausenlos Spaghetti. Es gibt schlechthin nichts, wozu sie keine Spaghetti äßen. Wenn man ein Beefsteak bestellt, greift der Kellner zuerst einmal in einen Bottich mit Spaghetti. Ohne Spaghetti kein Fleisch, kein Fisch, keine Vorspeise, keine Nachspeise, keine Spaghetti. Einmal, als ihr wieder die nichtbestellten Spaghetti serviert wurden, wagte meine todesmutige Gattin Einspruch zu erheben:

»Bitte, wir haben keine Spaghetti bestellt.«

»Signora«, wies der Kellner sie zurecht, »das sind keine Spaghetti. Das sind Allegretti con brio alla pomodore die Ottorino Respighi . . .«

Denn die Italiener haben immer wechselnde Namen für die immer gleichen Spaghetti. Man weiß eigentlich nie, was man ißt, wenn man Spaghetti ißt – außer daß es Spaghetti sind. Proteste fruchten nichts, da kann man reden, soviel man will. Außerdem gehört es zu des weißen Mannes schwersten Bürden, die Kunst des Aufgabelns zu erlernen. Nach Italien eingewanderte Familien brauchen oft drei Generationen lang, ehe sie es fertigbringen, diese acht Meter langen Gummischläuche richtig zu rollen.

Eines Tages wurde es mir zu dumm. Ich zog mein Taschenmesser und zerschnitt die wildgewordene Spaghettischlange in kleine Stücke. Meine Gattin wollte vor Scham in die Erde versinken. Mich aber rettete meine Tollkühnheit vor dem Hungertod.

Neben den Spaghetti haben die Italiener noch eine andre Schwäche: Reiterstandbilder.
An jeder zweiten Straßenecke sieht man sich plötzlich einem Kriegshelden gegenüber, der hoch zu Roß mit ausgestrecktem Arm und ebensolcher Adlernase auf seinem Postament thront. Eine lange lateinische Inschrift auf dem Postament preist den Mut und die Todesverachtung des bekannt martialischen Italienervolkes. Keine italienische Familie, die etwas auf sich hält, würde darauf verzichten, mindestens ein bis zwei Reiterstandbilder zu stiften. Sofort nach Beendigung der Trauerperiode besinnt sich die italienische Witwe und spricht:
»Unser Peppino ist doch immer so schrecklich gerne zum Pferderennen gegangen. Wir sollten ihm vor dem Laden ein Denkmal setzen ...«
Und bald darauf thront der selige Peppino, das kampflustig gezogene Schwert in der Rechten, auf bronzenem Zelter inmitten des Marktplatzes, wo sich seine Gemischtwarenhandlung befindet, und rings um das Piedestal grüßen seine Kundschaften, in weißen Marmor gehauen, mit erhobenem Arm zu ihrem Helden empor ...

Paradies Amerika

Wir verließen Europa, die knarrende Wiege der westlichen Kultur, und strebten unsrem letzten Reiseziel entgegen: Amerika.

Man kann ruhig sagen, daß zwischen den Vereinigten Staaten und Israel eine geradezu familiäre Bindung besteht. Jeder Israeli hat in Amerika mindestens je einen Onkel und eine Tante. Das ist der unerläßliche Befähigungsnachweis, den die israelische Regierung von ihren Bürgern verlangt. Er steht in einem gewissen Zusammenhang mit den Geldaufbringungen des »United Jewish Appeal«, der heutigen Form des Manna, das uns vor rund dreitausend Jahren in der Wüste genährt hat.

Das Verhältnis Israels zu Amerika weist auch noch andere Besonderheiten auf. Man muß es sogar als einzigartig bezeichnen, wenn man bedenkt, daß jeder halbwegs unabhängige Staat, der über ein Minimum an Selbstachtung verfügt, in seinem Verhältnis zu Amerika mit absoluter Sicherheit folgende Phasen durchmacht:

1. Die Phase des Ressentiments: »Alle rückständigen Länder bekommen Geld von Amerika, nur wir nicht. Was ist los? Sind wir vielleicht nicht rückständig genug?«
2. Die Phase des verletzten Stolzes, nachdem Amerika gezahlt hat: »Unerhört! Die halten uns wohl für Bettler?«
3. Die Phase der bitteren Enttäuschung, nachdem Amerika seine Finanzhilfe eingestellt hat: »Diese elenden Geldsäcke. Und geizig sind sie auch noch. Da sieht man's wieder!«
4. Die Phase der verächtlichen Ablehnung, nachdem Amerika seine Finanzhilfe wieder aufgenommen und sogar gesteigert hat: »Na wenn schon. Sie sollen sich nur ja nichts einbilden. Wer braucht sie überhaupt?« Das neu angefachte Ressentiment äußert sich zuerst in vereinzelten Überfällen

auf amerikanische Touristen und schließlich in spontanen Massendemonstrationen. Die Schaufenster der Amerika-Häuser werden zertrümmert, die amerikanischen Büchereien gehen in Flammen auf.

Demgegenüber legen wir Israelis eine bemerkenswerte Zurückhaltung an den Tag. Nicht nur machen wir den Amerikanern keinen Vorwurf daraus, daß sie immer nur ans Geld denken – wir haben sogar eine Art nachsichtiger Sympathie für ihr sonderbares Bedürfnis, uns zu helfen und uns allerlei nützliche Dinge zu schicken, Nahrungsmittel und Konsumgüter und Maschinen und Geld und alles mögliche. Unsre Toleranz geht so weit, daß wir ihnen den Reichtum, den sie solcherart demonstrieren, nicht einmal übelnehmen. Wir drücken ein Auge zu und gehen über den Affront hinweg.

Nur wenn wir an ihre Schriftsteller denken, steigt uns die Galle hoch.

Ich halte es für meine Ehrenpflicht, die Weltöffentlichkeit hiermit auf die unglaublichen Erniedrigungen hinzuweisen, denen die amerikanischen Schriftsteller ausgesetzt sind. Wenn in Amerika gesprächsweise der Name eines angesehenen Autors fällt, so werden nicht etwa die literarischen Qualitäten seines Oeuvres hervorgehoben, nicht etwa seine geschliffene Sprache, seine meisterhafte Gestaltungskraft, seine Fabulierkunst. Nein, man weiß ihm kein höheres Lob als die Feststellung: »Er macht 500 000 Dollar im Jahr!«

Was soll das? Ist das eine Art? Gehört es sich, einen Künstler so zu behandeln? Ihm eine halbe Million Dollar an den Kopf zu werfen, und Schluß?

»Der Mensch lebt nicht von Brot allein«, hat ein alter Diätfachmann schon in der Bibel festgestellt. An dem Rang, den ein Volk seiner Literatur einräumt, erweist sich seine Reife. Die Geschichte kennt zahllose Beispiele dafür, daß Völker, die ihren Schriftstellern den nötigen Respekt vorenthalten, unweigerlich zugrunde gehen. Man braucht sich nur an die Behandlung zu erinnern, die Sokrates seitens der Griechen erfuhr.

Und was ist von ihnen übriggeblieben? Ruinen und Schmetterlinge.
Wie anders in Israel! Welch ein erquickender Kontrast! Wahrlich, man kann den hebräischen Dichter nur beneiden um die erhabene Rolle, die er in seinem Heimatland spielt. Kein schnöder Mammon wird ihm aufgezwungen, keine schäbigen materiellen Lockungen kommen an ihn heran, keine hübschen kleinen Villen und keine häßlichen großen Autos verstellen ihm den Blick. Niemand in Israel würde es wagen, einem Meister der Feder auch nur das geringste Interesse für so oberflächliche Dinge zu unterstellen. Ihm winken die wahren, die höchsten Güter des Lebens: Ruhm und Ehre!
Gewiß, wir fühlen uns der westlichen Kultur zugehörig. Aber in diesem einen Punkt, daran glauben wir und dazu sind wir fest entschlossen, werden unsere großen Freunde von jenseits des Ozeans niemals Einfluß auf uns gewinnen. Mag Amerika seine Schriftsteller mit Geld verwöhnen – wir in Israel verwöhnen sie mit Ehrerbietung. Das ist das richtige Wort. Der Teufel soll es holen.

Heimkehr

Aus irgendwelchen Gründen sind Heimreisen immer langweilig. Wir verabschiedeten uns herzlich von unseren Verwandten, schüttelten der Freiheitsstatue die freie linke Hand, bestellten zwei gute Plätze in der Nähe des Piloten, zahlten das Übergewicht für unsere zehn Koffer und landeten kurz darauf in Genua.

Hier holten wir nach, was wir bei unserem ersten Besuch versäumt hatten: Wir verbrachten den ganzen Tag im Hafen. Alles lief planmäßig ab, am Abend lagen wir zur rechten Zeit in den Betten unsres nur wenige hundert Schritte von der SS »Jerusalem« entfernten Hotels – als die beste Ehefrau von allen sich plötzlich im Bett aufsetzte und mir ein aschfahles Gesicht zuwandte:

»Um Himmels willen! Wir haben die Geschenke vergessen!«

»Na, na, na«, mumelte ich verschlafen. »So schlimm wird's nicht sein. Entspann' dich ...«

»Sprich keinen Unsinn, Mann!« Jetzt rannte sie bereits im Zimmer hin und her und blieb nur gelegentlich stehen, um die Hände zu ringen. »Wer von einer so langen Reise zurückkommt wie wir, muß jedem einzelnen Verwandten, Bekannten und Freund etwas mitbringen. Das erwartet man, und das gehört sich so.«

»Merkwürdig«, erwiderte ich. »Alle meine Freunde und Bekannten fahren ununterbrochen in der Welt umher – und mir hat noch niemand etwas mitgebracht.«

»Das stimmt nicht. Hast du nicht von Tante Ilka diesen hübschen grünen Pullover aus Dänemark bekommen, mit dem du immer den Wagen wäschst? Und außerdem: wenn andere Leute keine Manieren haben, so heißt das noch nicht, daß *wir* keine haben müssen.«

»Warum eigentlich? Warum heißt es das nicht?«
Die beste Ehefrau von allen saß unterdessen am Bettrand und stellte eine Liste aller Personen zusammen, die Anspruch auf etwas Mitgebrachtes hatten:
Felix Seelig, Tante Ilka, die Eule Lipschitz, der Finanzminister, Jossele, der Milchmann, mein Freund Kurt, ihre Freundin Rebekka, Batscheba Rothschild, der entlassene Zitruspacker Sprotzek, Kitty Goldfinger, die Brüder Großmann, Schultheiß, Podmanitzky, Mundek, Marie-Luise, Professor Großlockner, die Zieglers, Paltiel ben Saish. Ein Glück, daß Sulzbaum in New York war.
»Aber wie sollen wir das alles noch vor der Abfahrt erledigen?« seufzte meine Frau ein übers andre Mal. »Wie, um Himmels willen, sollen wir das machen?«
Ich nahm die Liste an mich und unterzog sie einer scharfen Revision. Kitty Goldfinger, mit der wir seit Jahren nicht mehr verkehrten, wurde sofort gestrichen. Als nächste kamen die Zieglers, die in einem entlegenen Kibbuz im Negev lebten und von unsrer Reise wahrscheinlich nichts gehört hatten. Dann ging's an die Freundinnen meiner Frau – aber sie kämpfte wie eine Löwin um jede von ihnen und beschwor mich, durch willkürliche Auswahl der Beschenkten keine ewigen Feindschaften zu provozieren. Der einzige Geschenkempfänger, auf den sie unter Umständen verzichten wollte, war Paltiel ben Saish: Sie wußte nicht, wer das war, und konnte sich nicht erklären, warum sein Name auf der Liste stand.
Jetzt erhob sich die Frage, womit man diese gierige, auf Geschenke versessene Horde befriedigen sollte.
»Wir müssen«, proklamierte die Listenverfasserin, »für jeden etwas Individuelles finden. Eine Kleinigkeit, die er bestimmt noch nicht hat. Und der man die fremde Herkunft anmerkt. Und die teurer aussieht, als sie ist.«
»Richtig. Geschenke, die diese Bedingungen nicht erfüllen, haben keinen Wert. Dann bringen wir besser gar nichts.«
»Also gut. Was kaufen wir?«

Gemeinsam beugten wir uns über die Liste und gingen sie von Anfang an durch. Von Felix Seelig wußten wir, daß er ein Sportfanatiker war und nie ein Fußballmatch versäumte; als Geschenke kamen somit in Betracht: ein Tennisschläger (12 000 Lire), ein Faltboot (104 000), ein Barhocker (21 000 bis 62 000), ein Pullover (520).
Wir dachten lange nach, was seiner Wesensart am besten entspräche.
»Ich bin für den Pullover«, entschied ich. »Ein praktischer Gegenstand. Immer griffbereit. Wenn Felix verschwitzt vom Training kommt, wird er sehr froh sein, sofort in einen Pullover schlüpfen zu können.«
»Schön ... Damit wäre ein Anfang gemacht ... alles weitere morgen ... beim Einkaufen ...«
Die letzten Worte hauchte meine Gattin schon halb aus dem Schlaf, und ich selbst hörte sie nur noch mit halbem Ohr.
Am lichten Morgen zogen wir los. Wir warfen uns auf die Warenhäuser, deren es in Genua viele gibt, erstanden als erstes einen wunderschönen, gelben, schafwollenen, echt italienischen »Santi-Frutti«-Sportpullover um 490 Lire und strichen Felix Seelig von der Liste.
»Aber wenn wir schon für ihn so ein Vermögen ausgeben – was bleibt dann für Tante Ilka?« fragte meine Frau.
Wir verschoben die Lösung dieses Sonderproblems und kauften für unsere Hausgehilfin Rebekka, deren Vorliebe für schreiende Farben wir kannten, einen wunderschönen, gelben, schafwollenen ... zwei Nummern kleiner ... 450 Lire. Dann analysierten wir die Bedürfnisse der Eule Lipschitz. Was könnte wohl ein wenig Freude und Wärme in sein trübes Dasein bringen? Eine Schweizer Armbanduhr? Ein Radio? Eine Kamera? Sorgfältig schätzten wir Für und Wider gegeneinander ab, faßten neue Möglichkeiten ins Auge und fanden schließlich eine unverhoffte Lösung:
»Alle diese Dinge hat er wahrscheinlich schon. Aber man kann nie genug Pullover haben ...«

Es wurde ein schwarzer und langärmeliger, der infolgedessen 580 Lire kostete (und die Problematik des Geschenks für Tante Ilka noch erhöhte). Dafür mußte sich mein Freund Kurt mit einem ärmellosen Pullover begnügen, was für ihn als Hundebesitzer nur von Vorteil war: Wenigstens konnte ihm der bissige Köter die Ärmel nicht zerfetzen ... Jossele gab uns einiges aufzulösen, denn er ist ein leidenschaftlicher Briefmarkensammler. Vor einem Schaufenster des nächsten Warenhauses überkam uns die jähe Erleuchtung, daß hellblau die richtige Pulloverfarbe für ihn wäre.

Allmählich arbeiteten wir uns durch die ganze Liste. War's Zufall, war's Fügung – wir entdeckten immer wieder, daß es für den Betreffenden kein passenderes Geschenk gab als einen Pullover, den sie abwechselnd tragen konnten. Finanzielle Schwierigkeiten ergaben sich nicht, da wir uns vom Unterstützungsfonds der Jüdischen Gemeinde in Genua genug Geld ausgeborgt hatten, um auch noch die beiden Koffer bezahlen zu können, die wir für unsere Geschenke brauchten.

Erleichtert und in freudiger Stimmung transportierten wir unser gesamtes Gepäck in den Hafen.

Und dort, schrill über das erste Heulen der Schiffssirene hinweg, ertönte der Aufschrei meiner Gattin:

»Entsetzlich! Wir haben Tante Ilka vergessen.«

Schon saßen wir im Taxi, schon hielten wir vor einem Warenhaus, schon stürzten wir hinein – und standen vor einer Katastrophe: Alle Pullover waren ausverkauft.

»Es gehen nämlich heute und morgen zwei Schiffe nach Israel ab«, erklärte die Verkäuferin. »Aber ein netter kleiner Seismograph wäre noch da. Wird von Touristen viel verlangt.«

Was sollte Tante Ilka mit einem Seismographen? Sie würde das womöglich für eine Anspielung auf ihr Schnarchen halten. Nein, das kam nicht in Betracht.

Die Sirene der SS »Jerusalem« heulte zum zweitenmal und unmißverständlich.

Wir erreichten sie noch ganz knapp und verstauten den schönen, dunkelroten Pullover, den wir der Verkäuferin vom Leibe weggekauft hatten, in unserem zwölften Koffer.

Der Rest der Geschichte enträt jeder dramatischen Spannung. Aus purer Langeweile begannen wir auf hoher See die einzelnen Pullover zu probieren und stellten fest, daß sie uns wie angegossen paßten. Natürlich kamen wir nicht mehr darauf zu sprechen.

Zwei Stunden vor der Landung in Haifa zupfte mich meine Frau am Ärmel:

»Eigentlich«, sagte sie tastend, »eigentlich sehe ich nicht ein, warum wir jedem Schmarotzer, den wir zufällig kennen, ein Geschenk mitbringen müssen. Wo steht das geschrieben?«

»Das frage ich mich schon die ganze Zeit. Aber dann dürfen wir keinem von ihnen etwas mitbringen, sonst verfeinden wir uns mit den anderen ...«

Niemand hat ein Geschenk von uns bekommen. Wem's nicht paßt, der soll uns klagen. Wir können selbst sehr gut ein paar Pullover brauchen, vielen Dank. Unsre Garderobe bedarf dringend der Auffrischung.

So standen wir an Deck, ich in Josseles hellblauem, meine Frau in Tante Ilkas dunkelrotem Pullover, als die weißen, flachen Häuser von Haifa in Sicht kamen. Es war ein vertrautes Panorama. Es unterschied sich in nichts von hundert anderen Hafenstädten auf der ganzen Welt. Nur daß es eine Hafenstadt des einzigen Landes war, das uns gehörte, des einzigen Landes auf der ganzen Welt.

Die Schiffssirene heulte. Wir verstanden jeden Ton.

An den Leser

Ich sitze im Wartesaal eines großen Bahnhofs. Mein Blick – der Blick des geborenen Schriftstellers – schweift über den Raum und über die andern Wartenden, schweift über den Menschen und sein Antlitz.

Ganz besonders interessiert mich ein Herr, der an der gegenüberliegenden Wand sitzt und Zeitung liest. Ich betrachte ihn schon seit längerer Zeit. Eigentlich betrachte ich *nur* ihn. Er liest die Zeitung von heute, Freitag, die Wochenend-Ausgabe, die wieder eine meiner unvergleichlichen Kurzgeschichten enthält; eine ganz hervorragende, eine – wie ich in aller Bescheidenheit sagen möchte – nahezu geniale Geschichte.

Natürlich habe ich die Wochenend-Ausgabe längst gelesen, und da ich dank meinem ausgezeichneten Erinnerungsvermögen nicht nur den gesamten Inhalt, sondern auch seine Anordnung im Gedächtnis behalten habe, bin ich in der Lage, den Herrn an der Wand beim Blättern und Lesen sachkundig zu beobachten. Je nachdem, was er als erstes liest, werde ich seinen Lebensstandard bestimmen können, seine Bildung, seine Weltanschauung, bis zu einem gewissen Grad sogar seine seelische Verfassung. Manche Leute lesen als erstes die Tagesneuigkeiten, manche die Filmkritiken, manche die Selbstmordnachrichten. Daraus kann man sehr interessante Schlüsse ziehen, wenn man kann. Vor dem Wissenden liegt der Zeitungsleser wie ein offenes Buch.

Dieser Mann, zum Beispiel, ist ein Idiot. Er hat die Seite mit meiner Geschichte erreicht und hat weitergeblättert.

Um die Wahrheit zu sagen: ich habe gar nicht erwartet, daß er meine Geschichte lesen wird. Eines schickt sich nicht für alle. Es gibt Menschen, die von Gott das Himmelsgeschenk des Humors mitbekommen haben. Andere wieder sind verurteilt, humorlos durchs Leben zu gehen. Wie dieser Idiot hier. Er *soll* meine Geschichte gar nicht lesen. Keine Gefälligkeiten, bitte.

Es ist allerdings ein peinliches Gefühl, sich in der unmittelbaren Nachbarschaft eines erwachsenen Menschen zu wissen, dessen Intelligenzniveau ungefähr dem eines dreijährigen Kindes entspricht. Vermutlich ein Kleingewerbetreibender oder in irgendeinem andern trostlosen Erwerbszweig tätig. Wahrhaftig, er tut mir leid.

Jetzt blättert er zurück... blättert zurück... und hält auf jener Seite inne, wo meine Geschichte steht.

Na und? Soll ich deshalb vielleicht meine wohlfundierte Meinung über ihn ändern? Nur weil er sich gnädig herabläßt, meine Geschichte zu lesen? Kennt man mich als Opportunisten? Das wäre ja noch schöner! Für mich ist dieser Mann der gleiche uninteressante Unterdurchschnittsbürger geblieben, der er immer war. Daran kann mich weder sein gepflegtes Äußeres irremachen noch seine keineswegs unklugen Augen hinter den geschmackvoll eingefaßten Brillengläsern.

Man sieht: ich bin in keiner Weise nachträgerisch. Der Mann hat mir ja schließlich nichts getan. Er hat zuerst die ganze Zeitung durchgeblättert und ist sodann zu jenem Beitrag zurückgekehrt, von dem er sich am meisten verspricht. Das ist ganz in Ordnung. Es zeugt sogar für eine gewisse Denkmethodik und eine bemerkenswerte ideologische Reife.

Jetzt müßte er allerdings schon gelacht haben. Mindestens einmal. In der zehnten oder elften Zeile meiner Geschichte kommt ein brillantes Wortspiel vor, und darüber müßte er gelacht haben. Aber dieser widerwärtige Glatzkopf tut nichts dergleichen. Macht ein Gesicht, als wäre er bei einem Begräbnis. Ein sturer Geselle. Vollkommen unempfänglich für jede feinere Regung. Sein ganzes Sinnen und Trachten ist nur auf Geld gerichtet. Geld, Geld, Geld! Wirklich abstoßend. Dabei würde ich seinen haarigen Affenhänden keinen roten Heller anvertrauen.

Jetzt hat er auch noch gegähnt. Das ist der Typ, dem wir die Inflation verdanken. Und die Behörden rühren sich nicht. Wen wundert es da noch, daß unser junger Staat zerbröckelt ...
Kein Zweifel: er hat gelacht. Ich habe das Zucken um seinen linken Mundwinkel ganz deutlich gesehen. Diese aristokratischen Charaktere verstehen es eben, ihre wahren Gefühle zu verbergen. Aber bei aller Selbstbeherrschung, über die er verfügt: zum Schluß konnte er meinem Humor eben doch nicht widerstehen. Jede seiner Bewegungen drückt Würde und inneren Adel aus.
Jede? Wirklich jede? Auch die plumpe Gebärde, mit der er sich jetzt in den Mund gefahren ist? Er hat nämlich gar nicht gelacht. Er hat sich mit seinem nikotingelben, ungepflegten Finger einen Speiserest aus dem Zahn geholt. Ein Fleischhauer. Ein Metzger. Ein Halbtier.
Ja, dort gehörst du hin: in deine dunkle Höhle, zwischen die aufgehängten Tierkadaver, von denen unschuldiges Blut zu Boden tropft. Dort gehörst du hin, du erbärmliche Kreatur! Laß meine Meisterschöpfung in Ruhe, ich beschwöre dich! Nicht einmal mit deinen Blicken sollst du sie verunglimpfen.
Vorausgesetzt, daß so einer überhaupt lesen kann. Wer weiß, vielleicht tut er nur so. Vielleicht ist das nur ein Täuschungsmanöver, mit dem er von einem haarsträubenden Verbrechen abzulenken versucht. Der Mann ist zu allem fähig. Man muß nur seine Augen ansehen, diese flackernden, blutrünstigen Augen. Und diese brutal gekrümmte Habichtsnase. Selbst um seine Ohren spielt ein grausamer Zug. Und schon der bloße Anblick seines fetten, schwammigen Körpers würde zehn Jahre Zuchthaus rechtfertigen. Was macht der Kerl überhaupt hier, auf dieser Bahnhofstation? Was heckt er aus hinter seiner niedrigen Stirn? Ist er am Ende ein Spion?
Gut möglich. Denn eines steht fest: ein Mensch, der meine meisterhafte Geschichte liest, ohne daß sie ihm auch nur ein Lächeln entlockt, kann kein Jude sein! Da haben wir's. Du

hast dich gut getarnt, mein Junge, aber meinen Instinkt kannst du nicht irreführen.
Ich muß die Polizei verständigen. Im Wartesaal eines strategisch wichtigen Bahnhofs treibt sich ein Individuum herum, das bei der Lektüre meiner Geschichten nicht lacht. Schicken Sie sofort ein Überfallauto . . .
Was war das jetzt? Er hat gelacht?
Er hat nicht nur gelacht, er hat buchstäblich gejauchzt vor Vergnügen. Nun ja, vielleicht war er bis jetzt nicht so recht bei der Sache. Er ist ja auch nur ein Mensch, nicht wahr? Ein zerstreuter Professor vielleicht, ein Gelehrter, dessen Gedanken um irgendwelche Atomprobleme kreisen. Obwohl sein Habitus nicht unbedingt der eines Professors ist. Eher gleicht er einem Mitglied des Obersten Gerichtshofs, oder einem Admiral in Zivil, oder sonst einer prominenten Figur des öffentlichen Lebens.
Aber das spielt ja keine Rolle. Wer so von Herzen über meine Geschichte lachen kann, ist jedenfalls ein ehrenwerter Bürger. Gott segne ihn. Da sieht man wieder einmal, wie oberflächlich die ersten Eindrücke sind. Wo gibt es heute noch Menschen mit so markanten Gesichtszügen? Geradezu klassisch. Die klugen Augen strahlen Wärme und Verständnis aus, die makellosen Zähne blitzen im Sonnenschein. Er ist ein Dichter. Ein Humanist. Ein Wohltäter der Menschheit. Am liebsten würde ich seine erhabene Denkerstirne küssen, die Stirne meines Lesers. Ich liebe diesen Mann. Ich liebe sein perlendes Gelächter. Das nenne ich Persönlichkeit!
Glücklich der Staat, der Söhne hat wie ihn und mich. Erlauben Sie, mein Herr, daß ich Sie Vater nenne . . .